AF200942

Viktoria Kalkbrenner
Lieb sein reicht nicht
Das Vermächtnis der Lilith

Viktoria Kalkbrenner

Lieb sein reicht nicht

*Das
Vermächtnis
der Lilith*

Anmerkung:
Namen, Charaktere und Firmen sind frei erfunden. Ähnlichkeiten mit realen
Orten, Menschen oder Unternehmen sind rein zufällig und nicht beabsichtigt.

Deutschsprachige Erstausgabe November 2018
Copyright © 2018 Viktoria Kalkbrenner
Viktoria Kalkbrenner c/o WachstumLernen Ch. Kalkbrenner, Gstäudweg 72,
88131 Lindau, kontakt@toechter-der-lilith.de, www.toechter-der-lilith.de
Covergestaltung und Satz: Wolkenart - Marie-Katharina Wölk, www.wolkenart.com
Bildmaterial: Bigstockphoto.com
Lektorat und Korrektorat: Kim Heinz
Herstellung und Verlag: BoD – Books on Demand, Norderstedt
1. Auflage
ISBN: 978-3748131311

Töchter der Lilith

Den Bund zu bewahren und weiterzutragen,
Gesammeltes Wissen aus früheren Tagen
Von Greisin zur Maid, vom Weibe zum Weib,
wider Gefahren für Seele und Leib.

Lasset uns streben nach vordunklen Zeiten,
Das Vorbild der Lilith, es wird uns leiten,
weibliche Kräfte tief in uns zu wecken,
verborgene Stärke neu zu entdecken.

Ranggleich dem Manne und nie untergeben,
stark, stolz und frei, so werden wir leben.
In Eintracht und Liebe für kommende Zeiten,
der Bund möge uns nunmehr stetig begleiten.
Coeln 1552

Kapitel 1

DAS TÄGLICHE LEBEN HAT SO
SEINE TÜCKEN

München, September 2016

»Zum Abschluss möchte ich zusammenfassen, dass die Firma Fuhrmann äußerst zufrieden ist mit dem Ergebnis unserer Beratung. Die neue Vertriebsniederlassung in Mexiko, die auf meiner Empfehlung beruht, hat bereits erste große Umsätze an Land gezogen. Das war wirklich ein Geniestreich, wenn ich das in aller Bescheidenheit so sagen darf.«

Mit einer affektierten Drehung des Kopfes stellte Oliver Peitler, Berater bei AFC Consulting, Blickkontakt zu den beiden Geschäftsführern her, bevor er zum großen Finale ansetzte. »Ich vermute, Fuhrmann wird bald mit weiteren Aufträgen auf uns zukommen, und ich denke, dafür sind wir alle bereit. Vielen Dank, meine Damen und Herren.« Beifall heischend lächelte er in die Runde, bevor er seine Unterlagen einsammelte.

Die ganze Präsentation ist eine dreiste Verdrehung der Tatsachen, ich könnte ihn auf den Mond schießen, dachte seine Kollegin Anna Zimmermann zähneknirschend, während sie an dem Grüppchen, das sich um Oliver scharte, vorbeiging. Die Vertriebsniederlassung in Mexiko war definitiv nicht Olivers Verdienst. Wieder einmal hatte er es geschafft, die Lorbeeren für ihre Arbeit einzuheimsen.

Als sie die Tür erreichte, wartete sie auf Julia, die ihr an dem großen, länglichen Tisch im Konferenzraum direkt gegenübergesessen hatte. Während der Präsentation hatte Julia mehrmals Anna angesehen und die Augen verdreht.

»Sag mal, was war denn das? Ich dachte, ich bin im falschen Film!«, entrüstete sich Julia im Näherkommen. »Oliver brüstet sich mit der neuen Vertriebsniederlassung, obwohl die Idee von dir stammt.«

Julia Simon, die vor sechs Monaten von Berlin nach München gezogen war, um als Juniorberaterin bei AFC zu starten, arbeitete im Fuhrmann-Projekt das erste Mal gemeinsam mit Oliver. Seine Interpretation der Ergebnisse war eine ganz neue Erfahrung für sie.

»An dem Abend, an dem du Mexiko als aussichtsreichsten Standort herausgefiltert hast, war er doch schon längst im Fußballstadion beim Schlagerspiel Bayern München gegen Borussia Dortmund. Weißt du noch? Außerdem haben wir beide die Kontakte nach Mexiko geknüpft. Oliver kann ja nicht einmal Spanisch. Das ist echt eine Frechheit!«

Julias Empörung war Balsam für Annas Seele. Oliver hatte tatsächlich so gut wie nichts zu diesem Projekt beigetragen. Er war mit dem Geschäftsführer regelmäßig essen gegangen und hatte in den Besprechungen große Reden geschwungen. Die Arbeit hatte er dem restlichen Team, bestehend aus Anna, Julia und Bernhard, überlassen. Spätestens um 16 Uhr hatte er meist etwas von einem dringenden Termin gemurmelt und war entschwunden.

»Oliver ist ein echtes Großmaul«, bestätigte Anna, während sie mit Julia den breiten Gehweg entlanglief, der sie zu einer Salatbar zwei Straßen weiter führte. Seit der Zusammenarbeit bei Fuhrmann verstanden sich die beiden gut und verbrachten häufig die Mittagspause gemeinsam. »Er plustert sich jedes Mal auf, wenn einer der Chefs in der Nähe ist. Außerdem hat er keine Skrupel, sich mit fremden Federn zu schmücken.«

»Lässt du dir das einfach gefallen?«, wollte Julia wissen.

Anna zuckte die Achseln. Als Beraterin stand sie auf der gleichen Stufe wie Oliver und Bernhard. »Natürlich ärgert es mich maßlos. Es ist ja nicht das erste Mal, dass er so tut, als hätte er das Projekt im Alleingang gestemmt. Aber was soll ich machen? Ich kann ihm schlecht ins Wort fallen und verkünden, dass er maßlos übertreibt. Wenn ich darauf hinweise, dass er die Arbeit auf uns alle abwälzt und selbst zum Projekterfolg nur wenig beiträgt, stehe ich da wie eine Zicke, die ihm seinen Erfolg neidet. Das will ich nicht. Und was glaubst du, wie der über mich herfallen würde?«

Doch Julia gab sich nicht so leicht geschlagen. »Was ist mit Bernhard? Der hat auch jede Menge Arbeit in das Mexikoprojekt gesteckt. Außerdem findet er immer eine Superlösung, wenn wir bei einem Thema feststecken.«

»Bernhard ist Oliver gegenüber sehr loyal. Ich glaube, er ist nicht besonders ehrgeizig und hat kein Problem damit, wenn Oliver sich in den Vordergrund drängt. Außerdem sind sie befreundet. Er schwärmt oft davon, dass er abends mit Oliver um die Häuser zieht und durch ihn so viele tolle Frauen kennenlernt.«

»Also dicke Männerfreundschaft?«

»Ja, so kann man es nennen.«

In der Salatbar angekommen, die ganz in hellen, freundlichen Holztönen und appetitanregendem Grün gehalten war, setzten sich Anna und Julia an einen kleinen Tisch am Fenster und blickten in einträchtigem Schweigen auf die geschäftige Straße hinaus. Ohne in die Karte zu sehen, bestellten sie Mineralwasser und griechischen Salat.

Für Julia war das Thema Abschlussbesprechung noch nicht

erledigt. In Gedanken sah sie Oliver vor sich, wie er den großen Wortführer spielte. Vielleicht brauchte er das als Ausgleich, weil er so klein und bullig gebaut war. Auf sie wirkte er stets ein wenig schmierig. Seine glatten, blonden Haare, die er streng scheitelte und mit Gel zur Seite kämmte, verstärkten diesen Eindruck. Nun hatte sie eine neue Eigenschaft an ihm entdeckt: Rücksichtslosigkeit, wenn es um seine Karriere ging. Das machte ihn nicht gerade sympathischer.

»Ich finde es nicht in Ordnung, wie das heute gelaufen ist. Du bist als Beraterin viel besser als Oliver, aber heute wirkte es, als ob er das Projekt im Alleingang geschmissen hätte und wir alle nur seine kleinen Wasserträger wären. Weshalb hielt eigentlich Oliver die Präsentation und nicht Ralf oder du?«

Anna spielte mit ihrer Gabel. Julias Hartnäckigkeit war ihr sichtlich unangenehm. Ralf Sutor, der Projektleiter, war nur zwei Tage bei Fuhrmann vor Ort gewesen, dann hatte er dem erfahrenen Team weitgehend freie Hand gelassen. So hatte er es zumindest Anna gegenüber ausgedrückt. Während der letzten Besprechung hatte er Anna angeboten, die Abschlusspräsentation zu halten. Bevor diese zusagen konnte, hatte sich Oliver eingeschaltet und darauf hingewiesen, dass Anna im Moment sehr viel für ein neues Projekt vorbereiten müsse und er sie entlasten wolle. Deshalb würde er gerne die Abschlusspräsentation übernehmen.

»Da die Präsentation einiges an Vorbereitung bedeutet hätte, hatte ich nichts dagegen. Aber ich hätte mir denken können, dass Oliver das ausnutzt. Da war ich wohl ein bisschen naiv.«

Auf die letzte Bemerkung ging Julia nicht ein, doch insgeheim gab sie Anna mit dieser Einschätzung recht. Allerdings hätte sie nicht gedacht, dass diese Olivers verlogene Selbstdarstellung so kommentarlos hinnehmen würde. Julia fand, dass Anna arbeitsmäßig den totalen Durchblick hatte. Doch ihr passives Verhalten heute konnte sie nicht ganz verstehen und sie beschloss, noch ein wenig weiter zu bohren. »Was sagt denn Morgenroth dazu? Weiß er, wie wenig Arbeit Oliver und wie viel du, Bernhard und auch meine Wenigkeit in das Projekt gesteckt haben? Hat er eine Ahnung, was da abläuft?«

Anna dachte einen Moment über Günther Morgenroth, der die Abteilung leitete, und seine Sicht der Dinge nach. »Ich glaube, er weiß schon so ungefähr, wie es in unserem Team läuft. Aus manchen seiner Bemerkungen kann man heraushören, dass er von Oliver fachlich nicht allzu viel hält. Aber Oliver kommt bei den Mandanten gut an, vor allem bei den männlichen, mit denen er auf Kumpel macht – und die meisten unserer Mandanten sind männlich. Vermutlich mischt sich Morgenroth deshalb nicht ein.«

Mit hängenden Schultern zupfte Anna an der Tischdecke herum. Dann trank sie von ihrem Wasser und blickte ratlos zu Julia. Es war zwar tröstlich, dass diese sich über Olivers Verhalten empörte, aber ihre Fragen machten deutlich, dass sie von Anna ein anderes Verhalten erwartet hätte. Anna sah jedoch keine Möglichkeit, wie sie mit der Situation anders hätte umgehen können.

Julia hingegen begriff nicht, weshalb Anna Oliver einfach gewähren ließ. Sie selbst hatte bei der Präsentation schon Mühe gehabt, Oliver nicht zu unterbrechen und die Dinge richtig zu stellen. Dabei war sie erst Juniorberaterin. Sie an Annas Stelle würde sich das nicht bieten lassen. Ihre Probleme ging sie immer direkt an und fuhr bestens damit. Und genau das sollte ihrer Meinung nach auch Anna tun.

»Anna, du kannst doch nicht einfach zuschauen. Oliver macht im Prinzip auf deine Kosten Karriere und du siehst tatenlos zu.«

»Was soll ich denn tun? Wenn ich mich beim Chef über ihn

11

beschwere, wirkt das ziemlich armselig. Als ob ich meine Probleme nicht selbst lösen könnte.«

Julia hatte einen wunden Punkt berührt. Anna war fleißig, zuverlässig und fachlich sehr beschlagen. Sie hatte eine rasche Auffassungsgabe, ein gutes Einfühlungsvermögen und erfasste die wichtigen Punkte in der Beratung deutlich schneller als Oliver. Sich durchzusetzen war allerdings nicht ihre Stärke. Hier hatte Oliver jedes Mal die Nase vorn.

Während Anna trübselig vor sich hin brütete, klopfte ihr Julia plötzlich auf die Hand, um ihre Aufmerksamkeit zu erregen, und grinste. »Schau mal, wer da kommt!« Mit dem Kinn deutete sie auf den Gehweg hinter Annas Rücken. »Wenn das mal nicht der Nick ist!«

Anna presste die Lippen zusammen. Sie konnte es nicht leiden, wenn Julia in diesem albernen Ton sprach. Doch wenigstens schien sie das Problem mit Oliver für den Moment vergessen zu haben. Dafür war Anna dankbar. Vorsichtig blickte sie über ihre Schulter und sah Nick auf die Salatbar zukommen. Auch das noch.

Nick Mantovan arbeitete seit drei Monaten als Projektleiter bei AFC und stand damit eine Karrierestufe über Anna und Oliver. Anna konnte sich noch gut daran erinnern, wie Julia in ihr Büro gestürmt war, um mit überschwänglicher Begeisterung zu verkünden, dass ihr der neue Kollege gerade über den Weg gelaufen sei. Endlich einmal ein gutaussehender Mann im Hause AFC. Tags darauf hatte Anna dann die Gelegenheit, sich selbst davon zu überzeugen, ob Julias Einschätzung zutraf. Das tat sie – und wie!

Anfang 30 und gut 1,85m groß, besaß Nick eine umwerfende Kombination aus tiefblauen Augen und dunkelblonden Locken. Seine breiten Schultern kamen im Anzug hervorragend zur Geltung, der Rest blieb verborgen. In Jeans und T-Shirt hingegen wirkte er regelrecht durchtrainiert, wobei die fein definierten Muskeln an seinen Armen ein echter Hingucker waren. Das hatte Anna zufällig herausgefunden, als er eines Tages im Freizeitdress Akten abgeholt hatte. Bei ihrer ersten Begegnung hatte er ihr freundlich die Hand geschüttelt und ihr tief in die Augen geblickt. »Hallo, ich bin Nicholas Mantovan, der Neue«, hatte er sich mit dunkler, samtiger Stimme vorgestellt.

»Anna Zimmermann«, hatte sie ein wenig benommen geantwortet und ihm das Du angeboten, wie es in der Firma üblich war. Sie hatte nicht damit gerechnet, dass eine harmlose Begrüßung sie so überwältigen würde. Erleichtert atmete sie auf, nachdem er ihr Büro verlassen hatte. Seitdem machte sie einen Bogen um ihn. Sie fand ihn zwar sehr anziehend, wusste jedoch nicht so genau, wie sie mit ihm umgehen sollte.

Als Nick sich auf dem Gehweg dem Fenster näherte, an dem die beiden Frauen saßen, konzentrierte sich Anna auf ihren Salat. Nicht so Julia. Sie winkte so lange, bis sie seine Aufmerksamkeit gewonnen hatte. Er lächelte ihr zu und winkte zurück. Sobald er aus ihrem Sichtbereich verschwunden war, blickte Anna auf und schüttelte den Kopf. »Julia, jetzt krieg dich wieder ein. Das ist doch peinlich, wenn du hier so herumzappelst. Was soll Nick von uns denken?«

Julia grinste noch immer. »Der ist doch total süß. Außerdem mache ich das nicht für mich. Du weißt doch, dass ich schon vergeben bin. Das mach ich nur für dich. Ich finde, er würde total gut zu dir passen. Er ist genau dein Typ.«

Dem konnte Anna nicht widersprechen. Eine gewisse Ähnlichkeit mit ihrem Exfreund Sebastian, den Julia ein einziges Mal gesehen hatte, bestand tatsächlich. Mit Sebastian war sie drei Jahre zusammen gewesen, doch vor einem halben Jahr hatten sie sich in gegenseitigem Einvernehmen getrennt. Seitdem war Anna Single. Es gab zwar immer mal wieder einen Verehrer, aber sie wollte sich jetzt erst einmal auf ihre Karriere konzentrieren.

Mit eindringlichem Blick wandte sich Anna an Julia. »Das mag sein, dass er mein Typ ist. Aber Nick arbeitet in unserer Firma und damit ist er für mich absolut tabu. Das habe ich dir schon einmal gesagt.« Leicht genervt sah sie zur Eingangstür und verfolgte, wie Nick die Salatbar betrat und direkt ihren Tisch ansteuerte.

Nick hatte mit Anna und Julia bisher nur einige Male kurz gesprochen, da er seit seinem Einstieg bei AFC fast ausschließlich außer Haus, bei mehreren Mandanten, tätig war. Doch er fand beide sympathisch. Vielleicht ergab sich bald mal eine Gelegenheit zur Zusammenarbeit, dachte er bei sich, als er auf die beiden zuging. »Hallo Julia, Anna. Schön habt ihr es hier. Ein gemütliches Mittagessen unter Kollegen wäre jetzt genau das, was ich brauche. Aber leider sitzt dort hinten im Nebenraum Herr Richter von Kogler Sprudel. Als überzeugter Veganer hat er mich hierher in die Salatbar bestellt.«

Bei dem Gedanken an vegane Ernährung schnitt er eine Grimasse und grinste schief. »Das wird hoffentlich mein nächster Auftrag. Noch viel Spaß euch beiden.«

»Dankeschön und wir drücken dir die Daumen.«, trällerte Julia und lächelte Nick verzückt an, während Anna ihn nur mit großen Augen ansah und kein Wort sprach. Nicks Blick wanderte von Julia, der er freundlich zunickte, zu Anna. Es erstaunte ihn, dass Anna keine Reaktion zeigte. Nicht das kleinste Lächeln stahl sich auf ihre Lippen.

Sie war ihm schon bei ihrer ersten Begegnung vor drei Monaten aufgefallen. Ihr zartes Gesicht mit den großen, smaragdgrünen Augen und dem vollen, weichen Mund hatte ihn förmlich angezogen, doch er wollte erst in der Firma Fuß fassen, bevor er engere Beziehungen zu seinen Kolleginnen knüpfte. So hatte er sich ihr gegenüber höflich und zurückhaltend benommen. Weshalb also sagte sie kein Wort? Entweder war sie eine eingebildete Zicke oder extrem schüchtern. Oder es gab einen anderen Grund für ihr Verhalten. Spontan beschloss er, die Ursache bei nächster Gelegenheit herauszufinden. Er würde sich etwas einfallen lassen, um Anna aus der Reserve zu locken. Einem Rätsel hatte er noch nie widerstehen können und dieses Rätsel würde er lösen. Da war er ganz sicher. Mit diesem Gedanken entschwand Nick in Richtung Nebenzimmer.

Sobald er außer Hörweite war, konnte Julia nicht mehr an sich halten. »Was war denn das? Sprichst du nicht mit ihm? Findest du das nicht ein wenig übertrieben?«

»Nein, ja, natürlich spreche ich mit ihm.« Anna war das Thema sichtlich lästig. »Aber du hast schon alles gesagt, was es zu sagen gab und er musste ja gleich weg. Was soll ich da noch Kluges von mir geben?«

Julia schüttelte den Kopf und grinste. Diese Reaktion fand sie sehr aufschlussreich. Sie hatte richtig getippt: Anna war eindeutig an Nick interessiert, sonst wäre sie jetzt nicht so verlegen. Das konnte noch spannend werden.

»Wie war übrigens dein Wochenende?«, fragte Anna schnell, bevor Julia sich in das Thema Nick verbeißen konnte. Langsam ging ihr Julia mit ihren Fragen und ihrer Neugierde wirklich auf die Nerven.

Nach der Arbeit lief Anna in Gedanken versunken die Treppe ihres Wohnhauses hinauf. Das alte Gebäude war in den späten Achtzigerjahren kernsaniert worden. Dabei waren im dritten Stock, dem früheren Dachboden, zwei geräumige Wohnungen entstanden. In einer davon lebte sie nun seit einem halben Jahr und fühlte sich hier sehr wohl.

Sie öffnete die Wohnungstür und legte ihren Schlüsselbund in die grüne Schale auf der hellen Holzkommode in der Diele. Dann schaute sie in den großen Messingspiegel, der darüber hing. Lange, dunkle Haare umrahmten ein schmales Gesicht mit einer geraden Nase, hohen Wangenknochen und einem vollen Mund. Die tiefgrünen Augen mit den dichten Wimpern blickten im Moment ein wenig unzufrieden. Wie beinahe jedes Mal, wenn sie in den Spiegel sah, verwünschte sie ihre Nase, die ihrer Ansicht nach etwas zu groß geraten war. Ansonsten war sie ganz zufrieden mit ihrem Aussehen. Bis auf die Beine, dachte sie, die könnten ein kleines Stückchen länger sein.

Achselzuckend wandte sie sich ab und lief in die Küche, um sich einen Tee aufzubrühen. Ihre geräumige Wohnküche mit den quadratischen Terrakotta-Fliesen fand sie das Highlight an der Wohnung. Über die ganze rechte Seite zog sich eine weiße Einbauküchenzeile. Vor allem der kleine Geschirrspüler hatte Annas Herz beim Einzug erfreut, denn Spülen per Hand war nicht gerade ihre Lieblingsbeschäftigung. Gegenüber schmiegte sich eine dunkelbraune Lederbank direkt unter das Fenster. Zusammen mit zwei freischwingenden Lederstühlen und einem gewachsten Wildeichentisch sorgte sie für die Gemütlichkeit in ihrer Küche.

Sie setzte sich mit ihrem Tee auf einen Stuhl, blickte über die Dächer von München und ließ den Tag Revue passieren. Dabei überlegte sie, weshalb sie heute ein ungutes Gefühl im Bauch mit heimgebracht hatte. Das war so gar nicht ihre Art. Normalerweise genoss sie ihren Feierabend. Oft joggte sie noch eine Runde, ging ins Fitness-Center um die Ecke oder traf sich mit ihren Freundinnen.

»Was ist heute anders gelaufen als sonst?«, murmelte sie halblaut vor sich hin. Oliver hatte sich schon öfter mit ihren Ideen geschmückt. Das war unerfreulich, aber sie hatte das bisher immer gut weggesteckt. Vermutlich lag es an Julia. Diese hatte heute ziemlich unverhohlen ihre Meinung zu Annas Verhalten Oliver gegenüber geäußert. Das nagte jetzt an ihr, denn mit Kritik konnte sie nicht gut umgehen.

Außerdem ärgerte sie sich über ihr ungeschicktes Verhalten Nick gegenüber. Ihr war kein einziger halbwegs intelligenter Satz eingefallen, deshalb hatte sie einfach nur stumm dagesessen. Das war so peinlich. Nick musste ja einen tollen Eindruck von ihr haben. Er hatte sie ganz eigenartig angesehen, bevor er gegangen war. Sie seufzte tief. Das konnte sie jetzt auch nicht mehr ändern. Beim nächsten Mal würde sie locker und freundlich auftreten und ganz lässig ein Gespräch mit ihm beginnen, nahm sie sich fest vor.

Um das lästige Bauchgrummeln loszuwerden, beschloss sie eine Runde laufen zu gehen. Sie holte ihre lilafarbenen Laufshorts und ein schwarz-violett gestreiftes Tanktop vom Wäscheständer aus ihrem kleinen Bad und schlüpfte hinein. Dann schnürte sie ihre Laufschuhe und sauste die Treppe hinunter. Vor dem Haus dehnte sie kurz ihre Waden und startete dann los. Das gleichmäßige Laufen brachte tatsächlich Ruhe in ihre Gedanken. Sie konzentrierte sich eine Zeit lang auf ihre Atmung und schweifte dann ab zu ihrem Lieblingsthema, das sie schon ein halbes Leben lang verfolgte: Seit über zehn Jahren träumte sie davon, ein Café zu eröffnen.

Als Anna ein kleines Mädchen war, hatte ihre Großmutter in Konstanz ein kleines, heimeliges Café mit einer schönen Terrasse besessen. Dort hatte sie viele wunderbare Ferien verbracht, bis ihre Großmutter starb, als Anna 17 Jahre alt war. Die Erinnerung daran hatte sie bis heute nicht losgelassen.

Nach dem Abitur hatten ihre Eltern auf ein solides Studium gedrängt. Daraufhin hatte sie beschlossen, Betriebswirtschaft in Regensburg zu studieren. Um sich nebenher ein Taschengeld zu verdienen und Erfahrungen zu sammeln, hatte sie in verschiedenen Cafés in der Regensburger Altstadt gekellnert. Auch wenn die Tätigkeit anstrengend und die Leute oft ungeduldig gewesen waren, hatte sie doch den Plausch mit den Stammgästen geliebt. So wie ihrer Großmutter war es auch ihr ein Bedürfnis, dafür zu sorgen, dass sich die Gäste wohlfühlten.

Mit den Jahren hatte sie ihren Traum dann ausgebaut: statt einer einfachen Theke würde es eine schicke Espressobar geben, dazu gemütliche Tische und Stühle sowie Ecken mit niedrigen Sitzmöbeln. Außerdem wollte sie Bücher anbieten. Zum Schmökern und zum Kaufen. Eine Kinderecke mit Bilderbüchern und gelegentlichen Vorlesestunden. Abends würden ab und zu Autorenlesungen stattfinden.

Wenn das Büchercafé erfolgreich wäre, wollte sie daraus ein Franchise-Konzept entwickeln, um die Cafés in viele unterschiedliche Städte zu bringen. Die letzte Idee war erst im vergangenen Jahr entstanden und noch nicht vollständig durchdacht. Aber sie war wild entschlossen, sich in einigen Jahren selbstständig zu machen. Erst einmal nur mit einem Büchercafé. Dafür hatte sie bereits einen Businessplan erarbeitet. Sobald das Café gut laufen würde, sähe sie weiter.

Um ein eigenes Geschäft zu gründen, war es ideal, vorher in einer Unternehmensberatung zu arbeiten. Darüber war sich Anna im Klaren. Sie hatte bereits eine Menge Erkenntnisse gewonnen, wie Unternehmen tickten, und was wichtig war, um erfolgreich zu sein. Außerdem war die Bezahlung nicht zu verachten.

Beim Zubettgehen kam Anna Olivers Auftritt wieder in den Sinn. Während sie sich unter die Bettdecke kuschelte, überlegte sie, ob es eine Möglichkeit gab, ihre Leistung im Projekt Fuhrmann ins rechte Licht zu rücken. Doch sie befürchtete, dass sie sich lächerlich machen würde, wenn sie das versuchte. Oliver konnte, vor allem wenn er Publikum hatte, sehr überzeugend wirken und er würde es ganz sicher nicht einfach hinnehmen, wenn sie seine Verdienste schmälerte. Nein. Diesbezüglich hatte sie keine Chance. Es war eben so wie es war. Mit diesem Gedanken schlief sie ein.

Coeln, Februar 1552

Ein eisiger Wind fegte durch die schneebedeckte Winternacht. Er rüttelte und zerrte an den dünnen Lehmwänden der kleinen Bauernkate, die eine halbe Wegstunde von den mächtigen Stadtmauern Coelns entfernt am Rande eines kleinen Wäldchens lag. Neun Frauen hatten sich darin versammelt. Unbemerkt von den Wachsoldaten hatten sie die Gunst der Dunkelheit genutzt, um durch die Tore der freien Reichsstadt zu schlüpfen und sich an diesem geheimen Ort zu treffen. Nun hatten sie die kleinen Fensterluken sorgfältig mit Tüchern abgehängt und ein kleines Feuer im Kamin entfacht. In der Mitte des einzigen Raums stand ein runder, grob behauener Eichentisch mit zehn Stühlen, der von den Flammen zweier weißer Talgkerzen erhellt wurde.

Wilhelmina Röttgen, eine stattliche Tuchhändlerin in den Vierzigern, stand auf einem der Stühle und malte mit einem Pinsel eine rosafarbene Rose an die Holzdecke über dem Tisch. Die anderen Frauen standen in der Nähe des Feuers und wärmten sich die

Hände. Einige sprachen leise miteinander, andere beobachteten Wilhelmina. Ein gebieterisches Klopfen ertönte an der Tür. Sofort löste sich Eleonore Klasen, die Ehefrau eines reichen Coelner Goldschmieds, aus dem Kreis und ließ eine weitere Frau ein.

Als die Neuangekommene die Kapuze ihres Umhangs zurückschlug, ging ein Raunen durch die Gruppe am Feuer. Das fein gezeichnete Gesicht mit der kühn geschwungenen Nase, den tiefblauen Adleraugen und dem energischen Kinn war den Frauen wohlbekannt. Margaretha von Falkenberg, die unverheiratete Schwester des Fürsten Heinrich von Falkenberg, hatte ihren Weg in die einfache Hütte gefunden. Ein Jahr zuvor hatte sie auf Burg Falkenberg in der Nähe von Coeln eine Lehrerin eingestellt, die ausschließlich die Töchter des Gesindes unterrichtete. Damit hatte sie sich den Zorn der Kirche zugezogen, die darauf bestand, dass statt der Mädchen die Knaben in den Genuss schulischer Bildung kommen sollten. Bisher hatte Margaretha sich allen Einwendungen widersetzt.

»Eure Hoheit«, setzte Eleonore an, doch Margaretha schüttelte vehement den Kopf. »Keine Titel in diesem Kreis. Hier bin ich einfach nur Margaretha. Das hat mir Wilhelmina verspochen.«

Alle Köpfe drehten sich zu Wilhelmina, die eilig von ihrem Stuhl herunterkletterte und bestätigend nickte, bevor sie Margaretha respektvoll begrüßte. Dann bat sie die Frauen, sich an den Tisch zu setzen, und wartete, bis alle Platz genommen hatten. »Ich möchte euch alle herzlich begrüßen und freue mich, dass ihr meiner Einladung gefolgt seid.«

Nacheinander stellte sie jede Frau mit Namen und Stand vor. Obwohl sich die Frauen nicht alle kannten, hatten sie einige Gemeinsamkeiten: alle waren gebildet, herrschten über einen großen Haushalt und keine der Frauen war jünger als 40 Jahre.

»Bevor ich euch mein Anliegen schildere, möchte ich euch darauf hinweisen, dass alles, was hier an diesem Tisch heute gesagt wird, unter der Rose, also unter dem Siegel der Verschwiegenheit, gesprochen wird.« Sie deutete zur Holzdecke. Neugierig richteten sich alle Blicke auf die Rose, die sie soeben aufgemalt hatte. »Ich denke, die Bedeutung der Rose ist euch allen wohlbekannt. Wer sich nicht an dieses Siegel der Verschwiegenheit halten will, sollte bitte jetzt unsere Versammlung verlassen.«

Keine der Frauen rührte sich. Nach einer kurzen Pause fuhr Wilhelmina fort. »Schön. Ich habe mit jeder von euch im vergangenen Jahr mehrmals gesprochen und wir sind uns alle einig, dass sich etwas ändern muss. Die Zeiten werden für uns Frauen immer schlimmer. Die Gefahr, als Hexe bezeichnet, gejagt und ermordet zu werden, nimmt stetig zu. Viele Frauen, die wertvolles Wissen besitzen, das sie an die jungen Mädchen weitergeben sollten, werden verfolgt und sterben zu früh. So wie unsere liebe Agatha, die ihre Heilkunst nur zum Wohle der armen Leute einsetzte. Sie wurde vor drei Monden gefangen genommen, gefoltert und verbrannt. Und wir konnten nichts dagegen tun.«

»Was können wir auch tun?«, warf Eleonore ein. »Sobald wir nur ein Wort des Protests verlauten lassen, wird es uns ebenso ergehen!«

Die anderen Frauen nickten zustimmend.

»Öffentlich können wir nicht dagegen vorgehen«, bestätigte auch Wilhelmina. »Aber im Geheimen können wir viel dazu beitragen, das Wissen der Frauen, unseren größten Schatz, zu bewahren. Den richtigen Weg dafür zu finden, das ist der Sinn unseres heutigen Treffens.

Seit Anbeginn der Zeit wurde Wissen von Frau zu Frau weitergegeben, von der Mutter an die Tochter, von den alten Frauen an die jungen. Nicht nur in der Heilkunde, sondern vor allem in den Bereichen, die unseren eigenen Wert als Frau betreffen. Jeden Sonntag hören wir im Gottesdienst: Das Weib ist dem Manne untertan und Gott schuf Eva aus Adams Seite, denn die Kirche sieht uns Frauen als minderwertige Menschen an. Den meisten Männern ist das angenehm. Sie werden es niemals in Frage stellen.« Anklagend schaute Wilhelmina in die ernsten Gesichter, bevor sie mit eindringlicher Stimme weitersprach. »Deshalb müssen wir selbst etwas tun. Frauen sind genauso viel wert wie Männer. Wir alle in dieser Runde wissen das. Unsere Mütter und Großmütter erzählten uns die Legende von Lilith und lehrten uns die alten Leitsätze, die uns unseren Stolz und unsere innere Stärke geben. Keine von uns läuft mit gesenktem Kopf demütig durch die Gegend. Wir werden in Coeln geachtet und respektiert. Doch die Gefahr, als Hexe angeprangert zu werden, ist gerade deshalb groß, weil wir uns nicht klein machen lassen.«

Wilhelmina machte eine Kunstpause, bevor sie die nächsten Worte wie einen Fehdehandschuh in den Ring warf. »Doch wer gibt die alten Leitsätze weiter und lehrt das junge Gemüse, zu starken Frauen heranzureifen, wenn wir auf dem Scheiterhaufen brennen?«

Einen Moment schien es, als ob alle den Atem anhalten würden. Dann redeten plötzlich alle laut durcheinander, während sie sich eilig bekreuzigten. Margaretha beobachtete das Treiben eine Weile, bevor sie sich mit lauter Stimme Gehör verschaffte.

»Wilhelmina hat starke Worte gewählt, doch in der Sache hat sie recht. Die Verfolgungen nehmen immer mehr zu. So bitter es ist, aber keine von uns ist dagegen gefeit. Mit meinem Mädchenunterricht habe ich den Zorn der Geistlichkeit auf mich gezogen. Noch schützt mich mein hoher Stand, aber ich weiß nicht, wie lange noch. Deshalb habe ich Wilhelminas Einladung heute gerne angenommen. Und ich sage es euch allen: Die Frau muss dem Manne ebenbürtig sein. Mein Bestreben ist es, den Mädchen zu helfen, der Gesellschaft voller Vertrauen zu sich selbst, stolz und frei entgegenzutreten. Ganz im Sinne unseres Vorbilds Lilith. Den Grundstein dafür wollen wir heute legen.«

Als Margaretha kurz innehielt, nickten die Frauen einhellig. Sie alle kannten die überlieferten Leitsätze, von denen manche Ahnin behauptet hatte, sie reichten bis zu Lilith, der ersten Frau Adams, zurück.

»Doch bevor wir beginnen, lasst uns kurz an Lilith, unsere Patronin, unser leuchtendes Vorbild, denken«, nahm Margaretha den Faden wieder auf und erzählte die alte Geschichte. »Der Legende nach hat Gott Lilith und Adam aus Lehm erschaffen und ihnen den Lebensatem eingeblasen. Lilith war Adam völlig ebenbürtig und gleichberechtigt. Als freies Wesen war ihr Unterordnung fremd. Sie trat stolz und selbstbewusst auf und weigerte sich, Adam zu dienen. Da Gott Adam als sein Abbild ansah, gefiel ihm das Verhalten von Lilith nicht und er sah in ihrem Freiheitswillen eine Rebellion gegen ihn selbst.

Eines Tages wandte sich Lilith gegen Adam, weil er immer wieder verlangte, dass sie sich ihm unterordnete, und verließ das Paradies. Sie hob vom Boden ab und flog bis zum roten Meer. Als sich Adam darüber bei Gott beklagte, sandte Gott drei Engel aus, die Lilith dazu bewegen sollten, zu Adam zurückzukehren. Doch Lilith weigerte sich und lachte Adam und die Engel aus. Sie wollte nicht mit einem Mann zusammenleben, der sie nicht als Gleichgestellte behandelte.

Adam hingegen war sehr traurig, weil er keine Gefährtin mehr hatte. Um Adam zu trösten, baute Gott Eva aus Adams Seite. Eine

Frau, die mütterlich, bescheiden und folgsam war, und damit ein Gegenstück zur starken, stolzen und freiheitsliebenden Lilith bildete.«

Nachdem Margaretha den Frauen eine Minute zum Andenken an Lilith gewährt hatte, wählte sie flammende Worte, um ihr Anliegen zu unterstreichen. »Niemand spricht mehr laut von Lilith! Sie wird einfach totgeschwiegen! Es ist eine Schande. In unserer Familie gibt es zwei Bibeln. Eine handgeschriebene, die über 250 Jahre alt ist, und eine neue, gedruckte aus dem Jahr 1462. In der alten Bibel ist Liliths Geschichte nahezu vollständig verzeichnet. In der neuen wird sie mit keinem Wort erwähnt. Deshalb müssen wir ihren Namen hochhalten. Sie darf nie in Vergessenheit geraten, sonst wird es um uns Frauen traurig bestellt sein.«

Wieder erhielt sie zustimmendes Gemurmel. Doch auf die Frage hin, was sie nun tun sollten, wusste keine der Frauen einen Rat. Vorausschauenderweise hatte Margaretha selbst bereits einen Plan entworfen und die Einzelheiten sorgfältig mit Wilhelmina abgewogen. Deshalb ergriff nun Wilhelmina das Wort und kam direkt auf den Punkt. »Lasst uns einen geheimen Bund gründen, in dem wir das Andenken an Lilith und die alten Leitsätze bewahren.«

Die Frauen keuchten, erschrocken ob dieses gewagten Ansinnens, aber keine widersprach.

»Wir alle sind des Lesens und Schreibens mächtig. Lasst uns die Geschichte Liliths und alle Leitsätze aufschreiben, die wir kennen. Jede erhält zwei Abschriften. Eine für sich selbst und eine für eine andere Frau, der sie vertraut. Wir zehn bilden den inneren Kreis, die anderen sind unsere Stellvertreterinnen, die an unsere Stelle rücken, wenn wir unser Leben lassen.«

Während Wilhelmina erläuterte, wie der Bund aussehen sollte, kam plötzlich Leben in die Frauen. Eine nach der anderen meldete sich zu Wort. Sie machten Vorschläge, diskutierten, stellten Fragen, verwarfen manche Ideen und ersetzten sie durch neue. Langsam nahm der Bund Gestalt an. Alle waren sich einig, dass es ein gefährliches Unterfangen war. Doch alle waren fest entschlossen, diesen Bund zu gründen und mit Leben zu füllen. Die letzte Erörterung des Abends galt dem Namen des neuen Geheimbundes. Als Eleonore ihren Vorschlag in die Runde einbrachte, stimmten alle einhellig zu. Der Geheimbund ›Töchter der Lilith‹ wurde noch am selben Abend unter der Rose, dem Siegel der Verschwiegenheit, gegründet.

Kapitel 2

IMMER NUR DIE ZWEITE WAHL

München, September 2016

Während Anna am Donnerstagmorgen gerade die erste Tasse Kaffee im Büro trank, rief Günther Morgenroth, der Abteilungsleiter, an und bat sie zu sich. Schnell nahm sie noch einen großen Schluck, bevor sie die Treppe in den dritten Stock hinauf und den Flur entlang bis zu seinem Büro eilte.

Was wollte der Chef so früh schon von ihr? Hatte sie etwas falsch gemacht? Sie ging im Geist die Arbeit der letzten Woche durch, war sich jedoch keiner Schuld bewusst. Vermutlich hatte er ein neues Projekt, beruhigte sie sich. Das kündigte er meistens auf diese Art an.

Leicht angespannt klopfte sie an die Tür und trat ein. Ein großer altmodischer Schreibtisch aus dunkler Eiche beherrschte den Raum. Daneben bog sich ein Regal unter der Last zahlreicher Fachbücher. Sie begrüßte Morgenroth mit einem freundlichen Lächeln, ohne einen Blick auf den grünen Innenhof zu werfen, der in der breiten Fensterfront hinter seinem Schreibtisch im Morgenlicht glänzte.

Oliver saß an dem kleinen Tisch, der an Morgenroths Schreibtisch anschloss, und schenkte ihr ein strahlendes Lächeln, als wäre alles in bester Ordnung. Das zog Annas Laune auf einen Schlag nach unten. Sie hatte sich zwar damit abgefunden, dass sie an seiner verlogenen Darstellung bei der Abschlussbesprechung nichts mehr ändern konnte, aber verziehen hatte sie ihm den Auftritt noch lange nicht. Deshalb rang sie sich nur ein kurzes ›Morgen‹ ab, bevor sie sich neben ihn setzte.

Morgenroth kramte in seiner Aktenmappe. »Bitte entschuldigen Sie mich noch einen kurzen Augenblick. Es kann gleich losgehen. Jetzt habe ich die Unterlagen bei Ahrens im Büro liegen lassen. Ich hole sie noch schnell.« Mit diesen Worten verließ er das Zimmer und lief den langen Flur entlang bis zum Büro des Geschäftsführers Max Ahrens.

Unvermittelt waren Anna und Oliver alleine. An Annas Miene konnte Oliver ablesen, dass sie aufgebracht war. Er vermutete, dass es mit der Fuhrmann-Präsentation zusammenhing. Nun hatte er durch Morgenroths Abwesenheit unverhofft etwas Zeit gewonnen, die er nutzen konnte, um Anna versöhnlich zu stimmen. Er musste unbedingt vermeiden, dass sie Morgenroth gegenüber die Präsentation erwähnte. Ein dickes Lob würde die Wogen vermutlich am schnellsten glätten. Mit einem einnehmenden Lächeln legte er den Arm über ihre Stuhllehne und beugte sich zu ihr. »Anna, Süße, was ist denn los? Fuhrmann ist doch super gelaufen.«

Anna merkte, wie Wut in ihr aufwallte. Demonstrativ rückte sie ihren Stuhl ein Stück von Oliver weg. »Nenn mich nicht Süße, Oliver. Du weißt genau, weshalb ich sauer bin. Es war ganz schön unverschämt, wie du die Sache mit Mexiko dargestellt hast. Als ob du alleine bei Fuhrmann gewesen wärst!«

Oliver zog die Augenbrauen leicht hoch und überlegte, wie er mit diesem Vorwurf umgehen sollte. Blitzschnell entschied er, die Situation herunterzuspielen. »Ach Anna, jetzt hab dich nicht so. Ich musste bei den Chefs mal wieder punkten und es hat sich einfach angeboten.« Nun musste er Anna nur noch ein wenig schmeicheln und schon wäre alles wieder in Ordnung. »Du bist doch die Allerbeste und ich schätze deine Arbeit sehr. Das weißt du doch. Zusammen sind wir ein echtes Traumteam.«

»Ja, ich mach die Arbeit und du erntest die Lorbeeren. Wirklich ein Traumteam!«

Oliver grinste breit. Das machte Anna noch wütender und verlieh ihr den Mut, Oliver endlich einmal die Meinung zu sagen. Aber bevor sie loslegen konnte, kam Morgenroth mit einem Stapel Unterlagen zurück.

»Wir haben ein neues Mandat hereinbekommen: Arnold Kunststoffbau. Die Firma hat gerade einen kleineren Konkurrenten aufgekauft und will beide Unternehmen zusammenlegen. Wir sollen die Arbeitsprozesse neu gestalten, eine schlanke Aufbau- und Ablauforganisation entwickeln und den Vertrieb vitalisieren. Als Berater sind Sie beide, dazu Bernhard Müller und Julia Simon angedacht und für die EDV noch zwei Mann aus unserer IT-Abteilung. Es ist also ein umfangreiches Mandat, für das wir eine Projektleitung brauchen.« Er blickte von Anna zu Oliver. »Nun habe ich gedacht, dass das einer von Ihnen beiden übernehmen kann. Sie haben beide schon in großen Projekten gearbeitet und kennen sich mit der Thematik aus. Es bedeutet natürlich deutlich mehr Verantwortung. Was halten Sie davon?«

Die Projektleiterstelle war ein klarer Karriereschritt. Auf so eine Chance hatte Oliver schon seit Längerem gewartet. Jetzt hieß es schnell sein, bevor Anna das Rennen machte. Ohne weitere Überlegung erklärte er sich postwendend bereit. »Das mache ich sofort. Das ist überhaupt kein Problem. Ich freue mich auf die Aufgabe. Wann geht es los?«

Anna hingegen achtete gar nicht auf Oliver. Morgenroths Angebot hatte sie kalt erwischt. Wie sollte sie darauf reagieren?

Gedanken schossen wie Blitze durch ihren Kopf. Traue ich mir das zu? Bin ich kompetent genug? Was bedeutet das an Aufwand? An Verantwortung? Bekomme ich alle meine restlichen Aufgaben unter einen Hut? Kann ich so ein großes Team führen?

Auf Olivers Zusage nickte Morgenroth zustimmend. Er hatte das nicht anders erwartet. Dann blickte er zu Anna, die schweigend vor sich hinstarrte. »Was ist mit Ihnen, Frau Zimmermann?«

Anna schreckte aus ihren Gedanken hoch und spürte, wie sich ihre Wangen rot färbten. Unsicher sah sie Morgenroth an. Ihre Stimme klang belegt, als sie antwortete. »Ich weiß nicht recht. Das kommt jetzt überraschend. Das muss ich mir erst überlegen. Denken Sie, ich bin kompetent genug?«

Morgenroth hielt große Stücke auf Anna. Er hätte ihr gerne die Projektleitung übertragen. Doch ihre zögerliche Antwort irritierte ihn. Er hätte sich mehr Begeisterung für die Aufgabe erwartet. War sie doch noch nicht soweit?

Während er noch überlegte, ergriff Oliver das Wort. »Also ich stehe sofort zur Verfügung, Herr Morgenroth. Das ist eine äußerst interessante Aufgabe und ich werde alles tun, was in meiner Macht steht, um das Projekt erfolgreich zum Abschluss zu bringen. Sie können sich jederzeit auf mich verlassen. Wenn sich Frau Zimmermann da noch unsicher ist, dann wäre es doch das Beste, ich übernehme die Projektleitung und sie wird meine Stellvertreterin. Dann können wir beide unsere Erfahrungen in das Projekt einbringen und der Mandant wird hochzufrieden sein.«

Oh nein! Das geht in die ganz falsche Richtung, erkannte Anna augenblicklich. Auch wenn sie selbst gezögert hatte, so wollte sie doch auf keinen Fall, dass Oliver das Projekt leitete. Wie das ablaufen würde, konnte sie sich lebhaft vorstellen. Doch bevor sie widersprechen konnte, traf Morgenroth seine Entscheidung.

»Das mit der Stellvertreterin ist eine großartige Idee. Ich hatte etwas Sorge, ob Sie das Projekt alleine stemmen, aber mit Unterstützung von Frau Zimmermann sehe ich da gar kein Problem. Wenn sie das Team gemeinsam führen, ist das Projekt in den besten Händen.« Morgenroth war bekannt für seine blitzschnellen Entscheidungen. Einmal getroffen blieb er stets dabei, um den jungen Leuten ein Vorbild an Entscheidungsfreude zu sein, wie er bei mehr als einer Gelegenheit stolz verkündet hatte.

Oliver war begeistert und sprang auf. »Vielen Dank für Ihr Vertrauen, Herr Morgenroth. Das freut mich wirklich sehr und ich bin sicher, wir werden das Projekt zu ihrer vollsten Zufriedenheit durchführen. Wenn Sie mir die Unterlagen mitgeben, kann ich mich einlesen und die Vorbereitungen ankurbeln.«

Morgenroth händigte ihm die Unterlagen aus und wandte sich dann zur Fensterfront, um die Morgensonne auszuschließen, die das Büro für die nächsten zwei Stunden in gleißend helles Licht tauchen würde. Während er die Jalousien per Knopfdruck halb herunterließ, grinste Oliver Anna triumphierend an.

»Ich freue mich schon auf unsere Zusammenarbeit, Anna. Auf Wiedersehen, Herr Morgenroth.« Das läuft ja heute wieder, dachte er erfreut, als er schnellen Schrittes den Raum verließ.

Anna schaute ihm entgeistert nach. Was war hier abgelaufen? Das durfte doch nicht wahr sein. Oliver war Projektleiter und sie musste ihm zuarbeiten. Damit blieb auch bei diesem Projekt die ganze Arbeit an ihr hängen. Wieder einmal würde Oliver sich als strahlender Held präsentieren.

Sollte Sie mit Morgenroth darüber reden, wie unfair diese Regelung war? Im Grunde wusste sie, dass er seine Entscheidung nicht zurücknehmen würde. Also brachte es vermutlich nichts, wenn sie jetzt ihre Unzufriedenheit bekundete. Damit würde sie höchstens ihr Ansehen bei Morgenroth verlieren. So entschied sie, in den sauren Apfel zu beißen und das Projekt von Anfang an tatkräftig voranzutreiben, um wenigstens auf diese Weise einen guten Eindruck zu hinterlassen. »Ich freue mich ebenfalls auf das Projekt. Die Aufgabe ist sicher anspruchsvoll, aber gemeinsam werden wir gute Lösungen erarbeiten.«

Morgenroth war insgeheim erleichtert, dass Anna die Entscheidung ohne Vorbehalt zu akzeptieren schien. Er wusste, dass Oliver seine Schwächen hatte und Anna ihm fachlich und menschlich überlegen war. Eigentlich wäre sie die bessere Wahl für den Projektleiter gewesen. Doch die schnelle Zusage von Oliver hatte ihm imponiert. Für Entscheidungsfreude hatte er einfach eine Schwäche. Anna hingegen hatte sehr unsicher gewirkt. Was war das immer nur mit den Frauen? Wenn es darauf ankam, dann zogen sie zurück. Er hatte das schon des Öfteren erlebt. Vielleicht war Anna ja bis zum nächsten Projekt soweit, dass sie um den Führungsanspruch kämpfte. Sie sollte auf jeden Fall mehr Entschlossenheit zeigen, denn als Projektleiterin musste sie die Führung des Teams übernehmen und sich durchsetzen können.

Mit dieser Rechtfertigung seiner Entscheidung reichte er ihr eine Kopie der Unterlagen. »Ich weiß, Herr Peitler kann manchmal etwas anstrengend sein, aber Sie arbeiten ja oft mit ihm zusammen und kennen ihn gut. Bestimmt kommen Sie hervorragend miteinander zurecht und als seine Stellvertreterin stehen Sie ja ebenfalls an verantwortlicher Stelle. Ich würde mir wünschen, dass Sie das Projekt partnerschaftlich angehen. Und nun viel Erfolg.« Mit diesen Worten war Anna entlassen.

»Partnerschaftlich ist ja wohl ein Witz«, grummelte Anna auf dem Weg zu ihrem Büro finster vor sich hin. So langsam erfasste sie die

Tragweite des Geschehens. Sie hatte sich völlig überfahren lassen. Wie hatte sie nur so dumm sein können! Oliver, das Großmaul, hatte natürlich die Gunst der Stunde genutzt und sofort richtig reagiert. Doch sie selbst hatte keinen klaren Gedanken mehr fassen, geschweige denn aussprechen können, weil sie das Angebot umgehauen hatte.

»Das war eine Riesenchance und ich habe sie mir selbst versaut.« Bei emotionalen Belastungen neigte Anna zum Selbstgespräch. Jetzt war sie den Tränen nahe. »Warum habe immer ich das Nachsehen? Oliver kann weniger, ist bei den Kollegen nicht gerade beliebt und trotzdem ist er jetzt der Projektleiter. Stellvertretende Projektleiterin, das ist von Herrn Morgenroth nett gemeint, aber für Oliver bedeutet das, er hat das Kommando und ich kann die Arbeit machen. Sobald etwas nicht glatt läuft, gibt er mir die Schuld, und ich muss es wieder einrenken. Notfalls die halbe Nacht.«

In ihrem Zimmer warf sie die Unterlagen auf den Schreibtisch, ließ sich auf ihren Drehstuhl fallen, verschränkte die Arme auf der Schreibtischplatte und legte ihren Kopf darauf. Ein Weilchen schniefte sie vor sich hin und versank in ihrem Selbstmitleid. Dann setzte sie sich entschlossen auf und schnäuzte sich. Wieder einmal war sie froh, dass sie das Büro im Moment für sich alleine hatte. So bekam niemand ihr Elend mit.

Das Zimmer war nicht sehr groß, aber hell und freundlich. Da sich die beiden Fenster des Raumes direkt gegenüber der Tür befanden, hatte sie den Schreibtisch so zur Mitte hin aufgestellt, dass sie den Blick jederzeit nach links zum Fenster und nach rechts zur Türe richten konnte. Ein zweiter leerer Schreibtisch stand, an die Wand geschoben, gegenüber. Ihre Kollegin Corinna, mit der sie sich das Zimmer bis vor drei Monaten geteilt hatte, würde erst nach der Babypause im Mai nächsten Jahres zurückkommen.

Annas Schreibtisch war ordentlich aufgeräumt. Alles hatte seinen festen Platz: Stifteköcher, Notizzettelblock, Locher, Hefter und diverse Akten, säuberlich in Ablagefächern aufgeteilt. Ein kleines Foto zeigte Anna mit ihrer Schwester und ihrem Vater beim Segeln. Ansonsten hielt sie nicht viel von Krimskrams am Arbeitsplatz. Mit einem tiefen Seufzer zog sie die Arnold-Unterlagen zu sich heran und vertiefte sich in den Inhalt.

Eine Stunde später betrat Julia fröhlich und nichts ahnend Annas Zimmer. »Hallo Anna, kannst du mir den Produktkatalog von Fuhrmann geben? Der müsste noch bei deinen Unterlagen sein. Die Vertriebsassistentin hat mich gerade angerufen, …«

Als Julia zu einer langatmigen Erklärung ansetzte, glitten Annas Gedanken zu dem neuen Projekt bei Arnold. Unvermittelt spürte sie Unbehagen in sich aufsteigen, denn Julia wäre von Oliver als Projektleiter sicher nicht begeistert. Doch sie musste ihr davon erzählen, auch wenn sie es lieber noch etwas aufgeschoben hätte.

Nervös wartete sie, bis Julia geendet hatte, dann umriss sie in kurzen Worten das neue Projekt und erwähnte so ganz nebenbei, dass Oliver Projektleiter sei und sie selbst seine Stellvertreterin.

Natürlich biss sich Julia sofort an der Rollenverteilung fest. Die gute Laune von gerade eben war wie weggeblasen. »Weshalb ist jetzt Oliver der Chef? Das kann doch nicht sein? Hast du Morgenroth nicht gesagt, wie diese Projekte ablaufen? Dass Oliver ein Schwachleister ist. Dass er uns herumkommandiert und die ganze Arbeit machen lässt. Das einzige, was der kann, ist sich bei den Mandanten einzuschleimen. Mensch Anna, warum hast du das zugelassen?«

»Ich hatte keine Chance. Bevor ich richtig darüber nachdenken konnte, hatte Morgenroth schon alles entschieden. Du weißt doch, dass er Entscheidungen nicht mehr zurücknimmt.« Anna räusperte sich vernehmlich. Sie verschwieg, dass Morgenroth ihr die Leitung angeboten hatte, denn sie ärgerte sich selbst über ihr zögerliches Verhalten. Auf Vorwürfe von Julia konnte sie verzichten. »Lass uns das Beste aus der Sache machen. Wir ziehen jetzt das Projekt mit Oliver durch und beim nächsten Mal bin dann vielleicht ich Projektleiterin.«

Julia runzelte die Stirn. »Du arbeitest doch schon seit drei Jahren mit Oliver und es läuft jedes Mal so ab. Das hast du mir selbst erzählt. Erkennst du das Muster darin nicht? Der wird dich solange unterbuttern, wie du das zulässt. Du musst dich ihm gegenüber durchsetzen. Wenn du das nicht machst, wird sich in den nächsten Jahren nichts ändern. Ich habe zwar weniger Erfahrung als du, aber das erkenne ich ganz deutlich. Anna, du musst etwas ändern.«

Anna war der Druck, den Julia aufbaute, sichtlich unangenehm. Zum Glück wusste Julia nicht, dass sie sich wie eine blutige Anfängerin benommen hatte. Trotzdem traf Julias Einschätzung zu. Es war wirklich zum Haare ausreißen! Oliver schaffte es immer wieder, sie vor seinen Karren zu spannen.

»Was soll ich deiner Meinung nach tun? Soll ich kündigen? Einen Oliver gibt es doch in jeder Firma. Und ich arbeite gerne bei AFC. Mit allen anderen Kolleginnen und Kollegen komme ich aus. Vielleicht kündigt ja Oliver«, hoffte Anna.

»Das glaube ich nicht. Solange er hier von deiner Arbeit so profitiert, wird er bleiben.« Da war sich Julia sicher. »Nein, du solltest das Problem von einer anderen Seite angehen. Ich glaube, du solltest dir professionellen Rat holen. So etwas wie ein Coaching für mehr Durchsetzungskraft. Google das doch mal.«

»Vielleicht mache ich das wirklich«, wiegelte Anna Julias Eifer ab. Geschickt wechselte sie das Thema, indem sie ihr die

Arnold-Unterlagen zuschob, die sie gerade durchgelesen hatte. »Kannst du schon mal die Unterlagen für dich und Bernhard kopieren? Ich spreche gleich noch mit Oliver über den Ablauf.«

»Okay«, gab Julia sich geschlagen, nahm die Unterlagen entgegen und wandte sich zur Tür.

Erleichtert atmete Anna auf. Obwohl sie Julias offene Art schätzte, war es doch zu peinlich, dass sie sich vor der jüngeren Kollegin rechtfertigen musste.

Bevor sie Oliver aufsuchte, um die Vorplanung für Arnold zu besprechen, klopfte sie im Zimmer links neben ihrem Büro an die Tür. Dort arbeiteten für gewöhnlich Carla, eine Beraterkollegin, und Thomas, ein Praktikant im fünften Semester Betriebswirtschaftslehre, den Anna häufig mit kleineren Aufgaben betraute. Als sie eintrat, fand sie Carlas Platz unbesetzt vor, dafür lehnte Nick an ihrem Schreibtisch. Unwillkürlich versteifte sie sich. Sie dachte an das Zusammentreffen mit Nick in der Salatbar und wünschte sich, sie hätte Thomas später aufgesucht, wenn Nick verschwunden wäre.

Nick hingegen war erfreut, dass Anna ins Zimmer trat, und musterte sie unverhohlen. Die langen, dunklen Haare waren hochgesteckt, was ihre hohen Wangenknochen vorteilhaft betonte. Zu einem dunkelblauen Bleistiftrock, der knapp über dem Knie endete, trug sie eine hellblau gemusterte Sommerbluse, die sich eng an ihre Kurven schmiegte und ihre schlanke Taille betonte. Sie war wirklich eine Augenweide, ging es ihm durch den Kopf.

Es kam ihm sehr gelegen, dass er Anna hier so zufällig traf. In den vergangenen Tagen hatte er einige Male über ihr Verhalten nachgedacht, doch er war nicht schlau daraus geworden. War sie nun eine überhebliche Zicke oder nicht? Im Kollegenkreis hielten alle große Stücke auf Anna. Sie sei intelligent, warmherzig und hilfsbereit, war die einhellige Meinung. Es musste also etwas anderes dahinterstecken und das wollte er nun näher ergründen.

Als Anna sich nach einem kurzen Gruß Thomas zuwenden wollte, nutzte er die Gelegenheit. »Hallo Anna. Schön, dass ich dich treffe. Ich habe einen kleinen Angriff auf dich vor.«

Bei diesen Worten zuckte Anna leicht zusammen, was Nick nicht entging.

»Es ist nichts Schlimmes. Vielleicht kannst du mir bei der Planung der neuen Verkaufsstrategie für Hauser unter die Arme greifen. Ich habe vorhin mit Bernhard darüber gesprochen. Dabei hat er mir erzählt, dass du für Fuhrmann eine spezielle Zielgruppensegmentierung gemacht hast. Bei Hauser wären sie begeistert, wenn ich ihnen die Kunden auf diese Weise aufschlüsseln könnte. Der Geschäftsführer hat mich beim letzten Meeting auf neue Zielgruppen im Verkauf angesprochen und da würde das jetzt ideal passen.«

Als Anna ihn mit großen Augen anblickte und zögerte, legte er den Kopf schief und setzte ein spöttisches Grinsen auf. »Also was ist? Hast du ein wenig Zeit für einen bedürftigen Kollegen?«

Obwohl Anna spürte, wie ihr das Blut in die Wangen schoss, bemühte sie sich um eine sachlich neutrale Antwort. »Ja, natürlich. Ich kann dir gerne zeigen, was ich für Fuhrmann gemacht habe. Das ist aber nicht spektakulär. Ich bin den ganzen Nachmittag am Platz, da kannst du gerne vorbeischauen. So gegen fünf?«

»Prima, danke«, entgegnete Nick zufrieden, stieß sich vom Schreibtisch ab und verließ mit großen Schritten den Raum, ehe Anna das Grinsen sehen konnte, das sich über sein ganzes Gesicht ausbreitete.

Anna hätte es gerne vermieden, mit Nick zusammen in ihrem Büro zu sitzen, aber was sollte sie machen? Er war ein Kollege, und Kollegen half sie prinzipiell immer. Mit diesem Gedanken wandte sie sich Thomas zu, der eine ABC-Analyse der Kunden des Ziegelwerks Wildenauer anfertigen sollte. Sie brauchte diese Analyse, in der die Kunden, je nach Wichtigkeit für das Unternehmen, als A-, B- oder C-Kunden eingestuft wurden, für die Aufstellung der neuen Vertriebsstrategie. Die Analyse hätte schon letzte Woche in ihre Arbeit einfließen sollen, aber Thomas hatte sie noch nicht erstellt. Sie hatte kurz erwogen, die Analyse abends selbst zu machen, sich dann aber dagegen entschieden. Thomas musste lernen, seine Arbeiten in eine vernünftige Reihenfolge zu bringen. Nun sollte die Analyse endlich fertig sein, und sie wollte kurz mit ihm darüber sprechen, doch er hatte noch nicht einmal begonnen.

»Es tut mir leid, Anna. Carla überhäuft mich mit Arbeit und vorgestern kam auch noch Oliver und gab mir zwei Präsentationen zum Ausarbeiten bis morgen. Deshalb konnte ich mit deiner Analyse noch nicht anfangen. Aber wenn die Präsentationen vom Tisch sind, mache ich mich gleich daran.« Schuldbewusst blickte er zu Anna.

»Du weißt genau, dass ich die Analyse dringend brauche. Das habe ich dir letzte Woche deutlich gesagt!« In Anna stieg Ärger auf. Schon wieder drängte sich Oliver vor. »Warum glaubst du, dass Olivers Präsentationen wichtiger sind als meine Analyse?«

»Er meinte, dass es sehr dringend sei.« Abwehrend hielt Thomas die Hände hoch. Dabei verschwieg er geflissentlich den wahren Grund: Oliver machte viel mehr und auf eine unangenehmere Art Druck als Anna.

»Und dann hast du entschieden, dass die Anna leicht warten kann. Die ist ja lieb und geduldig. Aber der tolle Oliver, der braucht seine Sachen sofort. Glaubst du, meine Sachen sind nicht dringend?«

Nun war Anna wütend. Ihr Gesicht nahm eine hochrote Färbung an und sie ließ sich zu einer Drohung hinreißen. »Wenn ich die Analyse bis morgen Mittag nicht habe, beschwere ich mich bei Morgenroth.« Ohne auf eine Antwort zu warten, machte sie auf dem Absatz kehrt und rauschte hinaus.

»Das ist ja wohl die Höhe. Jetzt nimmt mich der Praktikant auch schon nicht mehr ernst«, schimpfte sie leise vor sich hin. Für ein Gespräch mit Oliver war sie im Moment nicht in der richtigen Stimmung und so zog sie sich, aufgebracht, wie sie war, in ihr Büro zurück.

Es schien ihr, als hätte sich alles gegen sie verschworen. Sie checkte ihre Emails im Computer und bestätigte zwei Termine. Langsam verrauchte ihre Wut und sie starrte vor sich hin. Nun meldete sich auch noch ihr schlechtes Gewissen. »Super gemacht, Anna. Völlig überreagiert und die Wut auf Oliver an Thomas ausgelassen. Es ist nicht in Ordnung, dass er die Arbeiten für Oliver vorzieht, aber die Drohung, ihn bei Morgenroth anzuschwärzen, war unfair und unnötig. Das spricht nicht gerade für hohe, soziale Kompetenz.«

Da war eine Entschuldigung fällig, gestand sich Anna ein. Beim Praktikanten. Sie stöhnte.

Als sie sich am späten Nachmittag endlich aufraffte und hinüberging, war Thomas nicht mehr im Büro. Die Entschuldigung musste bis zum nächsten Tag warten.

Köln, Juni 1866

Mit kritischem Blick beäugte Mathilda Kempener, die wohlhabende Witwe eines Kupferschmieds, den großen, länglichen Tisch in ihrer guten Stube. Das weiße Damasttischtuch war geplättet und makellos sauber. Die rosafarbene Rose im Tintenfass setzte einen hübschen, farbigen Akzent in der Mitte des Tisches, während die edlen Gläser in der sommerlichen Abendsonne funkelten. Krüge mit Cider und Bier standen etwas abseits auf einer reich verzierten Rosenholzkommode und harrten der Gäste.

Kurz darauf trafen neun Frauen in den besten Jahren in dem eleganten Haus am Heumarkt ein. Mehrere Hausfrauen, eine Hebamme, eine Bauersfrau, eine Gouvernante und eine Ärztin. Auch wenn ihre Herkunft ganz unterschiedlich war, so hatten sie doch eine gemeinsame Aufgabe: Sie bildeten den inneren Kreis und führten den Bund ›Töchter der Lilith‹ in die Zukunft.

Über 300 Jahre war es nun schon her, dass die ersten Frauen den geheimen Bund gegründet hatten. Die Anfangszeit war schwierig gewesen. Die Frauen konnten sich nur an verborgenen Plätzen treffen. Der Unterricht erfolgte in aller Heimlichkeit, immer unter der Gefahr entdeckt zu werden. Dazu lebten die Frauen in ständiger Angst, dass jemand unter der Folter den geheimen Bund erwähnen und ihre Namen preisgeben könnte. Doch wie durch ein Wunder wurde der Bund in all diesen Jahren nicht ein einziges Mal verraten. Keine einzige Frau hatte jemals ein Wort darüber in der Öffentlichkeit verlauten lassen. Und so existierte er immer noch. Die Leitsätze hatten ihren Weg durch die Jahrhunderte gefunden. Und in der Umgebung von Köln gab es zu allen Zeiten auffallend viele Frauen, die sich nicht widerspruchslos in ihr Schicksal fügten, sondern stark und selbstbewusst auftraten.

Da Mathilda den Dienstboten ausnahmsweise freigegeben hatte, um keine unwillkommenen Lauscher im Haus zu haben, schenkte sie ihren Gästen höchstpersönlich die Getränke ein, bevor sie sich an die Stirnseite des Tisches setzte und das Wort ergriff.

»Ich begrüße euch alle in meinem bescheidenen Haus und hoffe, ihr fühlt euch wohl. Wie immer bei unseren Treffen gilt ›sub rosa‹, Verschwiegenheit im Namen der Rose. Auch wenn wir die Rose schon lange nicht mehr an der Zimmerdecke aufhängen.« Sie deutete auf das Tintenfass mit der Rose, das schon seit zwei Jahrhunderten das Symbol des Bundes darstellte. »Damit gebe ich das Wort weiter an die hochgeschätzte Adelheid Burmeister, die um das Treffen gebeten hat.«

»Vielen Dank, Mathilda«, nickte Adelheid, die mit ihren 45 Jahren die jüngste Frau im inneren Kreis war. »Es gibt wahrhaft einen wichtigen Anlass. Im vergangenen Monat reiste ich mit meinem Gemahl nach Leipzig. Dort traf ich zwei Frauen, die letzten Herbst den Allgemeinen Deutschen Frauenverein mitbegründet hatten. Sie fordern für Frauen ein Recht auf gleiche Bildung und den Zugang zu Berufen, die bisher nur Männer ausüben dürfen. Ich habe viele Gemeinsamkeiten entdeckt und ich finde, die Töchter der Lilith sollten sich diesen Frauen anschließen und einen eigenen Kölner Frauenverein gründen.« Voller Begeisterung erläuterte sie die näheren Zusammenhänge und die Ziele des Frauenvereins.

Doch damit stieß sie bei den anderen Frauen auf wenig Gegenliebe. Nach einer kurzen Diskussion wurde Adelheids Vorschlag abgelehnt.

Constanze Dörflinger, die aufgrund außergewöhnlicher Umstände in der Schweiz promoviert hatte und seit zehn Jahren als hochangesehene Ärztin praktizierte, hatte bislang geschwiegen. Doch nun meldete sie sich zu Wort. »Es tut mir leid, Adelheid, wenn du jetzt enttäuscht bist. Doch wie gerade offenbar wurde, soll unser Bund ein Geheimbund bleiben, auch wenn es keine Hexenverfolgungen mehr gibt. Er wirkt nun seit über drei Jahrhunderten im Verborgenen und es ist nicht unsere Aufgabe, ihn in die Öffentlichkeit zu bringen. Der Bund geht weder auf die Barrikaden noch in die Politik. Wenn du dich diesen Frauen anschließen willst, hast du unsere volle Unterstützung. Aber tue es nicht im Namen der Töchter der Lilith, sondern in deinem eigenen Namen.«

Sie machte eine nachdenkliche Pause, während alle warteten, dass sie weitersprach.»Dieser neue Verein ist eine gute und wichtige Sache für alle Frauen, und dein Ansinnen bringt mich auf einen Gedanken, der schon eine Weile in mir gärt.« Forschend blickte sie in die Gesichter der versammelten Frauen, um die Stimmung abzuschätzen.»Unser Bund ist alt und manche Regeln, auf denen er fußt, sind überholt. Die Zeiten ändern sich. Wir sollten diese Regeln und damit auch den Bund an unsere moderne Zeit anpassen. Lasst uns am besten gleich damit beginnen. Jetzt sitzen wir alle beisammen und können sinnvolle Veränderungen besprechen.«

Bei dieser Ankündigung ging ein Raunen durch die Gruppe. Alle schätzten Constanze, doch die Strukturen des Bundes zu ändern, die ihn sicher durch drei Jahrhunderte gebracht hatten, kam mancher wie ein Frevel vor.

Adelheid war die erste, die Constanzes Vorschlag aufgriff. Sie hatte sich schnell von ihrem Rückschlag erholt und stürzte sich nun voller Eifer in die neue Aufgabe.»Ich bin ganz deiner Meinung, Constanze. Wir beschränken uns zum Beispiel nur auf Köln und Umgebung. Das war vor 300 Jahren sicher richtig. Aber heute können wir reisen. Wir können die alten Leitsätze in andere Städte bringen und viel weiter verbreiten als bisher.«

Schnell setzte eine lebhafte Auseinandersetzung ein. Die räumlichen Beschränkungen aufzugeben, fanden die Frauen richtig, aber es taten sich neue Hürden auf. Mathilda brachte sie auf den Punkt.»Wir sind zehn Frauen im inneren Kreis und zehn

Stellvertreterinnen. Jede lehrt so viele junge Mädchen, wie sie kann, aber damit kommen wir nicht über Köln hinaus. Wir sind einfach zu wenige Frauen.«

»Wir brauchen mehr Frauen, die die Leitsätze lehren können«, stellte Constanze fest. Damit traf sie auf uneingeschränkte Zustimmung. Alle überlegten, wie sie dieses Problem lösen könnten. Und wie schon vor über 300 Jahren, meldete sich auch in dieser Zeit eine Frau nach der anderen zu Wort. Sie machten Vorschläge, diskutierten, stellten Fragen, verwarfen manche Ideen und ersetzten sie durch neue. Als es auf Mitternacht zuging, hatten sie eine Lösung gefunden, die Constanze zum Abschluss noch einmal zusammenfasste.

»Die Töchter der Lilith werden weiterhin von zehn Frauen im inneren Kreis geführt, der ab heute ›der Rat‹ genannt wird. Jede Rätin hat wie bisher eine Stellvertreterin. Und jede dieser zwanzig Frauen führt einen eigenen Kreis, in den sie zehn Frauen aufnimmt und sie darin ausbildet, die alten Leitsätze zu lehren. Damit sind es nun zweihundert Frauen mehr, die dazu beitragen, dass die jungen Mädchen sich ihres eigenen Wertes bewusst werden und nicht demütig, sondern stolz durch das Leben gehen. Die Bezeichnung für diese Frauen lautet ›Mentorin‹, nach dem Berater von Odysseus Sohn Telemachos.

Jede von euch sucht sich diese Mentorinnen selbst unter ihren ehemaligen Schülerinnen. Für Mentorinnen gilt wie für Rätinnen, dass keine weniger als 45 Lenze zählen darf. Damit sollte sich der Umkreis, in dem wir wirken, stetig vergrößern.«

Constanze hielt ihr Glas in die Höhe und stand auf. Sofort erhoben sich auch die anderen Rätinnen und stießen auf die Erweiterung des Bundes an. Die Gläser klirrten glockenhell, während der Mond einen silbernen Strahl ins Zimmer schickte. Es wurde noch eine lange Nacht.

München, September 2016

Als Anna sich von Thomas Bürotür abwandte, kam Nick auf sie zu. Höflich ließ er ihr den Vortritt in ihr Büro und schloss dann die Tür hinter sich. Nun waren sie allein. Schnell verschanzte sich Anna hinter ihrem Schreibtisch. In weiser Voraussicht hatte sie die Unterlagen schon hergerichtet und wollte sie ihm über den Schreibtisch hinweg reichen. Doch so leicht ließ sich Nick nicht abwimmeln.

»Können wir das schnell gemeinsam durchgehen? Dann klären wir gleich alle Fragen, und ich muss dich hinterher nicht mehr stören.« Ungefragt schnappte er sich den Drehstuhl, der an dem leeren Schreibtisch stand, zog ihn auf Annas Seite und setzte sich dicht neben sie.

Leicht irritiert von Nicks Nähe, bei der ihr unwillkürlich die zartherbe, holzige Note seines Aftershaves in die Nase stieg, schlug Anna den Aktenordner auf und begann zu erklären. Nick hörte interessiert zu und im Nu waren beide in das Thema Zielgruppensegmentierung vertieft.

Nick verstand die Zusammenhänge schnell. Seine Fragen sprachen dafür, dass er ein ausgeprägtes analytisches Verständnis besaß, stellte Anna fest. Im Gegensatz zu Oliver schweifte er nicht ab, wenn es komplizierter wurde, und drängte sie auch nicht dazu, alles möglichst kurz und schnell zu erklären, sondern ging den Dingen auf den Grund. Auf fachlicher Ebene würden sie hervorragend zusammenarbeiten, stellte Anna für sich fest.

Nach einer knappen Stunde waren auch die letzten Details besprochen. Nick war angenehm überrascht von Annas Kenntnissen, an denen sie ihn vorbehaltlos teilhaben ließ. In klaren Worten hatte sie ihm die Vorgehensweise erläutert und geduldig all seine Fragen beantwortet. Dafür zollte er ihr großen Respekt.

Er hatte schon vermutet, dass sie keine Zicke war, doch nun war er richtig froh, dass er sie in ihrem Büro aufgesucht hatte, denn die Zielgruppensegmentierung, die ja eigentlich als Vorwand gedient hatte, würde ihm bei seinem Projekt wirklich weiterhelfen.

Während des Gesprächs hatte sie offen und lebhaft gewirkt. Doch nachdem sie alle fachlichen Fragen geklärt hatten, war sie verstummt und sah ihn nun mit ihren großen, smaragdgrünen Augen an. Die Luft zwischen ihnen schien zu vibrieren, aber vielleicht war es auch nur ein Luftzug, der durch das gekippte Fenster drang.

Er überlegte, ob er sie auf einen Feierabenddrink einladen sollte. Sie war hübsch und klug und immer noch ein Rätsel für ihn. Ein sehr anziehendes Rätsel. Würde sie ihm einen Korb geben? Wenn er es wie ein Date klingen ließ, vermutlich schon, aber nicht, wenn er es scherzhaft als kollegialen Dank formulieren würde. Einen Versuch war es wert.

»Das war unglaublich aufschlussreich. Als Dankeschön für deine Unterstützung würde ich dich gerne ins Casper's auf ein kleines Feierabendbier einladen. Am besten jetzt gleich. Oder ist dir das zu spontan oder zu intim?« Herausfordernd grinste er sie an.

Anna fühlte, wie sie rot wurde. Was war das denn für eine bescheuerte Frage? Hielt er sie für so verklemmt? Sie ging oft mit Kollegen nach der Arbeit noch kurz ins Casper's, eine kleine Kneipe gegenüber von AFC, und fühlte sich in dieser halbprivaten Atmosphäre sehr wohl. Vermutlich waren auch heute mehrere Kollegen anwesend, und sie wäre dort nicht mit Nick alleine. Es wäre also nichts dabei, wenn sie auf sein Angebot eingehen würde. Außerdem könnte sie ihm damit zeigen, dass sie zu den Kollegen ein lässiges und freundschaftliches Verhältnis pflegte.

»Es freut mich, dass ich dir helfen konnte. Gerne komme ich noch.« Na super, dachte Anna, das hatte jetzt tatsächlich verklemmt geklungen. Warum konnte sie Nick gegenüber keinen leichten Ton treffen? Sie gab sich einen Ruck und probierte es mit einem spöttischen Lächeln. »Übrigens: Spontan sein ist für mich kein Problem, und die intime Atmosphäre im Casper's hält sich stark in Grenzen.« So, das hörte sich schon viel lockerer an.

Nick lachte und verließ ihr Büro, um Sakko und Tasche aus seinem Zimmer zu holen. Erleichtert seufzte Anna auf. Nick hatte Humor, sah gut aus und intelligent war er auch. Außerdem roch er gut. Ein leiser Hauch seines Aftershaves lag immer noch in der Luft. Sie gab ja zu, dass sie ihn mochte. Aber das hieß noch lange nicht, dass sie sich zu ihm hingezogen fühlte. Sie musste unbedingt auf Abstand bleiben. Hoffentlich war es im Casper's laut und voll. Sie würde schnell ein Gläschen Pinot Grigio trinken und sich dann auf den Heimweg machen.

Fünf Minuten später holte Nick sie in ihrem Büro ab und gemeinsam machten sie sich auf den Weg quer über die Straße ins Casper's. Die kleine gemütliche Kneipe, die viele Angestellte aus der Nachbarschaft nach der Arbeit aufsuchten, um den Feierabend zu begrüßen, war auch an diesem Abend gut besucht. Eine größere Gruppe war gerade dabei, das Lokal zu verlassen, als Anna und Nick auf die Tür zugingen. Nick trat einen Schritt zur Seite und schob Anna vor sich. Als ihnen ein freundlicher Herr die Tür aufhielt, legte er ihr die Hand auf den Rücken und sie betraten die Kneipe.

In diesem Moment trat Oliver aus dem AFC-Gebäude auf den Gehweg. Er sah gerade noch, wie Anna und Nick einträchtig im Casper's verschwanden. Misstrauisch runzelte er die Stirn. Was wollte Mantovan von Anna? Wollte er sie für sein Team abwerben? Das wäre eine Katastrophe.

Oliver wusste sehr genau, wie viel er ihr zu verdanken hatte, und dachte gar nicht daran, diesen Vorteil aufzugeben. Jetzt, wo gerade alles perfekt lief. Er war Projektleiter und Anna seine Stellvertreterin. Das war doch die ideale Besetzung. Bei diesem Gedanken verzog er die Lippen zu einem genüsslichen Grinsen. Das würde er sich von Mantovan nicht kaputt machen lassen.

Kurzentschlossen überquerte er die Straße und öffnete die Eingangstür. Nach ein paar Augenblicken hatten sich seine Augen an das schummrige Licht im Inneren gewöhnt. Er blickte über die wenigen Stehtische aus dunklem Kirschholz, die von Menschen dicht umlagert waren. Etliche Gäste saßen auf den rotledernen Barhockern, der Rest stand dazwischen. Hinter der auf Hochglanz polierten Bar glitzerten Gläser und Flaschen. Als der Barmann, der alle Hände voll zu tun hatte, kurz aufsah, hob Oliver im Näherkommen einen Daumen hoch, woraufhin der Barmann zum Zeichen des Verstehens nickte. Bevor er den nächsten Gast bediente, zapfte er ein frisches Pils vom Fass für Oliver. Zufrieden mit der prompten Bedienung nahm Oliver das Pils entgegen und legte großspurig einen 5-Euro-Schein auf den Tresen. »Stimmt so.«

Eine gute Beziehung zum Personal hat seine Vorteile, schmunzelte Oliver in sich hinein, während er die stattliche Schlange musterte, die vor dem Tresen anstand. Mit gelegentlichen Männergesprächen und großzügigem Trinkgeld kam er in all seinen Münchner Stammkneipen in den Genuss dieser Vorzugsbehandlung.

Ohne auf die verärgerten Mienen der anstehenden Gäste zu achten, bahnte er sich mit seinem Pils in der Hand seinen Weg durch die Menschenmenge und begrüßte Anna, die bei Julia und drei weiteren Kollegen in der gewohnten AFC-Ecke rechts hinten stand. Als sie ihm einen unfreundlichen Blick quer über den Tisch zuschoss, entschied er, Abstand zu halten, bis sie sich wieder abgeregt hatte. Erfahrungsgemäß hielt der Ärger bei Anna nie lange an.

Während er sich einen tiefen Zug von seinem Pils genehmigte, erreichte Nick mit einem Weißbier für sich und einem Glas Weißwein für Anna den Tisch. Anna, die sich gerade mit Julia unterhalten hatte, nahm das Glas entgegen und bedankte sich lächelnd.

Julia blickte ihn verblüfft an. »Das hätte ich nicht gedacht, dass Anna und du heute hier gemeinsam auftaucht. Und jetzt lädst du sie auch noch ein? Habe ich was verpasst?«

»Das glaube ich nicht. Anna hat mir fachlich weitergeholfen und ich bedanke mich bei ihr«, erklärte Nick mit harmloser Miene.

Oliver hatte bei dem Lärm zwar kein Wort verstanden, aber dafür genug gesehen. Sein Verdacht hatte sich bestätigt. Nick war eindeutig an Anna interessiert. Vermutlich überlegte er schon, wie er sie für sein Team abwerben konnte. Aber da hatte er, Oliver, auch noch ein Wörtchen mitzureden. Beim nächsten Gespräch würde er Morgenroth klar machen, dass Anna und er sich ideal ergänzten und auf jeden Fall in einem Team bleiben müssten. Mit diesem Gedanken trank er sein Pils aus, nickte kurz in Annas Richtung und machte sich auf den Heimweg.

Kapitel 3

DER WEG IST IN JEDE RICHTUNG STEINIG

Nach diesem turbulenten Tag war Anna vom Casper's nach Hause gelaufen und freute sich nun auf einen ruhigen Abend. Sie hatte sich gut mit Nick und Julia unterhalten. Ganz zwanglos und lässig. Nur Oliver hatte gestört. Sie war immer noch wütend auf ihn, aber auch auf sich selbst. Weshalb war sie auch immer so zögerlich? Warum konnte sie nicht so entschlossen auftreten wie Oliver? Sie atmete tief durch und verdrängte die unangenehmen Gedanken. Die Grübelei brachte ja doch nichts.

Mit einem Apfel und einem Becher Joghurt machte sie es sich auf dem Sofa bequem und ließ ihren Blick über das halbhohe Sideboard aus Nussbaumholz gleiten, das perfekt zu der schmalen Schrankwand daneben passte. Eine Vielzahl an Büchern sowie ein kleiner Fernseher zierten die offenen Fächer. Auf dem Sideboard stand die kleine goldene Kaminuhr, die sie von ihrer Großmutter geerbt hatte.

Gerade als Anna sich eines der roséfarbenen Sofakissen in den Rücken stopfte, vibrierte ihr Smartphone. Neugierig checkte sie die eingegangene WhatsApp-Nachricht von Verena, ihrer engsten Freundin in München. »Nächsten Dienstag können Laura und ich nicht. Treffen am Freitag darauf im Tante Käthe?«

Anna hätte Dienstag gut gepasst, aber Freitag war auch okay. Da konnte sie tags darauf ausschlafen. Die Aussicht auf einen Mädelsabend im ›Tante Käthe‹, einem Münchner Café, das sie zu ihrem Stammlokal auserkoren hatten, hob ihre Laune. Sie liebte die lebhaften, lustigen Abende mit Verena, Sophie und Laura. Alle vier hatten zusammen in Regensburg studiert und lebten nun seit drei Jahren in München. Sie tippte schnell »Passt, freu mich« in ihr Smartphone und schaltete dann den Fernseher ein. Doch für die Sitcoms, die gerade liefen, konnte sie sich heute nicht begeistern. Erst als die Sendung ›Die Höhle der Löwen‹ begann, verfolgte sie das Geschehen am Bildschirm genauer. Die Unterhaltungsshow, in der Unternehmensgründer um Kapital für ihr Unternehmen warben, zog sie regelmäßig in ihren Bann.

Als es plötzlich an der Wohnungstür klingelte, schrak Anna hoch. Wer stand abends um 21 Uhr ohne Ankündigung vor ihrer Tür? Sie blickte durch ihren Türspion, konnte jedoch nichts erkennen. Vorsichtig öffnete sie die Tür einen kleinen Spalt und stellte fest, dass Frau Waldhauser von nebenan mit ihrem Dackel in völliger Dunkelheit vor der Tür stand.

»Es tut mir leid, wenn ich Ihren Abend störe, Fräulein Zimmermann. Die Lichter hier im dritten Stock gehen immer noch nicht und ich traue mich im Dunkeln nicht alleine die Treppe hinunter. Lumpi muss nochmal raus.« Voller Zuneigung sah sie zu ihrem Dackel hinunter. »Wären Sie so lieb und würden mich wieder bis zum zweiten Stock hinunterbegleiten?«

Anna und Frau Waldhauser waren die einzigen Mieterinnen im obersten Stock des Hauses und pflegten einen netten, nachbarschaftlichen Kontakt. Frau Waldhauser war eine liebenswerte ältere Dame, Anna schätzte sie auf Anfang Achtzig. Sie war gut zu Fuß und lief jeden Tag ihre Runden mit Lumpi. Das Gassi-gehen und das tägliche Treppensteigen hielten sie fit, hatte sie Anna verraten. Nur ihre Augen waren nicht mehr die besten. Jetzt funktionierte seit fünf Tagen das Licht im dritten Stock des Treppenhauses nicht, und das stellte für sie ein gewaltiges Hindernis dar.

»Natürlich. Das mache ich gerne.« Anna holte ihren Schlüsselbund und trat in den Hausflur. »Läuten Sie einfach unten, wenn Sie zurück sind, dann begleite ich Sie wieder hinauf. Ich habe es dem Hausmeister schon zweimal gesagt, und er hat mir versprochen, das heute zu reparieren. Morgen früh werde ich mich gleich nochmal beschweren.«

»Ach Kindchen, was täte ich ohne Sie. Haben Sie tausend Dank!«

Anna nahm Lumpis Leine in die linke Hand, den rechten Arm reichte sie Frau Waldhauser, die sich sogleich einhängte, und in Windeseile waren sie die Treppe hinunter.

Bevor Anna am nächsten Morgen zur Arbeit ging, klingelte sie bei Hausmeister Waller. Zum Glück begann er seinen Dienst schon früh um sieben Uhr. Sie teilte ihm freundlich mit, dass das Licht immer noch defekt sei, und er erklärte, dass er noch nicht dazugekommen sei. Auch von dem Hinweis, dass das Treppensteigen ohne Licht für Frau Waldhauser schwierig sei, war der Hausmeister nicht beeindruckt. Während Anna noch versuchte, den Hausmeister zu überzeugen, stand plötzlich Artur Blaustein aus der ersten Etage in der Tür. Er unterbrach die Diskussion, ohne Anna zu beachten. »Bei mir klemmt die Badezimmertür, Waller. Schauen Sie sich das heute mal an!«

»Selbstverständlich, Herr Direktor. Das nehme ich heute Vormittag gleich in Angriff. Wünsche einen schönen Tag.«

Blaustein nickte kurz und verschwand aus der Tür. Anna schaute ihm verdutzt nach. Was war das denn gewesen? Kein »Grüß Gott«, kein »Auf Wiedersehen«, nur ein kurz gebellter Befehl, und Waller gehorchte devot. Sie dagegen hatte ihr Anliegen höflich und geduldig vorgebracht. Außerdem war es viel wichtiger als eine klemmende Badezimmertür, aber das war Waller offensichtlich egal. Es wurmte sie, dass er vor Blaustein katzbuckelte und sich ihr gegenüber so uneinsichtig benahm, obwohl Blaustein ebenso nur ein Mieter war wie Frau Waldhauser und sie selbst.

Als sie spürte, wie der Ärger in ihrem Bauch grummelte, suchte sie fieberhaft nach einer Möglichkeit, ihrer Forderung Nachdruck zu verleihen. Doch es fiel ihr nichts Besseres ein, als wieder, wie schon gestern bei Thomas, eine Drohung auszustoßen. »Wenn das Licht heute Abend immer noch defekt ist, beschwere ich mich bei der Hausverwaltung!«

Ohne Waller Zeit für eine Erwiderung zu geben, drehte sie sich um und marschierte mit energischen Schritten aus der Hausmeisterloge.

Auf dem Weg zum Büro sann sie über die gerade erlebte Szene nach. Sie wusste, dass Blaustein Kreditberater bei einer Bank um die Ecke und definitiv nicht Direktor dieser Bank war. Trotzdem hatte Waller großen Respekt vor ihm. Blaustein war mittelgroß, hager und hatte eine Glatze mit einem Kreis kurzer grauer Haare. Er trug eine Hornbrille und als Banker stets einen dunklen Anzug. Schon seit Annas Einzug lebte er allein in einer kleinen Wohnung in der ersten Etage. Wenn Anna ihn im Treppenhaus traf, nickte er nur kurz, statt richtig zu grüßen.

Blaustein stand in der Rangordnung weit über Waller. Darüber waren sich wohl beide Herren einig, sonst hätte das Gespräch nicht so ablaufen können. Vermutlich war Blausteins Anzug ein Symbol für den höheren Rang, überlegte Anna. Aber wo stand sie in dieser Rangordnung? Wenn sie das Verhalten von Waller richtig deutete, dann meilenweit unter Blaustein, ebenso wie Frau Waldhauser. Aber warum? Die Frage drängte sich ihr auf. Weil sie noch jung war? Weil sie eine Frau war? Oder wurden ihre Freundlichkeit und

Geduld als Schwäche ausgelegt? Außerdem trug sie heute auch einen eleganten Hosenanzug, weil vormittags eine Besprechungsrunde mit der Geschäftsleitung angesetzt war. Weshalb bedeutete ihr Anzug keinen höheren Rang?

Als sie ihr Büro betrat, hatte sie darauf noch keine schlüssige Antwort gefunden. Aber sie war sich sicher, dass die Verhaltensweise von Blaustein für sie nicht als Vorbild dienen konnte. So wollte sie nicht mit Menschen umgehen. Es musste noch einen anderen Weg geben, um sich beim Hausmeister Respekt zu verschaffen. Kopfschüttelnd beschloss sie, das Thema vorübergehend abzuhaken, und widmete sich ihrer Arbeit.

Die Besprechung, die für neun Uhr angesetzt war, zog sich ein wenig in die Länge, und so war es schon nach elf Uhr, als sie endlich die Zeit fand, zu Thomas zu gehen.

Im Grunde hatte der Disput mit Thomas gestern einen ähnlichen Hintergrund wie der von heute Morgen, ging es ihr durch den Kopf, als sie vom Schreibtisch aufstand. Sie vertiefte diesen Gedanken und geriet darüber richtig in Rage. Thomas hatte Olivers Arbeit für wichtiger erachtet als ihre und sie damit ebenso herablassend behandelt wie der Hausmeister. Und sie wollte sich jetzt auch noch bei ihm entschuldigen. Sie hatte jedes Recht dazu, verärgert zu reagieren. Sollte er sich doch entschuldigen. Er war schließlich der Praktikant und hatte die Prioritäten eigenmächtig zu ihren Ungunsten verschoben. Wild entschlossen, einige deutliche Worte an Thomas zu richten, stürmte sie aus ihrem Büro.

Gerade als sie an seine Bürotür klopfen wollte, bemerkte sie, dass die Türe nur angelehnt und im Zimmer eine laute Stimme zu hören war. Sie lauschte einen kurzen Moment, um zu entscheiden, ob sie eintreten sollte, und erkannte, dass Oliver sprach. »Wegen Anna brauchst du dir keine Gedanken zu machen, Thomas. Die verpetzt dich nicht. Dafür ist sie viel zu gutmütig. Es war natürlich ungeschickt von dir zu sagen, dass meine Sachen dringender sind als ihre. Da hättest du dir auch eine andere Ausrede einfallen lassen können. Aber die Anna beruhigt sich schon wieder, da bin ich sicher.«

»Ich weiß nicht, sie war ganz schön sauer gestern. So habe ich sie noch nie erlebt.«

»Ach was. Ich arbeite jetzt drei Jahre mit ihr zusammen und kenne sie mittlerweile wirklich gut. Die rennt garantiert nicht zum Chef, um sich über dich zu beschweren. Vielleicht meckert sie ein wenig herum, aber das hält sie nie lange durch, und dann ist alles wieder gut.«

Um Thomas letzte Zweifel zu zerstreuen, holte Oliver zu einer weiteren Erklärung aus und konnte dabei der Versuchung nicht widerstehen, sich vor Thomas ein wenig zu brüsten. »Was ich dir jetzt sage, sage ich dir ganz im Vertrauen unter uns Männern.«

Anna fand Olivers Schilderung ziemlich beleidigend, aber im Stillen stimmte sie ihm zu. Sie hätte Thomas tatsächlich niemals angeschwärzt. Das war nicht ihr Stil. Neugierig brachte sie ihr Ohr näher an den Türspalt, um zu erfahren, was Oliver aus dem Nähkästchen plaudern wollte.

»Ich nutze Annas Fähigkeiten ganz gezielt für meine Karriere und sie hat sich bis heute nicht darüber beschwert. Fachlich ist sie richtig fit, außerdem hat sie sagenhaft gute Ideen. Die nehme ich mir dann einfach und unterbreite sie unseren Kunden als meine eigenen. Da komme ich überall Spitze an.

Das läuft folgendermaßen ab: Wenn ich im Team mit ihr arbeite, sorge ich von Anfang an dafür, dass der Kontakt zur Geschäftsführung ausschließlich über mich läuft. Da kann ich dann das Angenehme mit dem Nützlichen verbinden. Essen gehen und den Kunden informell die besten Ideen mitteilen. Wenn wir dann eine Präsentation mit dem ganzen Team machen, sind die Herren schon über die Highlights informiert und denken, die stammen alle von mir. Es fragt niemand genau nach, von wem die Ideen oder die Ausarbeitungen stammen. Das lasse ich alles schön das Team erledigen. Bernhard ist das egal, solange er abends mit mir um die Häuser ziehen darf und die eine oder andere Braut abkriegt. Und Anna kommt nicht im Traum auf die Idee, zu erklären, dass die Ideen von ihr stammen.

So sind die Kunden von mir begeistert, ich habe ein leichtes Leben bei AFC und klettere die Karriereleiter munter nach oben. Anna hält mir gewissermaßen die Steigbügel.« Oliver lachte laut auf. »Gestern habe ich mir den Projektleiterposten für Arnold Kunststoffbau geholt und Anna musste zusehen. Ich habe sie nicht zu Wort kommen lassen und sie als meine Stellvertreterin vorgeschlagen. Davon war Morgenroth natürlich begeistert. Ich glaube, er wollte ursprünglich Anna als Projektleiterin, aber bis die sich zu einer Entscheidung durchgerungen hatte, war schon alles geregelt. Schnelligkeit ist nicht ihr Ding. Aber du weißt ja, Morgenroth liebt schnelle Entscheidungen, und so lief alles nach Plan.

Es gibt wieder die übliche Teamkonstellation, bei der nichts schiefgehen kann: Anna macht die Arbeit, und ich ernte die Lorbeeren. Sie hat sich schon in die Vorbereitung vertieft und erstellt einen genauen Arbeitsplan, so dass ich Morgenroth heute Abend sagen kann, dass die Arbeitseinteilung schon steht. Der denkt natürlich, ich hätte sie gemacht.«

Anna war wie vor den Kopf gestoßen und unfähig, sich auch nur einen Millimeter zu bewegen. So hörte sie, wie Thomas skeptisch nachfragte: »Und Anna macht da widerspruchslos mit? Das kann ich kaum glauben.«

»Die merkt doch gar nicht, welche Fäden ich hinter ihrem Rücken ziehe. Manchmal wird es etwas brenzlig, wie letzte Woche bei der Präsentation, aber das bügle ich dann schnell wieder aus. Diese kleinen Risiken sind wie das Salz in der Suppe und machen richtig Spaß. Ich habe dir doch erklärt, dass die Anna nicht nachtragend ist. Darauf kann ich mich verlassen. Also, bin ich ein Held, oder nicht?«

Auf Thomas Antwort achtete Anna nicht mehr. ›Der Lauscher an der Wand hört seine eigne Schand‹, diese altbekannte Binsenweisheit klang Anna höhnisch im Ohr, während sie noch immer wie erstarrt vor der Bürotür stand. Sie zwang sich mit aller Kraft dazu, sich abzuwenden, und lief wie ferngesteuert in ihr Büro zurück. Dort setzte sie sich auf ihren Stuhl und sah mit leerem Blick aus dem Fenster. Ihr war übel und ihre Augen füllten sich mit Tränen. Sie fühlte sich ausgenutzt und gedemütigt. Es war ihr schon seit Längerem klar, dass Oliver sich manchmal auf ihre Kosten profilierte, aber wie weit das ging, hätte sie sich nicht träumen lassen. Sie regte sich zwar immer wieder über Olivers Verhalten auf, aber letztendlich gab sie jedes Mal nach, weil sie keinen Ärger in der Firma wollte.

Doch Oliver nutzte sie seit drei Jahren planmäßig aus und machte mit ihrem Können Karriere. Sie dagegen blieb auf der Strecke. Es war kein unglücklicher Zufall, dass Oliver jetzt Projektleiter geworden war, sondern ein geschickter Schachzug von ihm. Er hatte Morgenroth mit dem Stellvertreterposten genauso manipuliert wie sie. Und sie hatte das Morgenroth angelastet und nicht erkannt, wer dahintersteckte. Dieser verdammte Oliver! Er wusste genau, wie sie tickte, und setzte dieses Wissen skrupellos für seine Zwecke ein.

Nach einer Weile sah sie auf die Uhr. Schon fast zwölf. Schnell packte sie ihre Handtasche und verließ das Büro, ehe Julia sie für die Mittagspause abholen konnte. Eine Diskussion mit ihr konnte sie jetzt wirklich nicht gebrauchen. Beim Bäcker gegenüber kaufte sie sich ein Tomaten-Mozzarella-Ciabatta und ein Mineralwasser. Da sie im Moment niemandem begegnen wollte, lief sie ein Weilchen, bis sie zu einem kleinen Park kam, dessen Name ihr entfallen war. Dankbar für diese Rückzugsmöglichkeit, betrat sie den Kiesweg und steuerte auf eine freie Parkbank zu. Die Bank auf der gegenüberliegenden Seite des Weges war ebenfalls leer, so dass sie ungestört war.

Sie setzte sich, ließ jedoch das Ciabatta, auf das sie sich sonst immer freute, vorerst in ihrer Tasche. Der Appetit war ihr vergangen. Sie schrieb Julia eine kurze WhatsApp, dass sie mittags verhindert sei, dann lehnte sie sich zurück und atmete tief durch. Während sie ein kleines Eichhörnchen beobachtete, das neben ihr den dicken Stamm einer Eiche hinaufkletterte, liefen ihre Gedanken schnurstracks zu Oliver und seinen Enthüllungen zurück. Wie hatte sie nur so naiv sein können? Sie dachte an die letzten Projekte zurück, in denen sie mit Oliver gearbeitet hatte. Im Prinzip waren alle nach dem gleichen Schema abgelaufen: Oliver hielt den Kontakt zu den Kunden, während das restliche Team die Arbeit machte. Zum Schluss schaffte Oliver es immer irgendwie, seine Verdienste in glühenden Farben zu schildern.

Natürlich saß Oliver auch mal am Schreibtisch und erstellte eine Analyse. Aber meist begann er eine Aufgabe und gab sie dann rasch an einen Kollegen ab, weil er Wichtiges mit wem auch immer zu besprechen hatte. Gewöhnlich blieb er bis gegen 16 Uhr im Büro, danach hatte er, soweit Anna das überblickte, immer einen Kundentermin. Hatte schon jemals jemand nachgeprüft, ob das stimmte? Oder ging er einfach nur früh nach Hause? Anna stellte zum ersten Mal seine Erklärungen infrage. Bisher hatte sie ihm vertraut, doch er hatte sie jahrelang belogen und ausgenutzt. Und sie hatte bestens funktioniert, ihn unterstützt, über vermeintlich kleine Ungerechtigkeiten großzügig hinweggesehen und sich vorgemacht, dass alles in bester Ordnung sei. Brav, bescheiden und lieb. Toll gemacht, Anna!

Diese Erkenntnis war bitter. Langsam ebbte der erste Schock ab und Wut machte sich breit.

»Dem werde ich seine Suppe versalzen! Der wird sein blaues Wunder erleben!«, murmelte sie vor sich hin, während es in ihr brodelte. Sie hatte keine Ahnung, wie sie das anstellen sollte, aber das hielt sie nicht davon ab, sich in befriedigenden Rachefantasien zu ergehen, was sie Oliver antun würde. In Gedanken entwickelte sie sich zu einer alles, beziehungsweise Oliver, verschlingenden Rachegöttin.

Ihren ersten Plan, Oliver alles auf den Kopf zuzusagen und ihn auf das Übelste zu beschimpfen, verwarf sie schnell wieder, denn er hätte ihre Vorwürfe vermutlich kaltblütig abgestritten und verharmlost. Als Nächstes überlegte sie, zu Morgenroth zu gehen und ihm von dem Gespräch zu berichten. Allerdings würde sie dann als Lauscherin und Petze dastehen. Das wollte sie auf keinen Fall. Dann sann sie darüber nach, Oliver falsche Planungen und Analysen an die Hand zu geben, damit er sich bei den Kunden blamieren würde. Aber sie befürchtete, dass Oliver umgehend darauf hinweisen würde, dass die Daten von ihr stammten. Das wäre peinlich und würde negativ auf die Firma zurückfallen.

Von den Plänen, Oliver die Luft aus den Autoreifen zu lassen oder ihm einen Virus auf seinen Computer zu schicken, kam sie schnell wieder ab. Das war dann doch zu kindisch und zu leicht nachweisbar. Aber die Überlegungen besänftigten ihr aufgeregtes Gemüt.

So saß sie über eine Stunde tief in sich versunken auf der Parkbank in der milden Septembersonne, bis die größte Wut verraucht war. Dann holte sie ihr Ciabatta heraus und biss herzhaft hinein. Das knusprige Brötchen schmeckte so gut wie immer. Sie beschloss, das Mittagessen im Park bewusst zu genießen und die negativen Gedanken für den Moment zu verdrängen.

Der heimliche Lauschangriff brachte sie in Zugzwang. Das war ihr klar, als sie den Park widerstrebend verließ. Doch die Auszeit in der kleinen grünen Oase mitten in München hatte ihr gut getan.

Während sie in die Straße einbog, in der das Bürogebäude von AFC lag, entschied sie, an diesem Tag mit niemandem über das Gehörte zu reden. Der Ärger saß zu tief. Sie wusste nicht, ob sie sachlich bleiben konnte oder vor Wut und Elend in Tränen ausbrechen würde. Darüber hinaus war ihr noch völlig unklar, welche Konsequenzen sie nun tatsächlich ziehen sollte. Beim Betreten des Gebäudes begegnete sie Carla, der sie einen schnellen Gruß zunickte. Dann zog sie den Kopf ein und blickte zu Boden.

Hoffentlich war Carla während des Gesprächs von Oliver mit Thomas nicht im Büro gewesen. Doch das war unwahrscheinlich, denn Oliver würde sich vor Carla keine Blöße geben.

Einen halben Kopf größer als Anna, mit rötlich-blondem Kurzhaarschnitt, stahlblauen Augen und kräftiger Figur, war Carla mit einer großen Klappe gesegnet und meist sehr direkt. Mehr als einmal hatte Anna einer erbitterten Diskussion zwischen den beiden gelauscht. Jedes Mal hatte sich Carla durchgesetzt.

In ihrem ersten Jahr bei AFC hatten sie häufig zu dritt gearbeitet, doch seit zwei Jahren komplettierte stets Bernhard statt Carla das Team. Sie stutzte in ihren Überlegungen. Vermutlich hatte Oliver da auch seine Finger im Spiel. Langsam kam sich Anna ziemlich dumm vor. Sie verschanzte sich hinter dem Computer in ihrem Büro und hoffte, dass heute niemand mehr hereinschauen würde.

Während sie den roten Aktenordner für das Projekt bei Ziegelwerk Wildenauer aufschlug, dachte sie an die ABC- Analyse, die das ganze Debakel ausgelöst hatte. Sie würde heute sicher nicht noch einmal in Thomas Büro gehen. Nach kurzer Überlegung schickte sie ihm eine E-Mail. Als Betreff fügte sie »Sehr dringend!« ein. Dann schrieb sie:»Hallo Thomas, ich warte immer noch auf die ABC-Analyse. Es ist dringend und ich brauche sie sofort, wie ich dir gestern schon begreiflich gemacht habe. Bitte sende sie mir heute noch zu. Viele Grüße Anna«.

So, das war höflich und gleichzeitig deutlich. Wenn die Analyse bis zum nächsten Morgen nicht in ihrem Posteingang liegen würde, sähe sie sich tatsächlich gezwungen, ihre Androhung wahrzumachen und Morgenroth zu informieren. Die Wut im Bauch würde ihr den nötigen Mut schon verleihen.

Plötzlich fiel ihr ein, dass sie Oliver zugesagt hatte, die Arbeitsplanung für das Projekt bei Arnold Kunststoffbau vorzubereiten. »Damit ich Morgenroth heute Abend sagen kann, dass die Arbeitseinteilung schon steht«, äffte sie Olivers Tonfall nach.»Das hast du dir schön ausgedacht, Oliver. Aber daraus wird nichts.«, murmelte sie in ihrer normalen Tonlage vor sich hin.»Saug dir die Arbeitsplanung mal schön selbst aus den Fingern. Die liebe Anna steht heute leider nicht zur Verfügung.«

Sie verzog die Lippen zu einem grimmigen Grinsen und tippte heftig in ihre Tastatur hinein. Dann las sie die E-Mail durch, die sie soeben verfasst hatte.»Lieber Oliver, leider komme ich weder heute noch am Montag dazu, die Arbeitsplanung für Arnold Kunststoffbau in Angriff zu nehmen, da ich beide Tage für die Vorbereitung für Wildenauer brauche. Thomas ist zu meinem Leidwesen stark in andere Projekte eingespannt. Deshalb kann er mich hier nicht so unterstützen, wie ich es geplant hatte. Nun muss ich fast alle Arbeiten selbst erledigen und stehe ziemlich unter Zeitdruck. Bitte arbeite die Planung selbst aus. Als Projektleiter ist das ja eigentlich auch deine Aufgabe. Ich unterstütze dich im weiteren Verlauf bei Arnold, sobald ich mir ein wenig Zeit freischaufeln kann. Vielen Dank für dein Verständnis. LG Anna«.

In die Betreffzeile schrieb sie »Arbeitsplanung Arnold« und versandte die Email sofort mit einem entschlossenen Klick. Sie empfand es als sehr befriedigend, dass sie Oliver so elegant die Arbeitsplanung zugeschoben hatte, und nahm sich vor, dass das erst der Anfang sei. Vorsichtshalber schaltete sie die Autoreply-Funktion ihres E-Mailprogramms ein, die den Absendern von E-Mails mitteilen würde, dass sie erst am Montag wieder erreichbar sei. So wie sie Oliver kannte, würde er ihr umgehend antworten und versuchen, sie dazu zu bewegen, die Planung trotz ihres hohen Arbeitspensums zu erstellen. Wenn er dann ihre automatische Antwort erhielt, würde er denken, dass sie das Büro schon verlassen hätte. Zudem würde sich dadurch die Gefahr verringern, dass er unangemeldet in ihrem Zimmer auftauchte. Denn einer Auseinandersetzung mit Oliver war sie heute nicht gewachsen.

Mit diesen Gedanken vertiefte sie sich in die Vertriebsplanung für Wildenauer. Thomas schickte ihr gegen 17 Uhr die überfällige ABC-Analyse der Kunden, die sie sofort einarbeitete. Danach beschloss sie, Feierabend zu machen. Das war zwar für ihre Verhältnisse früh, aber sie hatte genügend unbezahlte Überstunden geleistet, so dass sie keine Gewissensbisse hatte.

Im Flur begegnete sie Julia und wünschte ihr im Vorübergehen ein schönes Wochenende. Julia sah ihr verwundert hinterher, hielt sie jedoch nicht auf, und Anna atmete erleichtert aus, als sie das

Bürogebäude hinter sich ließ. Nun lag das ganze Wochenende vor ihr. Sie nahm sich vor, zuerst etwas Abstand zu gewinnen und dann in Ruhe zu überlegen, was sie wegen Oliver unternehmen sollte. Da für Samstag wunderbares Herbstwetter angesagt war, hatte sie sich mit Verena zu einer Bergtour in Garmisch-Partenkirchen verabredet. Sophie besuchte am Wochenende ihre Eltern in Fulda, und Laura verabscheute jede Art von Sport. So waren sie nur zu zweit. Vielleicht bot sich die Gelegenheit, mit Verena über die ganze Geschichte zu sprechen. Verena war Steuerberaterin in einer Kanzlei und hatte früher oft Ärger im Team gehabt. Seit einem Jahr machte sie jedoch einen sehr selbstbewussten Eindruck und von Problemen im Büro hatte sie schon lange nicht mehr gesprochen. Es würde Anna schon helfen, wenn sie mit Verena über Olivers infame Strategie reden könnte.

Morgens um acht Uhr trafen sich Anna und Verena im Münchner Hauptbahnhof, um gemeinsam nach Garmisch-Partenkirchen zu fahren. Beide trugen feste Wanderschuhe, kurze Wanderhosen und Rucksäcke. Verena hatte ihre lange, dunkle Lockenmähne zu einem voluminösen Dutt hochgesteckt, was ihr schmales Gesicht mit den schön geschwungenen Brauen vorteilhaft zur Geltung brachte. Es störte sie insgeheim ein wenig, dass Anna fünf Zentimeter größer war als sie selbst. Deshalb wandte sie gerne allerhand Tricks an, um diesen Größenunterschied auszugleichen. Häufig trug sie High Heels. Doch für die geplante Bergwanderung waren diese wirklich nicht geeignet. Deshalb freute sie sich diebisch, dass ihr heute Morgen die Lösung mit dem Dutt eingefallen war. Ihre bernsteinfarbenen Augen funkelten fröhlich, und sie lachte über das ganze Gesicht, als sie Anna sah.

Nach einer herzlichen Begrüßung machten sie sich auf den Weg zu Gleis 28 am Starnberger Flügelbahnhof, an dem der Zug abfahren sollte. Als sie einstiegen, herrschte schon lebhafter Betrieb. Da die Wettervorhersage einen traumhaften Samstag versprochen hatte, wollten viele Münchner den Tag in den Bergen verbringen, und Garmisch-Partenkirchen war offenbar ein beliebtes Ziel.

In einem gut besetzten Großraumwagen fanden sie zwei Plätze nebeneinander und machten es sich gemütlich. Während der Zug durch die immer grüner werdende Landschaft Richtung Berge brauste, brachten sie sich gegenseitig auf den neuesten Stand, was Familie und Freunde betraf. Gerade als sie das Thema Winterurlaub anschneiden wollten, fuhren sie in den Garmisch-Partenkirchner Bahnhof ein. Eilig stiegen sie um in die Bayerische Zugspitzbahn, die in unmittelbarer Nähe hielt und sie bequem bis zur Talstation der Kreuzeckbahn beförderte. Dort lösten sie zwei Tickets für die Bergfahrt, dann spurteten sie zur Seilbahn, die sich gerade füllte.

»Schnell, Anna«, rief Verena, »ich glaube, der will uns noch mitnehmen.«

Mit wippenden Rucksäcken kamen sie an der Seilbahn an. Der Angestellte, ein junger Mann Anfang 30, blond und braungebrannt, sah ihnen wartend entgegen und lächelte freundlich. Sie grinsten ihn an und gingen mit einem Dankeschön auf den Lippen an Bord. Schon legte die Seilbahn ab. Die Fahrt bot einen imposanten Ausblick auf die Alpspitze, den Verena sehr genoss, während Anna die Karte zückte und sich den Weg, den sie laufen wollten, einprägte.

Von der Bergstation aus wanderten sie über das Hupfleitenjoch und bogen dann rechts in das Höllental ein. Ein passender Name für meine derzeitige Situation, dachte Anna. Als der Weg stetig abwärtsführte, hatte Verena wieder genug Atem geschöpft, um ein paar Anekdoten aus der Firma zum Besten zu geben. Verena redete gerne, und es fiel ihr gar nicht auf, dass Anna heute so schweigsam war. Auf Höhe der historischen Knappenhäuser, die zu einem alten aufgelassenen Bergwerk gehörten, hielten sie kurz an, um den sensationellen Ausblick auf die gesamte Zugspitzregion zu genießen. Die Zugspitze selbst schien zum Greifen nah, während tief unter ihnen das Höllental lag.

Weiter ging es bis zur Höllentalangerhütte. Dort fanden sie auf der gut besuchten Terrasse einen freien Tisch und ließen sich ein zünftiges Mittagessen mit Leberkäs und Kartoffelsalat schmecken. Danach blieben sie noch ein Weilchen sitzen und genossen die Sonne und die milde Spätsommerluft.

Anna wollte Verena den Tag nicht verderben, aber ihre Gedanken hatten sich beim Wandern pausenlos um Olivers Enthüllungen gedreht. Als Verena nachfragte, wie es denn in der Firma liefe, packte sie die Gelegenheit beim Schopf. »Ich hatte gestern ein schreckliches Erlebnis in der Firma. Ich habe dir doch schon von Oliver erzählt«, begann sie und dann berichtete sie die ganze Geschichte.

Nun war Verena ganz Ohr. Mit ernster Miene hörte sie zu und schüttelte an den richtigen Stellen den Kopf. Das Mitgefühl tat Anna gut. Als sie geendet hatte, war Verena empört über Olivers Verhalten. »Das gibt es doch nicht. Wie kann er dir das antun? Und dann brüstet er sich auch noch damit!«

Anna war erleichtert, dass Verena das auch so sah. »Die Frage ist, wie gehe ich damit um? Was soll ich jetzt machen? Ich habe mir vorgenommen, am Wochenende zu einer Entscheidung zu kommen. Es kreisen zwar alle möglichen Gedanken in meinem Kopf, aber ich weiß nicht, was ich tun soll. Wie siehst du das?«

».Ich bin mir sicher, wir finden eine Lösung, aber lass mir ein bisschen Zeit. Das muss ich auch erst einmal verdauen. Jetzt gehen wir zuerst durch die Höllentalklamm hinunter. Die Tunnel und Brücken über das wild schäumende Wasser sollen ein spektakuläres Erlebnis sein. Wenn wir unten sind, suchen wir uns ein nettes Café und reden wir noch einmal über die ganze Sache.«

Der Wildbach mit seinen tosenden Wasserfällen war wirklich atemberaubend. Sie mussten den Weg allerdings mit gefühlten hundert Familien teilen, denn am Wochenende war die Höllentalklamm ein beliebtes Ausflugsziel. Das hatten sie vorher nicht bedacht. Als sie die Schlucht durchwandert hatten und in der Ebene ankamen, zerstreuten sich die Massen.

»Da vorne ist ein Gasthof mit Sonnenterrasse.« Anna hatte ihn als Erste entdeckt.

»Ich sehe einen freien Tisch!« Mit diesen Worten beschleunigte Verena ihre Schritte, so dass Anna ein wenig hinterherlaufen musste. Zielsicher steuerten sie auf einen Tisch in der Ecke zu und schon bald saßen beide vor üppigen Eiskaffees.

Verena ließ sich das Vanilleeis genüsslich auf der Zunge zergehen und überlegte, wie sie beginnen sollte. Während der letzten Etappe hatte sie sich Annas Schilderung noch einmal durch den Kopf gehen lassen und entschieden, Anna auf ein paar Punkte hinzuweisen, die ihr aufgefallen waren. Doch sie musste behutsam vorgehen, denn sie war sich nicht sicher, wie offen Anna für ihre Anmerkungen war. »Oliver ist eine richtige Ratte. Er hat dir übel mitgespielt, da gibt es nichts zu beschönigen. Und das hast du ganz gewiss nicht verdient. Aber mein Mitleid alleine hilft dir nicht weiter.«

Als Anna den Kopf hob, sah Verena sie eindringlich an. »Was ich dir jetzt sagen möchte, ist dir sicher nicht angenehm, aber du solltest die Zusammenhänge erkennen: Ist dir bewusst, dass zu so einem Spiel immer zwei gehören? Einer, der es aktiv vorantreibt, und einer oder besser eine, die es passiv geschehen lässt?«

Anna wollte antworten, aber Verena hob abwehrend die Hand. »Warte, ich will das zuerst näher ausführen. Oliver hat bemerkt, dass du immer wieder nachgibst. Du hast ihm nie ernsthaft Einhalt geboten. Egal, was er sich erlaubt hat, er ist immer damit durchgekommen. Ob es Entscheidungen waren, die du nicht schnell genug getroffen hast, oder zusätzliche Arbeit, die er dir aufgehalst hat. Für ihn war das Muster vermutlich nach kurzer Zeit klar. Er hat das skrupellos zu seinen Gunsten genutzt und mit der Zeit seine gesamte Karriere auf eurer Beziehung aufgebaut.« Verenas Mundwinkel zuckten angewidert bei dem Gedanken, der ihr gerade durch den Kopf schoss. »Er ist praktisch ein Parasit.«

Diese Vorstellung behagte Anna überhaupt nicht. Sie war auch von der Richtung, in die sich das Gespräch entwickelte, nicht sonderlich begeistert. Sie hatte mehr Trost und weniger den Hinweis auf ihre Mitschuld erwartet. Aber sie hätte es sich denken können. Verena hatte schon während des Studiums gerne die Verhaltensmuster ihrer Kommilitoninnen seziert.

Den Mund säuerlich verzogen, setzte Anna zu ihrer Verteidigung an. »Du hast ja keine Ahnung, wie schwierig es ist, sich gegen Oliver zu behaupten. Wenn ich ihm widerspreche, habe ich permanent Ärger. Und das nervt. Außerdem ist mir ein freundliches und angenehmes Arbeitsklima wichtig. Ich kann nicht erkennen, was daran falsch sein soll. Aber mittlerweile respektiert mich nicht einmal mehr der Praktikant.« Missmutig legte sie die Stirn in Falten und sog an ihrem Strohhalm.

»Ganz so schlimm ist es sicher nicht, Anna.« Verena wusste aus Erfahrung, dass Anna bei Kritik empfindlich war. Doch ihr fiel kein anderer Weg ein, Anna die Zusammenhänge begreiflich zu machen. »Ich kann dich verstehen. Natürlich ist ein angenehmes Arbeitsklima wichtig, aber vermutlich steckt noch ein anderer

Grund dahinter. Sei mal ganz ehrlich: Kann es sein, dass du es dir nicht zutraust, deinen Standpunkt durchzusetzen, und deshalb immer wieder nachgibst?«

Anna fühlte sich ertappt. Verena hatte einen Punkt getroffen, den sie nicht einmal vor sich selbst zugab. Deshalb stritt sie Verenas Vermutung heftig ab. Verena beließ es dabei, denn sie hatte ihr Ziel erreicht: Anna hatte ihr mangelndes Durchsetzungsvermögen erkannt, auch wenn sie noch nicht bereit war, es laut auszusprechen. Ihre hochrot gefärbten Wangen waren für Verena ein untrügliches Anzeichen.

Kurz darauf machten sie sich auf den Rückweg und saßen gegen 17 Uhr wieder im Zug Richtung München. Wider Erwarten waren die Waggons nur spärlich besetzt. Niemand saß im näheren Umkreis, so dass sie völlig ungestört waren. Anna saß Verena gegenüber und wirkte sehr nachdenklich. Auf dem Weg zum Zug hatte sie Verenas Feststellung, dass sie sich nicht durchsetzen konnte, hin und her gewendet, und alle möglichen Rechtfertigungen dafür gefunden. Aber sie waren alle nicht sehr überzeugend gewesen. Schließlich hatte sie es aufgegeben, Entschuldigungen für ihr Verhalten zu suchen, und innerlich die Schultern gezuckt.

Doch Verenas Satz hatte sie nicht losgelassen. Vielleicht lag ja ein kleines Körnchen Wahrheit darin, dachte sie. Es fiel ihr schwer, sich diese Schwäche einzugestehen. Aber wenn Verenas Vermutung zutraf, dann lag darin die Ursache für den ganzen Ärger. Dann war es dumm, die Augen zu verschließen. Spontan entschied sie, ihr Durchsetzungsvermögen ein wenig aufzupolieren, wie sie es in Gedanken nannte. Sicherlich konnte ihr Verena in diesem Punkt einige gute Ratschläge erteilen. Sie wartete, bis sich der Zug in Bewegung setzte, bevor sie das Thema erneut aufgriff. »Es ist einiges dran, an dem, was du vorhin gesagt hast, auch wenn es mir nicht angenehm ist, das zuzugeben. Und was soll ich deiner Meinung nach jetzt tun?«

Kapitel 4

UNTERSTÜTZUNG NAHT VON GEHEIMER SEITE

Verena hatte sich auf dem Rückweg zum Bahnhof bereits entschieden, Anna in ein Geheimnis einzuweihen, das ihr selbst sehr geholfen hatte. So kam ihr Annas Eingeständnis sehr gelegen. Sie war gespannt, wie diese darauf reagieren würde. »Erinnerst du dich noch daran, als ich mich vor zwei Jahren über Vanessa, eine meiner Assistentinnen, beschwert habe? Sie hielt sich nie an meine zeitlichen Vorgaben bei ihren Arbeiten, alles musste ich ihr dreimal sagen, aber beim Feierabend war sie die Erste. Als ich sie nach einiger Zeit auf ihr Verhalten ansprach, gab sie mir zur Antwort, wenn ich ein Problem damit hätte, sollte ich die Arbeiten doch selbst erledigen. Dann machte sie sich bei den anderen Assistentinnen über mich lustig. Sie stellte mich als Spießerin hin, als arbeitswütig und herrschsüchtig. Ich war unglaublich wütend und fühlte mich bis auf die Knochen blamiert.«

Einen Moment lang blubberten unangenehme Gefühle in Verena hoch. Dann schüttelte sie die Erinnerung entschlossen ab und konzentrierte sich wieder auf Anna. »Kurz darauf kam ich auf unserem Betriebs-Sommerfest mit Ulrike ins Gespräch. Sie ist eine der Partnerinnen unserer Kanzlei. Ich kannte sie bis dahin nicht gut, aber sie war mir sympathisch. Als die Rede auf Assistenten kam, habe ich ihr, ohne dass es in meiner Absicht lag, mein Problem geschildert. Natürlich ohne Namen zu nennen.«

Unwillkürlich beugte sich Anna näher zu Verena. Diese hatte sich im Sommer vor zwei Jahren bitter über Vanessa beschwert. Der Name war Anna im Gedächtnis geblieben. Aber sie konnte sich nicht mehr daran erinnern, wie Verena mit der Situation umgegangen war. Gespannt wartete sie darauf, dass Verena fortfuhr.

»Ulrike verstand meine Situation sofort. Sie meinte, dass ich nicht die einzige junge Frau sei, die mit ihren Mitarbeitern Schwierigkeiten habe. Die einen seien zu gutmütig und ließen sich alles Mögliche aufhalsen, andere könnten sich nicht durchsetzen. Wieder andere wirkten so unsicher, dass niemand Respekt vor ihnen habe. Oft sei einfach das Selbstvertrauen der jungen Frauen noch nicht so ausgeprägt, als dass sie ihren vielfältigen Aufgaben gewachsen wären.«

Bei diesen Worten schaute Verena Anna scharf in die Augen, um zu beobachten, ob Anna sich von diesen Worten angesprochen fühlte. Als sie meinte, einen kleinen Erkennungsreflex gesehen zu haben, fuhr sie zufrieden fort. »Aber ich könne lernen, diese Art von Problemen leichter zu bewältigen. Wenn ich möchte, könne sie mir dabei helfen. Das machte mich natürlich immens neugierig.« Verena ließ ein verschmitztes Grinsen aufblitzen, wurde dann aber schnell wieder ernst.

»Es tat mir gut zu hören, dass andere Frauen ähnliche Schwierigkeiten hatten, aber vor allem war ich brennend an einer Lösung meines Problems interessiert. Denn ich wusste wirklich nicht mehr, wie ich mit Vanessa umgehen sollte. Deshalb bat ich sie weiterzusprechen.«

Als der Schaffner auf sie zukam, um ihre Fahrkarten zu kontrollieren, unterbrach Verena ihre Schilderung. Sie wartete, bis er ihnen eine gute Fahrt gewünscht und sich wieder entfernt hatte, dann nahm sie den Faden wieder auf. »Also, Ulrike, die selbst Anfang 50 ist, erklärte mir, dass sie zu einer Gruppe von älteren Frauen gehöre, die es sich zur Aufgabe gemacht hätten, jungen Frauen zu mehr Selbstvertrauen zu verhelfen. Ihr großes Ziel sei die wirkliche Gleichberechtigung von Frauen und Männern. Doch solange die Frauen sich selbst unsicher fühlten, was leider immer noch häufig der Fall sei, sei es für Frauen schwer, für sich selbst einzustehen und sich durchzusetzen. Genau hierfür könne sie mir einiges an Werkzeug an die Hand geben. Wir verabredeten uns zu einem gemeinsamen Abendessen am folgenden Samstag.«

Während Anna ihre Trinkflasche aufschraubte und einen kräftigen Schluck nahm, erzählte Verena weiter. »Das Gespräch beim Abendessen war sehr interessant. Ulrike berichtete von einer Frauengruppe, die schon seit Jahrhunderten existierte und in der Öffentlichkeit völlig unbekannt war. Diese Gruppe unterstützt junge Frauen bei allen möglichen Problemen, vor allem auf ihrem Weg zu mehr Selbstvertrauen und Gleichberechtigung. Sie verfügt über Leitsätze, die aus alten Überlieferungen stammen und seit Jahrhunderten von Frau zu Frau weitergereicht werden.«

Anna lauschte gebannt und konnte nicht glauben, was Verena hier schilderte. Sie hatte immer gedacht, sie kenne Verena gut. Schließlich war sie seit dem Studium ihre beste Freundin. War Verena jetzt Mitglied in einem Geheimbund für Frauen? Das klang aufregend und geheimnisvoll. Darüber wollte sie unbedingt mehr hören. Ihre eigenen Probleme hatte sie für den Moment vergessen. »Hast du auch so eine Schrift? Kann ich die mal sehen, wenn wir zuhause sind? Und wie können ein paar Sätze mehr Selbstvertrauen bei Frauen bewirken? Hast du das selbst ausprobiert?«

»Jetzt lass mich doch erst mal zu Ende erzählen. Danach kannst du gerne Fragen stellen«, wehrte Verena Annas Übereifer lächelnd ab. Insgeheim freute sie sich jedoch über Annas Interesse. »Also, um es kurz zu machen: Ulrike hat mir angeboten, meine Mentorin zu werden und mir im Umgang mit Vanessa zu helfen. Wir hatten ein langes Vorgespräch am folgenden Samstagvormittag, indem wir über meine Schwierigkeiten gesprochen haben, dann hat sie die Codes, wie die Leitsätze heute genannt werden, ausgewählt, die für meine Situation am besten passen. Es gibt nämlich eine Vielzahl dieser Codes für alle möglichen Lebenslagen. Aber sie meinte, mit drei Codes müsste ich gut zurechtkommen. So war es auch. Wir haben uns dann dreimal getroffen und jeweils einen Code behandelt.«

Von der langen Schilderung war Verena durstig geworden. Sie hob ihren Rucksack hoch und holte nun ebenfalls ihre Trinkflasche heraus. Nach einem tiefen Schluck verstaute sie die Flasche wieder und lehnte sich entspannt zurück. »Nach diesen drei Sitzungen war der Umgang mit Vanessa für mich viel einfacher. Ich konnte mich besser in sie hineinversetzen und nachvollziehen, was sie an meiner Art so störte. Darüber haben wir dann offen geredet und neue Regeln für die Arbeitsweise und unseren Umgang miteinander festgelegt. Seitdem läuft es gut.«

Einen Moment sann Verena ihren eigenen Worten nach, dann lächelte sie Anna herausfordernd an. »Ich will jetzt hier nicht angeben, aber wenn ich mein Selbstvertrauen heute mit dem von vor zwei Jahren vergleiche, dann hat sich viel geändert. Das merke ich nicht nur beim Umgang mit meinen Assistentinnen, was ja eine Führungsaufgabe im klassischen Sinn darstellt, sondern auch gegenüber Mandanten und im Privatleben.«

»Ja, das stimmt«, bestätigte Anna. »Obwohl ich nicht genau sagen kann, was sich verändert hat, wirkst du insgesamt viel entspannter und selbstbewusster als früher. Der Gedanke, dass du dich schon lange nicht mehr über deine Assistentinnen beschwert hast, ging mir heute Morgen bei der Zugfahrt schon durch den Kopf.«

So selbstsicher wäre sie auch gerne, dachte Anna, aber sie wollte das nicht laut sagen. Lieber sollte Verena noch etwas über diesen Geheimbund erzählen. Doch diese ließ sich nichts mehr entlocken. »Ich musste zwar nicht schwören, dass ich das Wissen geheim halte, aber da die Frauen im Verborgenen wirken, möchte ich auch nicht mehr darüber erzählen. Wenn du interessiert bist, kann ich Ulrike fragen, wann sie Zeit hat für ein Kennenlerngespräch. Dann kann sie dir alle nötigen Informationen geben.«

Anna nickte zustimmend, wollte aber trotzdem gleich wissen, wie das mit den Codes funktionierte. Hatte Verena einfach nur einen Satz erhalten und der hatte ihr geholfen? Wie sollte das denn gehen?

Verena schüttelte den Kopf. »Nein, ganz so einfach ist es nicht. Jeder Code besteht aus einem überlieferten Leitsatz und einer Anleitung, wie er anzuwenden ist. Dieser Anleitung liegen aktuelle psychologische Erkenntnisse zugrunde, soweit ich das beurteilen kann. Das wird dir ...«

»Jaja, das wird mir Ulrike näher erklären. Das habe ich schon kapiert. Wie viele Codes gibt es denn, kannst du mir das verraten?«

»Ich habe drei Codes bearbeitet, aber es gibt wesentlich mehr. Mein Problem war ja der Umgang mit Vanessa. Deshalb haben sich auch alle Codes um dieses Thema gedreht. Für andere Probleme gibt es andere Codes.«

Anna lagen schon die nächsten Fragen auf der Zunge. »Ist das wirklich ein Geheimbund? So wie bei den Freimaurern?«

»Ja, ich glaube, das kann man durchaus so sagen, wobei ich nur zu Ulrike Kontakt hatte. Wir haben die Codes durchgearbeitet und das war es.«

»Wie ist das abgelaufen und wie lange hat das insgesamt gedauert?«

Verena konnte Annas Neugier verstehen. Anna ging den Dingen stets auf den Grund. Das gehörte zu ihrem Wesen. Deshalb beantwortete sie ihre Fragen geduldig. »Bei unserem ersten Treffen hat mir Ulrike die Geschichte des Bundes erzählt sowie ein paar Einzelheiten darüber, wie er heute organisiert ist. Das war ungeheuer spannend, weil ich mich mit der Stellung der Frau in früheren Zeiten und in der heutigen Gesellschaft noch nie beschäftigt hatte.« Sie dachte einen Augenblick nach. »Zu meiner Schande muss ich gestehen, dass ich die Geschichten meiner Mutter aus den Siebzigerjahren, in denen sie sich als junge Studentin in der Frauenbewegung engagiert hatte, immer ein wenig belächelt habe. Das sehe ich jetzt in einem anderen Licht. Mittlerweile bin ich der Meinung, dass unsere Generation für die Rechte der Frauen viel zu wenig eintritt. Wir sind so damit beschäftigt, Karriere und Familie unter einen Hut zu bringen, dass wir uns um große Ziele wie Gleichberechtigung kaum mehr kümmern. Aber von wirklicher Gleichberechtigung sind wir immer noch meilenweit entfernt. Schau doch nur mal die Lohnverteilung an.«

Als Verena bemerkte, dass Anna sie mit großen Augen anstarrte, wurde ihr bewusst, dass sie völlig vom Thema abgekommen war. Sie räusperte sich. »Entschuldige, jetzt bin ich ein wenig abgeschweift, aber das Thema bewegt mich schon seit einiger Zeit. Ich wollte dir ja eigentlich von den Codes erzählen und davon, wie das genau abläuft.«

Erleichtert nickte Anna. Sie konnte Verenas Überlegungen zur Gleichberechtigung der Frauen durchaus nachvollziehen. Auch sie hatte sich mit diesem Thema noch nie sonderlich befasst.

»Ulrike hat mir am Montag nach dem Vorgespräch den ersten Code mit der Anleitung gegeben. Ganz unkompliziert als kopierte Seiten in einer kleinen Mappe. Damit habe ich mich erst mal alleine vertraut gemacht. Dann habe ich am Samstag darauf mit Ulrike über diesen Code gesprochen. In der Woche nach dem Treffen hat sie mir den zweiten Code gegeben, worauf wir uns wieder Samstagvormittag getroffen haben. Und mit dem dritten Code sind wir dann ebenso verfahren.«

»Also hat es knapp einen Monat gedauert, bis du mit allem durch warst.«

Verena nickte bestätigend. »Die Zeit zwischen den Codes war für mich sehr wichtig, da ich die Erkenntnisse zuerst verinnerlichen und sie dann in mein tägliches Leben übertragen musste. Manches war ganz schnell klar. Bestimmte Zusammenhänge habe ich in einem anderen Licht gesehen und alleine dadurch konnte ich besser damit umgehen. Manches war eher unbequem.« Bei der Erinnerung verzog Verena den Mund.

»Aber ich hatte wirklich viele Aha-Erlebnisse. Wenn ich zurückblicke, habe ich unheimlich viel gelernt, auch über mich selbst. Ich weiß jetzt genau, wofür ich stehe, und das strahlt nach außen. Es ist für mich immer noch faszinierend, wie viel heute mit meinen Assistentinnen glatt läuft, ohne dass ich darüber sprechen muss. Deshalb erzähle ich dir auch davon. Ich kann dieses Mentoring, wie Ulrike es nennt, aus eigener Erfahrung empfehlen. Außerdem glaube ich, dass es dir gerade im Umgang mit Oliver, dieser linken Bazille, nützlich sein könnte.«

Anna blickte nachdenklich aus dem Fenster. Die Landschaft wechselte von ausgedehnten Wiesen und Feldern zu den ersten Vororten von München, als ihr eine wichtige Frage durch den Kopf schoss. »Was kostet denn das Ganze?«

Verena lachte. »Berechtigte Frage. Ulrike sagt immer: ›Was nichts kostet, ist nichts wert‹. Doch du kannst das locker von deinem Weihnachtsgeld zahlen. Da bleibt sogar noch einiges übrig. Aber es ist teuer genug, um diese Reise nur zu beginnen, wenn du sie ernst meinst. Ulrike macht das übrigens ehrenamtlich. Wenn du ihre Stundensätze als Partnerin in unserer Kanzlei zahlen müsstest, dann wäre es wirklich teuer. Falls sie dich im Kennenlerngespräch nicht überzeugen kann, kannst du am Ende des Gesprächs ohne die Codes heimgehen. Dann kostet es dich nichts. Das Risiko ist also überschaubar.«

Anna überlegte. Finanziell konnte sie sich die Sache mit den Codes leisten und die Schilderungen von Verena klangen vielversprechend. Auch war Verena die vertrauenswürdigste Person, die sie kannte. Zudem war die positive Veränderung von Verena für sie erkennbar. Um im Leben und in ihrer Karriere vorwärts zu kommen, musste sie etwas ändern, das hatte sie in den letzten Tagen erkannt. Bisher hatte sie nicht gewusst, wie sie das anstellen sollte. Jetzt bot Verena ihr einen Weg, den diese selbst erfolgreich gegangen war. Im Grunde wäre es dumm, diese Chance nicht zu ergreifen.

Während der Zug in den Münchner Hauptbahnhof einfuhr, traf Anna ihre Entscheidung. Verena sollte ein Gespräch mit Ulrike arrangieren. Und wenn diese ihr sympathisch und vertrauenswürdig erschien, dann würde sie sich durch die Codes durcharbeiten.

»Ich mach es«, sagte Anna ohne weitere Erklärung, als sie gemeinsam mit Verena zum Ausgang lief.

»Super! Du wirst es garantiert nicht bereuen.« Verena freute sich über Annas spontanen Entschluss. Sie wusste, dass es Anna nicht leichtfiel, sich auf etwas völlig Unbekanntes einzulassen.

»Ich hoffe, Ulrike hat möglichst bald Zeit für ein Gespräch. Wann passt es denn bei dir?«

Im Geist ging Anna die nächsten Tage durch: Diese Woche war sie nur am Montag im Büro. Dann war sie mit Thomas drei Tage bei Wildenauer. Und am Freitag fand ein Marketingkongress in München statt, den sie zusammen mit Laura besuchen wollte. Danach hatte sie eine Woche Urlaub, die sie bei ihren Eltern am Bodensee verbringen wollte. Es wäre deshalb prima, wenn Verena das Gespräch mit Ulrike schon für kommenden Samstag vereinbaren könnte. Dann könnte sie sich in ihrer freien Zeit gleich mit dem ersten Code auseinandersetzen.

»Nächsten Samstag?«

»Okay, ich frag sie und geb dir dann gleich Bescheid.«

Mit einer innigen Umarmung verabschiedeten sie sich und Anna schwang sich auf ihr Fahrrad.

»Oliver hat sich krankgemeldet.« Mit dieser Information begrüßte Julia ihre Kollegin Anna am Montagmorgen in der Kaffeeküche. Sie wusste weder von Olivers fragwürdiger Karrierestrategie noch von Annas heimlichem Lauschangriff. Und so soll es auch bleiben, dachte Anna. Sie wollte kein Mitleid bei Julia erregen, aber sich auch keine Vorwürfe einhandeln, weil sie sich so arglos hatte ausnutzen lassen.

Olivers Krankheiten hatte sie bisher nie angezweifelt. Nach ihren Erfahrungen am Freitag war sie jedoch misstrauisch. Machte er nur krank, damit sie gezwungen war, die umfangreiche Arbeitsplanung zu erstellen?

Ihrer üblichen Vorgehensweise entsprechend hätte sie nun bei Morgenroth nachgefragt, ob Oliver die Planung schon abgegeben hatte. Wenn nicht, hätte sie das jetzt übernommen. Doch mit dieser kollegialen Fürsorge war jetzt Schluss. Da die Beratung erst in sechs Wochen starten sollte, reichte es, wenn die Planung bis

Ende der Woche fertig war. Bis dahin sollte Oliver längst wieder am Arbeitsplatz sein.

»Das kannst du mal schön selbst machen«, brummelte sie schadenfroh vor sich hin, während sie in ihr Büro eilte. Zufrieden mit ihrem Entschluss, die Planung Oliver zu überlassen, setzte sie sich an ihren Computer und rief ihre E-Mails ab. Neben etlichen Spam-E-Mails war eine Antwort von Oliver auf ihre E-Mail vom Freitag dabei. Er hatte sie heute Morgen von seiner privaten E-Mailadresse gesendet. »Hallo Anna, leider habe ich eine schwere Grippe und liege im Bett. Da ich heute und vermutlich auch morgen ausfalle, bitte ich dich, die Projektplanung für Arnold zu erstellen. Ich hoffe, dass ich Mittwoch wieder im Büro bin. Dann können wir sie durchsprechen und ich gebe sie dann Morgenroth zur Durchsicht, bevor wir sie an Arnold weiterleiten. Vergiss nicht, du bist die stellvertretende Projektleiterin und deshalb auch verantwortlich für das Projekt. Viele Grüße Oliver.«

»Na toll! Was mache ich jetzt?« Anna steckte in einem Dilemma: sie wollte Oliver so gerne eins auswischen und ihm die Planung aufhalsen, aber andererseits stand sie genauso wie er in der Verantwortung, dass die Planung sorgfältig erstellt und dem Mandanten rechtzeitig vorliegen würde. Nun, noch war genügend Zeit, und wenn Oliver am Mittwoch wieder im Büro wäre, könnte er ja dann die Planung machen. Von wegen schwere Grippe. Die würde ja etwas länger dauern als zwei Tage!

Mit entschlossener Miene begann sie zu tippen. »Lieber Oliver, es tut mir leid, aber ich schaffe die Planung nicht mehr vor meinem Urlaub, da ich die nächsten Tage nicht im Büro bin. Ich hatte dir das ja letzte Woche schon geschrieben. Bitte mach die Planung dieses Mal ausnahmsweise selbst. Nach meinem Urlaub unterstütze ich dich gerne jederzeit. Ich wünsche dir gute Besserung. Viele Grüße Anna.«

So, dachte Anna, die Zeiten ändern sich gerade, Oliver. Du wirst noch dein blaues Wunder erleben. Sie war regelrecht euphorisch, weil sie aus der bisherigen Routine ausgebrochen war. Als sich ihr Gewissen regte, weil der Mandant in diesem Fall die Planung nicht schnellstmöglich bekam, beschwichtigte sie es mit dem Gedanken, dass sie ihm ja am Donnerstag vorliegen würde. Das wäre rechtzeitig genug.

Als Nick an Annas Bürotür klopfte, war er dankbar, dass der Flur menschenleer war. Es musste ja nicht jeder sehen, dass er zu Anna wollte. Seit ihrem letzten Treffen schweiften seine Gedanken immer wieder zu Anna. Er wusste jetzt, dass sie keine Zicke war, sondern nur ein wenig schüchtern. Doch sobald man sie ein wenig herauslockte aus ihrer Ecke, blühte sie auf und war ganz bezaubernd. Sie lachte gern, besaß Humor und außerdem war sie schlau. Das imponierte ihm. Dann war da noch das Offensichtliche, das er auch schon vorher bemerkt hatte: sie war umwerfend hübsch. Aus all diesen Gründen hatte er beschlossen, sein Glück bei ihr zu versuchen. Es würde nicht leicht werden, das war ihm bewusst. Ihre Bemerkung, dass sie Büroaffären ablehnte, war ihm noch vom Abend im Casper's im Ohr. Aber er liebte Herausforderungen und er konnte sehr hartnäckig sein. Entschlossen trat er ein.

Das ist nicht gut gelaufen, dachte Anna auf dem Heimweg. Nick hatte sie für Samstagabend ins Kino eingeladen. Zu einem richtigen Date! Eine Stimme in ihrem Inneren hatte gejubelt und sie dazu gedrängt, sofort zuzusagen, aber sie hatte sich zurückgehalten. Sie wollte keine Büroaffäre, obwohl sie sich zu Nick hingezogen fühlte.

Sie hatte freundlich abgelehnt mit der Begründung, dass sie ab

Samstag Urlaub habe und an dem Abend schon bei ihren Eltern zuhause am Bodensee sei. Eine kleine Notlüge. Da ihr Nicks enttäuschter Blick nicht entgangen war, hatte sie hinzugefügt, dass sie ja vielleicht nach ihrem Urlaub gemeinsam etwas unternehmen könnten. Darauf hatte Nick gelächelt, und sie hatte sich besser gefühlt. Doch damit war das Problem nur aufgeschoben. Sie hätte ihm klar absagen müssen. Das wäre ein Sieg der Vernunft gewesen. Nur, warum fühlte sich dieser Gedanke so schlecht an?

Am Dienstag fuhr Anna schon morgens zum Ziegelwerk Wildenauer, das seinen Firmensitz in der Umgebung von München hatte. Die Vertriebsberatung, die sie mit Unterstützung von Thomas durchführte, verlief völlig reibungslos. Anna hatte sich bei Thomas für ihre Drohung, ihn bei Morgenroth anzuschwärzen, nicht entschuldigt, gab sich dafür aber betont freundlich. Thomas verlor ebenfalls kein Wort darüber.

Als Anna abends beim Verlassen des Ziegelwerks die Nachrichten auf ihrem Smartphone checkte, sah sie, dass sowohl Oliver als auch Verena angerufen hatten. Sie ignorierte Olivers Anruf und rief Verena zurück. Hoffentlich hatte Ulrike am Samstag Zeit, dachte sie. Das würde so gut passen.

Verena meldet sich nach dem zweiten Klingeln und kam gleich zur Sache. »Ich habe Ulrike gefragt und sie hat zugesagt. Sie begleitet immer nur eine Frau, weil sie arbeitstechnisch nicht mehr schafft. Doch nun hat sie seit vier Wochen niemanden mehr betreut und freut sich auf dich. Samstag passt bei ihr. Du sollst um zehn Uhr in unserer Kanzlei sein.«

Anna bedankte sich vielmals bei Verena und freute sich riesig, dass es zeitlich so perfekt klappte.

Während sie weiterlief, war sie in Gedanken schon bei Samstag.

Was würde sie da erwarten? Sie konnte sich nicht vorstellen, wie das ablief. Verena hatte ja sehr geheimnisvoll getan. Was würde Ulrike erzählen? Hoffentlich war sie sympathisch.

Als ihr bewusst wurde, dass sie sich auf eine große, völlig unbekannte Sache einlassen würde, stellte sich ein mulmiges Gefühl in ihrem Bauch ein. Anna war zwar von Natur aus neugierig, sie selbst nannte es wissbegierig, aber sie hatte auch gerne die Kontrolle über eine Situation. Und jetzt wagte sie einen Sprung ins Ungewisse.

Kopfschüttelnd verdrängte sie ihre Zweifel. »Stell dich nicht so an, Anna«, ermahnte sie sich selbst halblaut, »du kannst bei der Sache nur gewinnen. Und wenn es dir wirklich nicht gefallen sollte, kannst du am Samstag immer noch aussteigen.« Aus diesem Gedanken schöpfte sie neuen Mut und entschied, erst einmal abzuwarten.

»Das war fast wie früher in der Uni. Wir zwei im Blockseminar bei Professor Schneider. Weißt du noch?«, fragte Laura grinsend, als sie den großen Hörsaal der Ludwig-Maximilians-Universität verließen, in dem der Marketingkongress stattgefunden hatte. Laura arbeitete in der Marketingabteilung einer großen Kosmetikfirma. Auf die gemeinsame Veranstaltung hatten sie sich schon seit Wochen gefreut. Nun waren beide bester Laune und diskutierten lebhaft über die Vorträge, die sie gerade gehört hatten. Zu Fuß liefen sie den kurzen Weg zu ihrem Stammcafé, in dem der verschobene Mädelsabend steigen sollte. Dort wollten sie auf Verena und Sophie warten.

Schwungvoll öffneten sie die schwere Rauchglastür, die sie ins Tante Käthe führte. Vor zwei Jahren hatte Verena dieses Café entdeckt. Seitdem traf sich das Quartett regelmäßig jeden zweiten

Dienstagabend hier zu einer gemütlichen Runde. Nur manchmal, wenn mehr als eine der Freundinnen verhindert war, wurde das Treffen verschoben.

Das Café wirkte im Erdgeschoss mit seiner L-förmigen Bar und den kleinen Nischenplätzen für zwei bis vier Personen ausgesprochen familiär und gemütlich. Im ersten Stock gab es lange Tische für größere Gruppen und in der Mitte eine runde Bar. Das Ambiente entsprach in beiden Etagen dem Stil der fünfziger Jahre. Die Wände waren mit braungemusterten Tapeten bespannt, die Lampen beige und schwungvoll im Retrostil gehalten, während die Sessel und Barhocker mit dunkelbraunem Leder überzogen waren.

Da Anna und Laura beide das anheimelnde Erdgeschoss bevorzugten, belegten sie im hinteren Teil einen der wenigen noch freien Nischentische und gönnten sich zum Einstieg in den Abend einen spritzigen Weißwein. Als Sophie und Verena eine halbe Stunde später ankamen, wurden sie freudig begrüßt. Kaum hatten sie sich gesetzt, entspann sich eine lebhafte Unterhaltung. Anna lehnte sich zurück und lauschte Sophies Schilderung eines Blind Dates, das diese am Samstag zuvor gehabt hatte. Dann schaltete sie sich in die Diskussion ein, ob man bei einem Blind Date den Traummann finden könnte. Ihre Probleme in der Firma waren vorerst vergessen. Eine wunderbare Urlaubswoche lag vor ihr und sie genoss den schönen Abend.

Am nächsten Morgen erwachte Anna, ganz entgegen ihrer Gewohnheit, ohne Wecker um sieben Uhr. Heute findet das Treffen mit Ulrike statt, war ihr erster Gedanke, als sie aus dem Bett stieg. Sie joggte eine kleine Runde und nahm sich beim Bäcker um die Ecke ein Croissant für ihr Frühstück mit.

Dann duschte sie und überlegte, was sie anziehen sollte. Eine beigefarbene Jeans und dazu eine kurze, dunkelrote Bluse. Das war nicht zu businessmäßig, aber auch nicht zu leger. Schließlich fand das Treffen in einer angesehenen Kanzlei statt. Wer wusste schon, wem Anna da so alles begegnen würde. Ein wenig Wimperntusche und ein Hauch Lipgloss vervollständigten den Look. Dann setzte sie sich auf die Eckbank in der Küche und schenkte sich eine Tasse Kaffee ein. Während sie an das bevorstehende Gespräch dachte, spürte sie, wie sich Nervosität in ihrem Magen breit machte. Was würde sie heute erleben?

Die U-Bahnstrecke war überschaubar. Nur fünf Stationen trennten sie von ihrem Ziel. Dann waren es noch 400 Meter bis zu ›Weißhaupt und Partner‹, Verenas Kanzlei für Steuerberater und Wirtschaftsprüfer, die sich zwei Partnerinnen und zwei Partner teilten. Außerdem gehörten rund 25 Mitarbeiter, zu zwei Dritteln Frauen, zur Kanzlei.

Sie zog ihren Lipgloss noch einmal nach und holte tief Luft. Dann öffnete sie das Gartentor zu dem prächtigen kleinen Park, in dessen Mitte die Kanzlei residierte. Da sie Verena schon mehrmals abgeholt hatte, war ihr die imposante klassizistische Villa mit ihrem Mansarddach und dem üppigen Giebelschmuck bestens vertraut. Bisher hatte sie Verena um ihren Arbeitsplatz in solch wundervoller Umgebung immer beneidet. Heute durfte sie das alles selbst genießen. Diese Erkenntnis gab ihr Auftrieb und pünktlich um zehn Uhr klingelte sie an der Eingangstür.

Kurz darauf erklangen eilige Schritte hinter der Tür. Eine zierliche, gepflegte Frau öffnete und lächelte sie freundlich an. »Grüß Gott, Sie sind sicher Anna Zimmermann. Ich bin Ulrike Behringer. Bitte kommen Sie doch herein.«

Nachdem sie die Hände geschüttelt und ein paar Höflichkeiten ausgetauscht hatten, folgte Anna Ulrike die Treppe hinauf in ein geräumiges Eckzimmer. Als Erstes fiel ihr der große, offene Kamin aus weißem Marmor ins Auge. Seine kleinen gemeißelten Säulen und die Stuckverzierung verliehen dem Zimmer eine elegante Note. Auf dem hellen, auf Hochglanz gebohnerten Eichenboden lagen zwei kleine Perserteppiche. Großzügige Fenster auf zwei Seiten gaben den Blick in den Garten frei, der auch aus diesem Blickwinkel parkähnliche Ausmaße hatte. An den Wänden hingen Bilder, vermutlich von jungen Münchner Künstlern. Von Verena wusste sie, dass die Kanzlei die Münchner Kunstszene förderte und wechselnde Bilder in ihren Räumen ausstellte.

Neben dem Eingang standen ein großer, runder Besprechungstisch mit sechs Stühlen und ein Flipchart. An diesem ging Ulrike vorbei und steuerte auf die beiden braunen Ledersofas in der Ecke zu, die durch ein kleines sechseckiges Holztischchen vervollständigt wurden.

Während sie den Raum durchquerten, taxierte Anna ihre Gastgeberin unauffällig. Mit blauer Jeans und blau-weiß gestreifter Bluse war sie ähnlich gekleidet wie Anna. Sie hatte ein schmales Gesicht mit hohen Wangenknochen und einem energischen Kinn. Ihre Augen waren von einem angenehmen, hellen Blau, die dunklen, glatten Haare trug sie schulterlang und offen. Anna hätte sie auf Anfang 40 geschätzt, aber Verena hatte gesagt, dass sie schon über 50 sei. Das sah man ihr nicht an. Sie besaß eine wohlklingende Stimme und wirkte auf den ersten Eindruck freundlich und vertrauenswürdig. Die Chemie zwischen ihnen schien zu stimmen. Anna atmete innerlich auf.

Sie setzte sich auf das Sofa und sah sich ein wenig um. Das in die Jahre gekommene Flipchart stand in krassem Gegensatz zu der Hightech-Ausrüstung in den Besprechungszimmern von AFC, stellte Anna fest. Doch das Zimmer strahlte einen gemütlichen, altmodischen Charme aus, bei dem Anna sich wohlfühlte, und das Flipchart als Arbeitsgerät passte perfekt dazu.

Nachdem Ulrike ein Tablett mit Kaffee, Mineralwasser und köstlich aussehenden Schokoladenkeksen aus der Teeküche geholt hatte, nahm sie auf dem zweiten Ledersofa Platz und schenkte Kaffee ein. Zunächst erkundigte sie sich, ob Anna gut hergefunden hätte und bot ihr dann, für Anna überraschend, das ›Du‹ an. Sie meinte, der Umgangston bei diesen Gesprächen sei sehr familiär. Deshalb gehe sie am liebsten schon beim ersten Treffen dazu über.

Etwas überrumpelt dachte Anna, dass sie sich ja noch gar nicht für das Mentoring, wie Verena es nannte, entschieden hatte. Aber ihr sollte es recht sein. Die familiäre Ansprache sorgte vermutlich für eine lockerere Atmosphäre. Sie hob zum Zeichen ihres Einverständnisses lächelnd die Kaffeetasse, und Ulrike kam nach dieser Einleitung zügig auf das eigentliche Thema des Treffens zu sprechen.

»Verena hat mir erzählt, dass du Probleme mit einem Kollegen hast und auf der Suche bist nach Möglichkeiten, wie du damit besser umgehen kannst. Ich gehöre zu einem Kreis von Frauen, die sich genau um diese Art von Problemen kümmern. Wenn du einverstanden bist, erzähle ich dir erst einmal, wer wir sind und was wir tun. Im Anschluss kannst du mir dann erzählen, was sich zugetragen hat. Dann können wir entscheiden, ob wir dein Problem gemeinsam angehen wollen.«

»Ja, gerne.« Mit einem Kopfnicken stimmte Anna dem Vorschlag zu. Neugierig wartete sie, was nun kommen würde.

Kapitel 5

DIE TÖCHTER DER LILITH

Bevor Ulrike zu erzählen begann, trank sie einen Schluck Kaffee, lehnte sich auf dem Sofa zurück und sammelte ihre Gedanken. »Damit du unsere Arbeit verstehen kannst, muss ich ein wenig ausholen. Seit Anbeginn der Zeit gaben ältere Frauen ihr Wissen, bezogen auf den gesamten alltäglichen Lebensbereich, an jüngere weiter. Von der Mutter an die Tochter, von der alten Magd an die junge und so fort. Daneben existierten immer schon besondere Gebiete, in denen ebenfalls Wissen weitergegeben wurde. Eines davon ist das Selbstverständnis der Frauen.

Der Begriff Gleichberechtigung war früher nicht bekannt, aber schon aus der Zeit vor dem 16. Jahrhundert sind Leitsätze überliefert, die junge Frauen ganz eindeutig dabei unterstützten, mehr Selbstvertrauen aufzubauen und den Männern selbstbewusst und gleichwertig gegenüberzutreten. Wie und wann diese Leitsätze entstanden sind, ist leider nicht bekannt.

Mitte des 16. Jahrhunderts nahmen die Hexenverfolgungen in Europa stark zu. Die patriarchalisch ausgerichtete Kirche sah Frauen als minderwertige Menschen an, und die Bevölkerung war sehr abergläubisch. So genügte schon der geringste Anlass, um eine Frau als Hexe abzustempeln und zu verfolgen.«

Anna richtete sich unwillkürlich auf, denn das Gespräch nahm eine Wendung, die sie nicht im Entferntesten erwartet hätte. Aufmerksam lauschte sie, als Ulrike fortfuhr und die Gründung des geheimen Bundes ›Töchter der Lilith‹ schilderte.

Plötzlich war das laute Brummen einer Hummel im Zimmer zu vernehmen. Ulrike unterbrach ihre Ausführungen und öffnete das gekippte Fenster. »Heute ist zum Glück eine Hummel der einzige Mithörer. Im 16. Jahrhundert waren verborgene Lauscher viel gefährlicher.«

Anna dachte an ihren eigenen Lauschangriff und schwieg unbehaglich.

Ohne diese Gedanken zu erahnen, beobachtete Ulrike mit einem Lächeln, wie die Hummel, angezogen vom Licht, ins Freie flog. Dann schloss sie das Fenster, setzte sich und nahm den Faden wieder auf. »Köln war zu dieser Zeit eine große, freie Reichsstadt, in der es innerhalb der Kirche immer wieder zu heftigen Kämpfen kam. Die Frauen befürchteten, dass ihre wertvollen Leitsätze der Inquisition missfallen würden, sollten sie je öffentlich bekannt werden. Denn eine Entwicklung, die zu mehr Macht und Selbstständigkeit der Frauen führen könnte, wollte die Kirche um jeden Preis vermeiden.«

An dieser Stelle hielt Ulrike kurz inne, um Mineralwasser einzuschenken. Begierig trank sie ihr Glas halb leer und lächelte. »Die Geschichte des Bundes macht mich immer durstig.«

»Ja, das glaube ich gern«, gab Anna höflich zurück. Ungeduldig wartete sie darauf, dass Ulrike weitersprach.

»Die Leitsätze wurden gleich nach der Gründung niedergeschrieben. Jede Meisterin, wie sich die Frauen damals nannten, erhielt eine Abschrift. Ein einziges handgeschriebenes Exemplar aus dieser Zeit ist noch erhalten.

Ab dem 19. Jahrhundert dehnte sich der Bund räumlich weiter aus und es kamen mehr Frauen hinzu. Viele Frauen des Bundes beteiligten sich aktiv an verschiedenen Frauenbewegungen des 19.

und 20. Jahrhunderts. Der Bund selbst trat als Institution aber nie in Erscheinung, sondern wirkte immer im Verborgenen. Bis heute ist er der Öffentlichkeit unbekannt, obwohl es keinen Grund zur Geheimhaltung mehr gibt. Ich vermute, das ist die Macht der Gewohnheit.«

Frauen hatten es seit Jahrhunderten schwer, sich in der Männerwelt zu behaupten. Das war hinreichend bekannt. Aber über diesen Geheimbund war nie etwas durchgesickert. Das alleine war schon eine beachtliche Leistung von uns Frauen, fand Anna, und fühlte sich gleich ein bisschen solidarisch mit ihren Geschlechtsgenossinnen der letzten Jahrhunderte.

Ulrike ließ Anna etwas Zeit, um die Geschichte zu verdauen. Keine der Frauen, die bisher zu ihr gekommen waren, war darauf gefasst gewesen, mit einem alten Geheimbund in Berührung zu kommen. Die einen fanden es beängstigend, andere romantisch, doch alle waren zunächst einmal verblüfft.

Anna fasste sich erstaunlich schnell. »Und wie funktioniert dieser Bund? Treffen sich da einfach irgendwelche Frauen oder wie muss ich mir das vorstellen?«

Nach einem Schluck des inzwischen lauwarmen Kaffees umriss Ulrike den Aufbau des Bundes. »Die Töchter der Lilith haben eine klare Struktur: zehn Rätinnen bilden den inneren Kreis. Jede verfügt über eine Stellvertreterin. Alle zusammen haben die Aufgabe, die überlieferten Leitsätze zu bewahren und die Anleitungen so abzufassen, dass sie immer in die gegenwärtige Zeit passen. In der alten Schrift wurden die Leitsätze, die nach wie vor das höchste Gut des Bundes darstellen, einfach als Leitsätze der Lilith bezeichnet. Im 19. Jahrhundert wurden sie in Lilith-Normen umbenannt und seit der Jahrtausendwende haben wir nun die moderne Bezeichnung ›Lilith-Codes‹.

Viele dieser Codes gab es schon vor der Gründung des Bundes. Sie sind also sehr alt, werden jedoch immer noch verwendet. Einige wenige sind im Laufe der Zeit hinzugekommen. Sie klingen wunderschön, doch ihre ganze Kraft zeigen sie erst, wenn man weiß, wie sie anzuwenden sind. Dieses Wissen hegen und pflegen die Rätinnen.«

Anna brannten sofort weitere Fragen auf den Lippen. »Was ist deine Stellung im Bund? Bist du auch eine Rätin?«

Ulrike schüttelte den Kopf und erklärte, dass sie eine Mentorin sei. »Ich habe als junge Frau meine ganz persönlichen Lilith-Codes durchlaufen. In dieser Zeit des Lernens werden die Frauen als Filias bezeichnet.«

Filia war das lateinische Wort für Tochter. So viel hatte Anna aus dem Lateinunterricht behalten.

»Wenn die Filias über viele Jahre hinweg Erfahrungen gesammelt und das Alter von 50 Jahren überschritten haben, können sie dem Bund beitreten und als Mentorinnen eigene Filias anleiten. Doch nicht alle Filias werden Mentorinnen. Manche arbeiten sich durch die Codes und gehen dann ihrer Wege. Das ist in Ordnung. Es gibt hier keine Zwänge, nur Unterstützung.«

»Kennen sich die Filias?«

»Nein. Sie wissen voneinander nur, wenn eine Filia eine Empfehlung für eine andere junge Frau ausspricht. So, wie es bei dir und Verena war. In früherer Zeit war das eine wichtige Absicherung. Wenn eine Frau nicht viel über den Bund wusste, konnte sie unter der Folter auch nicht viel preisgeben.«

Sie sah Anna eindringlich an. »Ganz wichtig: es steckt kein Sektengedanke dahinter. Im Bund sind die Erfahrungen von Frauen gesammelt, die ihren Lebensweg erfolgreich gemeistert haben. Dieses Wissen wird an die jüngere Generation weitergegeben, ohne dass die Frauen zu irgendeiner Mitgliedschaft verpflichtet werden. Es ist auch keine Psychotherapie und kein typisches Coaching, sondern einfach nur Anleitung und Unterstützung von erfahrenen Frauen für junge Frauen. So, wie es schon immer war bei den Töchtern der Lilith.«

Bei dieser Information war Anna ganz Ohr, denn sie hatte eine entschiedene Abneigung gegen Sekten aller Art. Ulrikes Bestätigung gab ihr in dieser Hinsicht Sicherheit.

Während sie noch erleichtert aufatmete, erläuterte Ulrike die weitere Vorgehensweise. »Es gibt Lilith-Codes für alle Lebensbereiche. Wenn du dich für die Zusammenarbeit mit unserem Bund entscheidest, wähle ich die Codes aus, die zu deiner Situation passen, und wir erarbeiten sie gemeinsam. Dann lebst du dein Leben weiter wie bisher, allerdings mit einem anderen Selbstverständnis. Ob du später Mentorin werden und junge Frauen fördern willst, musst du erst in 20 Jahren entscheiden. Bis dahin können wir in Kontakt bleiben, oder auch nicht. Diese Entscheidung liegt ganz bei dir.«

»Okay« war alles, was Anna herausbrachte.

»Da die Lilith-Codes mich als junge Frau stark beeinflusst und auf einen guten Weg gebracht haben, gebe ich als Mentorin dem Bund zurück, was ich selbst erhalten habe. Ich finde es schön und befriedigend, dass es diese lange Tradition gibt. Deshalb bin ich auch gerne Teil davon. Es ist mir wichtig, dass wir Frauen die Gleichberechtigung voranbringen, um in der Gesellschaft eine dem Mann absolut gleichwertige und ebenbürtige Position einzunehmen. Denn diese steht uns rechtmäßig zu.«

Nach dem letzten Satz zog Ulrike eine Grimasse. »Entschuldige, wenn das ein wenig pathetisch klingt. Aber immer wenn ich länger über die Rolle der Frau in unserer Gesellschaft nachdenke, wird mir wieder klar, wie weit wir von einer echten Gleichberechtigung noch entfernt sind.«

Anna nickte bedächtig zum Zeichen der Zustimmung, kommentierte die letzten Feststellungen jedoch nicht. Insgeheim ertappte sie sich dabei, dass sie schon wieder einen Schokokeks nehmen wollte, obwohl sie während Ulrikes Erzählung bereits vier vertilgt hatte. Schnell ließ sie die Hand sinken. Nicht, dass Ulrike dachte, sie wäre gefräßig. Aber es stürmten so viele Informationen auf sie ein, dass ihr Gehirn schwer arbeiten musste. Das machte sie immer hungrig.

Entschlossen löste sie ihren Blick von den Keksen und kehrte in Gedanken zum Geheimbund zurück. Dazu hatte sie noch etliche Fragen, die sie alle auf einmal abfeuerte. »Den Kontakt zu diesem Bund bekommt man vermutlich auch nur unter der Hand, so wie ich jetzt über Verena, oder? Wie viele Mentorinnen und Filias gibt es überhaupt? Und weshalb erhalten nicht alle jungen Frauen diese Chance? Das ist doch ungerecht, dass man hier nur zufällig Zugang erhält! Ich könnte mir vorstellen, dass viele junge Frauen an eurem Wissen interessiert sind.«

Nachdenklich blickte Ulrike einen Moment durch das Fenster auf den großen Ahorn, der mit seiner gewaltigen, dicht bewachsenen Krone einen prächtigen Anblick bot. Der Gedanke, die Anzahl der Mentorinnen zu erhöhen oder auch andere Wege zu öffnen, tauchte nicht zum ersten Mal auf. Vielleicht war es an der Zeit, ihn beim nächsten Treffen der Mentorinnen zur Sprache zu bringen. »Da hast du einen wunden Punkt getroffen. Wir tun, was wir können. Aber alle Rätinnen und Mentorinnen arbeiten ehrenamtlich.«

Hätte ich bloß die Klappe gehalten, dachte Anna. Sie hatte Ulrike nicht angreifen wollen, aber als Unternehmensberaterin hatte sie sofort Ansatzpunkte erkannt, wie der Bund wachsen könnte. Da musste sie nicht lange überlegen, diese Gedanken kamen automatisch.

Plötzlich klingelte Ulrikes Smartphone. Leicht ungehalten über die lästige Störung blickte sie auf das Display und erhob sich. »Da muss ich leider rangehen, aber es dauert nicht lange. Entschuldige mich bitte.«

Während sie das Gespräch annahm, verließ sie eilenden Schrittes den Raum. Nun hatte Anna etwas Zeit, um über die Lilith-Codes und den Bund nachzudenken. Das war eine unglaublich spannende Geschichte, ging es ihr durch den Kopf. Nie im Leben hätte sie gedacht, dass es seit Jahrhunderten einen Geheimbund gab, der sich für die Gleichberechtigung der Frauen einsetzte. Das war der absolute Hammer – und sie war mittendrin.

Ein leichtes Kribbeln machte sich in ihrem Magen breit. Sie konnte es noch nicht ganz begreifen, aber es war sehr aufregend, Teil dieser Gruppe von Frauen zu werden. Sie wusste noch längst nicht alles über die Töchter der Lilith, aber sie war wild entschlossen, bei diesem Bund mitzumachen. Solch eine Chance bekam sie nicht alle Tage. Weshalb nannten sie sich eigentlich Töchter der Lilith? Wer war Lilith und wann hatte sie gelebt? Die Geschichte des Bundes hatte Anna so gefesselt, dass sie noch gar nicht daran gedacht hatte, danach zu fragen.

Nach zehn Minuten kam Ulrike mit zwei Flaschen Apfel- und Orangensaft zurück und setzte sich. »Möchtest du zwischendurch etwas Kaltes trinken? Kaffee hatten wir heute ja schon reichlich.«

»Nur Wasser, bitte.«

Während Ulrike für Anna Wasser und für sich Apfelschorle in die bauchigen Gläser goss, schwenkte Anna sofort zum Thema zurück. Für ein bisschen Smalltalk zwischendurch war ihre Aufregung viel zu groß.

»Weshalb nennt sich der Bund Töchter der Lilith? Gab es diese Lilith in Wirklichkeit? Ich glaube, ich habe den Namen schon einmal gehört, aber ich kann ihn nicht einordnen.«

»Da bist du nicht die einzige. Hier hat die katholische Kirche gründlich gearbeitet. Der Name wurde systematisch aus all ihren Schriften getilgt. In der Bibel finden sich keinerlei Hinweise mehr auf Lilith, denn sie passte nicht ins patriarchalische System. Sie war Adams erste Frau. Im jüdischen Talmud ist ihre Legende noch verzeichnet.

Anna starrte Ulrike mit großen Augen an, als diese Liliths Geschichte erzählte. Das Glas Wasser in ihrer Hand hatte sie völlig vergessen. Staunend schüttelte sie den Kopf. »Das habe ich noch nie in meinem Leben gehört. Ich wusste nicht, dass Adam vor Eva eine andere Frau hatte. Das ist unglaublich!«

Wieder ließ Ulrike Anna etwas Zeit. Es waren viele Informationen auf einmal, das war ihr durchaus bewusst. Deshalb wartete sie, bis Anna sich langsam aus ihrer Erstarrung gelöst und von ihrem Wasser getrunken hatte, bevor sie fortfuhr. »Es gibt noch weitere Einzelheiten, die der Legende von Lilith später hinzugefügt wurden. Beispielsweise, wie sie eine Beziehung mit dem Dämon Djinn einging und sie dämonische Kinder zeugten. Oder, wie Gott täglich 100 ihrer Kinder tötete. Die Details wurden mit der Zeit immer blutrünstiger und schließlich wurde Lilith mit der Schlange im Paradies gleichgesetzt, die Eva dazu verführt hatte, vom Baum der Erkenntnis zu kosten.

Lilith wurde von den patriarchalisch ausgerichteten Konfessionen als verteufeltes Weib hingestellt. Eine verruchte Verführerin und Gottesgegnerin, die die Männer vom rechten Weg abbringt.

Selbstbewusste und unabhängige Frauen waren der christlichen Kirche ein Dorn im Auge, deshalb wurden bis zum 15. Jahrhundert alle Hinweise auf Lilith systematisch aus der Bibel gelöscht. Deine Frage, weshalb sich der Bund nach ihr benannt hatte, dürfte damit beantwortet sein. Sie ist schon seit Anbeginn der Zeit ein Symbol für die Gleichberechtigung und Unabhängigkeit der Frauen.«

Damit beendete Ulrike die Geschichte. Stille macht sich im Besprechungszimmer breit. Anna versuchte noch immer, das eben Gehörte zu verarbeiten. Das wurde ja immer abgefahrener, dachte sie. Wo war sie da bloß hineingeraten? Sie konnte sich jedoch der Wirkung, die die Geschichte bei ihr auslöste, nicht entziehen.

Sie begriff zum ersten Mal, wie planmäßig Frauen seit Jahrtausenden von der Kirche und den Männern unterdrückt wurden, und wie lange der Weg für die Frauen war, um die Gleichberechtigung wieder zu erlangen, die vielleicht vor langer Zeit einmal geherrscht hatte.

Als Anna auch nach einigen Minuten immer noch tief in Gedanken versunken war, ergriff Ulrike noch einmal das Wort. »Ich denke, das sind erst einmal genug Informationen für den heutigen Vormittag. Deshalb schlage ich vor, wir machen jetzt eine längere Mittagspause und treffen uns um 14 Uhr noch einmal hier. Dann erzählst du mir, welches Problem dich quält, und ich schaue, wie ich dich unterstützen kann. Dabei erzähle ich dir auch, wie die Codes angewendet werden.«

Für die Pause war Anna dankbar. So konnte sie sich die Geschichte noch einmal in Ruhe durch den Kopf gehen lassen und ihre Gedanken sortieren.

Da inzwischen die Sonne herausgekommen war, beschloss sie, in den Englischen Garten, einen der weltgrößten Parks, zu gehen, der nicht weit entfernt von der Kanzlei lag. Dort setzte sie sich auf eine Bank am Kleinhesseloher See und blickte auf das dunkelgrün schimmernde Wasser, das sich leicht kräuselte. Auf dem See tummelten sich einige Ruderboote. In Ufernähe war eine Schar Enten auf der Suche nach Futter. Ein junger, graubrauner Schwan zog ganz alleine seine Kreise. Diese beschauliche Szene wirkte entspannend auf Anna. Immer schon hatte sie die Nähe zum Wasser gesucht, wenn sie innerlich aufgewühlt war. Obwohl der Kleinhesseloher See nur ein Miniatursee war im Vergleich zum mächtigen Bodensee, so verfehlte das Wasser auch dieses Mal seine Wirkung nicht.

Viele Gedanken zu Lilith und dem Bund wirbelten durch ihren Kopf. Die Geschichte des Bundes faszinierte sie. Die Solidarität der Frauen über eine so lange Zeit hinweg fand sie bewundernswert. Und die Herabsetzung der Frau durch das seit Jahrhunderten vorherrschende Patriarchat war ihr noch nie so bewusst gewesen. Das alles musste sie unbedingt mit Verena besprechen. Hoffentlich hatte sie heute Abend Zeit. Sie griff in ihre Handtasche und holte ihr Smartphone hervor. Gewohnheitsmäßig checkte sie zuerst die eingegangenen Nachrichten, dann sandte sie Verena eine WhatsApp-Mitteilung. »Heute Abend bei Lorenzo? Habe viel zu erzählen!«

Nachdem sie eine halbe Stunde auf der Bank am See zugebracht hatte, lief sie zum Chinesischen Turm, einem Holzbau von 25 Metern Höhe in Form einer Pagode mitten im Park, und aß im Biergarten, der am Fuße des Turms angesiedelt war, zu Mittag. Danach bummelte sie in Richtung Monopteros. Der Hügel des kleinen griechischen Rundtempels war Treffpunkt zahlreicher jugendlicher Gruppen, und Anna genoss das lebhafte Treiben.

Nach einer Weile lenkte sie ihre Schritte wieder in Richtung

Kanzlei. Während sie überlegte, wurde ihr klar, dass sie die Entscheidung, sich den Töchtern der Lilith anzuschließen, innerlich längst getroffen hatte. Sie wusste zwar immer noch nicht genau, was sie erwarten würde, aber da es Verena offensichtlich geholfen hatte, wollte sie sich darauf einlassen. Ulrike war ihr sehr sympathisch und diese ganze Geschichte um die Töchter der Lilith fand sie faszinierend.

»Ja«, murmelte sie halblaut vor sich hin, »ich will auf jeden Fall eine Filia werden und mit Ulrike als Mentorin versuchen, die Fähigkeiten, die mir fehlen, zu erwerben. Oliver kann sich schon mal warm anziehen. Mit der geballten Kraft des Bundes im Rücken werde ich schon mit ihm fertig.«

Bei der bildlichen Vorstellung, wie sie Oliver entgegentreten und ihm ihre Meinung sagen würde, lächelte sie in sich hinein und lief das letzte Stück beschwingt und voller Hoffnung.

Pünktlich um 14 Uhr saß Anna wieder im Besprechungszimmer und wartete, wie es nun weitergehen würde. Ulrike knüpfte unverzüglich an das Vormittagsgespräch an. »Ich hoffe, du hast die vielen Informationen in der Zwischenzeit ein wenig verarbeiten können. Ich weiß, es ist viel Neues und auch viel Überraschendes, das ich dir heute erzählt habe, aber letztlich sind das alles nur Begleitinformationen. Das Wichtigste sind die Lilith-Codes selbst. Doch bevor wir jetzt tiefer einsteigen, muss ich dich ganz offiziell fragen, ob du mit unserem Bund arbeiten und mich als Mentorin annehmen willst? Verena hat dir sicher gesagt, dass dieses Mentoring, so nennen wir die gemeinsame Arbeit, nicht kostenlos ist.«

»Ja, das hat sie mir erzählt. Und ja, ich möchte gerne mit dir als Mentorin arbeiten.«

Ulrike freute sich über die Zusage. Annas ruhige und natürliche

Art, gepaart mit Intelligenz und Wissbegier, würde ein gutes Arbeitsklima schaffen, so dass sie zügig vorankommen würden. Als Partnerin in der Kanzlei hatte sie einen dichtgedrängten Terminkalender. Trotzdem schaffte sie es, sich die Wochenenden von der Arbeit konsequent freizuhalten – bis auf ein paar Ausnahmen, wie das Telefonat gerade eben. Ihre beiden Söhne studierten und gingen längst eigene Wege. So konnte sie am Samstag in aller Ruhe ihre Mentoring-Sitzungen für die Töchter der Lilith abhalten. Gerade weil sie selbst keine Tochter hatte, war es ihr ein Anliegen, junge Frauen auf ihrem Lebensweg zu unterstützen.

Ihren Mann, der die Samstage für sein Triathlon-Training nutzte, störte das nicht, solange Ulrike pünktlich um 18 Uhr zuhause war. Denn dann war Prosecco-Time im Hause Behringer. Im Sommer auf der großzügigen Terrasse, im Winter vor einem kuschligen Kaminfeuer. Und den Rest des Wochenendes verbrachte das Ehepaar grundsätzlich immer gemeinsam.

Bevor das Mentoring beginnen konnte, waren noch die finanziellen Einzelheiten zu klären. Der Preis war etwas niedriger als Anna kalkuliert hatte. So wurden sie schnell handelseinig und Anna füllte den Anmeldebogen aus. Dann ging es auch schon los. »Wenn du mir jetzt erzählst, welche Situation dich belastet, dann kann ich mir die passenden Lilith-Codes überlegen.«

Abrupt unterbrach Ulrike sich selbst und schüttelte den Kopf über ihre eigene Vergesslichkeit. »Oh, über die Lilith-Codes selbst haben wir ja noch gar nicht gesprochen! Ich gebe dir noch ganz kurz einen Überblick, dann bist du an der Reihe.«

Mit diesen Worten sprang sie auf und lief ein paar Schritte im Raum auf und ab. »Also, es gibt zahlreiche Codes für alle Lebensbereiche. Das sind gewissermaßen Leitsätze, an denen Frauen sich orientieren können. Die Zeiten haben sich gewandelt, aber die wesentlichen Werte und Ziele sind noch die gleichen wie vor Jahrhunderten. Natürlich haben Frauen heute mit anderen Herausforderungen zu kämpfen als im Mittelalter, und wir sind auf unserem Weg zur Gleichberechtigung ein gutes Stück vorwärtsgekommen. Aber die alten Leitsätze passen noch immer, nur die Auslegung ändert sich und wird an die jeweilige Zeit angepasst. Dafür sind die Rätinnen zuständig. Sie erarbeiten die Anleitungen zu den Codes und sorgen dafür, dass unser heutiges Mentoring auf modernen psychologischen Methoden und Erkenntnissen fußt.«

Während sich Ulrike wieder setzte, blickte sie Anna an. »So und nun bist du an der Reihe.«

Kapitel 6

DER EINSTIEG IN DAS MENTORING

Gedankenverloren blickte Anna auf den kleinen Tisch, auf dem frischer Kaffee und Mineralwasser, Äpfel und Weintrauben appetitlich angerichtet waren, und räusperte sich. »Ich fühle mich bei AFC, der Unternehmensberatung, bei der ich seit drei Jahren angestellt bin, sehr wohl und arbeite gerne dort. Ich komme mit allen gut aus und auch mein Chef ist prima. Eigentlich passt alles wunderbar. Aber es gibt einen Kollegen, Oliver, der mich planmäßig für seine Arbeit einspannt und ausnutzt. Anfangs habe ich mir nicht viel dabei gedacht. Ich war freundlich zu ihm, und es hat mir nichts ausgemacht, öfter einmal eine Arbeit für ihn zu übernehmen. Ich habe ihn unterstützt, weil wir ja ein Team sind.«

Bei dieser Erzählung fühlte sich Anna etwas unbehaglich. Sie kam sich kindisch vor, als wäre sie im Begriff, Oliver anzuschwärzen. Zum Glück kannte ihn Ulrike nicht. Doch nun hatte sie sich zu dieser Sache durchgerungen, da würde sie nicht gleich wieder aufgeben.

»Mit der Zeit habe ich immer mehr Aufgaben von ihm übernommen. Beim Chef, bei den Geschäftsführern und den Mandanten hinterlässt er stets den Eindruck, als ob alle guten Ideen von ihm stammten. Das hat mich zwar gestört, aber nicht so sehr, dass ich gleich eingegriffen hätte. Über die Jahre hat es sich dann langsam zugespitzt und in letzter Zeit hat er sich immer unverschämter benommen. Ich weiß, dass es falsch ist, aber ich schaffe es nicht, ihn in seine Schranken zu verweisen.«

Sie berichtete von den letzten zwei Wochen, die schließlich in ihrem heimlichen Lauschangriff gegipfelt hatten. Dabei wurde ihre Stimme immer belegter. »Hinzu kommt, dass ich seit einem halben Jahr eine neue Kollegin, Julia, habe, mit der ich mich sehr gut verstehe. Sie bekommt natürlich mit, wie Oliver unsere Teamarbeit handhabt und sie übt, sicher unabsichtlich, ziemlichen Druck auf mich aus, dass ich mich gegen Oliver wehren soll. Diese Situation ist mir, ehrlich gesagt, sehr unangenehm. Ich weiß nicht, was ich jetzt tun soll. Dass ich mitgehört habe, wie Oliver mich gezielt ausnutzt, habe ich ihr noch gar nicht erzählt. Ich bin mir auch nicht sicher, ob ich es ihr sagen soll. Sie regt sich nur wieder furchtbar auf und fordert, ich solle etwas unternehmen.«

Anna brach kurz ab und überlegte, wie sie Ulrike die Lage begreiflich machen sollte. Sie entschied sich, die Möglichkeiten, die ihr zur Lösung des Problems eingefallen waren, anzusprechen. Vielleicht fand Ulrike ja eine davon sinnvoll.

»Wenn ich mich über Oliver bei unserem Chef, Herrn Morgenroth, beschwere, komme ich mir blöd vor. So wie ein dummes Mädchen, dass seine Probleme nicht selbst lösen kann. Wenn ich Olivers falsche Darstellungen dem Chef oder Mandanten gegenüber berichtige, hört sich das stark nach Eigenlob an. Das will ich auch nicht. Und mit Oliver reden hat bisher auch noch nie etwas gebracht. Er nimmt mich einfach nicht ernst.«

Du lieber Himmel, ist das peinlich, dachte Anna. Das sind ja keine großartigen Handlungsalternativen, die ich mir da überlegt habe. Das klingt ziemlich hilflos. Gleichzeitig kamen ihr fast die Tränen, obwohl sie nicht wusste, warum. War es die Wut über Olivers Machenschaften oder der Ärger über ihre eigene Ohnmacht, mit der aktuellen Situation souverän umzugehen? Vielleicht auch das Eingeständnis, dass sie alleine damit nicht fertig wurde und

Hilfe brauchte? Oder der Druck, der neuerdings von Julia kam? Vermutlich alles zusammen.

Sie schnäuzte lautstark in ihr Taschentuch und nahm sich danach ein paar Weintrauben. Das süßsaure Aroma im Mund war angenehm und vertrieb den schalen Geschmack. Deshalb zupfte sie gleich noch eine Handvoll und wartete auf Ulrikes Antwort. Deren Gesichtsausdruck war ernst, aber weder mitleidig noch herablassend. »Du nimmst die Dinge sehr genau wahr und ich kann mir deine Situation gut vorstellen. Tatsächlich befinden sich viele Frauen in einer ähnlichen Lage.«

Diese Bemerkung tröstete Anna seltsamerweise, obwohl sich an ihrem Problem noch gar nichts geändert hatte. Allmählich erlangte sie ihre Fassung wieder.

Während Ulrike aufstand und das Flipchart, das neben dem großen Besprechungstisch stand, näher an ihre Sitzecke heranholte, wartete Anna gespannt auf Ulrikes weitere Ausführungen. »Bevor wir mit den Codes beginnen, möchte ich, dass wir deine Schwierigkeiten genau kennen. Du hast an vielen Beispielen aufgezählt, was alles schiefläuft, aber über die Gründe, die dahinterstehen, hast du nicht gesprochen. Ich möchte jedoch sicher gehen, dass du die Zusammenhänge kennst. Dazu solltest du das Ganze möglichst objektiv sehen.« Ulrike setzte sich wieder und betrachtete Anna prüfend. War Anna der folgenden Aufgabe gewachsen? Nun, das würde sie gleich herausfinden.

»Machen wir eine kleine Übung: Versuche einmal, aus deiner eigenen Person herauszuschlüpfen und die Punkte, die du gerade geschildert hast, aus der Sicht einer dritten Person zu sehen. Betrachte die Situation so, als ob eine gute Freundin, nennen wir sie Betty, sie erlebt hätte. Dann bist du in einer objektiveren Rolle und kannst das Geschehen aus einem anderen Blickwinkel heraus beobachten.

Lass die Ereignisse noch einmal Revue passieren und stelle dir dabei vor, dass sie Betty widerfahren sind. Wie würdest du Bettys Schwierigkeiten benennen? Beschreib sie möglichst genau. Gehe es ganz sachlich an, wie ein Projekt, und schreib die Punkte am besten gleich auf das Flipchart.«

Nun war Anna ganz in ihrem Element. Analytische Überlegungen waren quasi ihr Steckenpferd, das Flipchart ein vertrautes Arbeitswerkzeug. Sie verstand sofort, was Ulrike meinte mit der Betrachtung aus dem Blickwinkel einer dritten Person. Ihre kleine Selbstmitleidsanwandlung war vergessen. Sie überlegte angestrengt und stellte sich Betty bildlich vor: schlank, dunkelblond, die Haare zu einem Pferdeschwanz gebunden, braune Augen, in einer dunkelblauen Hose mit einer hellgrünen Pepitabluse, die rein zufällig Annas Lieblingsbluse entsprach, und mit einer grünen Jacke. Dann übertrug sie ihre eigenen Eigenschaften und ihre Situation bei AFC auf Betty. Auf Anhieb gelang es ihr, sich selbst herauszulösen und an ihrer eigenen Stelle Betty zu sehen.

Auf dieses Bild konzentriert, begann sie nachzudenken. Verwundert stellte sie fest, dass sie Bettys Probleme genau beschreiben konnte. Es war ihr auch nicht peinlich, darüber zu reden, denn es waren ja Bettys Probleme, nicht ihre eigenen.

»Ich würde sagen, Betty hat zwei verschiedene Problemkreise. Der eine betrifft ihren Umgang mit neuen Aufgaben, Stichwort Projektleiterposten. Da gab es in der Vergangenheit schon mehrere ähnliche Beispiele. Betty ist bei diesen Dingen nicht entscheidungsfreudig. Sie wartet zu lange ab. Das wirkt dann zögerlich und unsicher. Dabei will sie nur alles bedenken und keine Fehler machen.

Es ist ihr wichtig, dass der Chef mit ihr zufrieden ist. Aber sie wirkt in diesen Situationen passiv und wenig zupackend. Wenn der

Chef dann über ihren Kopf hinweg eine Entscheidung trifft, traut sie sich nicht, diese zu diskutieren. Sie akzeptiert alles und ärgert sich hinterher im stillen Kämmerlein. Doch statt die Sachen anzusprechen, steckt sie den Kopf in den Sand und geht dann einfach zur Tagesordnung über.«

Anna schwieg einen Moment, dachte über das Gesagte nach und nickte dann bestätigend. »Ja, Umgang mit neuen Aufgaben, das ist der eine Problemkreis. Der zweite liegt im Umgang mit ihren Kollegen. Hier gibt sie sehr schnell nach, wenn jemand anderer Meinung ist. Sie ordnet sich unter, kämpft nie für ihre eigene Sache. Sie ist gutmütig und immer nett zu allen. Betty ist eine ganz liebe Kollegin. Das funktioniert prima, solange alle an einem Strang ziehen. Doch sobald es Widerstand gibt, dreht sie bei und setzt sich nicht durch.«

Nun geriet Anna langsam in Fahrt. »Sie weiß zwar, was richtig wäre, aber sie handelt nicht danach. Sie ist immer für die anderen da, unterstützt sie, stellt aber ihre Fähigkeiten und sich selbst nie ins Rampenlicht. Sie protzt nicht mit ihren Leistungen, sondern gibt sich bescheiden. Die anderen, vor allem auch ihr Chef, sollen von selbst merken, wie gut sie ist. Mit dieser Haltung hat sie jedoch oft das Nachsehen.«

Immer schneller sprudelten die Beschreibungen aus Anna heraus und sie notierte, während sie sprach, die einzelnen Begriffe auf dem Flipchart in blauer Farbe. Unter der Überschrift *Umgang mit neuen Aufgaben* schrieb sie: *nicht entscheidungsfreudig, zögerlich, unsicher, passiv, diskutiert nicht.* In einer zweiten Rubrik daneben: *Umgang mit Kollegen,* und darunter: *gutmütig, nett, setzt sich nicht durch, bescheiden, abwartend.*

Dann trat sie einen Schritt zurück, betrachtete, was sie soeben geschrieben hatte, und verwandelte sich urplötzlich wieder in Anna zurück. Betreten blickte sie zu Ulrike und stieß einen Seufzer aus. »Meine Güte, das ist ja eine schöne Liste. Das war mir so nicht bewusst.«

Doch Ulrike war noch nicht fertig mit ihrer Übung. »Mach dir jetzt noch keine Gedanken darüber. Lass es nicht an dich ran, sondern gehe noch einmal zurück in die Rolle der objektiven Beobachterin von Betty. Kannst du sie dir vorstellen?«

Anna schloss kurz die Augen und konzentrierte sich. Als sie Bettys Bild wieder klar vor Augen hatte, nickte sie.

»Okay, diesen zwei Problemkreisen wollen wir jetzt andere Überschriften geben, die den Kern des Problems besser treffen. Der Umgang mit neuen Aufgaben ist vermutlich nicht immer ein Problem für Betty, sondern nur in bestimmten Situationen.«

»Ja, genau. Ein Problem ist es nur, wenn die neuen Aufgaben schwierig sind, also wenn sie eine echte Herausforderung für Betty darstellen.« Sie zögerte einen Moment. »Also ›Herausforderungen‹ aufschreiben?«

Ulrike nickte, und Anna notierte mit rotem Filzstift *Herausforderungen* über die Überschrift *Umgang mit neuen Aufgaben*. Dann überlegte sie, welche Überschrift sie über *Umgang mit Kollegen* schreiben sollte. »Das eigentliche Problem für Betty ist nicht der Umgang mit den Kollegen, sondern es sind die Auseinandersetzungen, die Betty nicht mag.«

Ihr Blick wanderte zu Ulrike, die wieder nickte, und Anna setzte *Auseinandersetzungen* über die zweite Spalte. Während sie die Kappe auf den Filzstift steckte, stellte Ulrike bereits die nächste Frage. »Betty geht sowohl Auseinandersetzungen als auch schwierigen Herausforderungen aus dem Weg. Soweit sind wir klar. Doch was hemmt sie? Was will sie um jeden Preis vermeiden?«

Die Augen auf das Flipchart geheftet, las Anna noch einmal,

was sie geschrieben hatte, und räusperte sich vernehmlich, um den dicken Kloß im Hals loszuwerden, der sich dort festzusetzen drohte. Wieder hatte sie sich, ohne es zu beabsichtigen, aus der Rolle der Betty gelöst und überlegte automatisch, was die Punkte auf dem Flipchart für sie bedeuteten.

Entschlossen schüttelte sie die Betroffenheit ab und verdrängte die Gefühle, die in ihr brodelten. Es dauerte einen Augenblick, bis sie die Situation wieder unter Kontrolle hatte und erneut in die Rolle der neutralen Beobachterin geschlüpft war. Als sie dann sprach, war ihre Stimme klar und sachlich. »Ich beginne mit den Auseinandersetzungen. Diese vermeidet sie, weil sie die Missstimmungen, die darauf folgen, nicht mag. Ihr ist das gute Arbeitsklima wichtig. Betty liebt die Harmonie. Sie ist zu allen nett, freundlich und hilfsbereit. Damit kann sie ihre Kollegen für sich gewinnen. Das funktioniert gut. Auch bei Oliver. Solange sie tut, was Oliver will, ist Oliver freundlich und zuvorkommend zu ihr. Er schätzt sie sehr und die Stimmung im Team ist super. Das ist Betty angenehm. Sie hat in der Vergangenheit schon mehrmals versucht, sich gegen Oliver zu behaupten, aber da hatte sie keine Chance. Letzten Endes setzt er sich immer durch.«

»Was wäre denn, wenn sie sich gegen Oliver behaupten würde?« Ulrike wollte diesen Punkt noch etwas vertiefen und lenkte Anna gezielt in diese Richtung.

»Wenn Oliver nachgeben müsste, wäre er sehr verärgert und würde es sicher an ihr auslassen. Vermutlich wäre er beleidigt, unfreundlich und schlecht gelaunt. Und diese Missstimmung müssten Betty und das ganze Team dann tagelang ertragen. Betty wäre an der schlechten Stimmung im Team schuld. Daran würde Oliver keinen Zweifel lassen. Dann müsste sie sich mit allen auseinandersetzen. Das könnte dazu führen, dass die anderen Kollegen

Betty nicht mehr so gerne haben und darunter würde Betty sehr leiden. Das will sie auf jeden Fall vermeiden und deshalb gibt sie lieber nach.«

»Welches Mittel verwendet Betty im Umgang mit ihren Kollegen und auch im Umgang mit Oliver? Kannst du das erkennen?« Anna zögerte und meinte fragend, dass Betty nett und freundlich sei. Dann fiel ihr plötzlich die passende Bezeichnung ein. »Sie setzt ihren Charme ein: Kleinmädchencharme gegen Dampfwalze. Klar, dass das nicht funktioniert.«

Achselzuckend blickte sie Ulrike an und freute sich einerseits, dass sie diesen Zusammenhang erkannt hatte, andererseits wurde ihr bewusst, dass sie mit Charme nie gegen Oliver ankommen würde. Ulrike nickte zustimmend und wollte postwendend von Anna wissen, wie sich Betty verhalten müsste, damit Oliver sie achtet und als gleichwertig akzeptiert.

So langsam wurden Anna die Fragen lästig. Sie hoffte, dass sie jetzt bald mit diesem Thema durch sein würden. Und zu der letzten Frage fiel ihr nun wirklich keine Lösung ein, da konnte sie noch so lange überlegen. So entschied sie sich für eine ausweichende Antwort. »Das ist eine gute Frage. Da müsste Betty ganz anders auftreten, denn Oliver ist ein ganz schönes Kaliber. Ich habe aber keine Ahnung, wie sie das machen soll.«

Ratlos sah Anna zwischen Flipchart und Ulrike hin und her und hoffte, dass Ulrike eine schnelle Lösung aus dem Hut zaubern würde. Diesen Gefallen tat sie ihr jedoch nicht. Vielmehr fasste sie in anderen Worten noch einmal zusammen, was Anna gerade festgestellt hatte.

»Betty begegnet Oliver mit Charme, mit Kleinmädchencharme, wie du es genannt hast. Das reicht nicht aus, um sich durchzusetzen. Das hast du ganz richtig erkannt. Aber Betty könnte sich überlegen, welche anderen Instrumente sie einsetzen kann, um Oliver auf Augenhöhe zu begegnen. Das wird eine unserer Aufgaben in den kommenden Sitzungen sein.«

Dann drehte sie sich zu Anna um und nahm den Faden wieder auf. »Bleibt noch die Frage, weshalb Betty Herausforderungen aus dem Weg geht. Warum zögert sie? Warum setzt sie sich nicht zur Wehr?«

Anna zog die Augenbrauen in die Höhe und spitzte den Mund, während sie ihre Antwort abwog. Sie schenkte sich ein Glas Mineralwasser ein und trank es halb aus. Stille machte sich breit. Ulrike beobachtete Anna, sagte jedoch nichts, sondern ließ die Stille wirken.

Schließlich raffte sich Anna auf. »Also, ich würde sagen, Betty hat Angst vor der eigenen Courage. Wenn sie eine neue Aufgabe wie die Projektleitung annimmt, bedeutet das, dass sie ihre Kollegen führen muss. Sie muss Aufgaben verteilen, Entscheidungen treffen und Rückmeldungen geben. Dabei kann es sein, dass manche Kollegen mit ihren Entscheidungen nicht einverstanden sind und sie sich unbeliebt macht. Betty ist aber ein gutes Klima bei der Arbeit sehr wichtig. Außerdem will sie, dass die Chefs mit ihr zufrieden sind. Dabei bleibt sie bescheiden. Sie riskiert es nicht, den Bogen zu überspannen. Wenn sie jedoch die Projektleitung annimmt, kann es sein, dass sie das nicht gut macht und die Chefs dann nicht mit ihr zufrieden sind.«

Anna hatte das Gefühl, dass Ulrike auf einen bestimmten Punkt hinauswollte. Sie konnte diesen Punkt jedoch nicht erkennen. Außerdem hatte sie Bettys Probleme schon ausführlich beschrieben und es standen auch schon genügend Details auf dem Flipchart, an denen sie arbeiten konnten. Das musste doch jetzt langsam ausreichen. Was wollte Ulrike denn noch?

Annas Ungeduld war an ihrer Miene abzulesen. Da Ulrike wusste, wie wichtig es für Annas weitere Entwicklung war, diesen Punkt selbst zu erkennen, formulierte sie die nächste Frage besonders sorgfältig. »Was will Betty um jeden Preis vermeiden?«

Ein Gedanke blitzte bei Anna auf, aber er verschwand wieder, ehe sie ihn greifen konnte. Sie betrachtete die Auflistung noch einmal und überlegte bei sich. Das Wichtigste für Betty war, dass alles harmonisch lief und alle sie mochten. Plötzlich tauchte der Gedanke erneut auf und dieses Mal konnte Anna ihn fassen. Triumphierend rief sie aus: »Es ist die Ablehnung! Betty will auf jeden Fall vermeiden, dass die anderen sie ablehnen. Sie will unbedingt dazugehören.«

Natürlich, dachte Anna, weshalb bin ich nicht gleich darauf gekommen? Sie war sich sicher, dass das die richtige Antwort war, und Ulrike bestätigte das umgehend.

»Jetzt sind wir am Punkt. Genau das ist Bettys Hauptsorge.« Mit diesen Worten stand Ulrike auf und schrieb unter die beiden Spalten *Zugehörigkeit als Ziel, Angst vor Ablehnung.*

Währenddessen schüttelte Anna die Rolle der Beobachterin ab und betrachtete die Aussagen auf dem Flipchart. Es war ihr unangenehm, all diese Beobachtungen auf sich selbst zu beziehen.

Da Ulrike die Unruhe in Anna nicht entging, gab sie ihr ein paar Sekunden, um sich wieder zu fassen und zu begreifen, was gerade passiert war. Wortlos schenkte sie Anna noch etwas Mineralwasser ein.

Diese bedankte sich und trank das Glas in einem Zug aus. Danach bemühte sie sich, ein freundliches Gesicht zu machen und locker zu wirken, obwohl sie sich unbehaglich fühlte. »Ja, super, darauf hätte ich selbst auch kommen können. Ist ja wirklich nicht so schwierig zu erkennen, wo das Problem liegt. Aber ich habe es nicht gesehen. Ich dachte immer, meine mangelnde Durchsetzungsfähigkeit sei das Problem, dabei ist es nur eine Folge des eigentlichen Problems. Angst vor Ablehnung. Angst, dass die anderen mich nicht mehr mögen. Das ist ja geradezu ein klassisches Frauenproblem. Wie blöd kann man sein!«

Anna grummelte eine Weile vor sich hin, und Ulrike ließ ihr die Zeit, die sie brauchte, um diese schmerzliche Erkenntnis zu verarbeiten. Dann deutete Anna auf die zwei Spalten. »Die beiden Problemkreise *Herausforderungen* und *Auseinandersetzungen* sind eigentlich nur ein einziger Problemkreis, weil beiden die gleiche Ursache zugrunde liegt. Sehe ich das richtig?«

»Ja.«

Anna schnitt eine Grimasse.

»Es ist wichtig, Anna, dass du deine Schwierigkeiten klar erkennst. Dann können wir an der Lösung arbeiten. Es ist zwar ein klassisches Frauenproblem, aber es gibt genügend Männer, die ebenfalls mit dieser Angst kämpfen. Du stehst also nicht alleine da, aber du hast die Möglichkeit, etwas dagegen zu unternehmen.«

Als Anna nur nickte, beschloss Ulrike, im Moment nicht tiefer zu dringen. Nun war noch der organisatorische Teil des Mentorings zu klären.

»Ich denke, wir werden drei Codes erarbeiten. Damit solltest du deine Probleme gut angehen können. Den ersten Code mitsamt der Anleitung sende ich dir am Montag zu. Du kannst dir das dann in aller Ruhe ansehen. Es ist einfacher, wenn du die Anleitungen zu den Codes schon kennst, bevor wir gemeinsam darüber sprechen. Dann kannst du dich besser darauf einstellen und dir schon erste Gedanken dazu machen.«

Dieser Ablauf entsprach genau dem, den Verena geschildert hatte, stellte Anna fest.

»Ich würde vorschlagen, dass wir nächste Woche anfangen. Und damit wollen wir es für heute belassen.«

Erleichtert, dass die Fragerei nun zu Ende war, hatte Anna noch eine Bitte. »Kannst du den ersten Brief an die Adresse meiner Eltern senden? Ich habe eine Woche Urlaub und bin bis Freitag zuhause am Bodensee. Dort bin ich ungestört und habe genügend Zeit, um mich mit dem Code zu befassen.«

Nachdem sie Ulrike die Adresse ihrer Eltern gegeben hatte, erhoben sie sich.

»Ich sehe schon, das werden sehr interessante Sitzungen werden. Ich freue mich.«

Anna zog die die Schultern ein wenig nach oben und lächelte Ulrike unsicher an. »Ob ich mich freue, weiß ich noch nicht. Ich fürchte, es wird sehr unbequem für mich, wenn ich mich mit meinen Mängeln so eingehend auseinandersetzen muss.«

»So schlimm wird das nicht werden«, meinte Ulrike. »Du hast eine schnelle Auffassungsgabe. Das erleichtert dir die Arbeit. Und das Hauptproblem hast du ja bereits erkannt. Bei den meisten Frauen, die zu mir kommen, dauert das wesentlich länger.«

Diese Feststellung tröstete Anna ein wenig und sie bedankte sich bei Ulrike. Nachdem sie sich verabschiedet hatte, verließ sie erleichtert die Kanzlei und machte sich auf den Heimweg. In der U-Bahn blickte sie auf ihr Smartphone und las eine Nachricht von Verena. »19 Uhr? Freu mich!«

Sie tippte schnell das Emoji-Zeichen für Daumen hoch und einen lachenden Smiley als Antwort, steckte das Smartphone weg und schloss dann für den Rest der Fahrt die Augen.

Kapitel 7

DER ERSTE SCHRITT IST GEMACHT

Kurz vor 19 Uhr betrat Anna ihr Lieblingsrestaurant in München, das ›Da Lorenzo‹. Die großen Terrakotta-Fliesen, aus denen der Boden des italienischen Ristorantes bestand, erinnerten an die Toskana. Auch der raue Putz an den Wänden, der sich mit rustikalen, sandfarbenen Wandfliesen abwechselte, sowie die dunkle Holzdecke sorgten für mediterranen Charme. Ergänzt wurde dieser von kleinen, quadratischen Holztischen mit rot-weiß-karierten Tischdecken und Holzstühlen mit geflochtener Lehne.

Ein verlockendes Aroma aus Thymian und Oregano, untermalt von einem Hauch Knoblauch, wallte Anna entgegen, während sie sich suchend umsah. Nur wenige Tische waren besetzt. Das würde sich in einer halben Stunde schlagartig ändern, wie Anna aus Erfahrung wusste.

»Ciao bella, come stai, wie gäht es dir?«, tönte es hinter ihr. Luigi, der Chefkellner, hatte zwar beide Hände voll mit Pizzatellern, aber wie üblich alles im Blick.

»Ciao Luigi, bene, grazie«. Bevor Anna fragen konnte, ob ihre Freundin schon da war, nickte Luigi lächelnd mit dem Kopf in Richtung einer Nische, die vom Eingang aus nicht sichtbar war. »La tua amica sitzt da hinten. Ich komme subito.«

»Grazie, Luigi.«

Für Luigi kramte Anna gerne ihr altes Schulitalienisch hervor. Sie ahnte nicht, dass Luigi ein waschechter Münchner war.

In Haidhausen geboren, war er dort zur Schule gegangen und zweisprachig aufgewachsen. Mit seinen Kumpels sprach er ein gepflegtes Bairisch, doch im Ristorante seines Vaters Lorenzo, der als Gastarbeiter in den 70er Jahren nach München gekommen war, kehrte er stets den Italiener heraus. Dort sprach er stets einen Mischmasch aus Deutsch und Italienisch mit gekonnt verstärktem Akzent. Das war er seinen Gästen schuldig und gab dem Ristorante ein wunderbar italienisches Flair, wie er fand.

Lächelnd eilte Anna an Verenas Tisch. Nach einer herzlichen Umarmung setzten sie sich beide. Anna schnappte sich sofort die Speisekarte, die Luigi fürsorglich für sie bereitgelegt hatte.

Verena hingegen beobachtete Anna erwartungsvoll. Sie war schon den ganzen Tag neugierig darauf, was diese erlebt hatte. Nun konnte sie nicht mehr an sich halten. »Mensch, Anna, nun leg doch die Speisekarte weg und erzähl erst einmal, wie es war. Ich bin vor Neugierde schon ganz kribbelig.«

Die Speisekarte senkend blickte Anna auf und grinste Verena an. »Es war ganz anders, als ich erwartet habe. Das Ganze hat mich echt umgehauen. Wie konntest du das nur zwei Jahre vor mir ver- heimlichen?«

»Ich habe dir doch jetzt davon erzählt. Außerdem umgibt den Bund so eine geheimnisvolle, verschwiegene Atmosphäre. Es wäre mir wie Verrat vorgekommen, wenn ich das sofort hinausposaunt hätte. Oder willst du Laura und Sophie gleich davon erzählen?«

Entschieden schüttelte Anna den Kopf. »Nein, will ich nicht. Wenn die Frauen das über Jahrhunderte geheim gehalten haben, sollten nicht gerade wir diejenigen sein, die den Bund an die Öffentlichkeit bringen. Das steht uns nicht zu.«

Verena nickte und beobachtete, wie Luigi auf ihren Tisch zukam. »Wie wäre es mit Prosecco als Aperitif zur Feier des Tages?«

Übermütig lachte Anna. »Ja gerne, das finde ich heute sehr passend.«

»Due prosecchi, Luigi, per favore«, bestellte Verena in fließendem Italienisch, und Luigi verbeugte sich grinsend. »Volentieri, gerne, signorine!«

Schon waren die beiden wieder ungestört.

»Also, nun erzähl schon, wie war es?«

»Ulrike ist sehr nett und sympathisch. Das ist mir wichtig, da es ja um ziemlich vertrauliche Sachen geht. Das könnte ich einer unsympathischen Person nicht erzählen. Aber das passt.«

»Gut. Ich mag Ulrike auch.«

»Toll ist das Ambiente. Der Park, die Villa und das Besprechungszimmer mit der gemütlichen Sitzecke. Ich habe mich dort total wohlgefühlt. Weißt du, ich beneide dich, dass du jeden Tag dort arbeiten darfst. So schön ist es bei uns nicht, obwohl es bei uns auch gut auszuhalten ist.«

»Dafür hast du die cooleren Kollegen.«

Anna schloss kurz die Augen und dachte an Nick. »Jetzt reden wir über meine heutigen Erlebnisse, nicht über die Firma.« Sicherheitshalber sprach sie gleich weiter, um Verena von ihren Kollegen abzulenken. »Zuerst hat mir Ulrike die Geschichte des Bundes erzählt. Das hat mich richtig fasziniert. Ich hätte mir niemals träumen lassen, dass so ein Bund wirklich existiert. Und dann kam, quasi als zweiter Hammer, die Legende der Lilith. Das hat mir keine Ruhe gelassen und ich habe es zuhause gegoogelt. Im Gegensatz zu mir gibt es eine Menge Leute, die von Lilith wissen.«

Als Luigi die zwei Proseccos brachte, unterbrachen sie das Gespräch und gaben ihre Essensbestellung auf. Dann kam Verena sofort auf Lilith zurück.

»Ich hatte von Lilith vorher auch noch nichts gehört.

Mittlerweile weiß ich aber, dass sie in der Frauenbewegung der 70er Jahre eine große Rolle gespielt hat. Sie ist zur Symbolfigur für die Freiheit und Gleichberechtigung der Frau geworden. Aber das war lange vor unserer Zeit. Schande über uns, die wir so unwissend sind!«

Die schlanken Sektgläser klangen silberhell beim Anstoßen und Anna und Verena sahen sich an. Dann lachten beide und tranken. Das mochte Anna an Verena so. Sie konnte tiefsinnig sein und gleichzeitig kam der Humor nie zu kurz.

»Übrigens wurden in den 70er Jahren viele Buchläden und Cafés nach Lilith benannt«, nahm Verena den Faden wieder auf.

»Oh, Buchläden und Cafés. Das ist genau meine Welt. Du kennst doch meinen Traum von einem eigenen Büchercafé.«

»Ja, du kannst es ja ›Lilith 2.0‹ nennen.«

»Im Moment heißt es ›Cobanna‹. Entstanden aus Coffee, Books und Anna. Das habe ich gestern mit Laura nach dem Marketingkongress entwickelt, während wir im Tante Käthe auf euch gewartet haben.«

»Da hat sich der Kongress ja schon gelohnt. Cobanna.« Verena sprach den Namen langsam und betont und lauschte dem Klang nach. »Gefällt mir. Ich glaube, du solltest dabei bleiben.«

»Schön, dass dir der Name gefällt. Ich finde ihn auch toll.«

Während Anna über den neuen Namen sprach, verfolgte Verena mit den Augen Luigi, der soeben mit zwei Tellern in ihre Richtung kam. Ja, es waren ihre Linguine al Salmone und Annas Meeresfrüchtesalat. Voller Genuss stürzten sie sich auf die Speisen. Die ernsthaften Gespräche waren vorerst vergessen.

Nach dem Essen berichtete Anna kurz, dass sie mit Ulrike über das Oliver-Problem gesprochen hatte und nächste Woche den ersten Code bekam. Damit gab sich Verena zufrieden. Sie selbst hatte auch ein sehr intensives Erstgespräch mit Ulrike gehabt, an das sie sich lebhaft erinnerte. Die Erkenntnisse waren einleuchtend, aber unbequem gewesen. Genau genommen war es die schwierigste Phase des gesamten Mentorings gewesen, dachte sie. Wenn Anna nicht das Bedürfnis hatte, darüber zu reden, dann würde sie auch nicht nachhaken.

Aus dem Augenwinkel beobachtete Verena zwei junge Männer, groß, schlank und dunkelhaarig, die das Ristorante auf der Suche nach einem freien Tisch durchquerten. Das brachte ihre Gedanken zurück zu Annas Kollegen. Sie wüsste schon gerne, weshalb Anna auf die Bemerkung, dass es in ihrer Firma coole Männer gab, so zurückhaltend reagiert hatte. Deshalb beschloss sie, ein wenig auf den Busch zu klopfen. Ihre Frage stieß allerdings auf wenig Gegenliebe.

Einsilbig antwortete Anna, dass es hier nichts zu berichten gäbe. Doch innerlich befand sie sich in einem kleinen Zwiespalt. Nick gefiel ihr, das gab sie mittlerweile wenigstens vor sich selbst zu. Aber er war ein Kollege und sie wollte keine Büroaffäre. Was also sollte sie Verena erzählen? Dass das Schicksal ihr ein Würstchen vor die Nase hielt, nachdem sie nicht schnappen durfte? Was für ein grauenhafter Vergleich, dachte sie belustigt. Nick ist ganz bestimmt kein Würstchen. Und sie selbst sollte sich jetzt besser zusammenreißen, bevor Verena weiter nachbohrte. Geschickt fragte sie nach Verenas bevorstehender Reise nach London, zu der diese am Montag aufbrechen wollte.

Am nächsten Morgen packte Anna ihren schicken, pinkfarbenen Trolley in den Kofferraum, platzierte Handtasche, Smartphone und Sonnenbrille auf dem Beifahrersitz und startete voller Vorfreude Richtung Bodensee. Ihr kleiner, roter VW Polo stammte noch aus Studententagen. Da sie in München die meisten Ziele mit U- und S-Bahn erreichte, kam das Auto nur noch selten zum Einsatz.

Seit vier Wochen war Anna schon nicht mehr zuhause gewesen, und so freute sie sich nun auf ein paar entspannte Tage. Da am Sonntagvormittag nicht viel Verkehr auf der Autobahn herrschte, kam sie zügig voran. An der Ausfahrt Sigmarszell verließ sie die Autobahn Richtung Lindau und kurz darauf war er da, der schönste Moment der Fahrt, wie Anna es stets empfand. Der erste Blick von hoch über Lindau hinunter auf den tiefblauen, glitzernden Bodensee, umrahmt von den Vorarlberger und Schweizer Bergen. Das ist Heimat, dachte Anna. Hier habe ich meine Wurzeln und das wird auch immer so bleiben, egal wo ich lebe.

Nun waren es nur noch zehn Minuten bis nach Hause. Annas Eltern wohnten in Nonnenhorn, einem kleinen, bayrischen Dorf am östlichen Bodensee, das direkt an Baden-Württemberg angrenzte. Das große Landhaus ihrer Eltern tauchte vor ihr auf, als sie in die lange Auffahrt einbog. Der erste Stock des Hauses war mit hellem Holz verschalt und mit zwei großen Balkonen ausgestattet, von denen leuchtend rote Geranien weit herabhingen. Nach allen Seiten führten zweiflügelige Terrassentüren ins Freie und große Fenster ließen viel Licht in die Räume. Eine überdachte Terrasse umgab das Haus auf drei Seiten. Zahlreiche Blumenampeln und Töpfe zeichneten ein farbenfrohes Bild vor dem frischgemähten Rasen.

Anna stieg aus und atmete tief ein. Die Luft war ganz anders als in München: warm, mild und leicht feucht, wie am Meer, denn durch die großen Wassermengen schaffte sich der Bodensee sein ganz eigenes Klima. Während sie voller Freude die Umgebung in sich aufnahm, ging die Haustür auf, und sogleich fühlte sich Anna in einer kurzen Umarmung umfangen. Ruth, Annas Mutter, hatte vom Küchenfenster aus die Ankunft ihrer Tochter verfolgt. »Schön, dass du endlich da bist. Hattest du eine gute Fahrt? Papa wartet schon sehnsüchtig auf dich. Er hängt allerdings gerade am Telefon. Bring doch deine Tasche auf dein Zimmer und komm dann zu mir in die Küche, dann können wir uns beim Kochen ein wenig unterhalten.«

»Ja, Mama.«

An den Redeschwall ihrer Mutter gewöhnt, tat Anna, wie ihr geheißen. In der Küche brachte Ruth ihre Tochter auf den neuesten Stand über die Ereignisse in der Familie und im Dorf. Mit ihren kurzen, blonden Locken und ihren sanften, himmelblauen Augen wirkte Ruth auf den ersten Blick wie eine gutmütige, rundliche Frau mittleren Alters. Doch in Wirklichkeit stand die ganze Familie unter ihrem Kommando. Von Natur aus neugierig, hatte sie zu allem eine Meinung und hielt damit nicht hinter dem Berg.

Deshalb war Anna sehr sorgsam in der Auswahl der Erlebnisse, die sie ihrer Mutter berichtete. Geschichten über ihre Münchner Freundinnen, die ihre Mutter seit langem kannte, waren ungefährliches Terrain. Eine Weile gab sich diese damit zufrieden. doch dann stellte sie die unvermeidliche Frage: »Und wie läuft es in der Firma?«

Da Anna ihre Mutter kannte, hatte sie sich auf der Fahrt bereits überlegt, welche Anekdoten aus der Firma sie zum Besten geben konnte, ohne sich Ratschläge einzufangen, die mit »Anna, du musst endlich …« begannen. Geschickt mied sie alle Themen, die in Bezug zu ihren Problemen in der Firma standen.

»Ruth, mit wem sprichst du?« Eine tiefe Stimme dröhnte durch die Küchentür. »Ist meine Anna schon da?«

Mit einem strahlenden Lächeln kam Walter, Annas Vater, in die

Küche und breitete die Arme aus. Glücklich ließ sich Anna in die herzliche Umarmung fallen. Dann hielt Walter sie auf Armeslänge weg und musterte sie gründlich.

»Gut siehst du aus, mein Schatz. Vielleicht ein bisschen blass um die Nase. Aber das wird sich schnell ändern. Ich freu mich so, dass du da bist. Wir decken schon mal den Tisch auf der Terrasse.« Mit diesem an seine Frau gerichteten Kommentar legte er Anna einen Arm um die Schultern und zog sie aus der Küche. Seit jeher hatte Anna zu ihrem Vater einen besonderen Draht und so war auch die Unterhaltung mit ihm weit entspannter als mit ihrer Mutter.

Walter, von Beruf Schiffsbauingenieur, war ein großer, drahtiger Mann, der im Frühjahr seinen 60. Geburtstag gefeiert hatte. Sein ehemals dunkles Haar war von zahlreichen silbernen Strähnen durchzogen und seine Augen glänzten in demselben tiefgrünen Farbton wie Annas. Die gesunde Bräune auf seinen Wangen stammte von den vielen Stunden, die er mit seinen Segelyachten auf dem See verbrachte.

Wie immer dauerte es nicht lange, bis er vorschlug, am Nachmittag einen kleinen Segelausflug zu machen. »Ich glaube, es kommt ein kleiner, feiner Wind auf, den wir unbedingt nutzen sollten.«

Das war der Lieblingsspruch ihres Vaters, dem sie noch nie widerstehen hatte können. Schon im zarten Alter von sieben Jahren hatten Anna und ihre zwei Jahre ältere Schwester Karen den Jüngstensegelschein gemacht, und von da an hatte der Segelsport sie nie mehr losgelassen. Auf die Segelausflüge war ihre Mutter selten mitgekommen, da sie leicht seekrank wurde. So war das Segeln zu einer reinen Vater-Töchter-Aktivität geworden.

Als Mitinhaber einer Segelyachtwerft testete Walter die Yachten, an denen er mit seinem Team gearbeitet hatte, häufig selbst, und Anna war neugierig, welches Prachtexemplar er heute ausgewählt hatte.

»Ich habe eine wunderschöne Kielyacht am Steg liegen, die wir gerade restauriert haben. Elf Meter lang, alles vom Feinsten. Rumpf und Kajüte in Mahagoni, Deck und Fußböden in Teak. Ein wahrer Traum. Wartet nur darauf, von uns beiden Hübschen ausgeführt zu werden. Also, was ist, Anna? Kommst du mit?« Mit einem liebevollen Schmunzeln betrachtete Walter seine Tochter erwartungsfroh.

»Aber klar, Papa!«

Wie hätte Anna so einem charmanten Angebot widerstehen können? In sich hinein lächelnd trug sie die Teller auf die Terrasse. Es war schön, wieder zuhause zu sein.

Nach einem köstlichen Mittagessen mit Schweinelendchen in Tomatensahne, Kroketten und Salat, brachen Walter und Anna zum See auf. Sie liefen an dem kleinen Schwimmbad vorbei, in dem nimmersatte Sonnenanbeter ihre Handtücher ausgebreitet hatten und den Altweibersommer genossen. Auf dem dunkelgrünen Wasser, das in kleinen Wellen auslief und in der Sonne glitzerte, schaukelte eine stolze Yacht hoheitsvoll vor sich hin.

»Schau dir nur dieses Schätzchen an!« Sobald Walter eine seiner Yachten sah, war er kaum mehr zu bremsen. »Das gehört jetzt den ganzen Nachmittag nur uns beiden.«

Sie machten die Leinen los und schon bald waren sie mitten auf dem See. Zunächst herrschte ein prächtiger Wind und sie hatten alle Hände voll zu tun. Da sie ein eingespieltes Team waren, klappte alles wie am Schnürchen. Der Wind, der Anna um die Ohren wehte, und die aufpeitschende Gischt entlockten ihr ein lautes, glückliches Lachen und sie entspannte sich.

Nach einer Weile gerieten sie in eine kleine Flaute. Wie üblich nutzte sie diese Zeit, um ihrem Vater alles zu erzählen, was sie auf dem Herzen hatte. Ohne sie zu unterbrechen, hörte er Anna zu. Sie schilderte, wie Oliver sie hinterrücks ausnutzte, und welche Probleme sie dabei hatte, sich in der Firma durchzusetzen. Nach kurzem Zögern erzählte sie ihm in ein paar kurzen Sätzen auch von ihrem Mentoring, allerdings ohne den Geheimbund zu erwähnen.

Bedächtig nickte Walter an den richtigen Stellen. »Das ist sehr gut, dass du selbst einen Weg gefunden hast, wie du diese Probleme angehen kannst. Ich bin ganz sicher, dass sich dieser Oliver sehr bald wundern wird, was so alles in dir steckt. Lass dir nichts gefallen, Mädel.«

Damit hatte Walter aus seiner Sicht alles gesagt, was es zu sagen gab. Mehr hatte Anna nicht erwartet und mehr Einmischung wollte sie auch nicht. Im Gegensatz zu ihrer Mutter, die den Dingen stets resolut auf den Grund ging, stärkte ihr der Vater mit seinem Vertrauen den Rücken, ohne ungebetene Ratschläge zu geben oder von Anna eine konkrete Lösungsstrategie zu fordern. Leichten Herzens kehrte Anna am späten Nachmittag mit ihrem Vater an Land zurück.

Am Dienstagvormittag wartete sie ungeduldig auf die Briefträgerin. Wenn alles geklappt hatte, sollte heute ein Briefumschlag mit dem ersten Code von Ulrike ankommen. Ihre Mutter war gerade beim Einkaufen, als die Briefträgerin klingelte und ein Paket sowie vier Briefe abgab. Nachdem sie den Empfang des Pakets quittiert hatte, legte sie die Post auf der Kommode in der Diele ab und durchsuchte die Briefe. Ja, Ulrikes Brief war dabei.

Mit dem Brief in der Hand spurtete sie die Treppe hinauf in ihr Zimmer. Seit ihrer Jugendzeit hatte sich hier nicht viel verändert.

Auf dem apricotfarbenen Fliesenboden lagen rustikale, naturfarbene Wollteppiche. Zwei Wände waren in strahlendem Weiß gehalten, eine Wand bestand vollständig aus Fenstern und Balkontüren, so dass die Sonne das Zimmer durchfluten konnte, sofern sie schien. Die vierte Wand war früher Annas ganzer Stolz gewesen, denn hier hatte sie sich als Teenager gegen ihre Mutter durchgesetzt und ganz alleine feinkörnigen Rollputz aufgebracht und ein Muster hineingebürstet. Die so entstandene Struktur hatte sie dann in einem perfekt auf den Boden abgestimmten Apricot-Farbton gestrichen. Das Ergebnis hatte ihr die Bewunderung sämtlicher Freundinnen eingebracht.

Auch die Einrichtung hatte Anna selbst aussuchen dürfen. Die hellen Holzmöbel und das schilfgrüne Sofa begleiteten sie nun schon fast 15 Jahre lang. In dem vertrauten Zimmer fühlte sie sich rundum wohl.

Sie setzte sich an ihren Schreibtisch und betrachtete den Brief von beiden Seiten. Was mochte er wohl alles enthalten? War dies hier eine Art magischer Augenblick, an den sie sich immer erinnern würde? Ein Wendepunkt in ihrem Leben? Oder ging die Fantasie mit ihr durch? Mit diesen widerstreitenden Gedanken griff sie zu ihrem Brieföffner und schlitzte den Umschlag auf.

Kapitel 8

DER ERSTE CODE – STÄRKEN ERKENNEN

Eine schmale, gestreifte Mappe, auf deren Vorderseite eine Rose im Tintenfass eingedruckt war, sowie ein kurzer Brief von Ulrike kamen zum Vorschein. Neugierig ergriff Anna den Brief und faltete ihn auf.

»Liebe Anna, anbei sende ich dir das Büchlein, das die Töchter der Lilith speziell für die Filias herausgeben. Den ersten Code mitsamt den Anleitungen habe ich gleich eingeordnet. Du kannst dir gerne schon vorab Gedanken machen. All deine Fragen klären wir dann am Samstag. Ich wünsche dir eine schöne Urlaubswoche und sende dir herzliche Grüße, Ulrike.«

Nachdem sie die Zeilen gelesen hatte, griff Anna nach der Mappe und schlug sie auf. Auf der ersten Seite stand in großen verschlungenen Lettern ›Die Lilith-Codes‹. Sie blätterte weiter und fand auf der zweiten Seite ein Gedicht in altmodischer Schrift.

Töchter der Lilith

Den Bund zu bewahren und weiterzutragen,
Gesammeltes Wissen aus früheren Tagen
Von Greisin zur Maid, vom Weibe zum Weib,
wider Gefahren für Seele und Leib.

Lasset uns streben nach vordunklen Zeiten,
Das Vorbild der Lilith, es wird uns leiten,
weibliche Kräfte tief in uns zu wecken,
verborgene Stärke neu zu entdecken.

Ranggleich dem Manne und nie untergeben,
stark, stolz und frei, so werden wir leben.
In Eintracht und Liebe für kommende Zeiten,
der Bund möge uns nunmehr stetig begleiten.
Coeln 1552

Anna war beeindruckt. Das Gedicht war auf 1552 datiert, also fast 500 Jahre alt. 1552 war auch der Bund gegründet worden, erinnerte sie sich an Ulrikes Worte. Sie blickte auf das Gedicht und ließ es auf sich wirken. So viele Jahre waren ins Land gegangen, doch der Bund existierte immer noch. Die Verbundenheit mit diesen Frauen und der immerwährende Kampf gegen die männliche Überlegenheit wurden ihr mit einem Male sehr bewusst. Und noch etwas wurde ihr klar: Sie stand mit ihren Problemen tatsächlich nicht alleine da. Sie blätterte weiter und kam zum Vorwort.

Die Lilith-Codes im 21. Jahrhundert
Vom Mythos zum modernen Handwerkszeug

Die Lilith-Codes stammen aus einer alten Überlieferung. Sie dienten schon immer dazu, Frauen auf ihrem Lebensweg zu unterstützen und zu stärken. Anfangs wurden die Codes mündlich weitergegeben, doch im Lauf der Zeit wurden sie niedergeschrieben und vervielfältigt. Seitdem werden die Schriften von Frau zu Frau weitergereicht.

Die Lilith-Codes selbst sind kurze Leitsätze, die über die Grenzen der Zeit hinaus allgemein gültig sind. Bis heute haben sie nichts von ihrer Aktualität eingebüßt.

Die Anleitungen hingegen erfahren immer wieder Anpassungen. In den letzten Jahrzehnten, in denen die Frauen zunehmend die Berufswelt eroberten, wurden sie laufend modernisiert. Mit aktuellen Erkenntnissen und Verfahren sind sie direkt am Puls der Zeit.

Es gibt eine Vielzahl von Codes. Daraus wählt die Frau, die dir, liebe Filia, als Mentorin zur Seite steht, die passenden Codes für dich aus und begleitet dich auf deinem Weg. Die Anleitungen dazu sind für alle Frauen gleich. Doch welche Erkenntnisse du für dich daraus ableitest, entscheidest du selbst. Insofern werden sie zu deinen ganz persönlichen Codes.

Wir wünschen dir dabei viel Erfolg.

Die Rätinnen

Die Lilith-Codes waren über die Grenzen der Zeit hinaus allgemein gültig, stammten aus einer alten Überlieferung und waren trotzdem am Puls der Zeit. Anna fand diese Idee genial. Doch nun wollte sie endlich wissen, was die Codes bedeuteten und wie sie funktionierten. Ungeduldig schlug sie die nächste Seite auf und kam zum ersten Code.

Code 1
»Baue auf deine Stärken und setze sie klug ein.«

Anleitung: Die eigenen Stärken erkennen
Was bin ich für ein Typ? Welche Aufgaben fallen mir leicht? Wo liegen meine Stärken?

Um zu verstehen, weshalb Menschen unterschiedlich handeln, nutzen wir Erkenntnisse aus der modernen Gehirnforschung. In unserem Modell werden die Menschen in vier unterschiedliche Typen eingeteilt. Jeder Typ besitzt ganz eigene, charakteristische Verhaltensweisen und besondere Stärken, von denen keine Stärke besser oder schlechter ist als eine andere.

Menschen vom Typ ›Verfolger‹

handeln zielorientiert und effizient, wobei ihnen vor allem kurzfristige Erfolge wichtig sind. Sie suchen den Vergleich und lieben Herausforderungen. Was andere erreicht haben, wollen sie übertrumpfen. Deshalb setzen sie sich häufig neue Ziele und bauen gerne viel Druck auf. Dabei überrumpeln sie die Menschen in ihrer Umgebung und reißen sie mit, ohne Rücksicht darauf zunehmen, wie stark sie diese damit belasten. Sie sind sehr fordernd und im Gespräch mitunter barsch und rechthaberisch, wobei sie sich nicht scheuen, Gefühle wie unverhohlenes Misstrauen deutlich zu zeigen.

Menschen vom Typ ›Entdecker‹

sind spontan, neugierig und greifen Trends gerne als Erste auf. Sie lieben Innovationen und alles Außergewöhnliche, wobei ihnen die Chancen wichtiger sind als das konkrete Ergebnis. Details sind ihnen zuwider. Sie sehen das große Ganze. Oft ändern sie mittendrin die Spielregeln oder bringen die Dinge nicht zu Ende, weil schon die nächste interessante Neuigkeit lockt. Sie halten wenig von Traditionen und kleiden sich gerne auffälliger als andere.

Menschen vom Typ ›Bewahrer‹

nutzen ungern moderne Medien. Sie sprechen lieber direkt mit den Menschen. Sie beziehen andere mit ein, knüpfen viele Beziehungen *und sind gefühlvoll, von aufbrausend bis sentimental. Dabei leben sie nach einer Richtig-oder-falsch-Auffassung und arbeiten häufig mit moralischem Druck. Neuerungen mögen sie nicht, weil sie mit Veränderungen verbunden sind. Sollten sich andere mit Neuerungen durchsetzen, überlassen sie ihnen die Verantwortung. Die Redewendung ›Hab es Ihnen ja gleich gesagt‹, nutzen sie gerne. Sie schätzen Werte und Traditionen und fordern Loyalität und Fairness. Einmal getroffene Entscheidungen machen sie nicht mehr rückgängig.*

Menschen vom Typ ›Kontrollierer‹

gehen analytisch und logisch vor. Einen eingeschlagenen Weg verfolgen sie konsequent. Sie mögen keine Überraschungen und verachten unqualifizierte und unvorbereitete Dinge. Neue Lösungen leiten sie schrittweise aus dem Bestehenden ab. Dabei strapazieren sie ihre Umgebung häufig mit ihrer Detailgenauigkeit. Logische und formale Fehler suchen und erkennen sie sofort. Bevor sie bereit sind weiter vorzudringen, müssen alle Fehler behoben werden. Was sie selbst bearbeitet haben oder nach Kontrolle freigeben, gilt in der Regel als fehlerlos. Damit genießen sie hohe Wertschätzung und gelten als sehr verlässlich.

Die meisten Menschen vereinen Eigenschaften aus zwei oder drei Kategorien, wobei oft eine Stärke dominiert.

Um mit diesem Modell vertraut zu werden, kannst du es zuerst auf dich selbst anwenden und dich fragen, welche Eigenschaften zu dir passen. Dann kannst du versuchsweise andere Personen einordnen, die du kennst.

In den Führungsebenen von Unternehmen sind diese Stärken oft der Grund für Unstimmigkeiten und Missverständnisse: Hat der Chef beispielsweise deutliche Verfolger-Eigenschaften, so hat er für zögerliche Vorschläge kein Ohr, denn bis diese bei ihm ankommen, ist er schon beim nächsten Thema. Ist er ein typischer Entdecker kommt er permanent mit neuen Projekten an, obwohl die alten noch nicht fertiggestellt sind. Mitarbeiter, die stark auf Kontrolle setzen, können diese Vorgehensweise nicht verstehen.

Wenn du nun andere Personen einordnest und mit deinen eigenen Stärken vergleichst, kannst du das Zusammenspiel unter einem anderen Blickwinkel betrachten.

Du erkennst, in welchen Feldern du selbst stark bist und wo deine Schwächen sind. Ebenso kannst du das bei anderen Personen feststellen und dadurch mehr Verständnis für andere Verhaltensweisen aufbringen.

Darüber hinaus kannst du mit deinen eigenen Stärken die gleichen Stärken in deinem Umfeld intensivieren oder andere Stärken ergänzen.

Das klang beim ersten Durchlesen ein wenig kompliziert und war etwas viel auf einmal. Aber Ulrike würde ihr das schon auseinandersetzen. Da war sich Anna sicher. Sie blätterte zurück und überflog die Beschreibungen der vier Typen noch einmal. Das war eine interessante Betrachtungsweise, aber bevor sie sich damit genauer beschäftigte, brauchte sie erst einmal etwas zu essen. Sie schnappte sich in der Küche eine halbvolle Tüte Chips, die noch vom Vorabend übriggeblieben war, und einen Apfel, frisch geerntet aus eigenem Anbau. Mit diesem Proviant machte sie sich wieder auf den Weg in ihr Zimmer und setzte sich erneut an ihren Schreibtisch.

Ihr Blick fiel sogleich wieder auf die Beschreibungen und während sie sich darin vertiefte, schob sie sich ein paar Chips in den Mund. Sie las die unterschiedlichen Eigenschaften der vier Typen noch einmal langsam durch und suchte Begriffe, die zu ihr persönlich passten. Wo würde sie sich einordnen?

Von den Verhaltensweisen der Verfolger traf zwar zielorientiert und effizient zu, aber sie setzte nie auf kurzfristige Erfolge. Auch alles andere sprach sie nicht an. Als Verfolger würde sie sich also nicht sehen.

Dann befasste sie sich mit den Entdeckereigenschaften. Sie war ein wenig neugierig und fand Innovationen, vor allem in ihrem Arbeitsbereich, toll. Unwillkürlich dachte sie an ihre spezielle Zielgruppenanalyse, die sie Nick vorgestellt hatte, und lächelte versonnen. Doch bevor sich ihre Gedanken in diese Richtung auf Abwege machen konnten, las sie weiter und stellte fest, dass sie sich mit den übrigen Entdeckereigenschaften nicht identifizieren konnte. Eine große Entdeckerin war sie definitiv nicht.

Als nächstes wandte sie sich den Verhaltensweisen der Bewahrer zu und spitzte überrascht den Mund. Hier fand sie jede Menge Übereinstimmungen: Persönliche Gespräche und Gefühle waren ihr ebenso wichtig wie Werte und Traditionen. Auch bemühte sie sich immer, andere einzubeziehen. Allerdings benutzte sie die Redewendung ›Hab es Ihnen ja gleich gesagt‹ nicht, nur manchmal konnte sie sich den Gedanken nicht verkneifen.

Bei der Richtig oder falsch-Auffassung war sie sich nicht sicher. In ihrer Jugend hatte es eine Zeit gegeben, in der sie und Lydia, ihre beste Freundin aus Kindertagen, das ›Richtig‹ sehr großzügig ausgelegt hatten. Bei dieser Erinnerung grinste sie und freute sich auf den heutigen Nachmittag, an dem sie Lydia besuchen wollte. Dann senkte sie den Blick wieder auf den Text.

»Fordern Loyalität und Fairness«, brummelte sie vor sich hin. »Schön wär's, aber bei Oliver funktioniert das nicht.« Doch dann stutzte sie und überlegte genauer. Eigentlich forderte sie weder Loyalität noch Fairness, sondern sie erwartete beides unaufgefordert. Den Punkt musste sie unbedingt mit Ulrike besprechen.

Sie holte ihr Tablet und rief die Notiz-App auf, mit der sie häufig arbeitete. Darin notierte sie diese Frage sorgfältig.

Nun blieb noch der Typ Kontrollierer übrig. Hier trafen ebenfalls viele Begriffe zu: analytisch, logisch, mag keine Überraschungen, leitet Lösungen schrittweise ab und geht ins Detail. Das passte alles. Die anderen konnten sich auf sie verlassen. Das war ihr sehr wichtig. Doch dass Oliver seine ganze Karriere auf ihren Leistungen aufbaute, ging entschieden zu weit.

»Verachtet unqualifizierte und unvorbereitete Dinge«, murmelte sie halblaut vor sich hin. Also diese Beschreibung fand sie völlig übertrieben. Sie schätzte es nicht, wenn andere unvorbereitet in ein Meeting gingen, aber deshalb verachtete sie doch niemanden. Den Punkt wollte sie ebenfalls mit Ulrike klären.

Nachdem sie alle Kategorien durchgesehen hatte, fiel ihr die Einschätzung, zu welchem Verhaltenstyp sie gehörte, leicht: Sie würde sich als Bewahrerin und Kontrolliererin einordnen.

Als sie auf die Uhr blickte, stellte sie fest, dass es schon fast Zeit zum Mittagessen war. Sie klappte ihren Laptop und das Lilith-Code-Buch zu und verstaute beides in der obersten Schublade ihres Schreibtisches. Die Chipstüte war inzwischen leer. Gut, dass ihre Mutter das nicht wusste. Anna war zwar zwischenzeitlich erwachsen und konnte tun und lassen, was sie wollte, aber sie war sich nicht ganz sicher, ob ihre Mutter das auch so sah. Mit diesem Gedanken lief sie vergnügt in die Küche und half Ruth bei den Essensvorbereitungen, ohne die Chips zu erwähnen.

»Hallo Anna, schön dich endlich zu sehen. Komm doch herein. Ich freu mich so, dass du uns heute besuchst.« Mit einer herzlichen Umarmung verlieh Lydia dieser Begrüßung Nachdruck, als Anna nachmittags vor ihrer Tür stand.

»Servus Lydia, gut siehst du aus. Richtig blühend. Die Schwangerschaft steht dir gut.« Anna strahlte über das ganze Gesicht, während sie Lydia in Augenschein nahm.

Die beiden waren bereits im Kindergarten unzertrennlich gewesen. Die unternehmungslustige Lydia hatte die zurückhaltende Anna zu allerhand Abenteuern angestiftet: Im zarten Alter von fünf Jahren etwa hatte Lydia an einem strahlend blauen Tag beschlossen, nicht den direkten Weg zum Kindergarten zwei Straßen weiter zu nehmen, den sie und Anna täglich alleine gingen, sondern einen kleinen Ausflug zum See zu machen, um auf einer Wiese zu picknicken. Als die beiden im Kindergarten nicht erschienen waren, hatte die Erzieherin Annas Mutter angerufen. Das halbe Dorf hatte sich voller Panik auf die Suche nach den Kindern gemacht. Die Strafpredigt ihrer Mutter hatte Anna bis heute nicht vergessen.

Es hatte fast ein Jahr gedauert, bis Lydia Anna zur nächsten Unternehmung überreden konnte. Die beiden hatten auch in den folgenden Jahren allerhand Unsinn angestellt, sich aber nie mehr erwischen lassen. Denn beide hatten aus der Erfahrung gelernt, dass es nicht reichte, wenn Lydia eine gute Idee hatte. Es brauchte auch einen guten, wasserdichten Plan, und für den war Anna zuständig. Ob es nun darum gegangen war, den langweiligen Erdkundeunterricht in der 8. Klasse zu schwänzen oder mit 16 Jahren abends, ohne Wissen der Eltern, in der Disco in Friedrichshafen abzutanzen, die Aktionen waren alle wie am Schnürchen gelaufen.

Bis zum Abitur waren die beiden unzertrennlich, doch dann war Anna nach Regensburg zum Studium gegangen, und Lydia hatte im benachbarten Lindau eine Banklehre gemacht. Regelmäßige Telefonate und Besuche hielten die Freundschaft nach wie vor aufrecht, auch wenn Lydias Leben mittlerweile eine völlig andere Richtung genommen hatte. Seit vier Jahren war sie mit Dominik, ihrem Freund aus der Schulzeit, verheiratet und die beiden erwarteten ihr zweites Kind.

Im sechsten Monat schwanger, war Lydias Bauch schon deutlich gewachsen. Doch mit ihrem herzförmigen Gesicht und den kobaltblauen Augen, die von dichten Wimpern umrahmt waren, sah sie mehr wie eine kleine Elfe und weniger wie eine Ehefrau und Mutter aus. Ihre kinnlangen, blonden Haare wirkten voller und kräftiger als früher und glänzten regelrecht. Und sie hatte einen wunderbar rosigen Teint, der Anna schon bei der ersten Schwangerschaft aufgefallen war.

Als Anna die Haustür hinter sich schloss, kam Ella, Lydias zweieinhalbjährige Tochter, um die Ecke geflitzt. Sie stoppte abrupt, als sie Anna sah, und blickte mit großen, blauen Kulleraugen zu ihr auf.

»Hallo kleine Maus, du bist aber gewachsen. Kennst du mich noch? Ich bin die Anna.«

Mit kritischem Blick musterte Ella, die das blonde Haar ihrer Mutter geerbt hatte, die Besucherin und nickte dann. Ein zaghaftes Lächeln stahl sich auf ihren Mund und sie zeigte Anna ihre Puppe. Im Nu waren die beiden in ein Gespräch vertieft.

Der Nachmittag bei Lydia verflog geradezu. Zum Kaffeetrinken auf der Terrasse blieb nicht viel Zeit, da Ella aus Freude über Annas Besuch zu Hochform auflief und die beiden Frauen auf Trab hielt. Erst als Ella im Sandkasten neben der Terrasse hochkonzentriert Kuchen für ihre Puppen buk, kamen die Freundinnen dazu, sich eingehender zu unterhalten.

Es dauerte nicht lange, bis Lydia sich ohne Umschweife erkundigte, was denn die Liebe so mache. Anna spürte, wie ihr das Blut in die Wangen schoss, und ärgerte sich. Es gab überhaupt keinen Grund dazu, rot zu werden, aber Lydia hatte die Witterung schon aufgenommen. »Jetzt sag doch endlich, was los ist. Gibt es jemanden? Ich sehe es dir doch immer an der Nasenspitze an, wenn du einen Mann im Auge hast. Wer ist es? Ich weiß, dass es da jemanden gibt.«

Lydia konnte eine echte Nervensäge sein, dachte Anna, wie ein Pitbull, der sich in etwas verbeißt. Dagegen hatte sie noch nie eine Chance gehabt. »Ja, es gibt jemanden, der mir gefällt. Aber es ist saublöd.« Sie zuckte zusammen und sah schuldbewusst zu Ella. »Entschuldigung, ich meine, es ist ungünstig.«

Lydia grinste, doch Anna, den Blick auf Ella gerichtet, bemerkte es nicht.

»Es ist jemand aus der Firma. Nick. Er hat vor drei Monaten bei uns angefangen und ist total süß. Gut eins fünfundachtzig groß. Dunkelblonde, gelockte Haare, die knapp bis zum Hemdkragen reichen. Schöne, blaue Augen, schmale Nase, hohe Wangenknochen. Dreitagebart. Warme, freundliche Ausstrahlung. Fältchen in den Augenwinkeln und ein Grübchen am Kinn, wenn er lacht. Breite Schultern, muskulöse Arme, toller Body.«

In ihrer Teenagerzeit hatten Anna und Lydia präzise Beschreibungen von interessanten Jungs perfektioniert. Automatisch fiel Anna deshalb in diese Gewohnheit zurück und lieferte Lydia eine detaillierte Beschreibung ihres Eindrucks.

»Ich kenne ihn noch nicht sehr gut, aber er ist aufmerksam und höflich, hört zu, hat eine schnelle Auffassungsgabe und schätzt gute, neue Ideen. Und ich glaube, er mag mich.« Als Anna bemerkte, dass sie ins Schwärmen geriet, beendete sie ihre Schilderung abrupt.

»Klingt sexy. Wirst du mit ihm ausgehen?«

»Nein, sicher nicht. Letzte Woche wollte er mich ins Kino einladen, aber ich habe abgesagt. Wenn ich ihm im Fitnessstudio oder in einer Bar begegnet wäre und er hätte mich angesprochen, hätte ich mich sofort darauf eingelassen. Aber ich will keine Büroaffäre. Das geht meist nicht gut aus. Erst würden sich alle über uns das Maul zerreißen, und falls die Beziehung in die Brüche geht, wäre es für mich unerträglich, in derselben Firma zu arbeiten.«

»Hätte, könnte, würde. Mensch Anna, seit wann bist du so ein Feigling? Wo ist meine Freundin, die bei jedem Abenteuer mitgemacht hat? Was ist, wenn das der Mann deines Lebens ist und du bis an dein Lebensende mit ihm glücklich wirst? Wenn du glaubst, dass er dich mag, dann gib ihm doch eine Chance. Lass es sich entwickeln und würg es nicht schon im Vorfeld ab.«

Anna zog im Geiste eine Grimasse und schwieg. Lydias Appell war ihr unangenehm.

Als das Schweigen anhielt, wusste Lydia, dass Anna darüber jetzt nicht diskutieren wollte. Sturkopf, der sie war, würde sie nicht zugeben, dass an Lydias Feststellung auch nur ein Fitzelchen Wahres dran sein könnte. Aber es würde in ihr arbeiten, und mit etwas Abstand würde sie die Geschichte noch einmal überdenken. Dessen war sich Lydia sicher.

Inzwischen hatte Ella genügend Kuchen gebacken und verlangte nach Aufmerksamkeit. Gemeinsam gingen sie zur Schaukel und, da beide nicht nachtragend waren, stellte sich die ausgelassene Stimmung im Nu wieder ein.

Am nächsten Morgen verzog Anna sich gleich nach dem Frühstück in ihr Zimmer. Am Abend zuvor war sie noch einige Zeit wachgelegen und hatte sich Lydias Kommentar durch den Kopf gehen lassen. Der Gedanke an Nick hatte ein Lächeln auf ihre Lippen gezaubert. Er war wirklich umwerfend. Sie würde der Versuchung, sich mit ihm privat zu treffen, so gerne nachgeben. Musste er ausgerechnet bei AFC arbeiten? Unruhig hatte sie sich hin und her gewälzt, und war dann eingeschlafen, ohne eine Lösung gefunden zu haben.

Nun wollte sie sich noch einmal mit dem ersten Code befassen. Sie schlug das Büchlein auf und las die Beschreibungen zum wiederholten Mal. Unwillkürlich kam ihr Lydia in den Sinn. Sie war eine typische Entdeckerin! Da trafen praktisch alle Beschreibungen zu. Auch ihr Drang zu außergewöhnlichen Unternehmungen, die sie selbst manchmal nahezu beängstigend gefunden hatte, passten genau in diese Kategorie. Alleine wäre Lydia vermutlich des Öfteren aufgeflogen, doch Annas Kontrolleigenschaften hatten Lydias Entdeckereigenschaften auf ideale Weise ergänzt. Vom Bauchgefühl her war Anna das bisher schon klar gewesen, aber mit diesen Typbeschreibungen konnte sie das nun auch verstandesmäßig einordnen. Sie lächelte vor sich hin, als ihr Blick auf die Stelle *andere Stärken in eurem Umfeld ergänzen* fiel. Ja, Lydia und sie hatten sich stets perfekt ergänzt.

Ihre Gedanken glitten zu den Diskussionen des gestrigen Nachmittags. Es hatte sie getroffen, von Lydia als Feigling bezeichnet zu werden. Doch mit ihrem neu gewonnenen Wissen um die Stärken wurde ihr klar, dass Lydia eine mögliche Beziehung zu Nick aus ihrer Entdeckerperspektive gesehen hatte: *spontan, ändern mittendrin die Spielregeln, halten wenig von Traditionen.* Das alles traf auf Lydia zu, aber auf sie selbst nicht.

Anna erkannte plötzlich, dass sie eine Beziehung im Büro anders bewertete als Lydia. Sie selbst schätzte Traditionen und Loyalität. Alles sollte klar, übersichtlich und geordnet sein. Während sie die Vor- und Nachteile stets sorgsam abwog, war Lydia für alles Neue schnell zu begeistern. Wie oft hatte Lydia mit Engelszungen auf sie eingeredet, um sie zu einer Unternehmung zu überreden, und wie oft hatte sie um des lieben Friedens willen nachgegeben, obwohl sie eigentlich nicht hatte mitmachen wollen.

Umgekehrt hatte sie Lydia von etlichen Abenteuern abgehalten, weil sie ihr zu gefährlich erschienen waren. Sie dachte an die Sache mit dem Ruderboot, als Lydia mit neun Jahren unbedingt quer über den See in die Schweiz rudern wollte, um echte Schweizer Schokolade zu kaufen. Das waren jetzt schon viele Überlegungen und Erkenntnisse zum ersten Code, und Anna fand, das sollte erst einmal reichen. Das Prinzip hatte sie verstanden. Am Freitag würde sie, quasi als Vorbereitung für das Gespräch am Samstag, ihre Eltern einordnen und dann mal hören, was Ulrike ihr dazu noch erklären konnte. Doch jetzt wollte sie ihren Urlaub genießen.

Der Mittag war längst vorbei, als Anna ihre Wohnungstür in München aufschloss. Sie ließ ihre Reisetasche auf den Boden fallen, legte Sonnenbrille und Autoschlüssel in die Schale auf der Kommode und betrachtete sich im Spiegel. Leicht gebräunt und entspannt blickte ihr das eigene Spiegelbild entgegen. Die Tage am Bodensee hatten ihr gut getan. An den Ärger mit Oliver dachte sie kaum noch. Eine Meisterin im Verdrängen hatte ihre Mutter sie früher immer genannt. Energisch schüttelte sie diese wenig schmeichelhafte Erinnerung ab und lief in die Küche, um die Gemüselasagne aufzuwärmen, die sie von zuhause mitgenommen hatte.

Nach dem Essen räumte sie die Reisetasche aus, setzte Wäsche auf und trödelte ein wenig herum, weil sie noch keine Lust hatte, sich mit dem Lilith-Code zu beschäftigen. Sie versuchte sogar, ein neues Buch anzufangen, aber ihr schlechtes Gewissen vermieste ihr diese Zerstreuung, und so klappte sie schließlich das Lilith-Code-Buch auf.

Den Kugelschreiber an den Mund gedrückt las sie die Beschreibungen durch. Mittlerweile war ihr die Systematik schon vertraut.

Plötzlich stutzte sie. Das war ja der Hammer! Ihre Mutter gehörte eindeutig zur Kategorie der Verfolger: sie überrumpelte ihre Mitmenschen gerne, stellte ungeniert ihre Forderungen auf und war barsch und rechthaberisch in der Konversation. Das passte haargenau. Anna erinnerte sich daran, wie ihre Mutter sie früher herumkommandiert hatte, damit sie ihr Zimmer aufräumte und im Haushalt half. Manchmal war sie so ungeduldig und kurz angebunden gewesen, dass Karen und sie sich beim Vater beschwerten.

»Die Generalin meint es nicht so. Die beruhigt sich schon wieder.«

Diesen Satz hatten Anna und Karen in ihrer Kindheit unzählige Male von ihrem Vater gehört. Dabei hatte er sie stets in den Arm genommen und mit einer neuen, selbsterfundenen Geschichte von den beiden Affen Pipko und Popki abgelenkt. Papa war immer unser ruhender Pol, dachte Anna. Sie überlegte, wo sie ihren Vater einordnen würde und gelangte zu dem Ergebnis, dass er sowohl in die Kategorie Entdecker als auch zu den Bewahrern passte.

Beruflich war er sehr innovativ. Mit seinen extravaganten Segelyachten, in denen er traditionelle Elemente mit ultramodernen Extras verband, hatte er sich einen hervorragenden Ruf erarbeitet. Als Unternehmensberaterin hatte Anna große Hochachtung vor der unternehmerischen Leistung ihres Vaters. Seine beinahe kindliche Freude an Überraschungen kam ihr ebenso in den Sinn wie seine Neugierde, die dafür sorgte, dass an Weihnachten stets die Bescherung vor dem Essen erfolgte. Außerdem mochten ihn alle Leute. Er hatte eine Herzenswärme und eine Güte, die nicht oft zu finden waren. Während Annas Pubertät hatte er häufig die Rolle des Vermittlers gespielt, wenn das strenge Regiment seiner Frau bei ihren Töchtern auf Widerstand stieß.

»Zum Glück haben wir alle diese turbulente Zeit überstanden

und die Beziehung zu Mama hat sich entspannt. Heute kommen wir gut miteinander aus, weil der räumliche Abstand groß genug ist. Aber mit Mama im Haus möchte ich nicht auf Dauer wohnen.«, murmelte Anna halblaut vor sich hin.

Sie zog ihr Tablet heran, öffnete ihre Notizen und schrieb die Namen *Ruth* und *Walter* nebeneinander. Unter *Ruth* setzte sie *Verfolger* und unter *Walter* die beiden Begriffe *Entdecker* und *Bewahrer*. Dann las sie die Beschreibung der Kategorie *Kontrollierer* noch einmal aufmerksam durch. An dem Satz *Einen eingeschlagenen Weg verfolgen sie konsequent* blieben ihre Augen hängen. Das traf ganz eindeutig auf ihre Mutter zu. Im Gegensatz zu Anna ließ sich ihre Mutter von niemandem ausnutzen und verfolgte ihre Ziele konsequent. Auch *verachtet unqualifizierte und unvorbereitete Dinge* passte. Außerdem dachte ihre Mutter, ähnlich wie Anna, analytisch und logisch. Das war bei den Urlaubsplanungen immer deutlich geworden. Während Ruth und Anna das Hotel ein halbes Jahr vorher ausgesucht, gebucht und die Ausflüge festgelegt hatten, waren Walter und Karen dafür gewesen, einfach loszufahren und alles spontan zu entscheiden.

In diesem Bereich war Anna ihrer Mutter dankbar gewesen, denn sich einfach ins Unbekannte zu stürzen, war Anna ein Gräuel. Allerdings ging Ruth nie so ins Detail wie Anna. Die genaue Ausarbeitung hatte sie Anna überlassen, die den Reiseführer für die Urlaubsgegend stets vorher zuhause gelesen und dann Vorschläge für Unternehmungen ausgearbeitet hatte. Anna überlegte, woran das liegen könnte. War ihre Mutter doch keine Kontrolliererin, obwohl so viele Merkmale passten?

Aufmerksam las sie die Beschreibung der Verfolger noch einmal und kam dann zu dem Schluss, dass die Eigenschaften *Verfolgen* und *Kontrollieren* hier unterschiedliche Verhaltensweisen erforderten. Als Verfolgerin schätzte Ruth keine Details. Bei ihr musste es immer schnell gehen. Doch für die Kontrolliererin waren die Details wichtig. Da gab es vermutlich einen Konflikt zwischen den beiden Kategorien. Sie fügte *Kontrolliererin* mit Fragezeichen hinzu und beschloss, Ulrike danach zu fragen. Dann klappte sie das Lilith-Code-Buch zu. Für heute hatte sie genug mit dem Code gearbeitet.

Kapitel 9

DIE STÄRKEN IM EINSATZ

Fünf Minuten vor neun Uhr öffnete Anna das Gartentor und begab sich in das Reich der Töchter der Lilith, wie sie die Kanzlei in Gedanken nannte. Sie würde das niemals laut zugeben, aber das geheimnisvolle Flair, das den Bund umgab, faszinierte sie mindestens genauso wie die Möglichkeit, ihre Probleme mit Oliver zu lösen. Sie war eben eine hoffnungslose Romantikerin.

Auf ihr Klingeln öffnete Ulrike und kurz darauf saß Anna, wie am Samstag zuvor, auf dem Sofa im Kaminzimmer.

Während Ulrike Kaffee einschenkte, plauderten sie zwanglos und Anna erzählte von ihrem Kurzurlaub bei ihren Eltern. Dabei kam sie auf das Lilith-Code-Buch zu sprechen. Und ehe sie sich versah, steckten sie schon mitten in einer Erörterung des ersten Codes.

Anna erläuterte, wie sie sich selbst einordnen würde und wo sie ihre Freundin Lydia sah. Auch die Eigenschaften ihrer Eltern stellte sie Ulrike kurz vor. »Die meisten Einordnungen sind mir klar, aber ein paar Fragen habe ich noch.« Schnell holte sie ihr Tablet aus der Handtasche und öffnete ihre Notiz-App.

»Bei mir treffen beispielsweise nicht alle Eigenschaften, die aufgeführt sind, zu. Obwohl ich mich zu den Bewahrern zähle, fordere ich keine Loyalität, sondern erwarte sie. Auch bei den Kontrollierern finde ich mich wieder. Aber ich verachte keine unvorbereiteten Dinge. Ich schätze sie vielleicht nicht, aber deshalb verachte ich sie nicht gleich. Bei den Entdeckern passen zwei Eigenschaften: ich bin manchmal durchaus ein bisschen neugierig und ich mag Innovationen. Mit den anderen Entdecker-Eigenschaften kann ich mich nicht identifizieren. Die Verfolger-Eigenschaften sind mir völlig fremd.«

Ulrike freute sich über Annas Redeschwall, der ihr zeigte, dass sich Anna gründlich mit dem ersten Code auseinandergesetzt hatte. Schwungvoll trat sie zum Flipchart, das heute bereits seit Beginn des Gesprächs neben der Sitzgruppe stand. Sie blätterte die erste Seite nach hinten und gab damit den Blick frei auf eine Grafik, in der die vier Typen mit ihren Eigenschaften übersichtlich dargestellt waren.

»Die aufgeführten Begriffe sind nur Beispiele für das Verhalten in den vier Kategorien. Du darfst sie nicht zu wörtlich nehmen. Es gibt noch zahlreiche andere typische Beispiele, die hier nicht verzeichnet sind, ebenso müssen nicht alle Beispiele zutreffen. Das ist der Kontrollierer in dir, der hier die Führung übernimmt und die Details ganz genau abgleicht. Das würde beispielsweise ein Verfolger niemals tun.« Sie drehte sich zu Anna um und erläuterte die Zusammenhänge eingehender.

»Die meisten Menschen haben Anteile aus zwei oder drei Kategorien, wobei meist eine am stärksten ausgeprägt ist. So ist es auch bei dir. So wie ich dich bisher kennengelernt habe, würde ich sagen, die Kontrolle ist bei dir sehr stark, dicht gefolgt vom Bewahren, und dann hast du noch einen kleinen Entdeckeranteil in dir. Deinen Erzählungen nach hat deine Freundin Lydia diesen regelmäßig gefördert.«

Nach diesen Worten schrieb Ulrike in schwarzer Farbe Annas Namen in die Kategorien *Kontrolle* und *Bewahren*. Bei *Entdecken* notierte sie *Anna* in grüner Farbe.

Diese Erläuterungen konnte Anna gut nachvollziehen. Zufrieden beobachtete sie, wie Ulrike ihren Namen den passenden Kategorien hinzufügte. Sie nahm sich vergnügt einen der köstlichen Schokokekse, die Ulrike auf den Tisch gestellt hatte, und dachte, dass die Sitzung heute wesentlich mehr Spaß machte als beim letzten Mal, als sie so gnadenlos ihre Schwächen offenbaren musste.

Während sie in das Gebäck biss, prüfte sie ihre Notizen ein weiteres Mal und entdeckte den Begriff Kontrolliererin mit Fragezeichen in der Rubrik *Ruth*. Schnell spülte sie den Bissen mit einem Schluck Kaffee hinunter und schilderte ihre Überlegungen zum Verhalten ihrer Eltern. Sie schloss mit der Frage, dass ihre Mutter als Verfolgerin keine Details mochte, als Kontrolliererin aber schon. Das war doch ein deutlicher Widerspruch!

Es ist immer wieder ein Vergnügen, Kontrolliererern bei der Arbeit zuzusehen, dachte Ulrike. Denen entgeht auch nicht die kleinste Widersprüchlichkeit. »So wie du deine Mutter geschildert hast, würde ich sagen, dass das Verfolgen bei ihr am stärksten ausgeprägt ist. Dem ordnet sich das Kontrollieren unter. Lass mich mal raten: Details sind ihr lange nicht so wichtig wie dir.«

Anna nickte zustimmend und lächelte. Damit waren all ihre Fragen geklärt.

»Dann lass uns zehn Minuten Pause machen«, schlug Ulrike vor, »danach steigen wir noch tiefer in das Thema ein.« Während Ulrike das Zimmer verließ, checkte Anna ihre Nachrichten auf dem Smartphone. Laura fragte an, ob sie, wie immer am Dienstag, zum Mädelsabend ins Tante Käthe kommen würde. Anna tippte »Selbstverständlich, freue mich«, und schickte die Nachricht ab.

Dann hatte ihr Oliver noch eine Nachricht in seinem ihm eigenen, kurzen Stil gesandt. »Montag Gespräch bei mir im Büro. Sofort, wenn du da bist.«

Na super, darauf freue ich mich jetzt schon, dachte Anna. Sicher wollte er wieder eine wichtige Aufgabe an sie delegieren, die sie viel Zeit kosten würde und ihm Ruhm einbrachte. Sie merkte, wie Groll in ihr hochstieg. Erbost schob sie das Smartphone in ihre Handtasche zurück, ohne die Nachricht zu beantworten. Wenigstens hatte er die Planung für Arnold selbst gemacht. Nachdem er sich auf ihre E-Mail nicht mehr gemeldet hatte, nahm sie das jedenfalls an. Seine Anrufe hatte sie ignoriert. Er hätte ihr sicher geschrieben, wenn es wichtig gewesen wäre.

Mit diesem Gedanken erhob sie sich und lief an das große Fenster, um in den Park hinauszusehen. Beim Anblick des mächtigen Ahorns, der sich schon leicht verfärbte, merkte sie, wie die Anspannung langsam von ihr abfiel.

Als Ulrike den Raum betrat, knüpfte sie nahtlos an das Gespräch von vor der Pause an. »Eine Frage, die ich gerne zum Einstieg in diesen Code stelle, ist folgende: Mit welchen dieser Typen kommst du, deiner Einschätzung nach, gut zurecht, und welche Typen bereiten dir Probleme? Hast du dir dazu schon eine Meinung gebildet?«

Anna blickte auf das Flipchart und las die Kategorien im Schnelldurchgang durch. Verwundert stellte sie fest, dass sie das sofort benennen konnte. »Mit Bewahrern und Kontrollierern komme ich problemlos klar. Die denken und verhalten sich ähnlich wie ich. Da weiß ich immer, woran ich bin. Auch mit Entdeckern habe ich im Großen und Ganzen keine Probleme. Papa und Lydia sind ja beide Entdecker, und mit Leuten, die sich wie die beiden verhalten, komme ich problemlos zurecht.«

Nachdem sie einen kurzen Augenblick nachgedacht hatte, fuhr sie fort. »Die größten Probleme habe ich mit Verfolgern. Die sind mir einfach zu schnell und machen zu viel Druck. Meine Mutter zum Beispiel: manchmal habe ich das Gefühl, sie überrollt mich regelrecht.«

Während Anna gesprochen hatte, war Ulrike aufgestanden und fügte nun in der Grafik in roter Farbe ein Minus zur Verfolgen-Kategorie und jeweils ein Plus zu den anderen drei Kategorien hinzu. »Nun machen wir einen kleinen Sprung in deine Arbeitswelt. Wo würdest du deinen Chef einordnen? Und in welche Kategorie passt Oliver?«

Anna zog die Augenbrauen abwägend in die Höhe und blies kurz die Luft aus. Dann erläuterte sie vorsichtig ihre Einschätzung. »Bei Morgenroth, unserem Abteilungsleiter, muss immer alles schnell gehen. Für die Details interessiert er sich überhaupt nicht. Er lässt uns in vielen Dingen freie Hand. Kein Kontrollierer, also«, folgerte sie. »Er freut sich über innovative Ideen, aber die sollen wir ihm liefern. Von ihm kommt da nicht viel. Also kein großer Entdecker.« Fragend sah sie zu Ulrike.

Als diese aufmunternd nickte, sprach sie weiter. »Wenn ich es recht betrachte, laufen die Gespräche meist nach dem gleichen Schema ab: ein oder zwei Leute schlagen etwas vor, dann wägt er nicht lange ab, sondern trifft blitzschnell seine Entscheidung. Von dieser lässt er sich dann nicht mehr abbringen. Ab diesem Zeitpunkt ist ihm dann nur noch wichtig, dass die Sache möglichst schnell umgesetzt wird.«

Anna hielt einen Moment inne und spürte diesem Gedanken noch einmal wortlos nach. Dann nickte sie bestätigend. »Ich würde ihn als klassischen Verfolger einstufen, aber es fehlt die unfreundliche, barsche Komponente, die zu dieser Kategorie gehört und die meine Mutter besitzt. Morgenroth ist zwar unnachgiebig, wenn er sich einmal entschieden hat, aber er ist immer freundlich. Ich habe das Gefühl, es ist ihm wichtig, dass wir uns in der Firma wohlfühlen. Er lädt uns, also seine Teams, regelmäßig einmal im Monat auf ein Feierabendbier ein und ist an diesen Abenden sehr locker im Umgang. Das passt doch nicht zu einem Verfolger, oder?« Anna verstummte und blickte fragend zu Ulrike.

»Eine Kategorie fehlt noch«, half Ulrike ihr auf die Sprünge. Als Anna zum Flipchart mit den Kategorien sah, stach ihr die Kategorie *Bewahren* ins Auge.

«Natürlich«, sie setzte sich aufrechter hin. »Das ist ja völlig klar! Er hat einen großen Bewahreranteil. Menschen und die Beziehungen zu ihnen sind ihm wichtig. Er zeigt Gefühle und bleibt bei einmal getroffenen Entscheidungen. Da passt eine ganze Menge.«

Nachdenklich rührte sie in dem Kaffee, den Ulrike zwischenzeitlich eingeschenkt hatte. Dann blickte sie siegessicher auf. »Ich hab's. Morgenroth ist sowohl Verfolger als auch Bewahrer. Und die Bewahrerkomponente schwächt die unfreundlichen Ausprägungen des Verfolgers ab. Das ist ähnlich wie die Sache mit den Details bei meiner Mutter.«

Stolz auf ihre Schlussfolgerung wartete Anna auf Ulrikes Urteil. Es konnte nur eine Bestätigung sein, denn sie hatte die Einordnung analytisch und logisch abgeleitet. Dank ihrer eigenen Kontrolleigenschaften machte ihr diese spielerische Analyse großen Spaß. Entspannt lehnte sie sich in die Ledercouch zurück.

»Das hast du richtig erkannt. Ich hätte es nicht besser formulieren können«, bestätigte Ulrike Annas Schlussfolgerungen. Sie stand auf und schrieb in die Kategorien *Verfolger* und *Bewahrer* jeweils den Namen Morgenroth in schwarzer Farbe. Während sie sich wieder setzte, wartete Anna neugierig auf die nächste Frage.

»Nun haben wir noch Oliver. Wie würdest du ihn beschreiben?«

»Oliver ist eindeutig ein Verfolger. Ähnlich wie bei Morgenroth muss auch bei ihm alles schnell gehen. Um Details kümmert er sich überhaupt nicht, und analytische, logische Ableitungen sind auch nicht seine Stärke. Die guten Ideen in den Projekten kommen immer von uns anderen, nie von ihm. Er schmückt sich dann damit und schmeichelt sich bei Morgenroth, bei der Geschäftsleitung und auch bei den Kunden ein. Ich würde sagen: Kontrollieren und Entdecken gleich Null.«

Anna nahm sich einen Keks, den sie schon seit fünf Minuten beäugt hatte und dem sie nun nicht mehr widerstehen konnte. »Er besitzt auch diese barsche Komponente der Verfolger, die bei Morgenroth fehlt. Freundlich ist er nur, wenn er etwas erreichen will. Solange alles so verläuft, wie er es sich vorstellt, spielt er den Strahlemann. Aber wehe, es läuft nicht. Dann baut er Druck auf ohne Ende. Also ich würde sagen: ein reiner Verfolger, das Bewahren ist nicht sonderlich ausgeprägt.«

In Annas Beschreibung schwang unterschwellig eine gehörige Portion Wut und Enttäuschung mit. Für Ulrike war das deutlich herauszuhören. Ebenso war für sie erkennbar, dass diese Gefühle Annas Urteilsvermögen verzerrten. Deshalb begann sie vorsichtig, Annas Analyse von Oliver zu hinterfragen.

»Gehen wir noch einmal zu den Beziehungen von Oliver. Dass er dich ausnutzt, haben wir ja letzte Woche bereits festgestellt. Aber wie würdest du die Beziehungen zu seinen Vorgesetzten und seinen Kunden beschreiben?«

»Dort biedert er sich überall an«, kam es wie aus der Pistole geschossen. »Bei den Kunden ist er beliebt und sie halten große Stücke auf ihn. Sie durchschauen ihn nicht und halten ihn für mega-kompetent. Ähnlich verhält es sich bei Morgenroth und der Geschäftsleitung. Wie perfide er vorgeht, habe ich ja selbst erst vor zwei Wochen bemerkt. Mit Bernhard ist er allerdings gut befreundet und auch mit anderen Kollegen kommt er gut aus, so auf der ›Wir tollen Männer‹-Ebene.« Unwillig schüttelte sie den Kopf. »Vermutlich hat er doch Bewahrereigenschaften. Auch wenn er sie ganz anders ausspielt als Morgenroth. Aber die Art von Morgenroth ist mir um Längen lieber.«

»Das kann ich gut verstehen, aber um deine Beziehung zu Oliver zu verbessern, sollten wir seine Verhaltenseigenschaften möglichst sachlich beurteilen, sonst ziehen wir die falschen Rückschlüsse.« Das leuchtete Anna ein. Mit einem Anflug von schlechtem Gewissen, weil sie Oliver seine Zugehörigkeit zu den Bewahrern verwehrt hatte, stand sie auf und schrieb in die Kategorien *Verfolgen* und *Bewahren* Olivers Name mit dem schwarzen Filzstift.

Ulrike nickte. Die wichtigsten Personen hatte Anna nun eingeordnet. Auch das Prinzip dahinter hatte sie verstanden. Zeit für eine kleine Unterbrechung. »Nach der Pause überlegen wir, wie du dieses Wissen nun für dich nutzen kannst, um mit deiner Situation in der Firma besser umzugehen.«

Für diese kleine Pause war Anna dankbar. Da mittlerweile die Herbstsonne freundlich durch die Bäume lugte und ihre Strahlen bis auf den kleinen Couchtisch warf, beschloss Anna, frische Luft zu schnappen.

Vom Eingang aus hielt sie sich in südliche Richtung und schon bald sah sie direkt neben dem Weg eine kleine grüne Bank in der Sonne stehen. Dort war es ganz ruhig. Sie setzte sich und ließ ihren Gedanken freien Lauf. Vor zwei Wochen noch hatte sie sich Oliver hilflos ausgeliefert gefühlt. Doch mit den Lilith-Codes hatte sie nun einen Weg gefunden, Oliver in seine Schranken zu verweisen. Nun war sie begierig zu erfahren, wie es weitergehen würde. Die wunderbar erholsame Woche in Nonnenhorn hatte ihr den nötigen Abstand zu den Geschehnissen in der Firma gebracht. Jetzt war sie bereit, sich in den Kampf gegen Oliver zu stürzen. »Auf in die

Schlacht«, murmelte sie vor sich hin und grinste vergnügt ob dieser theatralischen Betrachtungsweise. Aber sie fühlte sich im Moment eben theatralisch.

Als Anna ins Besprechungszimmer zurückkehrte, füllte Ulrike gerade zwei Gläser mit Wasser und Apfelsaft. Anna trank zwar das Wasser lieber pur, aber sie wollte Ulrike nicht korrigieren. So schlecht war Apfelschorle nun auch wieder nicht.

»Ich möchte zunächst noch einmal zusammenfassen, wie sich mir deine Situation darstellt«, begann Ulrike. »Oliver und du, ihr stellt grundsätzlich eine gute Ergänzung dar. Das nimmt vermutlich auch Herr Morgenroth wahr. Aber eure Beziehung zueinander ist nicht gleichwertig. Oliver ist zu dominant und du bist zu gutmütig. Er fordert etwas und du gibst es ihm. Das macht er so lange, wie du es zulässt. Wenn du aus dieser Situation entkommen willst, musst du selbst aktiv werden.«

Anna nickte. So weit war sie alleine auch schon gekommen.

»Stell dir vor, du reitest und dein Pferd droht durchzugehen. In dieser Situation musst du mit aller Kraft an den Zügeln ziehen, um es einzubremsen. Sobald du nachlässt, verlierst du die Kontrolle, und das Pferd macht mit dir, was es will. Entweder es wirft dich ab oder es nimmt dich dahin mit, wohin es läuft. Ähnlich funktioniert deine Beziehung zu Oliver. Im Moment nimmt er dich einfach mit und bestimmt, wo es lang geht.«

Das Bild, das Ulrike zeichnete, erschien Anna plausibel. Von dieser Seite hatte sie die Sache noch nie betrachtet. Instinktiv rutschte sie auf der Couch nach vorne und beugte sich näher zu Ulrike, um kein Wort zu verpassen.

»Du bist zwar kein Verfolger wie Oliver, aber eine deiner Stärken ist die Kontrolle. Die kannst du einsetzen, um Oliver zu bremsen. Lass ihn nicht die Regeln aufstellen für eure gemeinsame Arbeit. Diskutiert und plant gemeinsam und haltet dann alles schriftlich fest. Zum Beispiel die Aufgabenverteilung. Fordere ihn auf, diese Gesprächsprotokolle zu unterschreiben. Dann hast du seine schriftliche Zustimmung, auf die du dich berufen kannst, wenn er wieder schnell zum nächsten Punkt springt und alles vorher Besprochene vergisst.«

Ulrikes Vorschlag machte durchaus Sinn, überlegte Anna. Natürlich wäre Oliver nicht begeistert, wenn sie alles schriftlich festhielt. Und ob sie ihn zum Unterschreiben bringen würde, stand in den Sternen. Als sie diese Vermutung äußerte, führte Ulrike ihre Überlegungen näher aus.

»Wie wir ja schon festgestellt haben, will ein Verfolger möglichst schnell voranpreschen. Wenn du ihm erklärst, dass ihr in dem Projekt viel rascher vorankommt, wenn du alles schriftlich festhältst, weil du dann keine Zeit für Rückfragen einplanen musst, und auch alle anderen Teammitglieder schnell auf dem aktuellen Stand sind, wird er die Protokolle vermutlich gerne unterschreiben. Am einfachsten ist es, du versetzt dich in die Lage eines Verfolgers und argumentierst aus dieser Sichtweise heraus. Du verstehst dann seine Denkweise besser und kannst deine eigenen Vorstellungen leichter durchsetzen.«

Anna fühlte sich etwas überfordert. Das hörte sich ja alles gut an, aber in der Umsetzung war das alles andere als einfach.

Ulrike bemerkte Annas Zweifel. »Du hast einen mächtigen Hebel, Anna, der dir nicht bewusst ist. Oliver tut sich schwer ohne dich. Er tritt zwar dominant auf und fühlt sich keinesfalls als Opfer, aber so wie du ihn geschildert hast, braucht er jemanden, der die Ideen hat, die Organisation übernimmt und die Arbeit macht. Du könntest ihn also jederzeit auflaufen lassen. Einfach, indem du

Nein sagst. Trotzdem hast du dich in die Opferrolle begeben und überlässt ihm die Lorbeeren.«

Nach diesen Worten stand Ulrike auf, um das Fenster zu öffnen. Anna brauchte eine kleine Weile, um diese Erkenntnis zu verdauen. Das Wort Opferrolle störte sie ungemein, aber sie konnte es auch nicht von der Hand weisen. Musste sie wirklich einfach nur Nein sagen? Wenn sie das Verhältnis zu Oliver aus dem Blickwinkel betrachtete, den Ulrike gerade beschrieben hatte, kam sie sich naiv und töricht vor. Wie peinlich! Eigentlich hatte sie alle Trümpfe in der Hand und trotzdem ließ sie sich von Oliver benutzen. Oh Gott, sie hasste diese Machtspielchen! Konnten nicht alle einfach friedlich und freundlich zusammenarbeiten?

Aber das Leben war kein Wunschkonzert, wie Verena stets zu sagen pflegte. Entschlossen unterdrückte sie ihren Anflug von Schwäche und richtete sich auf. Sie war hier, um ihre Probleme mit Oliver in den Griff zu bekommen, und es war höchste Zeit, dass sie damit begann. Sie konnte das. Und wenn sie es recht bedachte, entbehrte die Vorstellung, sich erfolgreich gegen Oliver zu behaupten, nicht eines gewissen Charmes. Zur Stärkung trank sie einen großen Schluck Apfelschorle und lächelte grimmig. »Ich könnte Oliver das Leben ganz schön schwer machen. Den Zusammenhang habe ich verstanden.«

Ohne auf diesen Einwurf einzugehen, fuhr Ulrike in ihrer Erläuterung fort. »Alles, was du von Oliver willst, musst du klar und deutlich sagen, sonst geht er darüber hinweg. Das ist eine typische Verhaltensweise von Verfolgern. Wenn du zum Beispiel zum Essen mit einem Kunden mitgehen willst, dann musst du das klar einfordern, etwa: ›Wenn du heute mit Herrn X zum Mittagessen gehst, komme ich mit‹. Vermutlich wird Oliver zunächst nicht begeistert sein und es dir ausreden wollen, denn das hat in der Vergangenheit immer bestens geklappt. Lass dich davon nicht beirren, sondern halte freundlich, aber bestimmt an deinen Forderungen fest. Oder wenn du eine Arbeit machst, von der du annimmst, dass er sie wieder als seine eigene ausgeben wird, dann erkläre ihm: ›Ich mache das nur, wenn das offiziell als meine Arbeit anerkannt wird‹.

Anna überlegte eine Weile, ob sie Oliver so bestimmt entgegentreten könnte, doch sie hatte starke Bedenken. Das wäre diametral anders als bisher. Vermutlich würde Oliver ausflippen. »Ich glaube nicht, dass ich es schaffe, so entschieden aufzutreten. Oliver wäre stinksauer. Und was er mir dann antun würde, das will ich mir gar nicht ausmalen.« Bei diesem Gedanken verzog sie das Gesicht. Gleichzeitig erkannte sie jedoch auch die positiven Aspekte, die sich für sie ergeben würden. »Natürlich wäre es toll, wenn ich mich Oliver gegenüber durchsetzen könnte oder wenn Morgenroth erkennen würde, wie schwach Oliver in Wirklichkeit ist. Aber wie soll ich das durchhalten, bis Oliver die neue Rollenverteilung akzeptiert? Das ist echt schwierig.« Unsicher blickte sie zu Ulrike.

»Du musst nicht alles auf einmal machen. Dazu ist die Situation auch viel zu eingefahren. Fang mit Kleinigkeiten an. Es hilft schon, wenn dir zunächst diese Situationen bewusst werden und du überlegst, wie du sie ändern kannst. Dann gehst du in kleinen Schritten voran. Aber die formulierst du eindeutig und klar, so dass er sie nicht so leicht übergehen kann. Denn ...«

»... Verfolger sind schnell!«

»Genau.« Ulrike nickte anerkennend. »Nun lösen wir uns wieder von Oliver und betrachten diesen Code noch einmal ganz allgemein: wenn du eine Person überzeugen möchtest, solltest du deine Argumentation an den Verhaltenstyp, zu dem diese Person gehört, anpassen: Also ein Entdecker interessiert sich immer für

Neues, bei einem Kontrollierer muss es ganz genau gehen, bei einem Verfolger schnell und so weiter. Versetz dich in die Denkweise dieser Person und verwende Worte und Argumente, die zu diesem Verhaltenstyp passen.«

Ulrike hielt einen Moment inne und wartete, bis Anna diesen Zusammenhang durchdrungen hatte und zur Bestätigung nickte.

»Die meisten Schwierigkeiten hast du mit Verfolgern. Deshalb gebe ich dir eine kleine Liste mit. Darin ist eine Auswahl an Schlüsselworten und Argumentationssätzen verzeichnet, auf die Verfolger mit großer Wahrscheinlichkeit anspringen. Du kannst dir gerne selbst weitere Worte überlegen. Wenn du dich in die Denkweise von Verfolgern einfühlst und in ihrer Sprache argumentierst, kannst du sie leichter überzeugen.«

Guter Trick, ging es Anna durch den Kopf. Die Liste würde sie sich einprägen. Sie konnte sich schon ungefähr vorstellen, auf welche Worte Oliver positiv reagieren würde. Diesen Zusammenhang hatte sie bisher nicht gekannt, aber er könnte sich als äußerst nützlich erweisen. Dankend nahm sie die Liste an.

»Wir haben natürlich auch Listen für die anderen Verhaltenstypen, aber mit Entdeckern, Kontrollierern und Bewahrern kommst du auch so zurecht. Deshalb solltest du dich auf die Schlüsselwörter für Verfolger konzentrieren. Und damit sind wir heute auch schon am Ende angelangt. Am Montag sende ich dir den zweiten Code zu. Nächsten Samstag können wir das dann wieder besprechen und du wirst sehen, es geht voran.«

Gemeinsam räumten sie den Tisch ab und trugen alles in die Küche. Dann war Anna auch schon entlassen.

Während sie zur U-Bahn ging, schwirrte ihr der Kopf und sie hoffte auf einen ruhigen Sitzplatz. Doch beim Betreten der Station sah sie eine größere Gruppe junger Leute in Tracht, die ihr entgegenkam. Siedend heiß fiel ihr ein, dass an diesem Samstag die Wiesn begonnen hatte. Das hatte ihr gerade noch gefehlt.

Die Wiesn, das traditionelle Münchner Oktoberfest, war das größte Volksfest der Welt, und München würde sich die nächsten zwei Wochen im Ausnahmezustand befinden. Sie verabschiedete sich von ihrer Vorstellung einer ruhigen Heimfahrt und stellte sich auf eine überfüllte U-Bahn ein. Sie wurde nicht enttäuscht. Schon bei der Einfahrt war zu erkennen, dass alle Sitzplätze belegt waren und die Leute dicht gedrängt standen. Mit einem Seufzer stieg sie ein und suchte sich einen Stehplatz gleich neben der Tür. Sie war heilfroh, als sie endlich zu Hause war.

Da es am Sonntag goss wie aus Eimern, setzte sich Anna nachmittags gemütlich auf ihr Sofa und nahm sich die Liste mit den Schlüsselwörtern vor. Es war erstaunlich, wie viele davon Oliver andauernd verwendete. Während sie die Wörter las, hatte sie ständig den Klang von Olivers Stimme im Ohr: *besser, leichter, schneller, effizienter, rentabler.* Komparative waren nach Olivers Geschmack, erkannte sie. *Sofort, gleich, direkt, geradewegs, auf direktem Weg, zeitnah, gleichzeitig, parallel,* auch diese Worte liebte Oliver.

Als Nächstes überflog sie die aufgeführten Argumentationssätze: *damit können wir durchstarten; im Vergleich zu XY sind wir besser, schneller, effizienter; damit kommen wir mit weniger Aufwand zum Ziel; lass uns anfangen, die Details können wir später klären; grob überschlagen rechnet es sich; damit werden wir durchschlagenden Erfolg haben; erste Erfolge sind früh erkennbar.*

Mit diesen Sätzen war Olivers Denkweise hervorragend eingefangen, dachte Anna. Es fehlte nur noch *der frühe Vogel fängt den Wurm,* einer der Lieblingssätze von Oliver. Mit dieser Überlegung legte sie die Liste auf das Tischchen zurück. Sie musste sich die

Wörter nicht einprägen. Sie hatte die Logik, die dahintersteckte, sonnenklar erkannt. Bei der nächsten Diskussion mit Oliver würde sie versuchen, einige davon einfließen zu lassen. Vielleicht gelang es ihr dann, sich leichter gegenüber Oliver zu behaupten.

Am Montag betrat Anna gegen acht Uhr morgens das Bürogebäude. Das Treffen mit Oliver, das gleich stattfinden würde, lastete schwer auf ihr, doch gleichzeitig war sie neugierig, wie sie sich schlagen würde. Gemächlich stieg sie durch das helle, freundliche Treppenhaus hinauf in den ersten Stock, in dem ihr Büro lag. Als sie die Tür öffnete, die das Treppenhaus vom Flur trennte, der zu ihrem Büro führte, hörte sie von oben eine vertraute Stimme.

»Hallo Anna, kommst du auch mal wieder ins Büro? Ich habe dich schon vermisst!«

Anna verzog das Gesicht und stöhnte. Ausgerechnet Oliver musste sie frühmorgens gleich über den Weg laufen. Sie hatte gehofft, es bliebe ihr noch ein wenig Zeit, bis sie sich mit ihm auseinandersetzen musste. Es war ihr nur zu deutlich bewusst, dass sie ihm vor zwei Wochen die Planung für Arnold aufs Auge gedrückt hatte und dann einfach entschwunden war. Vermutlich musste sie das jetzt büßen.

»Ich hatte Urlaub«, antwortete sie schnippisch und wappnete sich innerlich.

»Das habe ich gemerkt!« Trotz seines Vorsatzes, Anna liebenswürdig zu behandeln, um sie in seinem Team zu halten, hatte er im Moment eine Mordswut auf sie. »Was hast du dir dabei gedacht, die ganze Planung einfach bei mir abzuladen? Was soll das denn für eine Zusammenarbeit sein? Du bist schließlich die stellvertretende Projektleiterin. Ich hätte gute Lust, mich bei Morgenroth über dich zu beschweren! Nur weil wir bisher so gut zusammengearbeitet haben, sehe ich davon ab.«

Wie gnädig, dachte Anna. In Wirklichkeit müsste er dann zugeben, dass diese Planungen bisher immer sie gemacht hatte. Insgeheim war sie über diese aufrührerischen Gedanken erfreut, aber sie sah sich so früh am Morgen einer handfesten Auseinandersetzung noch nicht gewachsen und wollte das jetzt auch nicht so einfach ansprechen. Sie hatte sich ja noch gar nicht darauf vorbereiten können. Und Ulrike hatte gesagt, sie müsse nicht alles auf einmal klären. So entschied sie sich im Moment für eine versöhnliche Haltung. Sie würde sich allerdings weder entschuldigen noch rechtfertigen. Das war schon ein großer Unterschied zu ihrem üblichen Verhalten Oliver gegenüber. »Wie weit bist du denn mit der Planung? Hat Morgenroth sie schon abgesegnet?«

Statt einer klaren Antwort, murmelte Oliver etwas vor sich hin. »Wie bitte?«, fragte Anna nach. Sie hatte kein Wort verstanden.

»Ich habe die Planung noch nicht gemacht«, antwortete Oliver mit belegter Stimme und räusperte sich. Das war aber auch eine verfahrene Situation. Jetzt musste er auch noch zu Kreuze kriechen, um Anna dazu zu bewegen, die Planung zu machen. So ein Mist, fluchte er innerlich.

»Nicht mal angefangen?«

Oliver schüttelte den Kopf. Na, sieh mal einer an, dachte Anna. Von seinem großspurigen Gebrüll von vor ein paar Minuten war plötzlich nichts mehr zu spüren. Jetzt konnte Anna nicht mehr widerstehen, die Sache ein bisschen breit zu treten. »Die Planung müsste längst fertig sein! Alle Zeiten sollten längst abgestimmt sein. Wenn die Mitarbeiter von Arnold keine Termine für uns geblockt haben, zieht sich das ewig hin. Dann dauert alles viel zu lange.«

Den letzten Satz hatte sie absichtlich hinzugefügt, um Oliver zu ärgern. Gewissermaßen als negatives Signalwort. Voller

Verwunderung sah sie, wie sich kleine Schweißperlen auf Olivers Stirn bildeten. Die Worte hatten ihren Zweck nicht verfehlt.

»Glaubst du, das weiß ich nicht? Du machst doch sonst immer die Planung und jetzt hast du mich einfach damit sitzenlassen! Du weißt doch ganz genau, dass diese ganzen Details bei der Planung nicht mein Ding sind«, verteidigte sich Oliver mit erhobener Stimme. Dann verfiel er übergangslos in seine gewohnte Art. »Aber jetzt bist du wieder da. Sieh zu, dass du die Planung bis Mittag fertig hast. Dann können wir sie heute gleich in der Teamrunde um 14 Uhr mit Morgenroth durchgehen.«

So spricht der Verfolger, dachte Anna. Zack, zack, bis 14 Uhr muss alles fertig sein und verschon mich mit den Details. Sie dachte an die Liste und schmunzelte innerlich. Die Übereinstimmungen waren verblüffend. Da sie jedoch Gewissensbisse dem Mandanten und ihrem Arbeitgeber gegenüber hatte, willigte sie ein, die Planung gleich auszuarbeiten.

Das war noch nicht ganz optimal gelaufen, stellte sie sachlich fest, als sie sich an ihren Schreibtisch setzte. Doch die Erinnerung an Olivers Geständnis, dass er die Planung alleine nicht schaffte, entlockte ihr im Nachhinein ein Lächeln. So verlegen hatte sie ihn noch nie gesehen. Sie hatte doch noch gar nicht angefangen Oliver zu bremsen, wie Ulrike sich ausdrückte, und trotzdem hatte sich im Umgang etwas verändert. Danach war er allerdings in seinen üblichen Ton verfallen und sie in ihre alte Rolle geschlüpft. Aber immerhin hatte sie einen Anfang gemacht. Mit diesen Überlegungen widmete sie sich ihrer Planung.

Eine Stunde später schneite Julia herein. »Hallo Anna! Schön, dass du wieder da bist. Du hast mir echt gefehlt. Hier war die Hölle los. Oliver war sauer, dass du die Planung vor dem Urlaub nicht mehr gemacht hast. Er hatte die ganze letzte Woche schlechte Laune.«

Anna lächelte bei Julias Redeschwall. »Ich freue mich auch, dich zu sehen. Oliver habe ich schon getroffen.«

»Oh!«

»Ja, genau! Seine Stimmung habe ich gleich zu spüren bekommen.«

Julia setzte sich auf die Kante von Annas Schreibtisch und brachte Anna auf den neuesten Stand. »Zum Glück habe ich nicht so viel abgekriegt, weil ich drei Tage mit Nick und Thomas bei Sicherheits-Sörensen in Ingolstadt war.«

Das Unternehmen Sörensen Sicherheitstechnik bot von Alarmanlagen bis hin zu bewaffnetem Personenschutz alle möglichen Sicherheitsvorkehrungen. Julia hatte darauf gehofft, bei der Beratung einige muskelbepackte Bodyguards kennenzulernen. Sie war schwer enttäuscht, da weder der Geschäftsführer noch sein Assistent noch der Vertriebsleiter in diese Kategorie gehörten.

Anna bemitleidete Julia angemessen und berichtete von ihrem Urlaub. Sobald sie geendet hatte, sprang Julia auf und beugte sich grinsend über den Schreibtisch. »Hast du schon gehört, dass wir am Donnerstag mit der Firma auf die Wiesn gehen? Ich freue mich wahnsinnig. Ich war noch nie auf der Wiesn, aber ich liiiiebe Dirndl! Ich habe mir gleich eines gekauft. Es ist wunderschön, weiß und rosa kariert mit einer grünen Schürze. Du kommst doch mit?«

»Natürlich!« Da Anna schon drei Jahre bei AFC arbeitete, hatte sie schon drei Wiesnbesuche hinter sich. Aber es machte ihr immer noch Spaß und sie versicherte Julia, dass es ein toller Abend werden würde. Von dieser Aussicht entzückt, tänzelte Julia hinaus. Anna blickte ihr hinterher und beneidete Julia um ihren jugendlichen

Überschwang. Sie schloss kurz die Augen und widmete sich dann wieder ihren Unterlagen.

Kurz vor der Besprechung um 14 Uhr hatte Anna die Planung für Arnold fertig. Sie sandte sie per E-Mail an Julia und bat sie, Kopien davon zu machen und ins Besprechungszimmer mitzubringen.

Als Anna eintrat, verteilte Julia gerade die Kopien. Das kleine Besprechungszimmer war in hellen Tönen gehalten. Dominiert wurde es von einem großen, ovalen Tisch aus honigfarbenem Erlenholz, auf dem in der Mitte Gläser, Wasser und Saft auf die Besprechungsteilnehmer warteten. Acht dunkelbraune Lederstühle waren um den Tisch gruppiert und boten genügend Platz, um sich von den Nachbarn rechts und links nicht eingeengt zu fühlen. Eine Seite des Raums bestand aus einer riesigen Fensterfront, durch die großzügig Tageslicht in den Raum fiel. Rechts davon war an der Wand ein überdimensionaler Flachbildschirm angebracht, der ein Videokonferenzsystem, ein interaktives Flipchart, einen Beamer und einen Präsentations-PC vereinte. Ein gigantisches Männerspielzeug, wie Julia es nannte.

Oliver, Bernhard und die beiden IT-Spezialisten, die sich bei Arnold um die EDV kümmern sollten, saßen schon auf ihren Plätzen und lasen die Details. Oliver blickte auf und nickte Anna zufrieden zu.

Während Anna um den Tisch herumging und sich neben Oliver setzte, kam Günther Morgenroth herein, schloss die Tür hinter sich und nahm Anna gegenüber Platz. Er legte seine Akten auf den Tisch und polterte unvermittelt los. »Die Planung für Arnold ist fast zwei Wochen in Verzug. Das ist eine Katastrophe! Der Mandant gibt uns einen Auftrag und wir brauchen mehrere Wochen, um die Planung dafür zu machen. Damit haben wir uns bis auf die

Knochen blamiert. Ich verstehe nicht, wie das passieren konnte! Frau Zimmermann und Herr Peitler, sie beide haben die Projektleitung und sind dafür verantwortlich.«

»Die Planung ist fertig ...«, begann Anna gerade zaghaft, als Oliver sie rüde unterbrach.

»Die Projektplanung sollte Frau Zimmermann machen. Sie war jedoch letzte Woche in Urlaub. Ich war der Meinung, sie hätte die Planung schon zuvor abgeschlossen und nur vergessen, mir das mitzuteilen. Ich dachte, Sie hätten die Planung längst in Händen. Da ich Sie die ganze letzte Woche über nicht gesprochen habe, war mir nicht bewusst, dass die Planung noch aussteht, sonst hätte ich sie selbstverständlich eigenhändig gemacht. «

»Ich hatte Ihnen doch letzte Woche eine E-Mail geschrieben und gefragt, wo die Planung bleibt«, entgegnete Morgenroth verwundert.

Oliver überlegte fieberhaft, wie er sich am besten aus der Affäre ziehen konnte. »Das tut mir leid. Bei mir ist sie nicht angekommen. Aber ich hatte letzte Woche auch einen komplizierten Computerabsturz. Vielleicht ist sie dabei verloren gegangen.«

Morgenroth blickte verdutzt zu Oliver. Es war seinem Gesicht anzusehen, dass er Oliver diese Erklärung nicht abnahm. Fragend ließ er seinen Blick zu Anna gleiten, die neben Oliver saß.

Das ist unglaublich, dachte Anna, er liefert mich eiskalt ans Messer und weist alle Schuld von sich.

Es war ihr einerseits unangenehm, dass Morgenroth sie nun ins Visier nahm, andererseits wollte sie sich selbst nicht bloßstellen, indem sie Morgenroth erklärte, weshalb sie die Planung vor ihrem Urlaub nicht gemacht hatte. Sie konnte schlecht sagen, dass sie sich so über Oliver geärgert hatte, dass sie ihm die Planung einfach zugeschoben hatte, obwohl sie genau wusste, dass das schieflaufen würde. In ihrer Wut hatte sie wirklich einen Bock geschossen und nun musste sie dafür geradestehen. Blitzschnell entschied sie, dass die Flucht nach vorne die beste Lösung sein würde.

»Die Planung ist fertig, Herr Morgenroth. Frau Simon hat sie gerade verteilt. Wir können sofort loslegen.«

Hilfsbereit deutete sie auf die kopierten Seiten, die vor ihm auf dem Tisch lagen, und er vertiefte sich sofort in die Planung. Anna atmete auf. Mit etwas Glück war die kritische Situation damit entschärft und Morgenroth wollte jetzt nur noch die Planung besprechen. Ausnahmsweise war es ein Segen, dass der Chef Verfolgereigenschaften aufwies. Er ritt nie lange auf einer Panne herum, sondern konzentrierte sich sofort darauf, wie es von da an weitergehen würde.

Als Anna an diesem Abend auf dem Heimweg war, schickte sie im Geist ein Dankeschön an die Töchter der Lilith. Sie hatte richtig vorausgesehen, dass Morgenroth als Verfolger schnell zur Tagungsordnung übergehen würde, wenn Sie auf die fertige Planung hinwies. Hier hatten sich ihre neuen Kenntnisse, das Verhalten und die Signalworte betreffend, ausgezahlt.

Auch gegenüber Oliver hatte sie sich im direkten Gespräch teilweise ganz gut geschlagen. Doch im Meeting hatte er sie regelrecht vorgeführt. Sie hatte seine verlogenen Behauptungen widerspruchslos hingenommen. Das ärgerte sie und sie war etwas enttäuscht, dass sie die Situation nicht besser gehandhabt hatte. Dieser verdammte Oliver! Immer wieder schaffte er es, sich auf ihre Kosten zu profilieren. Aber sie war auf dem richtigen Weg. Mithilfe der weiteren Codes würde sie es schon bald schaffen, sich gegen Oliver zu behaupten. Das nahm sich Anna fest vor.

Kapitel 10

EINSTELLUNG, VERHALTEN, WIRKUNG

Den ganzen Dienstagnachmittag wartete Anna darauf, den neuen Code in Empfang zu nehmen. Um 18.00 Uhr verabschiedete sie sich von Julia und hastete nach Hause. Als sie im Treppenhaus ihren Briefkasten öffnete, fiel ihr ein schmaler Umschlag entgegen. Sie betrachtete den Absender und sah, dass der Brief von Ulrike war. Leichtfüßig lief sie die Treppe hinauf und betrat ihre Wohnung. Dort schleuderte sie ihre blauen Pumps von den Füßen, legte den Brief auf dem runden Esstisch in der Küche ab und setzte Teewasser auf.

Dann sauste sie ins Schlafzimmer. Ihr Blick fiel auf den goldgelben Läufer mit dem dunkelbraunem Blättermuster, der von der Eingangstür bis zu ihrem weißen Boxspringbett reichte. Er war ein absolutes Schnäppchen gewesen, über das sich Anna immer noch jeden Tag freute. Aus ihrem weiß-glänzenden Schwebetürenschrank mit den großen Spiegeln holte sie ihre bequeme Lieblingsjeans und ein leicht verwaschenes, smaragdgrünes T-Shirt der Band Skarazza, das sie noch aus ihrer Teenagerzeit besaß. Schnell zog sie sich um und eilte barfuß in die Küche zurück.

Das Teewasser kochte schon. Mit geübtem Griff nahm sie die große Tasse mit dem Aufdruck ›Prinzessin‹ gleichzeitig mit dem Früchtetee aus dem Schrank und goss den Tee auf. Dann trug sie ihn zum Tisch, setzte sich mit einem untergeschlagenen Bein auf die Bank und betrachtete den Briefumschlag. Neugierig riss sie den

Brief mit dem Fingernagel auf und holte zwei Blätter heraus, die die gleiche Größe hatten wie die Blätter von Code 1 und vermutlich perfekt in ihre kleine Lilith-Code-Mappe passten. Eine kurze Notiz von Ulrike mit einem herzlichen Gruß und dem Hinweis auf das Treffen am nächsten Samstag war ebenfalls dabei. Nachdem sie die Notiz gelesen hatte, überflog sie erwartungsvoll den zweiten Code.

Code 2
» Was du in dir trägst, strahlst du nach außen «

Anleitung für das 21. Jahrhundert: Der Kreislauf › Einstellung – Verhalten – Wirkung ‹

Welche Gedanken und Gefühle beherrschen mich? Welche Überzeugungen habe ich? Wie verhalte ich mich richtig? Wie sehe ich mich selbst? Wie nehmen mich die anderen wahr?

Deine innere Einstellung umfasst alle Werte, die für dich wichtig sind. Dazu gehören deine Sympathien und Abneigungen, deine Vorurteile und auch deine Selbsteinschätzung. Die innere Einstellung erleichtert dir das Leben. Sie hilft dir im Alltag, Situationen blitzschnell zu beurteilen. Sie sagt dir, wie du dich verhalten sollst, ohne dass du groß darüber nachdenken musst. Das läuft ganz automatisch ab.

Mit deinem Verhalten erzielst du bei anderen Personen eine bestimmte Wirkung. Diese beeinflusst dann wieder deine innere Einstellung: erhältst du Anerkennung und Lob und damit eine Bestätigung, dass dein Verhalten zur Situation passt, dann bist du zufrieden und machst so weiter.

Erzielst du aber eine negative Wirkung, passt diese nicht in dein Bild und es setzen automatisch bestimmte Mechanismen ein, um die Wirkung zu erklären und trotzdem an der Einstellung festhalten zu können: dazu zählen Rechtfertigungen, Schuldzuweisungen und Schönreden.

Ein einfaches Beispiel: Eine Frau kommt zu spät zu einem Termin. Sie gibt dem Verkehr die Schuld. Mit dieser Rechtfertigung muss sie die Verantwortung für das Zuspätkommen vor sich selbst und vor den anderen nicht übernehmen und braucht ihre Einstellung zur Uhrzeit, zu der sie aus dem Haus geht, nicht zu ändern.

Selbstbild

Die Einstellung zu dir selbst findest du über die Frage: Wie sehe ich mich selbst? Die Antwort gibt deine eigene, subjektive Meinung über dich selbst *wieder.*

Manche Menschen nehmen beispielsweise die eigenen Schwächen nicht wahr und überschätzen die eigenen Kompetenzen. In diesem Bereich sind mehr Männer als Frauen vertreten.

Es gibt aber auch die entgegengesetzte Richtung, in der mehr Frauen als Männer zu finden sind: die eigene Kompetenz wird zu wenig hoch eingeschätzt, Schwächen werden überbewertet, die Person traut sich weniger zu als sie objektiv kann. Ängste und mangelndes Selbstvertrauen sind die Konsequenz. Diese Einstellung beeinflusst das Verhalten. Die Person wirkt weniger stark als sie in Wirklichkeit ist.

Ist sie mit dieser Wirkung dann unzufrieden, sucht sie alle möglichen Rechtfertigungen und Ausreden, weshalb sie so wirkt, um ihre innere Einstellung nicht ändern zu müssen.

Das Ergebnis zeigt die wahre Absicht

Deine innere Einstellung kannst du prüfen, indem du den Kreislauf rückwärts beschreitest und dich fragst: Welche Wirkung habe ich erzielt? Welches Verhalten habe ich dazu angewandt? Aus welch innerer Einstellung ist dieses Verhalten entstanden?

Wenn du Einstellungen bei dir findest, die dir nicht gefallen, kannst du bewusst eine Änderung herbeiführen. Entscheidend dabei ist dein freier Wille, ob du etwas ändern willst oder nicht.

Anna ließ ihren Blick tief in Gedanken versunken über die Dächer von München gleiten, während sie einen Schluck Tee trank. Der Text barg ziemlich viel bedeutungsschweren Inhalt für zwei kleine Seiten. Das hatte sie auf Anhieb noch nicht ganz durchdrungen. Doch nach den Erfahrungen mit dem ersten Code war sie zuversichtlich, dass sie sich auch diesen erarbeiten konnte. Und die Wirkung, die sie auf Oliver ausüben wollte, schwebte ihr schon detailliert vor.

Mit dieser Vorstellung vor Augen sprang sie grinsend auf und holte ihr Lilith-Code-Buch, das sie in einer Schublade des Sideboards im Wohnzimmer verwahrte. Im Vorübergehen nahm sie auch gleich ihr Tablet mit, das noch vom Vortag auf der Kommode in der Diele lag. Sorgfältig ordnete sie die zwei Seiten ein und begann dann noch einmal die ersten zwei Absätze langsam zu lesen.

»Meine innere Einstellung bestimmt mein Verhalten«, murmelte sie vor sich hin. »Das kann ich nachvollziehen. Ich handle so, wie ich es für richtig halte. Wie soll ich es auch sonst machen? Wenn ich selbst schon der Meinung bin, dass etwas falsch ist, dann tue ich es auch nicht, oder? Das ist doch logisch.«

Sie hielt in ihren Überlegungen kurz inne und schmunzelte in sich hinein, als sie daran dachte, dass Lydia und sie in ihrer Jugend des Öfteren Unternehmungen gestartet hatten, von denen sie genau wussten, dass sie nicht richtig waren. Doch diese Jugendsünden hatten sich mittlerweile in liebgewordene Erinnerungen verwandelt und waren wichtige Erfahrungen, die sie nicht missen wollte. Die Phase der jugendlichen Rebellion war längst vorüber und als Erwachsene bemühte Anna sich immer, das Richtige zu tun. Zufrieden mit sich und dieser Erkenntnis nickte sie bestätigend und las die nächsten beiden Absätze noch einmal langsam.

Mit deinem Verhalten erzielst du bei anderen Personen eine bestimmte Wirkung. Diese beeinflusst dann wieder deine innere Einstellung: erhältst du Anerkennung und Lob und damit eine Bestätigung, dass dein Verhalten zur Situation passt, dann bist du zufrieden und machst so weiter.

Erzielst du aber eine negative Wirkung, passt diese nicht in dein Bild und es setzen automatisch bestimmte Mechanismen ein, um die Wirkung zu erklären und trotzdem an der Einstellung festhalten zu können: dazu zählen Rechtfertigungen, Schuldzuweisungen und Schönreden.«

Dass mein Verhalten eine bestimmte Wirkung auf andere hat, ist auch klar, ging es Anna durch den Kopf. Ich habe mir das noch nie so theoretisch überlegt, aber das klingt alles einleuchtend und eigentlich ist es keine große Neuigkeit. Wenn die Wirkung passt, ist alles paletti. Wenn die Wirkung nicht passt, wird sie mit Rechtfertigungen, Schuldzuweisungen und Schönreden passend gemacht. Ja, das ist zwar eine etwas unangenehme Erkenntnis, aber durchaus nachvollziehbar.

Während sie das kleine Beispiel mit dem Zuspätkommen erfasste, runzelte sie die Stirn, weil ihr einfiel, dass sie auch gerne zu Ausreden griff, wenn etwas nicht glatt lief. Das wollte sie im Moment gar nicht vertiefen. Doch gegen ihren Willen fiel ihr eine Episode vom vergangenen Monat bei Fuhrmann ein.

Sie hatte Oliver gebeten, sie für ein Meeting bei der Geschäftsleitung mit einzuplanen, damit sie ihre Ideen selbst präsentieren konnte. Gemeinsam hatten sie einen Termin für drei Tage später festgelegt. Als sie an diesem Tag im hellgrauen Kostüm mit blassblauer Seidenbluse und Wildlederpumps aufgetaucht war, hatte er ihr mitgeteilt, dass die Besprechung aus organisatorischen Gründen schon am Tag zuvor stattgefunden habe, doch sie an diesem Tag leider nicht im Haus gewesen sei. Sie hatte sich zwar geärgert, dass sie die Chance verpasst hatte, aber sie gab Oliver nicht die Schuld dafür. Es war einfach Pech gewesen, dass sie an besagtem Tag nicht anwesend war.

Sie erinnerte sich daran, wie demütigend es gewesen war, in ihrer schicken Kleidung den ganzen Tag in dem kleinen Raum zubringen zu müssen, der bei Fuhrmann als ihr Büro fungierte. Zwei Mitarbeiterinnen von Fuhrmann hatten sie auf ihr Kostüm angesprochen. Üblicherweise war die Kleiderordnung bei Fuhrmann eher leger, so dass sie meist Jeans, Bluse und Blazer trug.

Wenn sie über diese Situation und ihr Verhalten nachdachte, musste sie sich, wenn auch widerwillig, eingestehen, dass sie nicht einmal nachgefragt hatte, weshalb das Meeting um einen Tag vorgezogen worden war. Sie hatte sich ohne weiteres Nachdenken eingeredet, Oliver könne nichts dafür, und damit hatte sie jede Auseinandersetzung vermieden. Auf diese Weise hatte sie es Oliver sehr einfach gemacht, vor der Geschäftsleitung mit ihren Ideen zu glänzen. Natürlich hatte sie zu dem Zeitpunkt noch nichts von seiner hinterhältiger Art geahnt.

Nachdenklich nahm sie einen weiteren Schluck von ihrem Tee, der inzwischen nur noch lauwarm war. Wenn sie es recht bedachte, hatte sie bisher immer jede Menge Ausreden gefunden, um Auseinandersetzungen zu vermeiden. Vor allem mit Oliver, aber auch mit anderen Leuten. Eine freundliche und friedliche Atmosphäre war ihr immer wichtiger als das Durchsetzen ihrer Vorstellungen.

Wie oft war sie enttäuscht oder verärgert aus dem Büro heimgegangen, hatte sich über Nacht den Ärger schöngeredet und war am nächsten Tag wieder gutgelaunt und strahlend im Büro erschienen. Unvermittelt kam ihr das erste Gespräch mit Ulrike in den Sinn. Ja, die Anna war wirklich eine ganz Liebe! Immer gut drauf und nie jemandem böse. Was sie an dem Samstag bei Ulrike mühsam herausgearbeitet hatten, schien sich durch diesen zweiten Code zu bestätigen. Tolle Erkenntnis! Anna war nicht gerade begeistert über ihre letzte Schlussfolgerung, aber sie war sich ziemlich sicher, dass sie folgerichtig war. Der Gedanke ›Angst vor Ablehnung‹ blitzte kurz auf, aber damit wollte sie sich jetzt nicht beschäftigen. Schnell klappte sie das Lilith-Code-Buch zu und verdrängte alle weiteren Überlegungen. Darum würde sie sich morgen Abend kümmern, denn heute war Dienstag und damit Mädelsabend.

Kurz vor 20 Uhr machte sich Anna auf den Weg ins Tante Käthe. Schon aus der Ferne strahlte ihr warmes Licht durch die drei großen, nach oben abgerundeten Fensterscheiben entgegen. Sie drückte die große Eingangstür auf und war im Nu eingehüllt in das lebhafte Stimmengewirr, das von den voll besetzten Tischen kam und sich über die gesamten Räumlichkeiten verteilte. Verena und Laura hatten einen Tisch in einer der hinteren Ecken im Erdgeschoss ergattert und winkten Anna zu sich. Gerade als Anna sich setzte, kam auch Sophie an. Wie immer starteten sie mit einer Runde Prosecco. Dabei ergab sich eine heftige Diskussion zum Thema Skiurlaub.

»Wenn wir wirklich im März gemeinsam eine Woche Skifahren wollen, sollten wir möglichst bald reservieren, sonst ist schon alles ausgebucht«, meinte Sophie.

Verena verdrehte die Augen. »Bisher haben wir uns ja noch nicht einmal auf ein Skigebiet geeinigt.«

»Also ich möchte nach St. Anton oder nach Ischgl. Dort ist die beste Stimmung beim Après-Ski.«

»Mensch Laura, es geht ums Skifahren und nicht ums Feiern!« Verena verdrehte die Augen gleich noch einmal.

»Genau«, kam es von Sophie, »nur, weil du lieber feierst statt die Hänge elegant hinunterzuwedeln, heißt das noch lange nicht, dass du das Skigebiet aussuchst.«

»Du weiß sehr genau, dass ich besser Skifahren kann als du. Deshalb muss ich aber nicht von morgens um acht bis abends um fünf auf der Piste sein. Der Urlaub ist ja wohl kein Trainingslager«, schnappte Laura zurück, die tatsächlich fantastisch fuhr, weil ihre skibegeisterten Eltern und Brüder sie früher auf alle Pisten mitgeschleppt hatten. Sophie hingegen hatte erst vor drei Jahren mit dem Skifahren begonnen.

Während sich die beiden wütend anstarrten, redete Verena begütigend auf sie ein und suchte nach einer Lösung, die alle zufriedenstellen würde.

Verena hat ihre liebe Not, die beiden unter einen Hut zu bringen, dachte Anna bei sich, während sie die drei beobachtete. Sie hatte sich bis jetzt noch nicht ins Gespräch eingemischt. Früher hatte stets sie die Vermittlerrolle innegehabt, wenn sich Laura und Sophie in die Haare kriegten, was mit schöner Regelmäßigkeit geschah. Doch seit einiger Zeit mischte sich Verena ebenfalls in die Auseinandersetzungen ein und schlichtete sie meist sehr schnell. Anna vermutete, dass diese Verhaltensänderung bei Verena auf die Lilith-Codes zurückzuführen war, und beschloss, Verena bei nächster Gelegenheit danach zu fragen.

»Was meinst du, Anna?«, unterbrach Verena ihre Gedanken. »Ischgl wäre doch toll. Da gibt es jede Menge anspruchsvolle Pisten und Après-Ski vom Feinsten. Das müsste doch allen gefallen.«

Anna nickte ihr bestätigend zu. »Ja, das glaube ich auch. Vor zwei Jahren war ich mit Sebastian dort. Das kann ich wirklich empfehlen.«

»Die guten alten Zeiten«, bemerkte Sophie grinsend in Anspielung auf Annas Beziehung. Doch da Anna ihrer Meinung nach in Sachen Skifahren sehr kompetent war, gab sie sich geschlagen und stimmte Verenas Vorschlag zu. Damit war die kleine Krise beseitigt. Laura wurde damit beauftragt, ein passendes Quartier zu suchen und die nächste Diskussion beschränkte sich auf die Essensauswahl.

Gegen 23 Uhr machte sich das Quartett auf den Heimweg. Laura und Sophie verabschiedeten sich vor dem Café und fuhren mit ihren Fahrrädern den kurzen Weg nach Hause. Anna und Verena liefen gemeinsam zur U-Bahn und Anna berichtete von ihrem ersten Code ›Vertraue deinen Stärken und setze sie klug ein‹ sowie ihren Erkenntnissen in Bezug auf die Verfolger im Allgemeinen und auf Oliver im Besonderen.

»Sieh mal an, das ist interessant«, erwiderte Verena, nachdem Anna ihre Schilderung beendet hatte, »den Code kenne ich nicht. Ich habe überlegt, wie viele Codes es eigentlich gibt, und ob jede Filia die gleichen Codes bekommt. Aber das ist anscheinend nicht der Fall. Das macht natürlich Sinn, weil mein Problem etwas anders gelagert war als deines.« Auf die Situation mit Oliver ging sie bewusst nicht ein. Das war Ulrikes Aufgabe.

»Sei froh, dass du keinen Typen wie Oliver in deiner Firma hast. Wobei ich zu meiner Schande gestehen muss, dass ich mich auch Thomas, unserem Assistenten, gegenüber nicht so durchsetzen kann, wie ich es mir vorstelle.« Anna blickte zu Verena und schnitt eine Grimasse. »Heute bekam ich den zweiten Code ›Was du in dir trägst, strahlst du nach außen‹. Ich habe vorhin angefangen zu lesen und mir erste Gedanken dazu gemacht. Dann habe ich den Rest auf morgen vertagt. Ich weiß gar nicht, ob ich das alles wissen will, was dieser Code aufdeckt.«

Verena nickt bestätigend. »Einstellung-Verhalten-Wirkung war auch mein zweiter Code. Ich kann gut verstehen, dass dir die Ausführungen zu diesem Code Unbehagen bereiten. Das ist mir genauso ergangen. Aber rückblickend glaube ich, dass er für mich der wichtigste Code war. Die Selbsterkenntnis, welche Einstellung du zum Leben, zu anderen Menschen und zu dir selbst hast, kann unbequem sein. Keine Frage. Aber wenn du das durchschaust, kannst du falsche Verhaltensweisen korrigieren, und anschließend lösen sich manche Probleme von selbst. Zumindest bei mir war es so. Ich habe jetzt zu manchen Dingen eine andere Einstellung. Da muss ich gar nichts sagen, das kommt wie von selbst rüber.«

»Ja, es ist mir auch schon aufgefallen, dass du dich in schwierigen Situationen anders verhältst als früher. So wie heute während der Skiurlaubsdiskussion. Früher hättest du einfach geschwiegen und die beiden streiten lassen, bis die Sache eskaliert wäre, wenn ich mich nicht vorher eingemischt hätte. Jetzt schlichtest du den Streit souverän und führst unsere beiden Kampfhennen zu einer einvernehmlichen Lösung.«

Grinsend stimmte ihr Verena zu. »Ja, den Frieden wiederherstellen, das konntest du immer schon gut. Ich war früher eher wie der Elefant im Porzellanladen. Ich habe nie den richtigen Ton getroffen und zum Schluss waren alle beleidigt.«

Anna lachte und viel zu schnell für ihren Geschmack waren sie am U-Bahnhof angekommen. Dort trennten sie sich nach einer freundschaftlichen Umarmung. Anna suchte sich einen Sitzplatz in dem gut gefüllten Waggon, schloss die Augen und ließ das Gespräch noch einmal an sich vorüberziehen. Verena hatte ihr Mut gemacht. Morgen würde sie den Rest des Codes in Angriff nehmen.

Nach einem angenehmen Arbeitstag ohne Konfrontation mit Oliver holte Anna abends ihr Lilith-Code-Buch heraus und schlug den zweiten Code auf. Jetzt war sie bereit, sich näher mit dem Thema Einstellung – Verhalten – Wirkung zu befassen, und sie las den zweiten Abschnitt mit der Überschrift *Selbstbild* noch einmal.

Die Einstellung zu dir selbst findest du über die Frage: Wie sehe ich mich selbst? Die Antwort gibt deine subjektive Meinung über dich selbst wieder.

Manche Menschen nehmen beispielsweise die eigenen Schwächen nicht wahr und überschätzen die eigenen Kompetenzen. In diesem Bereich sind mehr Männer als Frauen vertreten.

Es gibt aber auch die entgegengesetzte Richtung, in der mehr Frauen als Männer zu finden sind: die eigene Kompetenz wird zu wenig hoch eingeschätzt, Schwächen werden überbewertet, die Person traut sich weniger zu, als sie objektiv kann. Ängste und mangelndes Selbstvertrauen sind die Konsequenz. Diese Einstellung beeinflusst das Verhalten. Die Person wirkt weniger stark als sie in Wirklichkeit ist.

Ist sie mit dieser Wirkung dann unzufrieden, sucht sie alle möglichen Rechtfertigungen und Ausreden, weshalb sie so wirkt, um ihre innere Einstellung nicht ändern zu müssen.

Beim Lesen des ersten Absatzes dachte Anna unwillkürlich an Oliver. Er war geradezu ein Paradebeispiel für die Überschätzung seiner eigenen Kompetenzen. Seine Schwächen ignorierte er bewusst oder unbewusst, da war sie sich nicht sicher. Aber das Ergebnis war das gleiche: Er trat von sich selbst überzeugt auf und fast alle Leute in seinem Umfeld hielten ihn für kompetent. »Schaumschläger«, bemerkte sie halblaut.

Doch wie sah Anna sich selbst? Ihr Blick fiel auf den zweiten Absatz. So recht schien sie in keine der beiden Kategorien zu passen, überlegte sie. In die erste Kategorie gehörte sie definitiv nicht, da sie ihre Kompetenzen niemals überschätzte und auch ihre Schwächen nicht ignorierte. Aber Kategorie zwei passte auch nicht ganz, da sie ihre Kompetenzen sehr wohl kannte. Vielleicht bewertete sie die Schwächen über und war ein wenig zögerlich, aber ganz so schlimm war es auch nicht. Sie dachte zurück an das Gespräch mit Morgenroth, bei dem Oliver die Projektleitung an sich gerissen hatte.

Eigentlich war sie nur nicht schnell genug gewesen. Sie hätte sich die Projektleitung vermutlich schon zugetraut, wenn Oliver sie nicht überrumpelt hätte. Morgenroth hatte ihr einfach nicht genug Zeit gelassen, es sich gründlich zu überlegen. Mit ihrem Wissen über das Verhalten von Verfolgern würde sie in Zukunft anders reagieren.

Mit diesen Überlegungen zu ihrem Selbstbild war sie sehr zufrieden. Sie stand immerhin besser da, als die meisten Frauen in Kategorie zwei.

Dann las sie den dritten Absatz und erkannte, dass sie bei ihrer Selbsteinschätzung schon wieder eine Ausrede verwendet hatte: nicht genügend Zeit! Sie ließ den Kopf auf die Tischplatte sinken und stieß einen langen Seufzer aus. Toll. Sie gehörte wohl doch in die zweite Kategorie. Nun gut, das würde sie am Samstag mit Ulrike besprechen.

Mit diesem Vorsatz stand sie auf und holte sich ein Glas Mineralwasser. Durstig trank sie es in einem Zug aus und machte sich dann wild entschlossen an den letzten Teil der Anleitungen. *Das Ergebnis zeigt die wahre Absicht.*

Deine innere Einstellung kannst du prüfen, indem du den

Kreislauf rückwärts beschreitest und dich fragst: Welche Wirkung habe ich erzielt? Welches Verhalten habe ich dazu angewandt? Aus welch innerer Einstellung ist dieses Verhalten entstanden?

Wenn du Einstellungen bei dir findest, die dir nicht gefallen, kannst du bewusst eine Änderung herbeiführen. Entscheidend dabei ist dein freier Wille, ob du etwas ändern willst oder nicht.

Dieser Teil des Textes war ganz nach Annas Geschmack. Das war eine logische Argumentationskette, die sie gut nachvollziehen konnte. Da sie kein großer Freund von Selbstzerfleischung war, wollte sie diesen Rückwärtskreislauf nicht gleich auf ihre Beziehung zu Oliver anwenden. Die Erkenntnis mit der Ausrede hatte ihr fürs Erste gereicht. So suchte sie eilig nach einem anderen Beispiel, während sie sich einen der Äpfel, die sie vom Bodensee mitgebracht hatte, aus der Obstschale nahm. Krachend biss sie hinein. Sie liebte den leicht säuerlichen Geschmack und das kräftige Kauen half ihr beim Nachdenken.

Plötzlich kam ihr die Begebenheit mit Hausmeister Waller in den Sinn. Das erachtete sie als gutes Beispiel, um sich den Kreislauf genauer vorzunehmen.

Sie holte sich einen Schreibblock aus der Schublade im Wohnzimmerschrank und setzte sich wieder auf die Eckbank in der Küche. Schnell schlug sie den Block auf und schrieb: *Wirkung: werde nicht ernstgenommen. Waller hat keinen Respekt vor mir.* Ja, das traf es genau.

Nun kam das Verhalten. Sie war sehr höflich und freundlich gewesen. Das war doch eigentlich das richtige Verhalten. So kurz angebunden und barsch wie Blaustein, das war nicht ihre Art. War sie zu höflich oder zu freundlich? Anna konnte es sich nicht erklären und beschloss, diese Frage erst einmal zurückzustellen.

Als Nächstes wollte sie ihre Einstellung dazu überprüfen. Ihren

Apfel hatte sie mittlerweile aufgegessen und kaute nun ein wenig auf ihrem Stift herum. Sie wusste, das war eine dumme Angewohnheit, aber sie ertappte sich immer wieder dabei. »Also die Einstellung«, sinnierte sie halblaut. »Was habe ich für eine Einstellung zum Hausmeister und zu dem ganzen Vorgang? Im Grunde habe ich erwartet, dass er sich so oder ähnlich verhält, weil er immer so reagiert, wenn ich etwas von ihm will.«

Verdutzt riss sie die Augen auf, als ihr klar wurde, was sie gerade vor sich hin gemurmelt hatte. Wenn das ihre Einstellung zu dieser Situation war, brauchte sie sich über Wallers Verhalten nicht zu wundern. Diese Einstellung hatte vermutlich ihr Verhalten unterschwellig gesteuert und die Reaktion von Waller nach sich gezogen. Sie versuchte sich genau an ihre Gefühle während des Gesprächs zu erinnern und stellte fest, dass sie zwar höflich und freundlich gewesen war, aber gleichzeitig nicht wirklich erwartet hatte, dass er ihr Anliegen sofort ausführen würde. Kein Wunder, dass Waller sie nicht ernstgenommen hatte!

Wieder einmal blickte sie über die Dächer von München, die im Abendrot einen rosigen Schimmer angenommen hatten. Der nächste Schritt in dieser Gedankenkette war für Anna naheliegend: Welche Einstellung bräuchte sie, damit Waller eine Aufgabe sofort in Angriff nähme? Die Antwort fiel ihr leicht. Sie selbst müsste davon überzeugt sein, dass er die angetragene Aufgabe sofort erledigt. Wenn sie selbst daran keinen Zweifel hätte, würde sich das vermutlich in ihrem Verhalten widerspiegeln, und Waller würde sich sofort an die Arbeit machen. So wie bei Blaustein. – Wow! Das war eine coole Schlussfolgerung. Sie würde das sicherheitshalber mit Ulrike besprechen, aber das klang so logisch, das musste richtig sein.

Jetzt blieb nur noch die Frage übrig, wie sie ihre eigene Einstellung und ihre Erwartungen ändern konnte. Da wollte sie sich jetzt allerdings keinen Kopf mehr machen. Das war ebenfalls ein Thema für Samstag bei Ulrike.

Sie notierte sich die beiden Fragen kurz und klappte dann ihr Lilith-Code-Buch zu. Jetzt war es Zeit für ein schönes Käse-Schinken-Omelett zum Abendessen. Das hatte sie sich wirklich verdient.

Als Anna am nächsten Morgen um halb sieben erwachte, war ihr erster Gedanke der Wiesnbesuch am Abend. Ich bin ja schon genauso schlimm wie Julia, ging es ihr durch den Sinn, während sie herzhaft gähnte und sich streckte. Nach einem kurzen Frühstück und einer ausgiebigen Dusche holte sie ihr Dirndl aus dem Schrank und betrachtete es liebevoll. Auch wenn sie über Julias Begeisterung lächelte, ging es ihr im Grunde ähnlich. Auch sie liebte die bayrische Tracht und freute sich über die Gelegenheit, sie zu tragen.

Schnell schlüpfte sie in die kurze weiße Bluse mit dem großzügigen Ausschnitt und zog dann das Dirndl über den Kopf. Das dunkelblaue Mieder hatte kleine weiße Punkte und rosa Paspelierungen. Vorne war es mit dunkelblauen und rosa Bändern zu schnüren. Der Rock, ebenfalls in dunkelblau und weiß, reichte bis knapp zum Knie. Dazu trug Anna eine blaue Schürze mit großen rosafarbenen Blumen, die den gleichen Farbton wie die Paspelierungen am Mieder hatten. Sie legte den alten Granat-Trachtenschmuck an, bestehend aus Ohrringen, Halskette und Armbanduhr, den sie von ihrer Großmutter geerbt hatte. Eine passende Flechtfrisur würden Julia und sie sich gegenseitig in der Mittagspause machen.

Sie betrachtete sich kritisch im großen Schrankspiegel, drehte sich einmal um die Achse und fand nichts auszusetzen. Dann ergriff sie ihre dunkelblaue Trachtenjacke und die herzförmige kleine Trachtentasche und verließ vergnügt das Schlafzimmer. Der Tag konnte beginnen.

»Du siehst so cool aus, Anna!« Mit leuchtenden Augen und roten Wangen kam Julia zur Mittagszeit in ihrem brandneuen Dirndl in Annas Büro gestürmt. »Ich freu mich so, dass wir heute alle zusammen auf die Wiesn gehen. Wie sehe ich aus? Ich fühl mich wie eine waschechte Münchnerin. Das Dirndl ist einfach toll.«

Anna lächelte über Julias offensichtliche Begeisterung und bestätigte ihr, dass sie umwerfend aussah. »Aber wenn du wie eine echte Münchnerin wirken willst, dann solltest du am besten den ganzen Abend den Mund halten.«

Julia schaute verdutzt. »Weshalb das denn? Sprechen echte Münchnerinnen nicht? Du nimmst mich doch auf den Arm!«

Anna lachte schallend und konnte gar nicht mehr aufhören. »Doch, sie sprechen schon, aber bairischen Dialekt, und wenn du den Mund aufmachst, hört jeder, dass du aus Berlin kommst.«

Als Julia beleidigt die Lippen zusammenpresste, entschuldigte sich Anna sofort. »Tut mir leid. Das war nicht nett von mir. Ich wollte dir den Spaß nicht verderben. Ich spreche ja auch kein Bairisch. Ich bin ein echtes Schwabenmädel.«

»Aber immerhin kommst du aus Bayern.«

»Ja, aus dem allerletzten Zipfel von Bayern.«

Bei dieser Wortwahl von Anna grinsten sich die beiden verschwörerisch an und kicherten. Die gute Stimmung war wiederhergestellt. Zum Glück war Julia nicht nachtragend. Fröhlich klappte sie ihr Täschchen auf, holte eine Bürste heraus und kam um den Schreibtisch herum auf Anna zu. »Wir müssen uns noch Zöpfe flechten.«

Anna schmunzelte über Julias Eifer, ließ sich aber willig die Haare zu einem langen seitlichen Zopf flechten. Danach setzte sich Julia auf den Stuhl und Anna flocht ihre dicken blonden Haare zu einem wunderschönen Haarkranz, der sich rund um Julias Kopf zog. Dann holte sie einen Spiegel aus der Schublade und hielt ihn ihr hin. Ausnahmsweise war Julia sprachlos, als sie ihr Spiegelbild betrachtete. Sie fand die Frisur so toll, dass sie Anna ganz gerührt umarmte. Anschließend liefen sie einträchtig zum Bäcker und holten sich Butterbrezn, mit denen sie sich auf den Wiesnbesuch einstimmten.

»Es geht los, Anna!« Ungeduldig stand Julia kurz vor 16 Uhr in Annas geöffneter Bürotür und trat von einem Fuß auf den anderen. Gemeinsam mit Oliver, Bernhard, Thomas und Nick wollten sie von der Firma aus starten und sich in den Gassen mit den Fahrgeschäften die Wiesnluft um die Nase wehen lassen. Um 18 Uhr sollten sie dann in ihrem reservierten Bereich im Hacker Festzelt die restliche Mannschaft von AFC treffen.

Auch Oliver wartete auf Anna. Zusammen mit seinen Kollegen stand er im Eingangsbereich, als die beiden Frauen endlich auf der Treppe erschienen. Er fühlte sich etwas unbehaglich, weil er Anna am Montag bei Morgenroth so hingehängt hatte. Andererseits war er der Ansicht, dass sie es durchaus verdient hatte. Aber in gut drei Wochen würde die Beratung bei Arnold beginnen. Dabei war er auf Annas Unterstützung angewiesen. Er kannte seine Grenzen. Deshalb wollte er heute besonders zuvorkommend zu Anna sein. Das hatte in der Vergangenheit immer hervorragend gewirkt.

Heute würde ihm das nicht schwerfallen, dachte er, als die beiden Frauen näherkamen, denn Anna war in Tracht ausgesprochen hübsch anzusehen. Außerdem musste er Mantovan von ihr fernhalten. Er war überhaupt nicht erfreut gewesen, dass Bernhard ihm angeboten hatte, sich ihnen anzuschließen. Den richtigen Umgang mit Mantovan musste er Bernhard bei nächster Gelegenheit noch beibringen.

Nicks Gedanken waren ganz anderer Natur, als er Anna auf der Treppe sah. Nachdem der geplante Kinobesuch aufgrund äußerer Umstände ins Wasser gefallen war, hatte er sich vorgenommen, die heutige Gelegenheit zu nutzen, um ihr ein wenig näher zu kommen. Obwohl er sich bemühte, Anna ins Gesicht zu schauen, wurde sein Blick unwillkürlich von ihrem großzügigen, sanft gerundeten Ausschnitt angezogen. Er räusperte sich und riss sich zusammen, damit die anderen nicht merkten, wie hingerissen er von Anna war. Doch seine Sorge war völlig unnötig, da Julia in ihrer Begeisterung alle Aufmerksamkeit auf sich zog.

»Ihr seht ja alle super aus in Lederhosen. Respekt die Herren!«

Alle lachten. Julias Feststellung war sehr zutreffend, denn die Männer boten in ihren kurzen Lederhosen, den zünftigen Trachtenhemden und Westen sowie den lässig nach unten geschoppten Socken einen durchaus erfreulichen Anblick.

Gutgelaunt zogen sie gemeinsam los Richtung U-Bahn, die sie zur Wiesn bringen sollte. Bereits beim Einstieg herrschte lebhaftes Treiben. Der Waggon wurde umso voller, je näher sie der Haltestelle Theresienwiese kamen. Fast alle Fahrgäste waren in Tracht. Anna und Julia standen ziemlich eingeengt. Oliver hatte sich direkt neben Anna aufgebaut und schirmte sie gegen die Menge ab, was Nick ärgerte, weil er schon beim Einstieg geplant hatte, diese Aufgabe zu übernehmen. Doch Oliver hatte ihn rücksichtslos abgedrängt.

Alle waren heilfroh, als sich die Türen ein letztes Mal öffneten, und sie in einem Strom von Menschen die U-Bahn verlassen konnten. Den schönen, warmen Spätsommerabend wollten augenscheinlich viele Leute auf der Wiesn ausklingen lassen.

Wenn wir uns verlieren…«, begann Oliver, der direkt neben Anna lief, »…treffen wir uns beim Toboggan!«, vollendete Bernhard den Satz. Dieser Spruch war schon seit Jahren Kult bei AFC.

Die Smartphones machten diese Art von Treffpunkt mittlerweile überflüssig, doch der Toboggan, eine riesige Turmrutschbahn, galt bei AFC als inoffizielles Wahrzeichen der Wiesn, dem immer wieder gerne ein Besuch abgestattet wurde.

»Den Spruch musst du dir merken, Julia«, lachte Anna. Sie schlenderten gemeinsam durch die Gassen und genossen das fröhliche Treiben. Thomas wollte unbedingt Achterbahn fahren, doch die lange Schlange am Eingang war wenig ermutigend. Als die ›wilde Maus‹, eine harmlosere Achterbahn-Version ohne Loopings, in Sicht kam, an der alle wartenden Personen sofort einsteigen konnten, entschlossen sie sich spontan zu einer Fahrt. Oliver gab sich großherzig und lud Anna zu der Fahrt ein.

»Die wilde Maus ist praktisch ein Symbol für unsere Zusammenarbeit, Anna. Es geht im Zickzackkurs auf und ab und am Ende landen wir jedes Mal wieder erfolgreich und wohlbehalten.«

»Du bist ja fast ein Philosoph«, mischte sich Julia ein und blickte Oliver verwundert an. Diese Seite an ihm war ihr völlig neu.

Anna war die Einladung unangenehm, aber sie wollte keine Spielverderberin sein. Sie hatte schon gemerkt, dass Oliver sich heute sehr fürsorglich gab. Der Schleimer!

Nick hatte schon wieder das Nachsehen und presste die Lippen zusammen. Das lief nicht gut. Wenn er Anna heute Abend näherkommen wollte, musste er sich ranhalten.

Nachdem sie die Tickets gelöst hatten, bestiegen Oliver und Anna den ersten Wagen. Direkt hinter ihnen nahmen Julia und Thomas Platz, den Schluss bildeten Nick und Bernhard.

Die Sicherheitsbügel rasteten ein und schon wurden die Wagen auf eine Höhe von 15 Metern gezogen. In luftiger Höhe vollzogen sie mehrere abrupte 180 Grad-Wendungen, bei denen Julia laut aufkreischte.

Anna klammerte sich am Sicherheitsbügel fest, um in den Kurven nicht gegen Oliver gedrückt zu werden. So ein inniges Verhältnis zu Oliver wollte sie wirklich nicht. Dieser schien jedoch bestens gelaunt und lachte laut bei einer besonders scharfen Biegung. Dann ging es bergauf und bergab und ehe sie sich versahen, waren sie wieder gelandet. Gut durchgeschüttelt stiegen sie aus und liefen weiter.

Julia berichtete aufgedreht von ihren Eindrücken auf der Fahrt und hängte sich bei Thomas ein. Unauffällig ließ sich Anna etwas zurückfallen, da sie befürchtete, dass Oliver diese Geste für eine gute Idee hielt und ihr seinen Arm anbot. Heute war ihm alles zuzutrauen. Da Bernhard ihn in diesem Moment ansprechen wollte, rückte er auf den freigewordenen Platz vor und Anna befand sich plötzlich neben Nick. In einträchtigem Schweigen liefen sie weiter, bis Julia unvermittelt an einer großen Geisterbahn stoppte, die von außen wie eine schaurige, von Dämonen und bösen Geistern besetzte Burgruine wirkte.

»Ich will unbedingt Geisterbahn fahren. Das habe ich seit meiner Kindheit nicht mehr gemacht. Und die hier sieht wirklich gruselig aus.«

Nach kurzer Lagebesprechung waren sich alle einig mitzufahren und Julia drängte Thomas Richtung Kasse. Dieses Mal war Nick schneller als Oliver und lud Anna zu einer Fahrt ein. Während sie an der kurzen Schlange anstanden, die sich vor dem Einstieg gebildet hatte, plapperte Julia ununterbrochen, bis sie endlich mit Thomas in die frei drehbare Gondel stieg. Die zweite besetzten Bernhard und, sichtlich unwillig, Oliver. Es missfiel ihm, dass Nick Anna eingeladen hatte. Er befürchtete nach wie vor, dass dieser sie bequatschen würde, in sein Team zu wechseln. Nun, in der Geisterbahn würde Mantovan nicht viel zum Reden kommen. Danach würde er, Oliver, nicht mehr von Annas Seite weichen. Mit diesem Vorsatz beschloss er, die Fahrt zu genießen.

In der dritten Gondel machten sich Anna und Nick für die ›Fahrt durch das Grauen‹ bereit, wie eine tiefe, geheimnisvolle Stimme den Zuschauern vor der Geisterbahn versprach. Entspannt lehnte sich Nick zurück und legte lässig den Arm über die Lehne hinter Anna, während die Gondel in die Dunkelheit fuhr. Ein echtes Gruselerlebnis erwartete er nicht, aber vielleicht fürchtete sich Anna und würde sich schutzsuchend in seinen Arm kuscheln. Ein Mann durfte schließlich hoffen, dachte er mit einem Grinsen.

Anna war ein wenig mulmig zumute. Mit Geisterbahnen hatte sie nicht viel Erfahrung, aber diese wirkte schon ein wenig unheimlich. Sie hörte ein beklemmendes Geräusch und noch ehe sie erkennen konnte, woher es kam, tauchte plötzlich eine verzerrte Maske in blendendem Licht auf. Sie erschrak und rückte instinktiv näher an Nick heran. Die Fahrt ging weiter, vier Stockwerke hinauf, in denen als Hexen, Teufel und Gespenster verkleidete Menschen, unterstützt von hochmoderner Lasertechnik und Spezialeffekten, ihr Bestes gaben, um die Besucher in Angst und Schrecken zu versetzen. Bei Anna funktionierte das. Obwohl sie wusste, dass alles nur gestellt war, zuckte sie immer wieder zusammen und schon im zweiten Stockwerk hatte sie sich eng an Nicks Seite angelehnt, der seinen Arm von der Lehne auf ihre Schulter sinken ließ.

Während sie durch das vierte Stockwerk fuhren, wurde ihr bewusst, dass sie praktisch in Nicks Umarmung lag. Unauffällig versuchte sie sich aufzurichten, doch er drückte mit der Hand leicht gegen ihre Schulter. Insgeheim erfreut ließ sie sich wieder zurücksinken und genoss die surreale Fahrt.

Als sie durch die letzte Tür ins Freie gelangten, setzte sie sich mit einem Ruck gerade hin. Nick gab sie sofort frei. Anna vermied es, ihn anzusehen. Sie fühlte sich ein wenig unbehaglich, weil sie sich so an ihn geschmiegt hatte. Doch Nick lächelte sie freundlich an, ohne ihr Verhalten in der Geisterbahn zu kommentieren. Er hat wirklich schöne Augen, dachte Anna beim Aussteigen, blau wie das Ägäische Meer, das sie so liebte, umrahmt von langen dunklen Wimpern, um die ihn jede Frau beneidete. Sie seufzte und verdrängte ihre romantische Anwandlung entschieden, denn Nick war ein Kollege. Das durfte sie nicht vergessen.

Als die kleine Gruppe gegen 18 Uhr am Hacker Festzelt ankam, hatten sie bereits sämtliche Gassen erkundet. Etliche Kollegen warteten am Eingang und gemeinsam liefen sie in ihren reservierten Bereich. Annas Gruppe setzte sich gemeinsam mit Carla, die direkt von einem Mandanten kam, an einen Tisch und schon bald schwangen sie die Maßkrüge und machten sich mit großem Appetit über das Festessen her. Eine Unterhaltung war schwierig, denn die Partyband war so laut, dass Gespräche nur mit dem direkten Nachbarn möglich waren. Doch das tat der Stimmung keinen Abbruch. Die Musik lud zum Mitsingen und Mitklatschen ein und schließlich standen Anna und ihre Tischgenossen auf den Bänken und tanzten mit. Julia war begeistert. Sie grinste über das ganze Gesicht und zwinkerte Anna zu, die ihr gegenüberstand. Alle ließen sich mitreißen und das Bier floss in Strömen.

Nachdem sich die Band zum Bedauern aller nach der letzten Zugabe verabschiedet hatte, setzten sie sich wieder und es wurde beratschlagt, welche Herren am Tisch die Damen nach Hause begleiten sollten. Da Thomas in Julias Nähe wohnte, stand er als Julias Begleiter schnell fest.

Für Carla war klar, dass Nick sie nach Hause begleiten würde. Auf eine derartige Gelegenheit wartete sie schon seit längerer Zeit, denn Nick war mit Abstand der attraktivste Mann bei AFC. Den ganzen Abend über hatte sie mit ihm geflirtet, so gut es bei dem Lärm gegangen war, und sein häufiges Lächeln nahm sie als eindeutiges Zeichen, dass er an ihr interessiert war. Vielleicht käme er noch auf einen Kaffee mit in ihre Wohnung und dann würde passieren, was dabei meistens passierte. Damit hatte Carla Erfahrung und Nick reizte sie ungemein. Außerdem wäre es als Entschädigung nur gerecht, weil sie wegen ihres Termins den Streifzug über die Wiesn verpasst hatte.

Doch bevor sie diesen Vorschlag anbringen konnte, ergriff Bernhard das Wort und erklärte, er würde Carla begleiten. Da Nick keine Anstalten machte zu widersprechen, stimmte Carla zu, ohne sich ihre Enttäuschung anmerken zu lassen. So nötig hatte sie es nun auch wieder nicht.

Blieb nur noch Anna übrig. Bevor sich diese äußern konnte, verkündete Oliver lautstark, dass er sie heimbringen würde. Obwohl er reichlich angetrunken war – die drei Maß Bier forderten ihren Tribut – hatte er seinen Vorsatz, Anna von Nick fernzuhalten, nicht vergessen. Im Zelt hatte er sich neben sie gesetzt und dafür gesorgt, dass Thomas auf ihrer anderen Seite saß. Nick hatte schräg gegenüber von Anna neben Carla Platz genommen und konnte den ganzen Abend keinen einzigen Satz mit Anna wechseln. Das hatte Oliver zutiefst befriedigt. Den häufigen Blickkontakt zwischen Anna und Nick hatte er in seinem Bierdunst allerdings übersehen.

Zuerst hatte sich Nick darüber geärgert, dass Oliver wie eine Glucke über Anna wachte. Doch Annas leuchtendes Gesicht, ihre schlanke Figur im Dirndl mit dem großzügigen Ausschnitt und nicht zuletzt die heimlichen Blicke, die sie ihm den ganzen Abend über zugeworfen hatte, hatten ihn dafür entschädigt, dass er nicht direkt neben ihr sitzen konnte. Insofern nahm er Oliver die Sitzverteilung nicht übel. Aber er wollte auf keinen Fall, dass Oliver sie heimbegleitete. Diesen Part würde er übernehmen. »Du wohnst doch in einer ganz anderen Richtung, Oliver«, begann er sachlich. »Ich dagegen fahre mit der U-Bahn in die gleiche Richtung wie Anna. Ich springe kurz raus, bringe sie sicher nach Hause und fahre dann weiter.«

Auf diesen Vorschlag reagierte Oliver gereizt. Nick schlug genau das vor, was er unter allen Umständen vermeiden wollte. In seiner gewohnt bestimmenden Art widersprach er Nick, aber dieser ließ sich nicht so leicht beirren. Mit ruhiger Stimme brachte er seine Argumente vor und bestand darauf, Anna heimzubringen.

Anna war es unangenehm, Gegenstand der Diskussion zu sein. Während sie noch nach passenden Worten suchte, um die Meinungsverschiedenheit zu beenden, wurde Oliver immer wütender. Schließlich stand er auf, hielt sich mit beiden Händen am Tisch fest und beugte sich zu Nick hinüber. Mit stierem Blick und schwerer Zunge knurrte er ihn an. »Du kommst hier einfach her und willst Anna für dein Team haben. Aber das kannst du vergessen. Anna bleibt bei mir. Dich hat bei AFC wirklich niemand gebraucht. Hau ab und geh wieder dahin, wo du hergekommen bist.«

Alle hielten den Atem an und es senkte sich kurzzeitig ein Schweigen über den Tisch. Oliver schwankte erheblich, gab seine drohende Haltung jedoch nicht auf. Auch die Geschäftsführer und Abteilungsleiter, die am Nachbartisch saßen, blickten verwundert zu Oliver. Zu seinem Glück war der Lärmpegel im Zelt so hoch, dass seine Worte dort nicht zu verstehen waren.

Bevor Nick zu einer Erwiderung ansetzen konnte, zog Bernhard, der neben Oliver saß, diesen auf die Bank zurück und redete beschwichtigend auf ihn ein. Anna schaute mit hochroten Wangen und weit aufgerissenen Augen zu Nick. Hoffentlich lässt er sich jetzt nicht provozieren, dachte sie, sonst gibt es im Nu einen handfesten Streit, und ich bin der Zankapfel. Das wäre mir richtig peinlich.

Doch Nick wirkte völlig gelassen, obwohl er ebenfalls drei Maß Bier intus hatte. »Ich glaube Oliver, das reicht jetzt. Du hast zu viel getrunken und das weißt du auch. Deshalb werde ich dir diese Beleidigung durchgehen lassen. Ich will Anna nicht für mein Team abwerben. Dafür gebe dir mein Wort. Alle am Tisch hier sind meine Zeugen. Aber ich werde sie jetzt trotzdem heimbringen und ich hoffe, du beruhigst dich ganz schnell, sonst machst du dich vor der gesamten Geschäftsführung lächerlich. Das würde deinem Ansehen sicher schaden.«

Langsam drehte Oliver den Kopf zum Nachbartisch und blickte in die neugierigen Gesichter der gesamten Führung von AFC. Er überlegte. Der Alkoholnebel, der sich über sein Gehirn gelegt hatte, machte ihm das Denken schwer. Trotzdem erkannte er, dass er sich in eine ungünstige Lage manövriert hatte. Es fiel ihm auf die Schnelle auch keine Lösung ein, mit der er als strahlender Sieger aus diesem Scharmützel hervortreten konnte. Da war Rückzug angesagt. Er musste die beiden ziehen lassen, so sehr es ihn auch ärgerte. Unwillig nickte er kurz und schaute dann weg.

»Komm Anna, wir gehen«, forderte Nick Anna auf und erhob sich entschlossen. Da Anna der misslichen Lage möglichst schnell entfliehen wollte, stand sie ebenfalls auf. Sie verabschiedeten sich und bedankten sich bei der Geschäftsführung für den schönen Abend.

Das darf doch nicht wahr sein, dachte Carla, die die ganze Szene mit Missfallen beäugt hatte. Was wollte Nick denn von dieser naiven Kuh Anna? Den ganzen Abend flirtet er mit mir und nun geht er mit Anna heim? Das würde Anna büßen. Sie presste die Lippen zusammen und starrte den beiden finster nach.

Ohne im Geringsten zu ahnen, dass sie Carlas Unmut auf sich gezogen hatte, atmete Anna erleichtert auf, als sie die U-Bahn mit Nick zusammen verließ. Der Weg durch die nächtlichen Wiesngassen zusammen mit Tausenden von Menschen, die zu den Ausgängen strömten, war schon unangenehm gewesen. Aber die U-Bahnfahrt, zusammengepfercht mit zu vielen Menschen in dem kleinen Abteil, davon ein erklecklicher Teil sturzbetrunken, hatte sie als weitaus schlimmer empfunden. Da war der Spaziergang zu ihrer Wohnung durch die laue Spätsommernacht, in der nur noch wenige Leute unterwegs waren, schon mehr nach ihrem Geschmack.

Insgeheim war sie froh, dass Nick sie nach Hause begleitete, denn Oliver hatte schon reichlich angetrunken gewirkt, Nick hingegen nicht. Weshalb nicht? Sie stutzte. »Sag mal, Nick, du hast doch auch drei Maß getrunken, so wie Oliver, aber du wirkst überhaupt nicht betrunken im Gegensatz zu ihm. Verträgst du so viel?«

Nick grinste. »Nein, die Zeiten, in denen ich sinnlos viel Alkohol in mich hineingeschüttet und das ganz gut vertragen habe, sind lange vorbei. Die ersten beiden Maß waren alkoholfreies Bier. Ich betrinke mich nicht, wenn die Geschäftsführung anwesend ist. Das finde ich unangebracht. Außerdem wollte ich dich heute heimbringen.«

Anna spürte ein paar Schmetterlinge in ihrem Bauch flattern. Sie ignorierte das Gefühl und sprach weiter, ohne die letzte Äußerung zu kommentieren. »Was war denn das mit Oliver? Hast du eine Ahnung, weshalb er dich so angefahren hat? Das war mehr als eine einfache Beleidigung.«

Nick überlegte. Er wollte Oliver nicht schlecht machen vor Anna, aber gleichzeitig wollte er wissen, was sie von Oliver hielt und weshalb er so um die Zusammenarbeit mit ihr kämpfte. Deshalb musste er ihr zuerst ein paar Informationen geben.

»Vor zwei Wochen hatten Oliver und ich eine heftige Diskussion. Oliver hatte die Analyse für ein neues Projekt begonnen, und als er Projektleiter bei Arnold wurde, übertrug Morgenroth das Projekt meinem Team. Die Vorarbeit von Oliver war ehrlich gesagt, eine Katastrophe.

Die Analyse war oberflächlich, die Daten teilweise falsch berechnet und einige Teile fehlten völlig, obwohl er bereits sieben Projekttage dafür verbraten hatte. Das Budget für diesen Auftrag war ziemlich knapp. Sieben Tage für die paar Zahlen waren einfach nicht drin. Mehr als einen halben Tag war die Arbeit nicht wert. Deshalb habe ich ihm fünf Tage gestrichen. Da ist er völlig ausgeflippt, weil er ja möglichst all seine Stunden auf Aufträge buchen will. Das habe ich ihm nicht gestattet. Seitdem ist er schlecht auf mich zu sprechen.«

Anna schwieg. Oliver lieferte meist eine schwache Leistung ab. Bei ihr kam er damit immer durch. Er schmeichelte, überredete und drohte so lange, bis sie nachgab. Sie hätte ihm die sieben Tage gestattet und den Auftrag vermutlich mit eigenen, unbezahlten Überstunden abgeschlossen. Deshalb bewunderte sie Nick einerseits dafür, dass er Oliver in die Schranken gewiesen hatte, andererseits ärgerte sie sich darüber, dass ihm das gleich beim ersten Mal mühelos gelungen war, während sie sich in den letzten drei Jahren kein einziges Mal gegen Oliver hatte durchsetzen können. Das ließ sie so schwach erscheinen.

Nick ahnte nicht, welche Überlegungen er in Anna ausgelöst hatte. Nachdem sie keine Reaktion zeigte, beschloss er, vorsichtig nach ihrer Meinung zu Oliver zu fragen. »Du arbeitest doch oft mit Oliver zusammen. Ich verstehe nicht, weshalb er bei der Analyse so schlechte Arbeit abgeliefert hat. Ich war ja bei der Abschlusspräsentation von Fuhrmann dabei. Das war genial, was er da geleistet hat.«

Anna sog scharf die Luft ein. Jetzt war Oliver nicht einmal anwesend und trotzdem schaffte er es, sie auf die Palme zu bringen. Sollte sie Nick gestehen, dass Oliver sie schamlos ausnutzte und außer der Pflege der Kundenbeziehungen keine Verdienste in dem Projekt bei Fuhrmann hatte? Nick musste sie ja für völlig bekloppt halten, dass sie das mit sich machen ließ. Aber sie konnte sich auch nicht dazu durchringen, Nick anzulügen, indem sie Oliver als kompetenten Kollegen darstellte. Deshalb entschied sie sich für einen Mittelweg. »Oliver und ich besprechen alles und teilen uns die Aufgaben. Das Ergebnis war nicht alleine Olivers Leistung. Daran hat das ganze Team hart gearbeitet.«

Nick blieb stehen und blickte Anna nachdenklich an. Die Straßenlampe über ihnen schien so hell, dass er Annas Gesichtszüge gut sehen konnte. Sie wirkten etwas angespannt.

»Oliver hat es aber so aussehen lassen, als hätte er das Projekt praktisch im Alleingang gestemmt.«

Heftig schüttelte Anna den Kopf.

»Möchtest du mir damit sagen, dass Oliver sich auf Kosten des Teams profiliert hat? Er stellt sich als Super-Berater dar, obwohl das Ergebnis nicht von ihm stammt?«

Anna schnitt eine Grimasse und nickte.

»Wenn er schon die Ausarbeitungen nicht gemacht hat, stammen dann wenigstens die Ideen von ihm?«

Anna zögerte, doch Nick drängte auf eine Antwort. »Anna, rede mit mir! Von wem sind die genialen Ideen in diesem Projekt?«

»Die meisten sind von mir«, gab Anna leise zu.

Nick schaute sie ungläubig an. »Weshalb hast du das bei der Präsentation nicht klargestellt?«

Das war genau die Frage, die Anna nicht beantworten wollte. Sie blickte verlegen zu Boden.

Nick schüttelte fassungslos den Kopf. »Na, nun wird mir einiges klar. Oliver arbeitet immer so wie in der letzten Analyse, nicht wahr?«

Kurzes Nicken.

»Anna, ist dir klar, dass er auf deine Kosten Karriere macht? Weshalb deckst du ihn?«

Konnte Nick jetzt nicht langsam aufhören mit seinen Fragen? Er ahnte ja nicht, wie glasklar Anna diese Tatsache inzwischen vor Augen stand. Sie wollte ihm das jetzt jedoch nicht alles auseinandersetzen. Deshalb antwortete sie nur kurz, dass sich das in Zukunft ändern würde, und setzte sich wieder in Bewegung.

Nick entschied, das Thema vorerst ruhen zu lassen. Annas Signale irritierten ihn. Einerseits hatte er das Gefühl, dass es zwischen ihnen gut lief, andererseits hatte sie nicht so viel Vertrauen in ihn, dass sie ihm ihre Probleme mit Oliver offenbarte. Er ermahnte sich, Geduld zu haben. Schließlich kannte sie ihn noch nicht lange und die gemeinsame Arbeit verkomplizierte die Beziehung, die er zu Anna aufbauen wollte.

Eine Zeit lang liefen sie schweigend dahin, dann fragte Nick nach ihrem Studium. Anna erzählte von Regensburg und auch von ihrer Heimat am Bodensee. Während Nick dann eine Anekdote aus seiner Jugendzeit am Tegernsee zum Besten gab, erreichten sie Annas Wohnhaus.

Nachdem Anna den Schlüssel aus ihrer kleinen Tasche gekramt hatte, wandte sie sich zu Nick und wollte sich verabschieden. Sein Blick ruhte auf ihr und unvermittelt spürte sie ein Kribbeln im Bauch. Ihr war klar, dass sie jetzt gehen sollte. Dass sie mit dem Feuer spielte, wenn sie sich nicht bald von ihm wegbewegte. Trotzdem blieb sie reglos stehen und sah ihm in die Augen.

Wollte er sie küssen? Und würde sie es zulassen? Sie war sich nicht sicher. Es war eine ganz schlechte Idee, sich mit einem Kollegen einzulassen. Andererseits fühlte sie sich stark zu Nick hingezogen. Vielleicht ging es ja doch gut. Während sie noch hin und hergerissen war, beugte Nick sich näher zu ihr. Anna hielt den Atem an, ihre Lider senkten sich langsam.

»Ja da schau her, Sie sind aber heut noch spät unterwegs, Fräulein Zimmermann. Und im Dirndl! Waren's auf der Wiesn?«

Anna riss die Augen auf. Das klang nach Frau Waldhauser. Und richtig: Wie aus dem Nichts war sie mit Lumpi aufgetaucht. Sollte sie sich darüber freuen oder ärgern? Sie wusste es nicht. Der Moment war jedenfalls zerstört. Nick hatte sich beim Klang der Stimme sofort aufgerichtet.

Sie räusperte sich und begrüßte Frau Waldhauser. Dann verabschiedete sie sich mit einem Lächeln von Nick und bedankte sich für seine Begleitung. Er hielt ihre Hand einen Augenblick fest und sah sie bedauernd an. Dann grinste er. »Aufgeschoben ist nicht aufgehoben.« Mit diesem Ausspruch wandte er sich um und lief die Straße zurück. Seufzend sperrte Anna die Haustüre auf und betrat gemeinsam mit Frau Waldhauser und Lumpi, die beide die Verabschiedung ohne jegliche Skrupel beobachtet hatten, den Hausflur.

Kapitel 11

SO FUNKTIONIERT DER KREISLAUF

Als Anna am Samstagmorgen den Weg zu Ulrikes Kanzlei entlangschritt, ließ sie ihren Gedanken freien Lauf. Mittlerweile war sie froh, dass Frau Waldhauser die traute Zweisamkeit mit Nick so abrupt unterbrochen hatte. So konnte sie die Entscheidung, ob sie Nick nun näher kommen wollte, noch etwas aufschieben. Sie glaubte allerdings nicht, dass Nick ihr viel Zeit lassen würde. Er hatte sehr entschlossen gewirkt.

Übergangslos glitten ihre Gedanken zu dem bevorstehenden Treffen. Ulrikes starke Ausstrahlung hatte sie schon bei der ersten Begegnung gespürt. Auch wenn sie klein und zierlich war, würde es niemand wagen, sie auszunutzen oder zu manipulieren. Dazu musste sie nicht einmal viel sagen, das war alleine durch ihr Auftreten schon klar. Anna hoffte, Ulrike würde ihr zeigen, wie sie selbst auch so stark und selbstbewusst werden konnte. Dann könnte sie es mit allen Olivers dieser Welt aufnehmen. Doch das war vermutlich ein langer Weg. Die ersten Schritte darauf hatte sie schon gemacht. Die nächsten würden heute folgen. Sie grinste. Oliver war schon angezählt. Er wusste es nur noch nicht.

Plötzlich kam ihr Nick wieder in den Sinn. Er hatte nur wenige Fragen gebraucht, um zu erkennen, dass Oliver sie ausnutzte. Außer Julia war das noch nie jemandem aufgefallen. Bernhard wusste es sicher, aber dem war es als treuem Gefolgsmann von Oliver egal. Doch weder Ralf, der Projektleiter, noch Morgenroth ahnten, wie es um die Arbeitsverteilung stand. Anna wollte nicht, dass Nick sich einmischte, aber wenn sich ihre Beziehung ein wenig vertiefte, was sie nicht mehr ganz ausschloss, würde er Oliver sicher zur Rede stellen wollen. Noch so ein Alphatier, dachte sie, aber ein sehr sympathisches. Im Bierzelt hatte er Oliver souverän kaltgestellt. Das hatte ihr imponiert, aber ihre Probleme würde sie trotzdem selbst lösen. Das würde sie ihm gegebenenfalls klarmachen.

Während sie sich langsam der Kanzlei näherte, überlegte sie, welchen Verhaltenskategorien sie Nick zuordnen würde. Er war zielorientiert und ein wenig fordernd, aber nicht unfreundlich und kurz angebunden. Also ein Verfolger, aber in abgemilderter Form. Darüber hinaus hatte sie den Eindruck, dass er sehr logisch dachte und den Dingen auf den Grund ging. Also klare Kontrolliereranteile. Ob er ein Entdecker war, konnte sie nicht einschätzen. Doch sie hatte festgestellt, dass er sich mit allen Kollegen gut verstand. Außer mit Oliver. Was für ihn sprach. Er war rücksichtsvoll und hatte ihre Beziehung zu Oliver schnell durchschaut. Das bedeutete, dass er sich in andere einfühlen konnte. Damit hatte er vermutlich auch einen deutlichen Bewahreranteil. Insgesamt eine sehr angenehme Kombination, stellte sie grinsend fest.

»Grüß dich Anna, komm doch herein.«

Freundlich lächelnd hielt Ulrike die große Eingangstür weit geöffnet. Auf dem Weg ins Besprechungszimmer fragte sie nach Annas Wochenverlauf. Während Anna ein wenig von ihrem Wiesnbesuch erzählte, setzte sie sich auf die vertraute Ledercouch. Sie fühlte sich hier schon richtig heimisch und war neugierig darauf, was sie heute erfahren würde. Sie musste nicht lange warten, denn wie immer kam Ulrike schnell zum Thema.

»Heute wollen wir über den zweiten Code sprechen: Was du in dir trägst, strahlst du nach außen. Dabei geht es um den Kreislauf Einstellung – Verhalten – Wirkung.«

Ulrike blätterte am Flipchart um, das sie vorsorglich bereitgestellt hatte, und betrachtete das Blatt, das den Code sowie die Anleitung dazu zeigte. »Dazu gehören deine Werte und Überzeugungen und dein Selbstbild, also die Frage, wie du dich selbst siehst. Die Anleitung zu diesem Code ist nicht ganz so einfach und schnell zu verstehen wie die zum ersten Code. Hast du sie gelesen?«

Als Anna nickte, fuhr sie fort. »Der Kreislauf ist am einfachsten zu begreifen, wenn man ihn an einem konkreten Beispiel anwendet. Dabei wird schnell klar, wie er funktioniert.«

Mit diesen Worten setzte sie sich Anna gegenüber und holte aus ihrer Handtasche ein Tablet. Sie tippte kurz darauf herum und blickte dann zu Anna. »Ich habe mir zu unserem ersten Gespräch einige Notizen gemacht und möchte eine Situation, die du mir dabei geschildert hast, herausgreifen. Sie lässt sich, glaube ich, sehr gut als Beispiel verwenden.«

Anna setzte sich aufrechter hin und wartete gespannt, was nun kommen würde.

»Du warst zusammen mit Oliver beim Abteilungsleiter und es ging um die Wahl des Projektleiters für ein neues Projekt. Erinnerst du dich?«

Natürlich hatte Anna die Szene noch lebhaft im Gedächtnis. Sie hatte sich dabei nicht gerade mit Ruhm bekleckert. Im Geiste schnitt sie eine Grimasse und nickte ergeben. »Ja, natürlich.«

Ulrike war Annas innerer Aufruhr nicht entgangen. »Das ist vermutlich keine angenehme Erinnerung, aber wir wollen ja erkennen, was schief gelaufen ist. Also brauchen wir ein Beispiel, bei dem du mit dem Resultat unzufrieden warst.«

»Das ist mir schon klar«, antwortete Anna mit einem etwas verunglückten Lächeln.

»Wenn wir nun den Kreislauf rückwärts beginnen, so wie es

ganz unten in der Anleitung dargestellt ist, dann ist die erste Frage: Welche Wirkung hast du erzielt?« Schon erhob sie sich wieder, blätterte am Flipchart zu einem unbeschriebenen Blatt um und teilte dieses in vier große Spalten. In die zweite Spalte schrieb sie ganz oben das Wort *Wirkung*. »Daran schließt sich die Frage an: Welches Verhalten hat zu dieser Wirkung geführt?« Sie setzte das Wort *Verhalten* oben in die dritte Spalte.

»Dann rücken wir zum Kern der Sache vor: Aus welcher inneren Einstellung heraus ist dieses Verhalten entstanden?« In der vierten Spalte fügte sie *Einstellung* hinzu.

Danach nahm sie Platz und schenkte Anna und sich selbst Kaffee aus der silbernen Thermoskanne ein, die zusammen mit einer kleinen Auswahl von Gebäck auf dem Tischchen stand. Sie ließ die drei Begriffe einige Zeit auf Anna wirken, bevor sie erneut das Wort ergriff. »Habe ich das verständlich erklärt oder hast du dazu eine Frage?«

»Nein, ich habe keine Frage. Bis hierher ist alles logisch.« Da Anna diesen Kreislauf am Mittwoch selbst schon für die Situation mit Hausmeister Waller nachvollzogen hatte, war ihr der Zusammenhang klar.

»Dann wollen wir jetzt die Situation einmal durchspielen. Wir nennen sie Wahl des Projektleiters.« Ulrike zog unterhalb der drei Begriffe einen Strich über das ganze Blatt, so dass die Begriffe die Überschriften für die Spalten bildeten. Dann fügte sie in der ersten Spalte, die leer geblieben war, die Überschrift *Situation* ein und darunter den Namen für die erste Situation: *Wahl des Projektleiters*. »Nun beschreibe doch mal die Wirkung, die du in dieser Situation erzielt hast, in wenigen Worten.«

Eine Flut von Gedanken schoss Anna durch den Kopf. Morgenroth hatte sie und Oliver gefragt, ob sich einer von ihnen die

Projektleitung zutraute. Sie hatte zunächst überlegt, was das für sie bedeuten würde. Könnte sie ihre anderen Aufgaben alle erledigen? War sie kompetent genug? Könnte sie so ein großes Team führen? Während sie noch mit diesem Gedankenprozess beschäftigt war, hatte Oliver sofort zugesagt und am Ende die Projektleitung bekommen. – Und sie war zu seiner Stellvertreterin ernannt worden, was für sie einer Demütigung gleichkam.

»Ich bin nicht Projektleiterin geworden«, sagte sie mit düsterer Stimme.

»Das ist richtig. Das ist das Ergebnis, das letzten Endes herausgekommen ist. Aber überlege nochmal, wie hat Herr Morgenroth dich wahrgenommen?«

Anna zuckte die Achseln. »Ich weiß jetzt nicht, worauf du hinaus willst.«

»Dann gehen wir es anders herum an. Wie hat sich denn Oliver verhalten und wie hat das auf Herrn Morgenroth gewirkt?«

Anna spitzte die Lippen beim Überlegen. »Er ist sofort auf den Vorschlag angesprungen. Das hat sehr selbstsicher und entschlossen gewirkt, obwohl er nichts auf die Reihe kriegt und mit so einer Aufgabe alleine völlig überfordert ist. Genau genommen, hat er Morgenroth ein ziemliches Theater vorgespielt und der ist darauf reingefallen. «

»Das ignorieren wir jetzt einmal. Hier geht es nur um die Wirkung von Oliver. Du hast gesagt, er hat selbstsicher und entschlossen gewirkt.«

Anna nickte.

»Und wie hast du gewirkt?«

»Naja, ich war nicht so entschlossen und von mir überzeugt wie Oliver. Aber ich habe mich auch total überrumpelt gefühlt«, verteidigte sich Anna.

»Anna, ich mache dir keine Vorwürfe. Es geht nicht um die Frage, was du falsch oder richtig gemacht hast, sondern nur darum, wie du auf Morgenroth gewirkt hast.«

Die Fragen fangen an zu nerven, dachte Anna. Hoffentlich ist Ulrike bald mit meiner Antwort zufrieden. Zum Trost nahm sie sich einen leckeren Keks und biss herzhaft hinein. Während sie kaute, überlegte sie fieberhaft, wie sie wohl auf Morgenroth gewirkt haben mochte. Sorgfältig spulte sie die Situation noch einmal vor ihrem geistigen Auge ab. Sie hatte das Gefühl gehabt, dass Morgenroth sie als Projektleiterin bevorzugt hätte, doch statt zuzugreifen hatte sie ausweichend reagiert. Sie hatte Morgenroth sogar gefragt, ob er sie für kompetent hielte. Damit hatte sie ihm ihre ganze Unsicherheit offenbart. Sie verzog unwillig die Lippen, doch wenigstens konnte sie Ulrike jetzt eine präzise Antwort geben. »Ich vermute, ich habe zögerlich und unsicher gewirkt.«

Mit einem zustimmenden Nicken notierte Ulrike die Stichworte *zögerlich* und *unsicher* unter der Rubrik *Wirkung*. Dann wollte sie wissen, wie Anna ihr eigenes Verhalten in diesem Gespräch beschreiben würde.

»Also, mir gingen so viele Sachen durch den Kopf, dass ich nicht mehr klar denken konnte. Ich habe Morgenroth gefragt, ob er mich für kompetent genug hält. Das war überflüssig, denn wenn er mich nicht für kompetent gehalten hätte, hätte er mich nicht gefragt. Das ist mir später klar geworden. Außerdem war ich nicht so schnell in meiner Entscheidung wie Oliver. Er hat überhaupt nicht überlegt, sondern sofort zugesagt. Das ging so schnell, dass ich es gar nicht richtig mitbekommen habe. Bis ich wieder denken konnte, war die Sache schon entschieden. Aber ich bin nun einmal kein Verfolger.« Zunächst langsam und dann immer schneller sprudelten die Erklärungen aus Anna hervor.

»Das ist alles richtig. Oliver und Morgenroth sind beide Ver-folger, wie wir bereits festgestellt haben. Da hat Oliver einen klaren Vorteil dir gegenüber. Aber das alleine ist sicher nicht der Grund, weshalb er Projektleiter geworden ist. Überlege nochmal: wie hast du dich verhalten? Was hast du getan oder vielleicht auch nicht getan, dass du diese Wirkung erzielt hast?«

Anna zuckte die Achseln und überlegte.

»Fangen wir wieder bei Oliver an. Wie hat er sich verhalten?«

Diese Frage konnte Anna leichter beantworten. »Er ist sofort auf den Vorschlag angesprungen und hat laut und deutlich zuge-sagt. Ohne zu überlegen. Was ich unverantwortlich finde.«

»Und du?«

»Ich habe sorgfältig überlegt und konnte mich nicht so schnell entscheiden. Da gibt es eben viel zu bedenken.« Wieder nahm Anna Verteidigungshaltung ein. Dann straffte sie sich und lenkte ein. »Okay, ich bin nicht begeistert aufgesprungen, sondern habe abwartend reagiert.«

Wie Ulrike vermutet hatte, erkannte Anna glasklar, mit welchem Verhalten sie die unerwünschte Wirkung erzielt hatte. Auch wenn es ihr nicht leicht fiel, dies laut zuzugeben. Fehler und Schwächen einzugestehen, war der unangenehme Teil an einem Mentoring. Doch diese Selbsterkenntnis gehörte dazu.

Ulrike schrieb die Worte *hat nicht begeistert, sondern abwartend reagiert* in die Rubrik *Verhalten* und kam dann zum letzten der drei Begriffe.

»Die Einstellung ist am schwierigsten zu erkennen, weil sie dir nicht bewusst ist. Doch sie umfasst deine Meinung zu dir selbst, zu deinen Mitmenschen, zur Arbeit und zum Leben im Allge-meinen. Sie hat sich im Lauf deines Lebens gebildet und ist die Grundlage für all deine Entscheidungen. Unser Gehirn macht es sich hier einfach. Es spart sich einen Großteil der anstrengenden Denkarbeit, indem es viele Entscheidungen automatisch ablaufen lässt. Wir müssen nicht jedes Mal alle Details in Frage stellen, sondern haben zu vielen Dingen schon eine feste Meinung. Dadurch können Entscheidungen viel schneller getroffen werden. Auch die sogenannten Entscheidungen aus dem Bauch heraus gehören dazu.«

So hatte Anna die Sache noch nie betrachtet. Aber die Erklärung leuchtete ihr ein. Viele Entscheidungen, die sie jeden Tag traf, fällte sie ohne langes Überlegen. Das war ihr durchaus bewusst. Dazu gehörten Kleinigkeiten wie die Frage, ob sie einen Schirm mitnehmen sollte, wenn sie aus dem Haus ging, aber auch wichtigere Überlegungen wie die Einschätzung eines Gesprächspartners. War er in freundlicher Stimmung, wütend oder genervt? Darüber dachte sie nicht lange nach, das spürte sie intuitiv.»Dazu gehört vermutlich auch das Einfühlungsvermögen. Meistens kann man ja andere Personen ziemlich schnell einschätzen. Es heißt doch immer, der erste Eindruck zählt.«

Ulrike nickte.»So heißt es, ja. Doch genau darin besteht auch das Problem. Du kannst einen Menschen blitzschnell einschätzen. Aber es ist die Frage, was du wahrnimmst. Hier spielt uns das Gehirn oft einen Streich. Wir verlassen uns auf unsere Einschätzung und nehmen an, dass alle Menschen in unserer Lage das so sehen würden. In Wirklichkeit ist es nur unsere ganz persönliche Meinung. Wir interpretieren etwas, das wir sehen, hören oder fühlen, weil wir entsprechende Erfahrungen gemacht haben. Eine andere Person bewertet das häufig anders, weil sie andere Erfahrungen gesammelt hat.

Nimm beispielsweise zwei Frauen, die gemeinsam einen Vortrag hören. Die eine findet ihn äußerst informativ, die andere zum Gähnen langweilig. Beide sind verwundert über das Urteil der jeweils anderen. Doch die erste Frau hatte sich vorher noch nie mit dem Thema befasst, während die zweite vorher eine gründliche Internetrecherche betrieben hatte.«

Diese Information fand Anna total spannend. Unwillkürlich rückte sie näher an das Tischchen heran, um nur ja kein Wort zu versäumen. Denn diese theoretischen Überlegungen waren ihr viel lieber als die Auseinandersetzung mit ihren eigenen Schwächen. Hoffentlich blieb Ulrike noch ein wenig bei diesem Thema. Doch leider tat ihr Ulrike diesen Gefallen nicht.

»Das können wir jetzt gleich an unserem Beispiel hier testen.« Sie deutete auf das Flipchart. »Wie hat Herr Morgenroth dich im Hinblick auf die Projektleitung eingeschätzt und welche Meinung hast du selbst dazu gehabt?«

Nachdenklich spitzte Anna den Mund und überlegte sich ihre Antwort. »Morgenroth hat mir die Projektleitung angeboten, also hat er mir auch zugetraut, dass ich die Aufgabe bewältige. Da er jetzt schon seit drei Jahren mein Chef ist, kennt er mich vermutlich gut genug, um zu beurteilen, ob ich der Aufgabe gewachsen bin. Ich vertraue ihm auch. Wenn er sagt, dass ich das kann, dann glaube ich es ihm. Deshalb habe ich ihn ja gefragt, ob er es mir zutraut, …«

»Halt, halt, nicht so schnell, Anna«, unterbrach Ulrike Annas Ausführungen. »Es geht jetzt nur darum, wie Herr Morgenroth dich einschätzt. Alles andere kommt später. Kannst du in einem kurzen Satz zusammenfassen, wie Herr Morgenroth dich im Hinblick auf den Projektleiterposten einschätzt?«

Das war jetzt, nach den ganzen Erklärungen, einfach für Anna. »Er traut mir die Projektleitung zu.«

Mit dieser Antwort war Ulrike zufrieden und sie schrieb den Satz *M. traut A. die Projektleitung zu* fein säuberlich in die Spalte

Einstellung. Dann nahm sie wieder Platz und trank einen Schluck Kaffee. Sie ließ bewusst ein wenig Zeit verstreichen, um diese Erkenntnis auf Anna einwirken zu lassen.

Diese betrachtete die Tabelle mit großen Augen. Die Formulierung ihrer eigenen Einstellung fehlte noch. Sie wünschte, sie könnte einfach hinschreiben: *Anna traut sich die Projektleitung zu.* Aber so war es nicht gewesen. Sie hatte sich nicht so rasch entscheiden können, ob sie sich das zutraute oder nicht. Es war einfach zu schnell gegangen. Zu viele Dinge mussten bedacht werden und sie war nun einmal keine Freundin von schnellen Entscheidungen. Sie seufzte laut und schnappte sich noch einen Keks. Nachdem sie ihn mit lauwarmem Kaffee hinuntergespült hatte, blickte sie zu Ulrike.

Dieser war Annas Gefühlstumult nicht entgangen und sie lächelte Anna aufmunternd zu. »Nun kommen wir noch zu deiner eigenen Einstellung. Wie hast du dich eingeschätzt? Ich vermute mal, das ist dir inzwischen bewusst geworden.«

»Ja, ich habe mir die Projektleitung nicht spontan zugetraut. Das ging mir einfach zu schnell. Ich hätte etwas Bedenkzeit gebraucht, aber Oliver ist ja sofort vorgeprescht mit seiner Antwort. Ehe ich mich versah, war die Sache entschieden.«

Missmutig sah sie zu Ulrike. Es ärgerte sie immer noch, dass Oliver sie so überrumpelt hatte.

»Was soll ich jetzt hinschreiben?«

Wie aus der Pistole geschossen antwortete Anna grimmig: »A. traut sich die Projektleitung nicht zu!«

»Bist du jetzt nicht ein bisschen hart zu dir selbst? Wenn du dir die Projektleitung nicht zutraust, weshalb ärgerst du dich dann?«

»Ich traue mir das schon zu. Ich weiß, dass ich das kann. Aber das ging mir zu schnell.«

»Weshalb hast du dann nicht gesagt, du brauchst etwas Bedenkzeit?«

»Bis ich wieder klar denken konnte, war die Sache schon beschlossen. Verfluchte Verfolger.«

»Ich kann deinen Ärger verstehen. Ich könnte schreiben: A. traut sich die Projektleitung erst nach Bedenkzeit zu.«

»Ja, so war es wohl«, bestätigte Anna niedergeschlagen.

»Magst du noch ein wenig überlegen, weshalb du die Bedenkzeit unbedingt brauchtest oder sollen wir eine kleine Pause einlegen?«

»Nein, das machen wir jetzt noch fertig.«

»Schnelle Entscheidung!«, grinste Ulrike und Anna lächelte zurück. Durch diesen kleinen Scherz entspannte sie sich ein wenig.

»Also, warum hättest du unbedingt diese Bedenkzeit gebraucht. Was hat dich daran gehindert, genauso schnell zu entscheiden wie Oliver?«

Die Antwort war Anna gefühlsmäßig gleich klar. Aber wie sollte sie das formulieren? Schließlich entschied sie sich, die Verhaltenseigenschaften von Code 1 zu Hilfe zu nehmen. Damit konnte sie ihr Dilemma am leichtesten erklären.

»Ich habe gerne alles unter Kontrolle. Das haben wir ja letzte Woche bereits festgestellt. Wenn ich nun eine weitreichende Entscheidung treffen muss, so wie bei der Projektleitung, dann will ich erst sichergehen, ob ich auch alles unter einen Hut bekomme. Meine alten Aufgaben und die neue. Außerdem möchte ich genau abwägen, ob ich der neuen Aufgabe gewachsen bin. Die Leitung eines so großen Projektes ist ein wichtiger Schritt in meiner Karriere. Da muss alles passen. Deshalb brauche ich Bedenkzeit und ich finde, die steht mir auch zu. Wenn ich dann zusage, kann sich mein Chef darauf verlassen, dass ich das Projekt sorgfältig und zuverlässig abwickle.«

Mit gespitzten Lippen überdachte Anna diese Erklärung noch einmal und nickte dann bestätigend. »Du kannst also schreiben: A. braucht Bedenkzeit, weil sie eine Kontrolliererin ist.«

Während Ulrike dies aufschrieb, führte Anna ihren Gedankengang weiter und ließ ein kurzes Lächeln aufblitzen. »Und O. braucht keine Bedenkzeit, weil er ein Verfolger ist.«

Schmunzelnd drehte sich Ulrike um. »Das hast du sehr gut erkannt. Ein Teil des Problems steckt sicher darin, dass ihr euch in eurem Verhalten so grundlegend unterscheidet. Aber weshalb hast du nicht auf einer Bedenkzeit bestanden?«

»Ich habe mir da keine Chancen ausgerechnet. Morgenroth mag es nicht, wenn man ihm widerspricht. Er revidiert Entscheidungen nur höchst ungern.«

»Das heißt, du akzeptierst alle Entscheidungen deines Chefs ohne Diskussion?«

Anna zuckte mit den Schultern. Das hörte sich jetzt nicht gerade souverän an, aber im Prinzip war es so. »Mit den meisten Entscheidungen kann ich gut leben. Nur dieses Mal hatte ich ein Problem damit.«

Vorsichtig tastete sich Ulrike weiter vor. »Was würde denn im schlimmsten Fall passieren, wenn du ihm widersprichst?«

»Dann könnte mein Ansehen bei ihm darunter leiden«, antwortete Anna, ohne groß nachzudenken.

»Denk mal an unsere erste Sitzung und formuliere es um.«

Worauf wollte Ulrike hinaus? Anna überlegte angestrengt und plötzlich wusste sie es. »Es geht wieder darum, dass er mich weniger mögen könnte, wenn ich ihm widerspreche.«

»Ja. Das ist der eigentliche Grund. Ich habe dieses Beispiel gewählt, weil es genau aufzeigt, wo deine eigene Einstellung für dich zur Falle wird. Vordergründig kann man das Ergebnis durchaus mit dem Unterschied zwischen Kontrollierer und Verfolger erklären, aber tatsächlich ist das nur eine Rechtfertigung für dein Verhalten. Dahinter steht die Angst, dass dich dein Gegenüber weniger schätzt, wenn du dich nicht so verhältst, wie du meinst, dass er es von dir erwartet.«

Anna sackte in sich zusammen, als sie den Zusammenhang erkannte: es ging auch bei der Beziehung zu Morgenroth darum, dass er sie mochte. Nicht die Schnelligkeit war das Problem, sondern die Angst, er könnte ihr einen Widerspruch negativ auslegen und ihr seine Wertschätzung entziehen. Lieber nahm sie diese schwachsinnige Stellvertretung von Oliver in Kauf als auf einer Bedenkzeit zu bestehen. Super. Sie presste die Lippen zusammen. Unvermittelt stand sie auf und öffnete das Fenster. Draußen regnete es leise, doch die frische Herbstluft kühlte ihre erhitzten Wangen.

Nachdem Ulrike den Satz *A. hat Angst, ein Widerspruch könnte die Wertschätzung entziehen* in der Spalte *Einstellungen* ergänzt hatte, wandte sie sich zu Anna um, die immer noch am geöffneten Fenster stand. Sie freute sich, dass Anna die Zusammenhänge so schnell hergestellt hatte. Manche Filias weigerten sich unbewusst, diese Argumentationskette anzuerkennen, und ergingen sich in wortreichen Rechtfertigungen, weshalb das alles bei ihnen nicht zutraf. Es war ein hartes Stück Arbeit, diesen Frauen das Muster begreiflich zu machen, das hinter ihrem Verhalten steckte. Bisher hatte Ulrike noch jede Filia überzeugen können, doch manchmal hatte das Stunden gedauert und viel Geduld erfordert. Das war heute nicht nötig gewesen.

Und in der Tat dachte Anna gar nicht daran, diese Schlussfolgerungen abzustreiten. Seit der ersten Sitzung hatte sie oft über ihre Angst vor Ablehnung nachgegrübelt. Nun wurde ihr langsam bewusst, wie sehr diese ihr Leben und ihre Handlungen beherrschte. Ihr mangelndes Durchsetzungsvermögen und ihre Unsicherheit hingen tatsächlich mit dieser Angst zusammen. Sie ließ sich unbewusst davon beeinflussen und verhielt sich dann entsprechend. Es ärgerte die Kontrolliererin in ihr, dass sie diese Angst nicht selbst erkannt hatte und vor allem, dass sie sie nicht kontrollieren konnte. Noch nicht. Hoffentlich besaß Ulrike ein Patentrezept dagegen.

»Jetzt bist du ausnahmsweise einmal viel zu schnell«, antwortete Ulrike, als Anna danach fragte. »Soweit sind wir noch nicht. Zuerst müssen dir diese Zusammenhänge so deutlich sein, dass du in Zukunft selbst merkst, wenn du in dieses Verhalten verfällst. Vermutlich gibt es in deiner Vergangenheit viele Situationen, die ähnlich abgelaufen sind.«

Als Anna nickte, aber keinen Kommentar abgab, beendete Ulrike ihre Ausführungen und schlug eine halbe Stunde Pause vor, die Anna gerne annahm.

Erleichtert, dass das intensive Gespräch eine Zeitlang unterbrochen war, zog Anna ihren dunkelblauen Parka an und setzte die Kapuze auf. Dann lief sie eine kurze Runde durch den Park. Heute wirkte er verlassen und ein wenig trostlos. Damit passte er hervorragend zu Annas Stimmung. Sie ärgerte sich über sich selbst und wusste doch nicht, wie sie es in Zukunft besser machen sollte. Grübelnd ging sie das Gespräch in Gedanken noch einmal durch. Ulrike hatte recht mit ihrer Einschätzung. Auch wenn das bitter für Anna war, so war sie doch so ehrlich, das anzuerkennen. Hoffentlich hatte Ulrike ein paar Ideen parat. Bisher hatten sie nur ihr Verhalten analysiert. Nun wurde es Zeit, die Dinge zu ändern. Anna fühlte sich jedenfalls reif dafür.

Als sie 15 Minuten später das Haus betrat, kam ihr Ulrike entgegen.

»Du bist ja tropfnass!« Lachend nahm sie Anna die Jacke ab und hängte sie zum Trocknen über einen Bügel. Als Anna sich zur Treppe wandte, um in das vertraute Besprechungszimmer zu gehen, hielt sie sie zurück. »Wir haben noch eine Viertelstunde Zeit. Ich bin auf dem Weg in unser Gartenzimmer. Dort verbringe ich gerne meine Pausen. Der Ortswechsel schafft ein wenig Abstand und meistens sieht man die Dinge hinterher klarer. Du kannst mir gerne Gesellschaft leisten.«

Damit war Anna einverstanden. Sie folgte Ulrike den Flur entlang. Als sie nach rechts um die Ecke bogen, gelangten sie zu einer modernen Glastür, die den Blick auf einen großzügigen Wintergarten freigab. Die hohen Glaswände vermittelten das Gefühl, direkt im Park zu stehen. In der Mitte des Raumes umgaben mannshohe immergrüne Kübelpflanzen eine große Rattan-Sitzgruppe, die mit hellem Leinenstoff überzogen war. Dort ließen sie sich nieder.

Anna war begeistert. »Das ist ja unglaublich hier. Man fühlt sich wie in einer anderen Welt. Wird bei euch eigentlich auch gearbeitet oder sitzt ihr hier den ganzen Tag gemütlich zusammen?«

Ulrike lächelte. »Ich liebe diesen Wintergarten. Er wird in den Pausen von unseren Mitarbeitern rege genutzt. Doch am schönsten ist es hier, wenn das ganze Haus leer ist. So wie heute. Das genieße ich sehr.«

Beide schwiegen eine Zeitlang und beobachteten die Regentropfen, die die Glaswände entlangliefen.

»Darf ich dich etwas Persönliches fragen?« unterbrach Anna die Stille. Ulrike nickte zustimmend.

»Wie bist du zu den Töchtern der Lilith gekommen?«

Während sich Ulrike entspannt zurücklehnte, begann sie zu erzählen. »Es wurde mir praktisch in die Wiege gelegt. Meine Großmutter väterlicherseits war viele Jahre eine der Rätinnen. Als ich etwa zehn Jahre alt war, diktierte sie mir die Leitsätze, wie die Codes damals in den 70er Jahren hießen. Sie sagte, diese Sätze wären unser Geheimnis, und wir würden über sie sprechen, wenn ich erwachsen wäre. Sollte sie das nicht mehr erleben, würden mir die Sätze vielleicht trotzdem im Leben weiterhelfen. Aber ich dürfe sie niemandem verraten. Als Kind habe ich das alles nicht so richtig begriffen, aber ich fand es spannend, ein Geheimnis mit meiner Großmutter zu teilen. Denn niemand in unserer Familie wusste von den Töchtern der Lilith.

Wir haben lange Zeit nicht mehr darüber geredet und ich hatte das Heft komplett vergessen. Bis ich mit Mitte zwanzig zu arbeiten begann. Da lud mich meine Großmutter eines Tages zu sich nach Hause ein und erzählte mir die Geschichte des Bundes. Dann bot sie mir an, einige wichtige Codes mit mir zu erarbeiten.«

In Gedanken versunken blickte Ulrike auf die nassen Bäume und Sträucher im Park und erinnerte sich an ihre Großmutter, die vor mehr als zwanzig Jahren gestorben war. Ihr Gesicht tauchte in Ulrikes Erinnerung auf: die scharfen dunkelblauen Augen, von zahlreichen kleinen Fältchen umgeben, das kühn nach vorn gereckte Kinn, die schmale, gerade Nase und der kurze eisgraue Bubikopf. Ihre Großmutter war liebevoll und großzügig, aber gleichzeitig eine sehr bestimmende Frau gewesen. »Als Kinderärztin hatte sie eine eigene Praxis, was zu ihrer Zeit ungewöhnlich war. Dort hat sie die meisten ihrer Filias kennengelernt. Sie hat sich immer ganz besonders um junge Mütter gekümmert.

Das Frauenbild im zweiten Weltkrieg und auch in den 50er und 60er Jahren war nicht gerade von Gleichberechtigung gekennzeichnet, wie sie zu sagen pflegte, und sie hat als Rätin getan, was sie konnte, um junge Frauen zu unterstützen. Damals musste eine Ehefrau ihrem Mann jederzeit sexuell zur Verfügung stehen. Wenn er sie und die Kinder misshandelte, galt das als Privatsache. Außerdem durften verheiratete Frauen nur dann arbeiten gehen, wenn der Mann es ihnen erlaubte. Das alles ist noch gar nicht so lange her, aber heute kaum mehr vorstellbar.«

Fasziniert hatte Anna Ulrikes Schilderung gelauscht, doch nun wusste sie nicht, was sie dazu sagen sollte. Deshalb sprach sie den ersten Gedanken aus, der ihr einfiel. »Im Vergleich dazu sind meine Probleme ja lächerlich.«

»Das finde ich nicht. Wir sind auf dem Weg zur Gleichberechtigung in den letzten 50 Jahren einen großen Schritt vorwärts gekommen, aber wir haben sie noch lange nicht erreicht. Deshalb ist der Bund auch immer noch aktiv.« Nach einem Blick auf die Uhr erhob sich Ulrike und sah Anna aufmunternd an. »Und wir sollten jetzt wieder nach oben gehen und weitermachen.«

Insgeheim bedauerte Anna, dass die kleine Auszeit im grünen Paradies schon zu Ende war. Sie wäre viel lieber noch sitzen geblieben und hätte Geschichten über den Bund und Ulrikes Großmutter gehört. Denn sie war sich sicher, dass Ulrike noch viel zu erzählen hatte. Andererseits opferte Ulrike ihre Freizeit, um sie zu unterstützen. Deshalb beeilte sie sich aufzustehen und, nach einem letzten bedauernden Blick durch den Wintergarten, hinter Ulrike herzulaufen.

»Ich glaube, die kleine Pause hat uns beiden gut getan. Doch nun kommen wir noch einmal auf den Kreislauf zurück.«

Anna nickte ergeben, als Ulrike nahtlos an das Thema von vor der Pause anknüpfte.

»Jetzt machen wir gewissermaßen einen kleinen Ausflug. Weg von dir, hin zu anderen Personen. Du kannst den Kreislauf auch einsetzen, um die Einstellung anderer Menschen zu erkennen. Unabhängig davon, ob sie diesen selbst bewusst ist.«

Nun war Anna ganz Ohr.

»Erinnerst du dich an den letzten Absatz aus den Anleitungen? Er lautet: Das Ergebnis zeigt die wahre Absicht. Diesen Satz kannst du nicht nur auf dich selbst, sondern auch auf jede andere Person anwenden.« In großen, roten Buchstaben schrieb Ulrike den Satz unter die Tabelle und setzte sich dann wieder. »Wenn eine Person mit dem Ergebnis nicht zufrieden ist, gibt sie oft allen möglichen Umständen die Schuld. Doch tatsächlich liegt es an ihrer eigenen Einstellung. Wenn du den Kreislauf rückwärts durchgehst, erkennst du relativ leicht die Ausflüchte und Rechtfertigungen anderer, egal ob diese sie bewusst oder unbewusst einsetzen. Dadurch kommst du manchen Manipulationen und Lügen leichter auf die Spur.«

»Das ist ein faszinierender Gedanke. Damit kann man Menschen und ihre Absichten viel besser einschätzen. Das werde ich ausprobieren.« Anna überlegte einen Moment. »Andererseits ist es ein wenig beängstigend, wenn ich jemandem, der zu spät kommt oder einen Termin vergisst oder mich ungerecht behandelt, unterstellen muss, dass er das bewusst oder unbewusst mit Absicht getan hat. Mit diesem Wissen müsste ich in vielen Fällen völlig anders reagieren als bisher.«

»Lass diesen Gedanken einfach mal zu. Fang damit an, derartige Situationen nur zu beobachten. Dein Verhalten ändert sich dann wie von selbst. Weißt du auch, warum?«

»Weil sich meine Einstellung dazu geändert hat.« Den Zusammenhang hatte Anna begriffen. Als sie keine weiteren Fragen zu diesem Thema stellte, beließ Ulrike es dabei, denn sie wollte noch einen anderen Aspekt herausarbeiten.

»Du kannst den Kreislauf auch dazu einsetzen, einen neuen Blickwinkel zu finden. Das funktioniert folgendermaßen: du denkst dir ein Ergebnis aus, das du erreichen möchtest, und dann prüfst du, welche Einstellung du dafür bräuchtest. Auch wenn du die im Moment noch nicht hast. Aber daran kannst du dann arbeiten. Verstehst du, was ich meine?«

Anna nickte begeistert, denn sie liebte derartige Gedankenspiele. Außerdem befand sie sich damit im theoretischen Bereich und musste sich nicht mit unbequemen Fragen zu ihrer eigenen Person auseinandersetzen. Das erste Ergebnis kam ihr auch sofort in den Sinn und sie sprudelte drauflos. »Darf ich das gleich an einem Beispiel durchspielen? In drei Wochen beginnt unser neues Projekt. Oliver wird mit den Geschäftsführern zu Mittag essen und danach die ersten Analysen und Ideen präsentieren. Da hat er mich bisher immer ausgebootet. Dieses Mal will ich mit von der Partie sein. – Darf ich selbst schreiben?«

Ohne auf eine Antwort zu warten, stand sie auf und lief zum Flipchart. »Das Ergebnis kommt in diesem Fall in die Rubrik *Wirkung*, oder?«

»Ja, das ist richtig.«

Auf Ulrikes Bestätigung hin notierte sie mit dem grünen Stift: *bei Meetings mit der Geschäftsführung dabei sein.*

»Okay, wie geht es jetzt weiter?« Etwas ratlos drehte sie sich zu Ulrike um.

Ulrike wartete schweigend ab, denn sie war sich sicher, dass Anna von selbst auf die nächste logische Frage kommen würde.

Diese verstand die stumme Aufforderung und betrachtete die Tabelle noch einmal. »Also, vermutlich geht es mit dem Verhalten weiter.« Fragend blickte sie zu Ulrike.

Als diese nickte, überlegte sie, wie sie sich verhalten müsste, damit Oliver ihre Teilnahme an den Treffen akzeptieren würde. Das war gar nicht so einfach, stellte sie fest. Sie müsste ihm freundlich und bestimmt klar machen, dass sie ihre Ideen und

Erkenntnisse im Projekt nur mit ihm teilen würde, wenn sie bei den Präsentationen dabei sein dürfte. Von seinem erbitterten Widerstand dürfte sie sich nicht beirren lassen. Auch nicht von seiner schlechten Laune und etlichen ungerechtfertigten Angriffen. Dabei dürfte sie nicht um des lieben Friedens willen nachgeben. Und Oliver konnte einem das Leben zur Hölle machen. Das hatte sie oft genug bei Kollegen erlebt. Wollte sie das überhaupt? Nachdem Anna ihren Gedankengang geschildert hatte, sprach sie auch die letzte Frage laut aus.

»Das sollten wir noch etwas zurückstellen, Anna. Vorerst geht es nur um das Verhalten. Das hast du eben sehr eindrucksvoll beschrieben. Fass es zusammen und schreib es auf.«

Anna notierte: *Darauf beharren, dass ich bei den Meetings dabei bin.* Dann drehte sie sich wieder zu Ulrike. »Die große Frage ist jetzt, welche Einstellung ich haben müsste, um mich in dieser Situation Oliver gegenüber durchzusetzen.«

Als Ulrike wieder nur zustimmend nickte, legte Anna los, ohne groß nachzudenken: »Ich müsste selbst absolut davon überzeugt sein, dass ich mich Oliver gegenüber durchsetzen kann. Daran dürfte überhaupt kein Zweifel bestehen. Seine Einwendungen, Tricks und Manipulationen müssten an mir abprallen.«

Nicks Umgang mit Oliver kam ihr in den Sinn. Er hatte sich von Olivers Anfeindungen nicht abschrecken lassen. Allerdings war Oliver im Festzelt nicht gerade in Hochform gewesen. Doch sie vermutete, dass Oliver auch nüchtern keine Chance gegen Nick hätte. Dazu war Nick zu entschlossen aufgetreten. Sie seufzte. Wie sollte sie es jemals schaffen, Oliver so in seine Schranken zu weisen?

Als Ulrike sie aufforderte, ihre Erklärung aufzuschreiben, schreckte sie aus ihren Gedanken hoch.

»Ich weiß nicht, ob ich diese Einstellung jemals haben werde.

Wie gelange ich zu diesem Selbstvertrauen? Es ist ja kein Pullover, den ich einfach überziehen kann. Natürlich kann ich mir einreden, dass ich selbstbewusst bin und mich durchsetzen kann. Aber kann ich das tatsächlich oder bilde ich mir das bloß ein? Am Ende mache ich mich lächerlich.« Die Zweifel standen Anna ins Gesicht geschrieben.

»Du willst schon wieder zu viel auf einmal, Anna«, beschwichtigte Ulrike Annas Fragebatterie. »Lass dir Zeit, die Zusammenhänge zu erkennen. Jetzt geht es um die Einstellung, die du haben solltest. Wie du sie ändern kannst, ist ein ganz eigenes Thema, über das wir beim nächsten Mal sprechen. «

»Okay«, stimmte Anna zu. Als Ulrike nichts weiter sagte, blickte sie auf die Tabelle. Schweigend schrieb sie: *Selbstsicher und davon überzeugt, dass mir zusteht, was ich fordere.* Dann legte sie den Stift zurück und setzte sich wieder auf die Couch.

Ulrike war mit Annas Ausführungen sehr zufrieden. Trotz ihrer Zweifel hatte sie die notwendige Einstellung glasklar abgeleitet. Anna konnte viel mehr, als sie sich zutraute. Sie sah nur den Weg noch nicht. Dafür brauchte sie den dritten Code. Doch für heute war es genug.

»Bevor wir Schluss machen, möchte ich noch einmal auf den Code selbst zurückkommen: Was du in dir trägst, strahlst du nach außen.« Sie machte eine kleine Kunstpause. »Diese Lebensweisheit haben Frauen immer wieder weitergegeben und sie gilt heute noch genauso wie vor 500 Jahren. Dazu gebe ich dir eine kleine Aufgabe: Such dir Situationen heraus, in denen du mit deiner Wirkung zufrieden bist, und überprüfe deine Einstellung dazu. Dann machst du das gleiche mit Situationen, in denen du nicht zufrieden bist. Versuche herauszufinden, was du jeweils ausstrahlst.«

Mit konzentrierter Miene hörte Anna zu und nickte dann

zustimmend. Sie war heilfroh, dass die schwierige Sitzung zu Ende war. Die vielen neuen Erkenntnisse waren faszinierend, aber ihre Herleitung hatte Kraft gekostet. Etliche Aspekte musste sie sich in Ruhe durch den Kopf gehen lassen. Da Ulrike die nächste Sitzung auf den Samstag in zwei Wochen gelegt hatte, würde sie dafür ausreichend Zeit haben. Rasch half sie Ulrike, das Geschirr aufzuräumen, bedankte sich herzlich und lief erleichtert die Treppe hinunter.

Kapitel 12

DAS ERGEBNIS ZEIGT DIE
WAHRE ABSICHT

»Der schon wieder«, murmelte Oliver verächtlich vor sich hin, als er das größte Besprechungszimmer von AFC, das von allen nur ›der Saal‹ genannt wurde, betrat und sein Blick auf Nicks breiten Rücken fiel. Nach dem Wiesnbesuch, der für ihn zum Schluss völlig schief gelaufen war, hatte er sich den Freitag als Krankheitstag gegönnt. Es war ihm auch wirklich nicht gut gegangen, dachte er. Sein Kopf hatte bis nachmittags gedröhnt. Doch das Wochenende war sehr vergnüglich gewesen und heute Morgen war er energiegeladen in den Montag gestartet.

Für ihn war klar, dass in der Sache mit Anna das letzte Wort noch nicht gesprochen war. Denn in drei Wochen startete das Projekt bei Arnold, und Anna würde ganz eng an seiner Seite sein. Aufgebracht stierte er zu Nick hinüber. Dieser mochte auf dem Oktoberfest als Sieger hervorgegangen sein, aber Anna spielte in Olivers Team. Immer schon. Und das würde auch so bleiben. Er erinnerte sich dunkel, dass Nick im Bierzelt behauptet hatte, dass er Anna nicht für sein Team wollte, aber das war vermutlich nur ein gemeiner Trick. Damit kannte Oliver sich aus. Den Gegner in Sicherheit wiegen und dann hinterrücks zuschlagen. Aber damit würde der Angeber nicht durchkommen.

Während Oliver sich in wüsten Verwünschungen erging, spürte Nick instinktiv, dass er beobachtet wurde. Er wandte sich langsam um und blickte direkt in Olivers feindselige Augen. Eine Weile starrten sie sich an, dann senkte Oliver den Blick. Nick drehte ihm angewidert den Rücken zu. Als er daran dachte, wie Oliver mit Anna umsprang, wallte Ärger in ihm auf. Dass Oliver fachlich inkompetent war, hatte er schon geahnt. Aber dass er Anna ausnutzte, um sich auf ihre Kosten zu profilieren, machte ihn zu einem richtigen Mistkerl. Am liebsten würde er ihn deswegen zur Rede stellen, aber vermutlich wäre das nicht in Annas Sinn. Als er sich nach ihr umblickte, stellte er fest, dass sich der Raum mehr und mehr füllte.

Der Großteil der 25-köpfigen AFC-Mannschaft trudelte gerade ein und suchte sich Sitzplätze. Davon gab es im Saal ausreichend. In fünf Reihen standen je sechs bequeme, schwarze Lederstühle mit Chromgestellen, die von der Eingangstür abgewandt auf ein kleines Holzpodium hin ausgerichtet waren. Dort arbeitete das Entwicklerteam eifrig an der Technik. Die gesamte rechte Seite wurde von drei großen Fenstern eingenommen. Vertikale Lamellenvorhänge sorgten für eine leichte Abdunklung des Raumes.

Der Vortrag heute war eine Pflichtveranstaltung. Die hauseigene IT-Abteilung hatte ein neues Softwareprogramm entwickelt, mit dessen Hilfe die Berater Websitebesucher ihrer Mandanten entschlüsseln konnten. Da das Programm umfangreiche Funktionen aufwies, weihte der Leiter des IT-Teams höchstpersönlich die Belegschaft in die tieferen Geheimnisse ein.

»Wo bleibt Anna?«, fragte Nick halblaut, während er unschlüssig neben der letzten Sitzreihe am Fenster stand. Die Veranstaltung begann in drei Minuten. Langsam sollte er sich einen Platz suchen. Er hatte gehofft, Anna hier zu treffen, denn seit der chaotischen Verabschiedung am Donnerstag hatte er sie nicht mehr gesehen. Manchmal waren die vielen Termine außer Haus wirklich lästig, ging es ihm durch den Sinn. Am Freitag war er vor Ort bei einem Mandanten gewesen und heute nur wegen des Vortrags im Büro.

Der Versuchung, Anna gleich am Freitagmorgen anzurufen und ihr vorzuschlagen, am Wochenende gemeinsam etwas zu unternehmen, hatte er widerstanden. Das war ihm zu aufdringlich erschienen und er hatte sich schon einmal einen Korb geholt. Lieber wollte er ihr gegenüberstehen, um ihre Reaktion besser einschätzen zu können. Sein Wunsch, Anna näher kennenzulernen, war durch den gemeinsamen Besuch des Oktoberfests noch verstärkt worden. Mittlerweile war er wild entschlossen, sein Glück bei ihr zu versuchen. Aber dazu musste sie erst einmal auftauchen.

Als der Referent die Bühne betrat, setzte er sich unwillig in die dritte Reihe und ließ außen einen Platz frei. Falls Anna doch noch kam, konnte sie sich neben ihn setzen.

Mit schadenfrohem Blick verfolgte Oliver, wie Nick sich suchend umsah und anschließend alleine Platz nahm. Es war für ihn unschwer zu erkennen, auf wen Nick gewartet hatte. Da er, seiner bescheidenen Meinung nach, ein ausgezeichneter Stratege war, war er im Saal ganz hinten, gleich neben der Tür stehen geblieben, um Anna abzufangen. Wo blieb sie nur?

Langsam hatten alle Platz genommen und der Saal war von leisem Gemurmel erfüllt. Oliver blickte noch einmal in den Flur hinaus und sah Carla herbeieilen. Er ließ sie ein und schloss hinter ihr die Tür. Mit einem befriedigten Schmunzeln beobachtete er, wie sie auf den freien Stuhl neben Nick rutschte. Dann nahm er in der hintersten Reihe Platz, sodass er Anna bedeuten konnte, sich neben ihn zu setzen, wenn sie endlich zu erscheinen geruhte. »Dass Frauen immer so unpünktlich sein müssen«, grummelte er vor sich hin. Doch dieses Mal spielte es ihm in die Karten.

Gerade als der Referent die ersten Worte sprach, trat Anna leise ein. Der Vertriebsleiter des Ziegelwerks Wildenauer hatte eine Viertelstunde zuvor angerufen und endlose Fragen gehabt, die eigentlich längst geklärt waren. Das muss ein Kontrollierer sein, hatte sie während des Telefonats gedacht, und seine Fragen geduldig beantwortet. Als er endlich zufrieden war, war sie förmlich Richtung Saal geflogen und hatte es gerade so eben noch pünktlich geschafft.

Während sie ihren Blick über die Köpfe der Zuhörer schweifen ließ, wandte sich Oliver um und deutete neben sich. Geräuschlos schlich sie zur letzten Reihe und sank auf den freien Platz. Dann richtete sie ihre Aufmerksamkeit sofort auf den Vortrag. Sie fand es toll, dass AFC eigene Software-Anwendungen entwickelte, die in der Beratung neue Erkenntnisse ermöglichten und den Mandanten einen Vorteil verschafften. Diese innovative Komponente hatte AFC anderen Beratungen voraus und bescherte dem Unternehmen so manch neuen Mandanten.

Aus dem Augenwinkel nahm sie eine Bewegung zwei Reihen vor ihr wahr. Nick. Eine Flut an Gefühlen drängte an die Oberfläche. Sie war sich immer noch nicht sicher, wie sie mit Nick umgehen sollte. Im Moment hatte sie genügend andere Probleme, um die sie sich kümmern musste. Außerdem war er ein Kollege. Andererseits stimmte die Chemie zwischen ihnen und sie fühlte sich stark zu ihm hingezogen. Dass er ebenfalls interessiert war, hatte er ihr am Donnerstag auf dem Heimweg klar gezeigt. Doch danach hatte er sich nicht mehr gemeldet. Wie sollte sie das nun wieder interpretieren? Sie seufzte und beschloss, einfach abzuwarten. Manche Dinge regelten sich von selbst, wenn man ihnen etwas Zeit ließ.

Oliver hingegen war mit sich sehr zufrieden. Der Vortrag interessierte ihn nicht sonderlich. Um den Einsatz der neuen Software würden sich Anna und Bernhard kümmern. Ihn beschäftigte vielmehr, wie er Nick nach dem Vortrag von Anna fernhalten konnte. Am besten wäre es, sie möglichst schnell aus dem Saal zu schaffen. Das neue Projekt bot ihm dafür eine gute Begründung.

Die Software ist wirklich eine Meisterleistung, dachte Anna, als der Vortrag zu Ende war. Gemeinsam mit den anderen Zuhörern applaudierte sie kräftig. Dann stand sie auf und trat aus der Stuhlreihe. Nick wartete schon auf sie. Doch bevor er sie begrüßen konnte, legte Oliver seine Hand auf Annas Schulter und drehte sie von Nick weg.

»Anna, komm bitte gleich mit in mein Büro. Wir müssen unbedingt die Planung für Arnold noch einmal durchgehen. Mir ist da ein wichtiges Detail aufgefallen, das sich negativ auswirken könnte.«

Er wandte sich an Nick, der ihn misstrauisch musterte. »Bitte entschuldige uns. Wir haben zu arbeiten.« Mit diesen Worten schob er sich zwischen Anna und Nick und drängte Anna Richtung Saaltür.

»Aber ich wollte …« versuchte Anna zu widersprechen.

»Das kannst du später machen«, schnitt Oliver ihr das Wort ab.

Verärgert über Olivers Befehlston überlegte sie, ob sie sich widersetzen sollte. Doch das würde jede Menge Aufsehen erregen. Vermutlich war es besser, sie gab dieses eine Mal noch nach. Doch sie schwor bei sich, dass es das letzte Mal sein würde. Vielleicht war es ja auch wirklich wichtig. Bemüht freundlich lächelte sie Nick zu.

»Wir sehen uns dann später, ja?«

Nicht, wenn ich es verhindern kann, dachte Oliver finster.

Nick blickte ihnen nur sprachlos hinterher.

»Was war denn das?«, wandte sich Carla an Nick. »Das sah ja schon fast wie eine Entführung aus.«

Leicht verärgert, weil Nick sich nach dem Applaus an ihr

vorbeigedrängt hatte, um zu Anna zu gelangen, hatte sie Olivers Auftritt beobachtet. Dabei hatte ihr Ärger nachgelassen und einer leichten Schadenfreude Platz gemacht.

Nick zuckte jedoch nur die Schultern und schüttelte den Kopf. Da er ihr offensichtlich keine Antwort geben würde, beschloss sie, dem schnuckeligen IT-Leiter am Pult, auf den sie schon seit längerer Zeit ein Auge geworfen hatte, noch ein paar Fragen zu stellen. Mit Nick würde sie sich zu einem günstigeren Zeitpunkt befassen.

Ganz so schnell, wie Oliver geplant hatte, konnten Anna und er den Saal dann doch nicht verlassen, denn Morgenroth stand mit einer kleinen Gruppe direkt neben der Tür. Als er die beiden auf sich zukommen sah, rief er sie zu sich. »Frau Zimmermann, Herr Peitler, schön dass ich Sie hier treffe. Sie kennen Herrn Gerber?« Mit dieser rhetorischen Frage zeigte er auf den Mann an seiner Seite.

Richard Gerber war ein langjähriger Kooperationspartner von AFC. Spezialisiert auf Wachstumsstrategien für Unternehmen hatte er sich einen hervorragenden Ruf auf diesem Gebiet erarbeitet und wurde bei AFC hoch geschätzt. Er war schon um die fünfzig und Anna fand, er sah aus wie ein österreichischer Skilehrer: braungebrannt, kleine Lachfältchen um die klaren, blaugrünen Augen und eine sportliche, fast hagere Figur. Die kurzen blonden Haare wurden vorne schon ein wenig dünner, aber das tat seiner Attraktivität keinen Abbruch.

Vor zwei Jahren hatte Anna an einem Projekt mitgearbeitet, das Richard leitete. Das war eine inspirierende Erfahrung gewesen. Mit seiner humorvollen, lockeren Art hatte er Anna und ihren Kollegen genauso begeistert wie die Mandanten. Scheinbar mühelos hatte er die Querelen in der Geschäftsleitung des Mandanten beseitigt, mit den Geschäftsführern, dem Beraterteam und den Mitarbeitern gemeinsam eine Wachstumsstrategie erarbeitet und eine umfassende Aufbruchstimmung im Unternehmen erzeugt. Seither hatte sich der Umsatz verdoppelt.

»Grüß dich Anna, schön dich zu sehen.« Mit einem warmherzigen Lächeln streckte Richard ihr die Hand entgegen.

»Hallo Richard, ich freu mich auch. Schön, dass du mal wieder bei uns hereinschaust.« Strahlend nahm Anna seine Hand und schüttelte sie kräftig.

Richards Blick glitt zu ihrem Begleiter. »Herr Peitler«, grüßte er höflich distanziert.

Oliver nickte und grinste ölig. »Herr Gerber!« Ein kurzer Handschlag besiegelte die Begrüßung.

Mit hochgezogenen Augenbrauen verfolgte Anna die Szene. Was war denn hier los? Doch ehe sie sich weitere Gedanken zu der eigenartigen Stimmung zwischen Richard und Oliver machen konnte, kam Paula Rebmann, die ältliche Sekretärin Morgenroths, aufgeregt auf sie zugesegelt. Sie hielt ein schnurloses Telefon in der Hand, dessen Mikrofon sie mit der Hand abgedeckt hatte. »Herr Peitler, da sind sie ja. Herr Arnold hat in der letzten Stunde schon dreimal angerufen und ich konnte sie nicht erreichen. Ich kann ihn jetzt nicht noch einmal vertrösten. Schließlich ist er ein neuer Mandant. Hier, nehmen Sie! Er ist noch in der Leitung.«

Energisch drückte sie ihm das Telefon in die Hand. Oliver verdrehte unwillig die Augen und meldete sich mit einschmeichelnder Stimme. Dann eilte er schnellen Schrittes aus dem Saal.

Als Anna ihre Aufmerksamkeit wieder auf Morgenroth und Gerber lenkte, bemerkte sie, dass Morgenroth sie nachdenklich betrachtete. »Gerade hat mir Herr Gerber von seinem neuen Auftrag erzählt. Er sucht noch einen Berater oder eine Beraterin, die ihn als zweite Kraft unterstützt.«

Gerber arbeitete meistens alleine. Für größere Projekte holte er sich jeweils zwei Mitarbeiter von AFC, die er als erste und als zweite Kraft bezeichnete. Die erste Kraft arbeitete drei bis vier Tage in der Woche während des Projektes, die zweite Kraft beanspruchte er nur einen Tag in der Woche.

»Es geht um ungefähr zehn Manntage, auf zehn Wochen verteilt. Beginn in etwa vier Wochen. Der Mandant ist Espressione 52, eine junge Espressobar-Kette, die Franchise-Filialen in mehreren großen, deutschen Städten eröffnen möchte«, gab Morgenroth die Details bekannt.

Annas Gedankenkarussell lief auf Hochtouren. Das wäre eine tolle Chance für sie, Erfahrungen für ihr Büchercafé zu sammeln. Eine Espressobar funktionierte ähnlich und mit Franchise wollte sie sich sowieso noch genauer befassen. Sie überschlug kurz ihre Projekte für die nächste Zeit. Zehn Tage könnte sie unterkriegen. Doch nun musste sie aufpassen: sie durfte auf keinen Fall unsicher und zögerlich wirken. Als sie kurz in sich hineinhorchte, stellte sie erleichtert fest, dass sie bei diesem Projekt unbedingt dabei sein wollte. Das würde sie jetzt auch schnell und klar sagen. – Obwohl, sie war bisher noch nicht um ihre Mitarbeit gefragt worden. Vielleicht war der Job schon vergeben. Sie wollte sich schließlich nicht vordrängen.

Verunsichert hielt sie kurz die Luft an. Dann stieß sie sie entschieden aus. Das war jetzt genau der entscheidende Punkt, an dem sie sonst immer einen Rückzieher machte. Aber diese Chance würde sie sich jetzt nicht von Zweifeln kaputt machen lassen. Sie wollte dieses Projekt aus tiefster Überzeugung und das würde sie jetzt auch mit aller Kraft nach außen strahlen. Mit diesem Gedanken gab sie sich innerlich den nötigen Ruck.

»Das ist ein richtig tolles Projekt! Falls du noch auf der Suche nach einer Beraterin bist, Richard: Ich würde sofort zusagen«, erklärte sie mit klopfendem Herzen, an Richard gewandt.

Das hat sie jetzt aber gut gemacht, dachte Morgenroth zufrieden. Klare Ansage, feste Stimme. Wenn Gerber mit ihr arbeiten wollte, seinen Segen hätte sie.

Auch Richard freute sich über Annas spontane Bewerbung. Im letzten Projekt hatte er sie als zuverlässig, engagiert und kreativ erlebt. Genau so eine Mitarbeiterin suchte er. »Es wäre schön, dich an Bord zu haben. Ich bin gerade mitten in der Planung. Sobald ich die Einzelheiten kenne, melde ich mich bei dir.«

Während sich Anna mit Richard und Morgenroth angeregt über das neue Projekt unterhielt, kam Nick auf die Gruppe zugeschlendert. Er hatte aus der Ferne beobachtet, wie Oliver den Saal verließ. Nun war er neugierig auf den blonden Unbekannten, der sich so gut mit Anna zu verstehen schien. Trotz seines beträchtlichen Alters wirkte der Mann überaus attraktiv. Er besaß eine starke charismatische Ausstrahlung, die Nick deutlich spüren konnte. Hoffentlich stand Anna nicht auf alte Männer.

»Herr Mantovan, kommen Sie doch zu uns.« Morgenroth hatte Nick erspäht und winkte ihn zu sich. »Darf ich vorstellen: das ist Nicholas Mantovan, seit drei Monaten Projektleiter bei uns«, wandte er sich an Richard, bevor er auf diesen deutete. »Und das ist Richard Gerber, Kooperationspartner von AFC im Bereich Wachstumsstrategien.«

Mit einem kräftigen Händedruck machten sich die beiden Männer bekannt. Von Gerber hatte Nick schon viel Gutes gehört. Der Mann war so eine Art Beratergott.

Als Morgenroth das Gespräch wieder aufnahm, das er unterbrochen hatte, um Nick vorzustellen, hielt Nick sich im Hintergrund. Er wollte sich seine eigene Meinung über diesen Mann bilden. Und vor allem wollte er wissen, wie Anna zu ihm stand. Doch Gerber bezog ihn immer wieder in das Gespräch mit ein. Gegen seinen Willen musste sich Nick eingestehen, dass Gerber ein interessanter und sympathischer Gesprächspartner war. Als er zu dem Urteil kam, dass Gerber und Anna nur berufliche Interessen teilten, gab er seinen inneren Widerstand auf und beteiligte sich lebhaft an der Unterhaltung.

Schließlich neigte sich das Gespräch dem Ende zu. Morgenroth und Gerber wandten sich zum Gehen, doch Nick wollte unbedingt alleine mit Anna sprechen, bevor Oliver wieder auftauchte. Deshalb berührte er ihren Oberarm. »Warte Anna! Ich möchte dich noch etwas fragen. Ich fand es sehr schön letzte Woche auf der Wiesn - und auch danach.« Er grinste schief. »Ich rudere hier in München im Ruderclub. Am Samstag haben wir ein kleines Rennen in der Olympia-Regattaanlage und danach steigt ein kleines Fest. Hättest du Lust, vorbeizuschauen? Es ist alles ganz zwanglos.«

Daher hat er also seine breiten Schultern und die prächtig definierten Armmuskeln, war Annas erster Gedanke. Dann drang die Einladung zu ihr durch. War das nun ein Date oder nur ein zwangloses Treffen unter Kumpels? Sie war sich nicht sicher. Sofort stellte sich die nächste Frage: Wollte sie sich überhaupt privat mit ihm treffen?

»Ja, natürlich!«, schrie ihre weibliche Seite. Doch die Vernunft gebot ihr, Vorsicht walten zu lassen. Was würde sie ihm signalisieren, wenn sie zu der Ruderregatta kam?

»Meine Güte, Anna, du musst ihn ja nicht gleich heiraten. Es ist ein harmloses Treffen, bei dem jede Menge Leute um euch herum sind. Sei doch einmal spontan und nicht so ein Kontrollfreak.« Schon wieder meldete sich laut und vernehmlich ihre weibliche Seite, die verdächtig nach Lydia klang.

Die Stimme der Vernunft hingegen gab zu bedenken, dass eine Beziehung unter Kollegen, die in die Brüche ging, häufig für die Frau negative Folgen hatte.

Anna seufzte. Sollte sie höflich ablehnen oder das Wagnis eingehen? Es handelte sich ja wirklich nur um eine Ruderregatta in aller Öffentlichkeit. Und in letzter Zeit waren die erfreulichen Erlebnisse rar gesät. Lydias Appell, kein Feigling zu sein, schlich sich in ihre Erinnerung und gab den endgültigen Ausschlag.

Lächelnd ließ Anna ihren Blick über Nicks Gesicht wandern. Es wirkte leicht angespannt, stellte sie fest. »Ja, ich komme gerne. Danke für die Einladung.«

Sie beobachtete, wie Nicks Anspannung schwand und einem breiten Lächeln Platz machte. Das tiefe Blau seiner Augen verwandelte sich in ein leuchtendes Kornblumenblau und Anna verlor sich ein wenig darin. Als sie bemerkte, dass sich die Härchen auf ihren Armen aufstellten, blickte sie schnell weg, bevor die Situation zu intim wurde.

Mit einem freundlichen Dankeschön, das er sich mühsam abringen musste, beendete Oliver das Telefonat in seinem Büro und machte auf dem Absatz kehrt. Dann stürmte er in den Saal zurück. Das war jetzt wirklich der dümmste Zeitpunkt der ganzen Woche gewesen, zu dem Arnold angerufen hatte, dachte er wütend. Es war eine richtiggehende Meisterleistung gewesen, Anna abzufangen, bevor Nick sich an sie ranwanzen konnte.

Doch dann hatte ihm der neue Kunde in letzter Minute einen Strich durch die Rechnung gemacht. Mit einem Gespräch, das völlig überflüssig gewesen war. Wozu hatte er ihm den genauen Zeitplan geschickt, wenn dieser ihn nicht las? Der Zeitplan war perfekt. Den hatte schließlich Anna gemacht und die verstand ihren Job. Nun hatte er fast 20 Minuten lang mit Engelszungen auf Arnold eingeredet und ihm alles genauestens erklärt. Begriffsstutzige Kunden gingen ihm gewaltig auf die Nerven. Aber Kunde war Kunde und die Kundenzufriedenheit hatte immer Priorität.

Er hoffte, dass Anna immer noch mit Morgenroth und Gerber sprach, dann hätte Nick keine Gelegenheit, Anna für sein Team abzuwerben. Einen Moment blieben seine Gedanken bei Richard Gerber hängen. Es hatte ihn kolossal geärgert, dass Anna mit Gerber per Du war und er selbst nicht. Seit geraumer Zeit versuchte er nun schon, in ein Gerber-Projekt zu kommen, denn Gerber-Projekte erhöhten das Ansehen in der Firma ungemein. Dazu hatte er Gerber bei jeder sich bietenden Gelegenheit bequatscht, doch der hatte noch kein passendes Projekt für eine Zusammenarbeit gefunden. Vielleicht war er deswegen heute gekommen.

Bei dem Gedanken beschleunigte er seine Schritte und eilte die hell glänzende Steintreppe hinauf in den zweiten Stock. Als er durch die Tür in den fast leeren Saal trat, bestätigten sich seine schlimmsten Befürchtungen: Gerber war weg und Anna unterhielt sich mit Nick. Mit finsterem Blick eilte er auf die beiden zu und wandte sich mit barscher Stimme an Anna. »Kommst du nun? Ich habe doch gesagt, es ist dringend!«

»Entschuldige, ich wusste nicht, …«

Ohne Anna ausreden zu lassen, packte er sie am Arm und zerrte sie wütend aus dem Saal. Und wieder blickte ihnen Nick verwundert hinterher. Der hat sie doch nicht mehr alle, ging es ihm durch den Sinn. Er musste wirklich dringend mit Anna über Oliver reden. So konnte sie sich auf keinen Fall von diesem Widerling behandeln lassen. Doch er war froh, dass Oliver erst so spät wieder aufgetaucht war. So hatte er Anna für Sonntag einladen können. Und sie hatte zugesagt. Unwillkürlich musste er grinsen.

»Was soll das Oliver? Lass mich los. Ich komme freiwillig mit.«

Anna kam sich ein wenig lächerlich vor, so aus dem Saal geschleppt zu werden. Was war nur in Oliver gefahren? Sie hätte sich zur Wehr setzen können, doch sie kannte diese Stimmung bei Oliver. Wenn er wie ein wütender Stier auftrat, kam man ihm besser nicht in die Quere. Er wäre in der Lage, sie sich einfach über die Schulter zu schmeißen und aus dem Saal zu tragen. Das wäre wirklich peinlich. Deshalb hatte sie sich gefügt. So würde sich Oliver am schnellsten wieder beruhigen.

Tatsächlich klang seine Stimme halbwegs normal, als er sie endlich losließ und sich für sein Verhalten entschuldigte. Kopfschüttelnd folgte sie ihm in sein Büro.

Was für ein erlebnisreicher Nachmittag, dachte Anna, als sie sich kurz darauf an ihren Schreibtisch setzte. Die Chance, mit Richard ein Franchise-Konzept zu erarbeiten, war völlig unerwartet gekommen. Übermütig klopfte sie sich zweimal mit der rechten Hand auf die linke Schulter und grinste über das ganze Gesicht. Sie hatte sich richtig gut geschlagen. Die lästigen Zweifel, die sich wie Mehltau über ihr gesamtes Denken legen wollten, hatte sie entschieden unterdrückt und sich selbstbewusst für diese Aufgabe gemeldet. Sie war ehrlich genug zuzugeben, dass sie ohne Ulrike und die Lilith-Codes anders gehandelt hätte. Ihre alte Unsicherheit hätte vermutlich die Oberhand behalten und sie hätte erst einmal abgewartet.

Doch nun hatte sie diese Chance aktiv ergriffen. Sie freute sich auf die Zusammenarbeit mit Richard und auf die Erfahrungen, die sie bei diesem Projekt sammeln würde. Außerdem war sie stolz auf ihre Initiative, und auch Morgenroth hatte zufrieden gewirkt.

Ihre Gedanken glitten weiter zu Nick. Er hatte sie zu seiner Ruderregatta eingeladen. War das nun ein Date? Wenn er kein Interesse an ihr hätte, hätte er sie doch nicht gefragt. Oder hatte er mehrere Kolleginnen und Kollegen eingeladen, so dass sie am Sonntag die halbe AFC-Belegschaft an der Ruderstrecke treffen würde? Sie nahm sich vor, in seinem Team unauffällig ein paar Erkundigungen einzuziehen, um auf alles vorbereitet zu sein. Ein feines Lächeln umspielte ihre Lippen, als sie daran dachte, dass sie immer gerne alles unter Kontrolle hatte. Doch auch das war ihr erst bewusst, seit sie sich mit den Lilith-Codes beschäftigte.

Dann war da noch das seltsame Verhalten von Oliver. Zweimal hatte er sie im Saal richtig bedrängt, sofort mit ihm in sein Büro zu kommen. Doch dort hatte er nur ein paar unwichtige Fragen gehabt. Weshalb hatte er sie unbedingt in sein Büro locken wollen? Da sie keine schlüssige Antwort fand, beschloss sie, die Situation ganz logisch zu analysieren, ähnlich wie in den Sitzungen mit Ulrike. Sie ließ sich die Situation noch einmal durch den Kopf gehen und hielt plötzlich inne. Vielleicht war die Frage falsch und er wollte er sie gar nicht in sein Büro hineinlocken, sondern vielmehr aus dem Saal heraus. Weg von Nick. Ja, das machte schon mehr Sinn. Oliver war richtiggehend unhöflich zu Nick gewesen. Doch weshalb? War er etwa eifersüchtig? Das passte nicht. Nichts deutete darauf hin, dass Oliver sich für sie als Frau interessierte. Sie dachte an seine Bemerkung aus dem Bierzelt. Dort hatte er Nick unterstellt, sie für sein Team abzuwerben. Das war vermutlich des Rätsels Lösung. Oliver fürchtete, sie als sein wertvollstes Teammitglied zu verlieren. Dann müsste er entweder selbst arbeiten oder die nächste Dumme suchen, mit deren Federn er sich schmücken konnte.

Vermutlich schwärmte er Morgenroth immer wieder vor, was für ein tolles Team sie bildeten. Deshalb setzte Morgenroth sie auch bei fast allen Projekten mit Oliver zusammen ein.

War diese letzte Schlussfolgerung richtig? Anna war unsicher, obwohl sie alles logisch abgeleitet hatte. Vielleicht tat sie Oliver unrecht und es war Zufall, dass sie so viele gemeinsame Projekte hatten. »Das Ergebnis zeigt die wahre Absicht«, zitierte sie den Merksatz aus dem zweiten Lilith-Code laut. Dann schloss sie missmutig die Augen, denn es fiel ihr nicht leicht, diesen Zusammenhang zu akzeptieren: Oliver manipulierte sowohl sie als auch Morgenroth. Das musste unbedingt aufhören. Nur wie?

Vergnügt vor sich hin pfeifend verließ Oliver Morgenroths Büro. Das hatte ja mal wieder bestens geklappt. Er hatte dem Chef ein paar Unterlagen persönlich vorbeigebracht und war dabei ganz zufällig auf Nick und seine nächsten Mandate zu sprechen gekommen. Dabei hatte er Morgenroth unauffällig darauf hingewiesen, dass Nick und Anna sich nicht gut verstanden. Getrennt würden beide sehr gute Arbeit leisten, doch er sollte sie besser nicht zusammen einsetzen, da sich die ständigen Reibereien zwischen den beiden negativ auf die Beratungen auswirken würden.

Zuerst war Morgenroth verwundert gewesen, doch Oliver hatte ihm versichert, dass sie sich nur in Gegenwart des Chefs zusammenrissen, ansonsten würden immer gleich die Fetzen fliegen. Das könne man den Mandanten nicht zumuten. Im Gegensatz dazu ergänzten sich Anna und er hervorragend und wären ein höchst produktives Gespann. Morgenroth hatte den Kopf geschüttelt und sich bei Oliver für den Tipp bedankt.

»Du siehst wie eine Katze aus, die den Sahnetopf erwischt hat«, stellte Carla fest, als sie Oliver im Treppenhaus entgegenkam.

Oliver grinste breit, gab jedoch keine Erklärung ab.

»Und ich habe auch noch etwas Erfreuliches: eine Einladung zu meinem Geburtstag. Kleiner Umtrunk im Casper's am Donnerstag. 17 Uhr?«

Fragend blickte Carla Oliver an. Als er die Brauen hochzog und sein Grinsen einen leicht lüsternen Ausdruck annahm, verdrehte sie genervt die Augen.

»Komm nicht auf dumme Gedanken. Das ist kein Date. Die ganze Abteilung ist eingeladen.« Sie stemmte die Hände in die Hüften und schob die rechte Hüfte ein wenig nach außen, um ihre Ungeduld mit Olivers Spielchen zu demonstrieren.

»Ja, war nur Spaß. Natürlich komme ich. Danke für die Einladung.«

»Super.«

Sie wandte sich von Oliver ab und lief die Treppe hinunter auf der Suche nach Nick. Das war mal wieder typisch: Oliver, der völlig unwichtig war, hatte schon zugesagt. Aber Nick, den sie unbedingt einladen wollte, war nicht auffindbar.

Als sie im Sekretariat nachfragte, erfuhr sie, dass er erst am Donnerstag wieder im Büro sein würde. Das fügte sich ganz hervorragend, denn dann hätte er an diesem Tag sicher Zeit für ihre kleine Feier. Sie würde ihm eine Einladung per WhatsApp schicken, dachte sie auf dem Rückweg zu ihrem Büro. Nun versuchte sie schon seit drei Monaten vergeblich, Nicks Interesse zu wecken. Doch an ihrem Geburtstag war sie die Hauptperson. Da würde sie sich voll auf Nick konzentrieren und ihn mit ihrem Charme einwickeln. Dann konnte er ihr sicher nicht widerstehen.

Damit Anna nicht wieder im Weg war, lud sie sie erst gar nicht ein. Harmoniesüchtig wie Anna war, würde sie ihr das nicht nachtragen. Höchst zufrieden mit ihrem Plan lächelte sie vor sich hin.

»Anna, wo bleibst du???«, las Anna am Donnerstag die Textnachricht von Julia. Sie hatte das Büro gegen vier Uhr verlassen und gerade ihren alljährlichen Zahnarzttermin wahrgenommen.

Nun fühlte sie sich beschwingt, weil mit ihren Zähnen alles in Ordnung war. Während sie in der vollbesetzten U-Bahn stand, checkte sie ihre Nachrichten und freute sich, dass sie heute ausnahmsweise einmal früher nach Hause kam. Ein Blick auf ihre silberne Armbanduhr zeigte, dass es halb sechs war. Wo war Julia? Mit hochgezogenen Augenbrauen rief sie ihren Terminkalender im Smartphone auf. Sie war sich sicher, dass sie heute keinen Termin mit Julia eingetragen hatte und der Kalender bestätigte das. Da sie sich keinen Reim auf die Frage machen konnte, schrieb sie zurück: »Wo bist du? Haben wir einen Termin?«

Gerade als Anna ausstieg, kam die Antwort. »Carla hat doch Geburtstag. Wir sind alle im Casper's.«

Schlagartig verspürte Anna, wie Hitze ihren Hals emporkroch und ihre gute Laune verflog. Vermutlich hatte Carla, wie im letzten Jahr, die Kollegen zu einem kleinen Umtrunk eingeladen. Nur sie nicht. Sie konnte sich den Grund dafür nicht erklären. Sie verstanden sich doch gut und sie war auch immer nett zu Carla. Wenn, dann war eher diese manchmal fordernd und ungeduldig. »Verfolgereigenschaften eben«, murmelte sie vor sich hin. Doch Carla meinte das nie böse, sie war einfach so.

Aber warum hatte Carla sie nicht eingeladen? Vermutlich waren alle da und nur sie war ausgeschlossen. Das war so ungerecht. Ärger und Enttäuschung machten sich in ihr breit. Hastig stopfte sie ihr Smartphone in ihre hellgraue Lederhandtasche und lenkte ihre Schritte Richtung Wohnhaus. Doch sie war noch keine hundert Meter weit gekommen, als es klingelte. An der Melodie erkannte sie, dass es Julia war. Anna atmete tief durch und meldete sich freundlich, denn es war schließlich sehr nett von Julia, dass sie sich um Anna sorgte.

»Anna, wo bleibst du denn?«

»Ich habe keine Einladung von Carla bekommen.«

Julia schwieg einen Moment verblüfft. »Ich ruf gleich wieder an.« Die Verbindung endete, bevor Anna ihr verbieten konnte, Carla auf diesen Fauxpas hinzuweisen. Denn so wie sie Julia kannte, lief diese just im Moment zu Carla und stellte sie zur Rede. Das war total peinlich. Es war schließlich Carlas Sache, wen sie einlud. Innerlich aufgewühlt setzte sie ihren Weg fort. Während sie die Wohnungstür öffnete, ertönte wieder Julias Erkennungslied. Sie schloss die Tür, zog Schuhe und Jacke aus und warf sich im Wohnzimmer auf die Couch. Die Melodie nahm kein Ende, denn Julia konnte sehr hartnäckig sein. Schließlich meldete sich Anna lustlos.

»Warum gehst du denn nicht ran? Stell dir vor, Carla hat vergessen, dich einzuladen. Es tut ihr wahnsinnig leid. Du sollst doch unbedingt noch vorbeikommen.«

Ein wahrer Wortschwall ergoss sich über Anna, in dem Julia ihr zuredete, noch auf einen Sprung vorbeizukommen. Doch Anna lehnte dankend ab. Der Umtrunk würde schätzungsweise bis 19 Uhr dauern. Eine knappe halbe Stunde würde sie brauchen, bis sie das Lokal erreichte. Dann blieben noch circa 50 Minuten. Das lohnte den Aufwand nicht. Mit dieser Erklärung gab Julia sich schließlich zufrieden. Anna wünschte ihr viel Spaß und beendete dann das Telefonat.

Als sie die Beine auf das dreieckige Kirschholztischchen legte, das sie von ihrer Großmutter geerbt hatte, fühlte sie sich traurig, weil sie die Gelegenheit verpasst hatte, doch gleichzeitig auch erleichtert, weil es nur ein Versehen war, dass Carla sie nicht eingeladen hatte. Sie legte den Kopf auf die Sofalehne und schloss die Augen. Carlas Geburtstag war auf Sonntag gefallen. Deshalb hatte sie ihr am Sonntagmorgen einen Glückwunsch über Whatsapp geschickt. Am Montag hatte sie ihr dann persönlich gratuliert, doch Carla hatte den Umtrunk mit keinem Wort erwähnt. Das war irgendwie seltsam. Andererseits war es jetzt nicht mehr zu ändern und die Grübelei brachte auch keine neuen Erkenntnisse. Mit einem Ruck richtete sie sich kerzengerade auf. Neue Erkenntnisse waren das Schlüsselwort. Bisher hatte sie seltsame Erlebnisse immer widerspruchslos akzeptiert, Entschuldigungen gesucht und das Ganze dann möglichst schnell vergessen. Doch das wollte sie in Zukunft anders handhaben. Deshalb hatte sie Unterstützung gesucht bei den Töchtern der Lilith. Der Gedanke an den alten Geheimbund verlieh ihr neuen Mut. Sie würde jetzt ihr Lilith-Code-Buch zu Rate ziehen und das Erlebnis im Lichte der Codes betrachten. Vielleicht entdeckte sie dann einen tieferen Sinn. Auf jeden Fall würde sie nicht einfach glauben, dass Carla vergessen hatte sie einzuladen.

Voll neuem Elan entnahm sie die Mappe der obersten Schublade ihres Sideboards und schlug den ersten Code auf: *Baue auf deine Stärken und setze sie klug ein.* Ihre eigenen Stärken kannte sie bereits und die Stärkeneinordnung anderer hatte sie schon ganz gut automatisiert. Dass Carla eine Verfolgerin war, hatte sie auch ohne das Lilith-Code-Buch erkannt, dachte sie mit Befriedigung. Vermutlich war Carla auch zu einem großen Teil Entdeckerin, weil sie ständig auf der Suche nach Neuem war: ausgefallene Urlaubsreisen, flippige Klamotten und häufig wechselnde Freunde.

Sie blätterte weiter zu Code 2 *Was du in dir trägst, strahlst du nach außen* und überflog die Anleitung zu diesem Code. Ihr Blick blieb an der letzten Überschrift *Das Ergebnis zeigt die wahre Absicht* hängen. Sie hatte schon in der letzten Sitzung mit Ulrike geahnt, dass dieser Satz sehr nützlich sein würde. Bei Oliver hatte er ihr schon Klarheit gebracht und jetzt würde sie ihn ebenfalls anwenden.

Das Ergebnis zu erkennen, war ganz einfach: Anna war nicht zu

Carlas kleiner Feier eingeladen. Und genau das war Carlas Absicht gewesen. Die Vergesslichkeit war nur eine Rechtfertigung, mit der Carla ihre Absicht verschleierte. Diese Erkenntnis zuzulassen, war schmerzhaft, aber Anna ließ sich nicht beirren. Das war nun mal das logische Ergebnis.

In Gedanken versunken lief sie in die Küche und brühte sich einen Früchtetee auf. Während sie ihre Lieblingstasse aus dem Schrank nahm, malte sie sich aus, wie sie Carla auf den Kopf zusagen würde, dass die Vergesslichkeit nur eine Ausrede war, und wie sie nach dem wahren Grund für diese grobe Zurücksetzung fragen würde. Natürlich wäre sie nie so unhöflich. Aber es tröstete sie, sich diese Szene vorzustellen.

Als sie sich mit ihrem Tee zurück auf die Couch im Wohnzimmer setzte, zermarterte sie sich das Hirn, weshalb Carla sie nicht dabei haben wollte. Es fiel ihr absolut kein Grund ein. Julia würde morgen sicher von der Feier berichten. Vielleicht ergab sich dabei ein Anhaltspunkt. Sie kostete von ihrem süßen, heißen Tee und blickte nachdenklich vor sich hin.

Mit Ulrike hatte sie herausgearbeitet, dass es ihre größte Angst war, abgelehnt zu werden. Doch jetzt erst begriff sie die ganze Tragweite: ihre Angst bezog sich nicht nur auf Oliver, auch wenn dieser ihr größtes Problem darstellte. Sie hatte diese Angst im Umgang mit allen Menschen und gab deshalb immer nach. Noch vor zwei Wochen hätte sie Carla die Vergesslichkeitsnummer voll abgenommen. Aber damit war nun Schluss. Ab jetzt würde sie den Dingen auf den Grund gehen und nicht mehr so leichtgläubig sein. Das war schon mal ein guter Anfang. Mit diesem Gedanken schloss Anna ihre Überlegungen ab und schaltete den Fernseher ein. Ein wenig Zerstreuung hatte sie sich jetzt verdient.

Tags darauf klingelte das Telefon in Annas Büro den ganzen

230

Morgen, aber Carla meldete sich nicht. Kurz nach zehn tauchte Julia auf und drückte ihr Bedauern über die vergessene Einladung aus. Dann erzählte sie ein wenig von der Feier. Es war ganz nett gewesen. Mit Thomas hatte sie sich lange über Australien unterhalten, denn beide hatten mehrere Monate als Backpacker an der Ostküste verbracht. Carla hatte sich auf Nick gestürzt und ihn schamlos angemacht, wie Julia es ausgedrückt hatte. Doch Nick hatte sie abblitzen lassen und war vorzeitig gegangen.

Diese Information versüßte Anna den Rest des Vormittags. Sie war vielleicht manchmal ein bisschen gutgläubig, aber nicht auf den Kopf gefallen. Der Grund für Carlas Vergesslichkeit lag auf der Hand: Nick! Vermutlich hatte es Carla missfallen, dass er Anna nach dem Wiesnbesuch heimgebracht hatte. Deshalb hatte sie bei ihrem Umtrunk dafür gesorgt, dass Anna ihr nicht im Weg war. Aber es hatte ihr nichts genutzt. Nick war nicht an ihr interessiert. Ein triumphierender Laut stahl sich aus ihrer Kehle. Plötzlich war sie froh über ihren Vorsatz, den Dingen in Zukunft auf den Grund zu gehen. Gleichzeitig war sie neugierig, ob Carla sich für ihr angebliches Versehen entschuldigen würde.

Als das Telefon ein weiteres Mal schellte, rechnete sie fest mit Carla, aber es war Richard. Er wollte sie tatsächlich als zweite Kraft für sein Projekt und nannte ihr gleich die ersten beiden Termine. Anna legte auf und jubelte laut. Ja, heute war ein guter Tag. Sie freute sich unbändig auf dieses Projekt. Es würde eines der interessantesten in ihrer bisherigen Laufbahn werden.

Nun musste sie nur noch Oliver mitteilen, dass sie nach der ersten vollen Woche bei Arnold nur jeweils vier Tage pro Woche vor Ort sein würde. Den Terminplan nach hinten zu verlängern, war kein Problem. Doch Oliver würde sich bestimmt aufregen. Er mochte es nicht, wenn Sie an anderen Projekten arbeitete. Da war er regelrecht eifersüchtig. Anna wusste zwar nicht genau, was ihn daran so störte, aber ihr graute ein wenig vor der Auseinandersetzung. Glücklicherweise war Oliver heute nicht im Haus. Sie würde das nächste Woche mit ihm klären. Dann blieben immer noch zwei Wochen bis zum Projektbeginn bei Arnold.

Während Anna an ihrem Terminplan feilte, wurde plötzlich die Tür aufgerissen. Ohne Anklopfen segelte Carla in einer süßlichen Parfümwolke herein und stellte sofort ihre Zerknirschheit zur Schau. »Es tut mir so leid, Anna. Ich kann mir überhaupt nicht erklären, wie das passieren konnte. Ich hatte dich dick und fett auf meiner Einladungsliste, aber dann habe ich dich trotzdem übersehen. Kannst du mir verzeihen? Es kommt auch garantiert nie wieder vor.«

Anna schmunzelte innerlich bei Carlas übertriebener Vorstellung. Nachdem sie die Zusammenhänge durchschaut hatte, fühlte sie sich von Carlas Vorgehen nicht mehr gedemütigt, sondern war schlicht von ihr als Mensch enttäuscht. »Das kann ja mal passieren. Ist nicht so schlimm. War es wenigstens schön?«

Carla verzog unbewusst den Mund, bevor sie etwas gezwungen lächelte. »Ja. Alle waren da und es war sehr lustig.«

Jetzt fing die Sache langsam an, Anna Spaß zu machen. Carlas kleine Grimasse hatte sie mit innerer Befriedigung wahrgenommen und auch der leichte Ton klang aufgesetzt. Deshalb hakte sie gleich noch ein wenig nach. »Irgendwie klingst du nicht so begeistert. Ist etwas nicht nach Plan verlaufen?«

Carla war nicht sicher, wie sie antworten sollte. Wusste Anna schon von dem Desaster mit Nick? Die meisten Kollegen hatten davon nichts mitbekommen. Dann fiel ihr Julia ein, die Nicks vorzeitigen Abgang beobachtet hatte. Vermutlich hatte sie es Anna brühwarm erzählt. Scham und Wut kämpften in ihr. Sie verstand einfach nicht, weshalb Nick kein Interesse an ihr zeigte. Normalerweise sanken ihr die Männer reihenweise zu Füßen und sie musste sich nur den besten aussuchen. Es konnte ja wohl nicht sein, dass die dumme, kleine Anna die Oberhand behielt. So eine Blamage!

Ohne eine Miene zu verziehen, schüttelte sie den Kopf. »Nein, es war alles super. Ich habe mich fast den ganzen Abend mit Nick unterhalten. Er erzählt so witzige Geschichten. Das war echt toll.« Damit hatte sie Anna das Stichwort geliefert.

»Julia hat erzählt, dass Nick schon früh gegangen ist«, meinte Anna betont harmlos.

Ein Muskel zuckte in Carlas Wange. Aufgrund des großzügig aufgetragenen Make-ups war es kaum wahrzunehmen, doch Anna hatte es trotzdem gesehen.

Die Wut in Carlas Bauch siegte über die Scham und sie ließ sich zu einer unfreundlichen Erwiderung hinreißen. »Julia ist so eine Tratschtante. Du brauchst gar nicht so scheinheilig zu tun. Du mit deinem naiven Gehabe und deinem ewigen Friede, Freude, Eierkuchen.«

Bei dieser Beleidigung färbten sich Annas Wangen rot. So einen Angriff hatte sie nicht erwartet. »Jetzt mach mal halblang, Carla. Du bist gekommen, um dich für dein Versehen zu entschuldigen und jetzt beleidigst du mich? Was soll das?«

»Tu doch nicht so harmlos. Du weißt genau, dass es um Nick geht. Aber weißt du was? Du brauchst dir gar nichts einzubilden. An dir ist er ganz bestimmt nicht interessiert. Nick wird schon noch merken, was er an mir hat. Und für dich ist er eindeutig eine Nummer zu groß!« Zornig beugte sich Carla über Annas Schreibtisch und spie ihr die letzten Worte förmlich ins Gesicht. Dann machte sie auf dem Absatz kehrt, hob das Kinn und rauschte hinaus, ohne die Türe zu schließen.

Einen Moment blickte Anna ihr verdutzt hinterher, dann lachte sie lauthals und schloss die Tür.

Während sie sich wieder auf ihren ergonomischen Drehstuhl setzte, stellte sie fest, dass sich die Situation ganz anders als üblich entwickelt hatte. Normalerweise hätte sie auf Carlas Entschuldigung gesagt, dass es nicht schlimm sei. Dann wäre Carla gegangen und sie selbst hätte sich schlecht und gedemütigt gefühlt. Dann hätte sie alles verdrängt und wäre zur Tagesordnung übergegangen. Sie konnte Dutzende von Episoden aufzählen, die so oder ähnlich geendet hatten.

Der kleine Satz *Das Ergebnis zeigt die wahre Absicht* hatte jedoch alles verändert. Sie selbst hatte sich anders verhalten und, siehe da, dieses Mal war Carla beleidigt davongelaufen. Natürlich war das noch keine optimale Lösung, denn eigentlich sollten beide als Gewinner aus einem Gespräch gehen. Aber bisher war bei diesen Scharmützeln immer sie die Verliererin gewesen und soeben hatte sich das Blatt gewendet. Das war auf jeden Fall ein Fortschritt.

Doch wie sollte sie sich Carla gegenüber verhalten, wenn sie sie das nächste Mal sah? Wäre Carla böse auf sie? Das wäre nicht schön. Vielleicht sollte sie ein nettes … Nein! Sie richtete sich entschlossen auf. Friede, Freude, Eierkuchen, hatte Carla gesagt und das stimmte leider. Sie fiel schon wieder in ihr altes Alle-sollenmich-mögen-Muster zurück. Carla hatte sie fies und ungerecht behandelt und deshalb war es deren Aufgabe, das wieder einzurenken. Anna würde einfach abwarten.

Zur Feier dieser Erkenntnis holte sie einen Riegel Zartbitterschokolade aus ihrer Notration im Schreibtisch. Während sie die bittersüße Köstlichkeit genüsslich auf der Zunge zergehen ließ, dachte sie daran, dass Carla die Worte dick und fett in ihrer Entschuldigung benutzt hatte. Das war sicher kein Versehen gewesen,

234

denn sie hatte schon oft spitze Bemerkungen über Annas schlanke Figur gemacht. Julia bezeichnete diese Kommentare stets als blanken Neid, sie selbst überhörte sie einfach.

Bisher hatte sie immer das Beste von ihren Mitmenschen angenommen, aber ab jetzt wäre sie kritischer. Den wohlwollenden Mantel des Schweigens, den sie über alle großen und kleinen Ungerechtigkeiten in ihrem Leben gehängt hatte, würde sie jetzt ein für allemal zerreißen.

Kapitel 13

EIN KLEINER SOMMERTRAUM

»Was soll ich bloß anziehen?« Diese schwierige Frage stellte Anna sich schon seit Montag und war noch immer zu keinem Ergebnis gekommen. Nun stand sie in ihrem Schlafzimmer und wühlte sich durch ihren Schrank, denn heute war Samstag, der Tag der Ruder-regatta.

Nick hatte diese Woche zweimal abends angerufen. Das erste Mal, um einen Treffpunkt für Samstag auszumachen, das zweite Mal ohne ersichtlichen Grund. Es war erschreckend einfach gewe-sen, mit Nick zu plaudern, hatte sie festgestellt. Ehe sie sich ver-sah, hatte sie ihm jede Menge Einzelheiten über ihr Leben erzählt. Andererseits hatte er auch einiges über sich zum Besten gegeben. Seine tiefe, warme Stimme hatte sie in ihren Bann geschlagen und es hatte sich seltsam intim angefühlt, abends alleine auf ihrem Sofa zu sitzen und sich mit Nick zu unterhalten. Je näher sie ihn ken-nenlernte, umso mehr zog er sie an. Sie war drauf und dran, sich in Nick zu verlieben. Nur ihr gesunder Menschenverstand hielt sie zurück.

Doch war es wirklich ihr Verstand oder eher die Sorge, was die Kollegen von einer Büroliebe halten würden? Lief das schon wieder in Richtung: Was denken dann die anderen über mich, eine Variante von: Alle sollen mich mögen. Und wenn Nick nun der Mann ihres Lebens war? Würde sie auf ihn verzichten, nur wegen der Meinung anderer? Sie seufzte. Das war alles total kompliziert.

An den Satz *Das Ergebnis zeigt die wahre Absicht* wollte sie gar nicht erst denken. Jetzt würde sie einen schönen Nachmittag verleben und dann weitersehen.

In Gedanken noch bei Nick zog sie eine enge dunkelblaue Jeans hervor und betrachtete sie kritisch. »Ja«, murmelte sie halblaut vor sich hin, »die ist genau richtig. Lässig, aber schick. Und dazu passt mein Lieblings-T-Shirt perfekt.«

Sie zog ein smaragdgrünes T-Shirt mit einer kleinen, aufgenähten Perlenapplikation heraus und suchte nach ihrem Cardigan, der den gleichen Farbton, nur eine Spur heller, aufwies. Nachdem sie Jeans und T-Shirt angezogen hatte, begutachtete sie sich im Spiegel von allen Seiten. Dann stellte sie sich auf die Zehenspitzen und betrachtete sich seitlich. So hatten ihre Beine eine ideale Länge, fand sie. Es war nur schade, dass sie heute flache Schuhe tragen musste, aber High Heels waren bei einem Sportwettkampf sicher unpassend.

Sie schlüpfte in ihre dunkelblauen Sneakers, schnappte sich die Jacke und blickte auf die Uhr. Noch eine Stunde, bis Nick sie um 13 Uhr an der Tribüne der Olympia-Regattaanlage erwartete. »Nur mich, keine Kollegen«, sprach sie ihren Gedanken laut aus und grinste fröhlich über das ganze Gesicht. »Das ist ein richtiges Date!« Die Information hatte sie Nick beim letzten Telefonat entlockt.

Ein letzter, prüfender Blick aus dem Fenster zeigte, dass der Wettergott es gut mit den Ruderern meinte. Er hatte einen milden Spätsommertag gezaubert, an dem die Sonne vom wolkenlosen Himmel strahlte und ganz München in ein warmes, goldenes Licht tauchte.

Ungeduldig blickte Nick auf die Uhr. Die Zeiger schritten heute besonders langsam voran. Im Prinzip war er sich sicher, dass

Anna kommen würde. Aber man wusste ja nie. Anna hatte im Telefongespräch am Mittwochabend die Bemerkung fallen lassen, dass Beziehungen unter Kollegen meistens für die Frau schlecht ausgingen. So hatte er das noch nie betrachtet. Aber er konnte es auch nicht abstreiten. Das hatte ihn sehr nachdenklich gemacht und er hatte beschlossen, es langsam angehen zu lassen. Er für seinen Teil wollte Anna näher kennenlernen. Das machte jedoch nur Sinn, wenn Anna das auch wollte. Er würde sie nicht drängen, aber er würde jede Chance ergreifen, die sich ihm in dieser Richtung bot.

Bei diesem Gedanken lächelte er voller Vorfreude und richtete seine Augen zum wiederholten Mal auf den Weg, der zur Regattastrecke führte. Endlich zeigte sich in der Ferne eine vertraute Silhouette.

Auch Anna erkannte Nick schon von weitem, als sie auf die Tribüne zulief. Ihr Herzschlag beschleunigte sich, doch das schob sie auf den drei Kilometer langen Weg vom S-Bahnhof zur Regattaanlage. Nick kam ihr die letzten Schritte mit einem strahlenden Lächeln entgegen und umarmte sie zur Begrüßung. Sofort hüllte sie sein zartherbes Aroma ein. Daran könnte ich mich gewöhnen, dachte sie schmunzelnd und sog den Duft genießerisch ein.

»Schön, dass du da bist, Anna. Hast du es gleich gefunden?«

»Hallo Nick. Ja, war alles angeschrieben.« Sie blickte sich um. Hier ist ja ordentlich was los!«

Die Tribüne war etwa zur Hälfte mit Zuschauern gefüllt. Auf der Wiese Richtung Start tummelten sich Ruderer aller Altersklassen, die meisten warm verpackt in Trainingsanzügen, obwohl die Sonne für eine angenehme Temperatur von über 20 Grad sorgte.

Nick trug nur eine locker sitzende, schwarze Trainingshose und ein weinrotes T-Shirt mit dem Logo seines Rudervereins, das seine sehnigen Unterarme und den Ansatz der fein definierten Muskeln an den Oberarmen freigab. Der Rest war unter dem T-Shirt verborgen, was Anna sehr bedauerte. Schnell schob sie diesen Gedanken beiseite und konzentrierte sich auf die Umgebung. Im Startbereich rechts von der Tribüne machte sich gerade eine Gruppe von Ruderern für den nächsten Lauf bereit. Dahinter waren weitere Ruderer zu sehen, die ihre Boote Richtung Startbahn trugen.

»Ich bin erst in einer Stunde dran. Hast du schon einmal bei einer Ruderregatta zugesehen?«

Als Anna verneinte, schlug Nick vor, sich auf die Tribüne zu setzen und die nächsten Läufe zu beobachten. Sie suchten sich einen Platz in der Mitte und Nick erklärte Anna den Ablauf. »Der Lauf, der jetzt gleich startet, ist eine Acht plus, ein Achter mit Steuerfrau oder Steuermann. Es gibt verschiedene Bootsklassen vom Einer über Zweier und Vierer bis zum Achter.«

»In welcher Bootsklasse ruderst du?«

»Zweier ohne Steuermann.«

»Das habe ich mir gedacht«, grinste Anna Nick über den Rand ihrer Sonnenbrille an. »Das ist rudertechnisch die anspruchsvollste Bootsklasse, nicht wahr?« Insgeheim war sie froh, dass sie zum Thema Rudern ausgiebig im Internet gesurft hatte. So hatte sie zumindest ein wenig Ahnung von diesem Sport. Der Unterschied zwischen dem Doppelzweier, bei dem jeder Ruderer zwei Skulls, also Ruder, besaß, und dem Zweier, der von den beiden Ruderern jeweils nur mit einem Ruder, Riemen genannt, angetrieben wurde, war ihr im Gedächtnis geblieben.

Als sie gelesen hatte, dass der Zweier die größte Herausforderung darstellte, hatte sie sogleich an Nick gedacht. Sie hatte das Gefühl, dass er Herausforderungen liebte. Deshalb konnte er vermutlich auch so souverän mit Oliver umgehen.

Nick grinste zurück, ohne etwas von ihren Überlegungen zu

ahnen. »Ja. Als Teenager habe ich daheim am Tegernsee im Doppelvierer mit Steuerfrau angefangen, aber da fühlte ich mich zu eingeengt. Da muss das Team komplett aufeinander eingespielt sein und sich blind aufeinander verlassen können. Doch es hat immer wieder jemand beim Training gefehlt und das hat mich genervt. Unzuverlässigkeit ist nicht so mein Ding.«

Meines auch nicht, dachte Anna. Punkt für Nick.

»Deshalb bin ich schon bald auf den Doppelzweier umgestiegen. Das habe ich lange Zeit gemacht. Auf Stefan, meinen damaligen Ruderkumpel, war immer Verlass und es hat total Spaß gemacht. Doch mit 20 zog er dann zum Studium nach Hamburg und ich nach München. Das wars dann.«

Inzwischen war das Startsignal ertönt und sechs Ruderboote mit jeweils acht Ruderern und Steuermann kämpften um den Sieg. Die Ruderer zogen im Gleichklang in kraftvollen, gleichmäßigen Bewegungen ihre Skulls durch das Wasser. Die Luft war getränkt mit den Kommandos der Steuerleute und den Anfeuerungsrufen der Zuschauer. Gebannt verfolgte Anna das Spektakel.

»Das dritte Boot von unten ist aus unserem Verein«, erläuterte Nick. »Ich hoffe, sie gewinnen. Sieht gut aus. Diese Mastersregatta heute ist nur ein Freundschaftswettkampf, um die Saison abzuschließen. Es geht also nur um die Ehre. Dafür ist der Spaßfaktor umso höher bei der anschließenden berühmt-berüchtigten Masters-Party.«

Als der Münchner Achter tatsächlich die Ziellinie als Erster überquerte, fiel Anna automatisch in den Jubel der einheimischen Zuschauer mit ein.

Während sie beobachteten, wie die Boote bei den nächsten Läufen scheinbar mühelos durch das ruhige, blaugrüne Wasser glitten, erzählte Nick weiter. »Gleich im ersten Semester bin ich hier in den Ruderclub eingetreten und habe Thorsten aus Köln kennengelernt. Ebenfalls Erstsemester und neu im Club. Er hat einen Partner für seinen Zweier ohne Steuermann gesucht. Wir haben uns auf Anhieb gut verstanden. Das Umsteigen auf den Riemen war anfangs mühsam. Das Problem waren nicht die Kraft oder die Ausdauer, sondern die Technik und die Rhythmik. Nur wenn wir perfekt aufeinander abgestimmt rudern, bewegt sich das Boot geradeaus.«

Plötzlich stoppte Nick und winkte einem dunkelhaarigen Mann Anfang 30 zu, der die Tribüne mit seinen Augen absuchte. Der Mann winkte zurück und sprang leichtfüßig die Stufen empor.

»Das ist Thorsten. Er hatte sehr viel Geduld mit mir, denn in der ersten Saison fuhren wir häufig noch Schlangenlinien. Doch seit der zweiten Saison habe ich den Bogen raus. Jetzt sind wir eine ernst zu nehmende Konkurrenz auf dem Wasser – und im wahren Leben ist er mein bester Freund.«

»Hallo Partner.« Fröhlich begrüßte Thorsten Nick und wandte sich dann sofort Anna zu. Nick stellte die beiden einander vor.

Noch ein gutaussehender Mann, dachte Anna. Wie Nick war auch Thorsten über eins fünfundachtzig groß. Seine enge, lange Ruderhose ließ muskulöse Beine und schmale Hüften erahnen. Darüber trug er das gleiche T-Shirt wie Nick. Auch seine Arme waren kraftvoll und sehnig. Sein Gesicht war schmal, mit markanten Wangenknochen und einer leicht gebogenen Nase. Unter dichten schwarzen Augenbrauen lugten warme, haselnussbraune Augen hervor, die neugierig auf Anna gerichtet waren.

Seine vollen Lippen verzogen sich zu einem freundlichen Lächeln. »Es freut mich, dich kennenzulernen, Anna.«

»Ganz meinerseits, Thorsten.«

Sein Handschlag war warm und kräftig. Anna mochte ihn auf

Anhieb. Nachdem er sich neben sie gesetzt hatte, beobachteten sie zu dritt die nächsten Läufe und plauderten dabei, als würden sie sich schon seit Jahren kennen. Selten hatte sich Anna in männlicher Gesellschaft so wohlgefühlt.

45 Minuten vor ihrem eigenen Lauf, dem Vorlauf, wie Anna erfahren hatte, verließen Nick und Thorsten die Tribüne, um sich auf das Rennen vorzubereiten. Um sicher in den Endlauf zu kommen, mussten sie mindestens den zweiten Platz im Vorlauf belegen. Ansonsten hatten sie nur noch die Chance, sich über den Hoffnungslauf, an dem die Dritt- und Viertplazierten teilnahmen, zu qualifizieren. Mit dem lässigen Versprechen, diesen Lauf zu gewinnen, machten sich die beiden auf den Weg.

Anna blickte ihnen amüsiert hinterher. Sie war neugierig, ob die beiden nur so großspurig taten oder wirklich so gut waren.

Als Nick und Thorsten ihr Boot an die Startbahn trugen, spürte Anna Spannung in sich aufsteigen. Nach dem Signal »Zwei Minuten«, das über Lautsprecher klar zu hören war, verfolgte sie den Einstieg der beiden: Nick vorne, Thorsten hinter ihm. Nick richtete, ebenso wie seine fünf Konkurrenten, den Bug aus und blickte dann zum Starter. Dieser gab das Signal »Achtung« und hob die rote Flagge. Gleichzeitig mit dem Kommando »Los« senkte er die Flagge und das Rennen begann. In pfeilgeraden Linien bewegten sich die Boote nach vorne und steigerten das Tempo.

Nach etwa 300 Meter waren Nick und Thorsten schon eine Bootslänge vorne. Anna verließ die Tribüne und lief Richtung Ziellinie, die bei 1.000 Meter lag. Als die beiden an ihr vorüberschossen, hatten sie die Konkurrenz schon um zwei Bootslängen abgehängt. Mit schnellen, kräftigen Zügen trieben sie das Boot vorwärts und hielten den Vorsprung. Souverän überquerten sie die Ziellinie als Erste und wurden von den Zuschauern mit lautem

Beifall belohnt. Nur mäßig erschöpft ließen sie das Boot ausgleiten und lenkten es ans Ufer.

Als Anna ankam, hatten sie sich schon wieder so weit erholt, dass beiden ein breites Grinsen im Gesicht stand.

»Na? Haben wir zu viel versprochen?«, rief Thorsten übermütig.

»Ganz große Klasse!«, bestätigte Anna.

»Jetzt gib nicht so an«, wies Nick Thorsten zurecht. »Wir hatten Glück mit dem Vorlauf. Unsere zwei wahren Konkurrenten rudern in den anderen beiden Vorläufen. Auf die treffen wir erst im Endlauf in zwei Stunden. Dann wird es spannend.«

Nachdem beide wieder Boden unter den Füßen hatten, streckten und dehnten sie ihre Glieder. Dann packten sie alles zusammen und liefen gemeinsam zurück zum Start.

Die Zeit bis zum Endlauf verflog. Zunächst hatten die Jungs Hunger und vertilgten im Restaurantzelt neben der Regattastrecke Unmengen an Nudelsalat, während Anna Kaffee und Kuchen vorzog. Dabei stellten sie Anna allen Vereinsmitgliedern vor, die gerade im Zelt waren, ohne jedoch klarzustellen, zu wem Anna gehörte. Die Männer hießen Anna ausnahmslos herzlich willkommen, wobei sich etliche verpflichtet fühlten, ein paar coole Sprüche zu reißen. Die Frauen waren ebenfalls freundlich, blickten jedoch misstrauisch von Thorsten zu Nick.

Anna spürte, dass sie wissen wollten, wer Anna mitgebracht hatte. Doch Thorsten machte sich einen Spaß daraus und legte immer wieder spielerisch einen Arm um Anna. Nicks scharfe Blicke ignorierte er mit einem übermütigen Augenzwinkern. Als Anna kurz die Toilette aufsuchte und Nick alleine mit Thorsten am Tisch zurückblieb, sah sich Nick veranlasst, Thorsten auf das Offensichtliche hinzuweisen.

»Dir ist schon klar, dass ich Anna mitgebracht habe. Sie gehört zu mir. Also lass sie in Ruhe. Such dir selbst eine Frau.«

»Ah, sieh mal an. Nick steckt sein Revier ab.«, zog Thorsten ihn auf. »Du hast Anna noch nie erwähnt, deshalb wollte ich wissen, wie du zu ihr stehst. Keine Angst, Kumpel. Ich komme dir schon nicht in die Quere. Aber ich mag deine Anna. Sie ist herzlich, intelligent und hübsch anzusehen. Unter anderen Umständen wäre ich nicht abgeneigt, …«

Bevor Thorsten ausreden konnte, kam Anna zurück. Nick schoss ihm noch einen letzten warnenden Blick zu, bevor Anna sich wieder setzte.

Eine halbe Stunde später verließen sie das Zelt und verfolgten weitere Läufe von der Tribüne aus. Schließlich rückte der Endlauf in der Zweier-Bootsklasse näher. Die lockere Stimmung wurde zusehends angespannter. Erstaunt erkannte Anna Zeichen von Nervosität an Nick und Thorsten. Das hätte sie nicht gedacht. Die beiden hatten bisher so lässig gewirkt, als ob alles ein Kinderspiel für sie wäre. Doch nun wurden beide ganz professionell. Aus dem Ergebnisprotokoll der Vorläufe hatten sie ihre Konkurrenten sowie die Aufstellung der Boote für den Finallauf ersehen. Leise besprachen sie ihre Taktik und verließen dann die Tribüne, um sich vorzubereiten.

In Anna stieg erneut Spannung auf. Sie hatte beiden Glück gewünscht und hoffte nun von Herzen, dass sie siegten.

»Ich will heute unbedingt gewinnen. Und wir haben eine gute Chance, wenn wir nach dem Start gleich aufdrehen«, meinte Nick, als er gemeinsam mit Thorsten die Ausrüstung Richtung Startbahn trug.

»Ich werde alles geben. Für Anna.«, neckte Thorsten seinen Partner.

»Hör bloß auf. Ich stehe schon genug unter Druck heute«, antwortete Nick verdrossen. Thorsten lachte und schlug Nick auf die Schulter, nachdem sie das Boot abgesetzt hatten. Nick zog noch schnell eine Grimasse, dann schalteten sie übergangslos in den professionellen Wettkampfmodus, den sie sich im Lauf der Jahre antrainiert hatten. Sie konzentrierten sich auf die Startvorbereitungen und blendeten alles andere aus.

Als das Startsignal ertönte, stand Anna bereits am Ufer Richtung Ziellinie und verfolgte mit gebanntem Blick die ersten Züge. »Guter Start«, kommentierte der Ruderer aus Nicks Verein, der direkt neben ihr stand. Sein Name war Finn, wenn sie sich richtig erinnerte.

Obwohl die Sicht Richtung Start nicht klar erkennen ließ, welches Boot vorne war, kristallisierte sich schnell heraus, dass drei Boote sich von den anderen absetzten. Nicks Boot war dabei. Als die Hälfte der Strecke zurückgelegt war, kämpften nur noch zwei Boote um die Vorherrschaft. Das dritte war bereits eine ganze Bootslänge abgeschlagen. Die Spannung stieg. Inzwischen hatte sich der Großteil von Nicks Mannschaft um Anna versammelt. Unvermittelt fingen die ersten an, Nick und Thorsten mit lauten Zurufen im Takt des Ruderrhythmus anzufeuern. Dann fiel der Rest ein. Es war ein ohrenbetäubender Lärm, der sich immer mehr steigerte. Anna brüllte ebenso laut wie alle anderen. Sie konnte sehen, wie Nick und Thorsten noch einmal an Tempo zulegten, als sie an ihr und ihren Teamkameraden vorbeizogen.

Beide Boote glitten nun pfeilschnell durchs Wasser, doch Nicks Boot schob sich langsam nach vorne. Die konkurrierenden Ruderer versuchten noch einmal, das Tempo zu erhöhen, aber sie konnten mit Thorsten und Nick nicht mithalten. Einige Mannschaftskollegen an Annas Seite stießen schon die ersten Jubelrufe aus, obwohl die beiden Boote noch etwa 100 Meter zurückzulegen hatten, doch Anna war sich nicht sicher, ob der Vorsprung von einer halben Bootslänge bis zum Ende reichen würde.

»Keine Angst, Anna. So einen Vorsprung schenken die beiden nicht wieder her. Die haben den Sieg in der Tasche.« Finn klang so sicher bei diesem Kommentar, dass Anna geneigt war, ihm zu glauben. Trotzdem verfolgte sie mit angehaltenem Atem die restlichen Meter. Lauter Jubel machte sich breit, als Nicks Boot tatsächlich als Erstes über die Ziellinie fuhren. Die Ruderer rings um Anna klatschten sich gegenseitig ab, als ob der Sieg ihr Verdienst wäre.

Starker Teamgeist, stellte Anna fest und ließ sich in die allgemeine Begeisterung mit hineinziehen. Dann lief sie hinter die Ziellinie, um Nick und Thorsten zu erwarten, die ihre Riemen hochgezogen hatten und ihr Boot führerlos dahingleiten ließen.

»Gratulation, du Held! Ich dachte, wir kommen nicht mehr an. Als du das Tempo nochmal angezogen hast, war ich kurz davor aufzugeben. Mir tut jeder Muskel weh. Du weißt schon, dass wir die beiden Typen in dem Boot neben uns noch nie besiegt haben.«, keuchte Thorsten.

Nick drehte sein Handgelenk leicht nach außen und streckte den Daumen hoch. Für einen weiteren Kommentar hatte er noch nicht genügend Luft. Nach einer Weile blickte er zum Ufer und sah Anna. Unwillkürlich verzogen sich seine Lippen zu einem leichten Lächeln.

Thorsten, der Nicks Blick beobachtet hatte, schüttelte den Kopf. »Du bist mir was schuldig dafür, dass ich mich so brutal anstrengen musste, um einen guten Eindruck bei deiner Liebsten zu machen.«

»Sie ist nicht …«

»Vergiss es. Das war schon fast eine übermenschliche Leistung. Das wissen wir beide. Das hättest du nicht für jede Frau gemacht. Also muss sie etwas Besonderes sein. Verdammt, ich kann immer noch nicht richtig atmen.«

»Ich auch nicht.«

Es dauerte noch etliche Minuten, bis die stolzen Sieger des Zweier-Finales wieder soweit hergestellt waren, dass sie ans Ufer rudern konnten, um die Ovationen von Anna und den Clubkameraden entgegenzunehmen.

Die Ruderer wissen wirklich, wie man feiert, dachte Anna später am Abend. Im Restaurantzelt hatte es Spanferkel und andere gegrillte Leckereien gegeben, dazu Salate und frische Semmeln und Brezn, wie das in München so üblich war. Getrunken wurde überwiegend Bier. Natürlich aus Maßkrügen. Da Nicks Verein in mehreren Bootsklassen gesiegt und damit die Vereinswertung gewonnen hatte, erhielt die Mannschaft bei der Siegerehrung einen großen, goldenen Wanderpokal. Danach wurde die Stimmung richtig ausgelassen. Alle jubelten, lachten und sprachen durcheinander.

Nach der Ehrung begann vor dem Zelt eine Bigband fröhliche Dixiemusik zu spielen. Da der Abend für Ende September ungewöhnlich mild war, trugen die Partygäste die Tische und Bänke kurzerhand nach draußen und genossen die entspannte Atmosphäre. Große, weiße Lampions hüllten den Platz in sanftes Licht, während sich der Mond im Wasser des Regattasees spiegelte. Anna saß zwischen Nick und Thorsten an einem vollbesetzten Tisch und genoss das Spektakel.

»Vielleicht sollte ich auch mit Rudern beginnen«, meinte Anna übermütig. »Eure tolle Gemeinschaft wäre es allemal wert.«

Soll ich dir Unterricht geben? Morgen?«, fragte Thorsten und bemühte sich um ein ernstes Gesicht, während er zu Nick schielte. Doch dieser winkte lässig ab. Er war viel zu zufrieden, um sich provozieren zu lassen. »Bemüh dich nicht. Da kümmere ich mich schon selbst drum.«

Alle am Tisch lachten und endlich war die Zugehörigkeit von Anna geklärt. Als die Musik von lebhaftem Dixie zu einschmeichelnden Swing-Melodien überging, begannen die ersten Paare zu tanzen. Thorsten blickte über Anna hinweg zu Nick und machte eine leichte Kopfbewegung Richtung Tanzfläche. Nick verdrehte die Augen, doch Thorsten schüttelte den Kopf und zog eine Augenbraue hoch. Nick atmete tief durch, dann forderte er Anna auf.

»Hast du Lust zu tanzen?«

»Ja, gerne.«

Er stand auf, reichte ihr die Hand und gemeinsam gingen sie zur Tanzfläche. Dort legte er den Arm um Anna und sie bewegten sich gemeinsam zur Musik.

Das ist unglaublich romantisch hier. Ich kann nicht glauben, dass das alles wirklich passiert, ging es Anna durch den Kopf.

Sie war froh, dass sie Nicks Einladung gefolgt war. Ihre Bedenken wegen einer Beziehung im Büro waren wie weggeblasen. Doch vielleicht war Nick gar nicht an ihr interessiert. Er hatte sich den ganzen Nachmittag kameradschaftlich verhalten und keinen einzigen Annäherungsversuch gestartet.

Als ob Nick ihre Gedanken gelesen hätte, verstärkte er leicht den Druck auf Annas Rücken und zog sie näher zu sich heran. Willig lehnte Anna ihre Wange an Nicks Schulter und ließ sich durch das langsame Liebeslied führen. Ich werde mich bei Thorsten bedanken müssen, ging es Nick durch den Kopf. Er tanzte nur selten und hatte deshalb befürchtet, dass er ein wenig eingerostet war. Doch Tanzen war wie Radfahren: man verlernte es nicht.

Als Nick Anna kurz vor Mitternacht heimbrachte, fühlte er sich an die Wiesn-Nacht erinnert: gleicher U-Bahnhof, gleiche Straße, gleiche Uhrzeit. Hoffentlich war Oma Lumpi heute nicht unterwegs. Doch dieses Mal würde er warten, bis sie wieder verschwand.

So leicht ließe er sich nicht noch einmal ausbooten. Als sie an Annas Wohnhaus ankamen, war niemand zu sehen, nur der Mond lugte halb hinter einer kleinen Wolke hervor.

Anna blieb vor der Haustür stehen und wandte sich zu Nick. »Das war ein wunderschöner Tag. Vielen Dank, dass du mich dazu eingeladen hast.«

»Ich muss dir danken. Ich habe deine Gesellschaft sehr genossen.« Nicks Stimme klang ein wenig rau. Während er Anna tief in die Augen blickte, beugte er sich zu ihr und zog mit seinem Finger kaum spürbar eine Linie von ihrem Wangenknochen bis zu ihrem Kinn. Als Anna nicht zurückwich, neigte er sich langsam näher zu ihr und streifte ihren Mund sanft mit seinen Lippen. Zuerst ganz vorsichtig, als wollte er prüfen, ob sie es zuließ. Doch als sie nur den Atem anhielt, wagte er sich weiter vor und knabberte leicht an ihrer Unterlippe. Dann erwiderte sie den Kuss zaghaft und öffnete ihm ihre Lippen. Er umfing ihr Gesicht mit seinen Händen und drang mit seiner Zunge in ihren Mund ein. Sie schmeckte weich und süß. Verlangen machte sich in seinem Körper breit und übernahm die Führung.

Anna klopfte das Herz bis zum Hals. Sie hatte die Augen geschlossen und spürte Nicks Lippen warm und fest auf ihrem Mund. Als ihre Zungenspitzen sich berührten, sammelte sich Hitze in ihrem Unterleib und kroch langsam nach oben. Sie verdrängte alle Zweifel, ob es richtig war, Nick zu küssen, denn es fühlte sich zu gut an, um es vorzeitig zu beenden. Dann hörte sie auf zu denken, schlang ihre Arme um Nicks Hals und schmiegte sich eng an ihn.

Ein Motorrad, das auf der Straße hinter ihnen vorbeifuhr, riss Nick abrupt aus seinem Sinnenrausch. Gerade noch hatte er mit allen Mitteln darauf hingearbeitet, Anna dazu zu bewegen, ihn mit hinauf in ihre Wohnung zu nehmen, als sich unvermittelt sein Verstand einschaltete. Er wollte es ja langsam angehen lassen. Mit aller Macht drängte er sein Verlangen zurück und beendete den Kuss. Als er Annas verschleierten Blick und ihre hochroten Wangen wahrnahm, wäre er fast schwach geworden, doch er wusste instinktiv, dass es zu früh war für einen Besuch ihres Schlafzimmers. Deshalb nahm er seine ganze Willensstärke zusammen, küsste sie noch einmal zärtlich, aber kurz auf den Mund und schob sie dann auf Armeslänge weg.

»Ich glaube, es ist besser, wenn ich jetzt gehe.«

Seine Stimme war nur ein heiseres Flüstern, das Anna einen wohligen Schauer über den Rücken trieb.

»Ich will mit dir zusammen sein, Anna, aber du musst es auch wollen. Du musst dir sicher sein. Und ich will keine kurze Affäre.«

Nur die letzten Worte »Und ich will keine kurze Affäre« drangen in diesem Moment zu Anna durch. Unwillig zog sie die Augenbrauen zusammen und starrte sprachlos in seine mitternachtsblauen Augen. Sie nahm seine geweiteten Pupillen wahr, während sie heftig atmete und versuchte, ihre Gedanken zu klären.

»Oh!«

Das war einfach unfair von Nick, schoss es ihr durch den Kopf. Zuerst brachte er sie auf Touren und dann ließ er sie kalt lächelnd stehen. Wie peinlich. Fand er sie nicht anziehend genug? Aber sie war selbst schuld. Sie hätte es nie soweit kommen lassen dürfen. Verlangen und Verlegenheit, Unsicherheit und Ärger verschmolzen zu einem einzigen Gefühlssturm in Anna.

Nick bemerkte nichts von Annas Aufruhr. Er war noch zu sehr mit der Bewältigung seiner eigenen Gefühle beschäftigt.

»Ich muss morgen heim an den Tegernsee. Meine Großmutter feiert ihren 80. Geburtstag. Aber ich ruf dich morgen Abend an.«

Anna nickte, dann räusperte sie sich. »Okay. Komm gut heim und schlaf gut.«

»Du auch.«

Nick hätte Anna gerne nochmal zum Abschied geküsst, aber er wagte es nicht, sie noch einmal zu berühren. Seine Widerstandskraft war bereits schwer angeschlagen. Er wartete, bis sich die Haustür hinter Anna schloss, dann drehte er sich um und lief zurück Richtung U-Bahn. Es war ein langer Tag gewesen, den er mit einer kalten Dusche beenden würde. Vielleicht fand er danach etwas Schlaf.

Immer noch leicht benebelt stieg Anna die Stufen zu ihrer Wohnung empor und fühlte sich maßlos enttäuscht. Sie mochte Nick sehr. Nicht nur sein Äußeres, sondern sein ganzes Wesen. Es war wundervoll gewesen, als er sie geküsst hatte. Romantisch und gleichzeitig erregend. Doch dann hatte er sie zurückgewiesen. Das hatte sie nun davon, dass sie sich auf einen Kollegen einließ.

Sie öffnete ihre Wohnungstür, legte die Schlüssel in die Schale und trat ihre Schuhe von den Füßen. Dann setzte sie sich mit einem Glas Weißwein auf ihre Couch im Wohnzimmer und ließ die Szene vor dem Haus noch einmal Revue passieren.

»Es ist besser, wenn ich jetzt gehe. Und ich will keine kurze Affäre.«

Diese beiden Sätze hatte sie ganz genau verstanden und die besagten eindeutig, dass er nichts von ihr wollte. Angestrengt überlegte sie, was Nick dazwischen noch erklärt hatte. Sie hatte das Gefühl, dass es wichtig war. Dankenswerterweise nahm ihr Gehirn seine Arbeit endlich wieder auf. Es konnte ihr zwar den genauen Wortlaut nicht wiedergeben, aber sie erinnerte sich nach und nach an einzelne Satzfetzen: er wolle mit ihr zusammen sein und sie müsse sich sicher sein. Während sie an ihrem Wein nippte, wurde ihr klar, dass diese Information die beiden Sätze in einen völlig anderen Zusammenhang stellte. Sie hatte seinen plötzlichen Rückzug total falsch interpretiert. Er hatte sie nicht abserviert, sondern er wollte sie nicht überrumpeln. Er ließ ihr Freiraum und nahm ihre Zweifel wegen einer Kollegenbeziehung ernst.

Unvermittelt stieg Freude in ihr auf. Sie hatte sich nicht blamiert. Nick interessierte sich ernsthaft für sie. Er hatte sie seinen Freunden vorgestellt und sie hatten einen traumhaft schönen Tag verlebt. Dann hatte er sie heimgebracht, geküsst und sich wie ein Ehrenmann zurückgezogen.

Sehr anständig, aber auch irgendwie dumm. Anna zog eine Grimasse. Sie hatte sich innerlich doch schon längst für Nick entschieden und sich Hals über Kopf in ihn verliebt. Das konnte sie sich jetzt eingestehen, aber sie hatte es ihm nicht gezeigt.

»Immer schön zurückhaltend sein, Anna, auch wenn du dabei das halbe Leben versäumst«, murmelte sie vor sich hin. Nun, das würde sie ändern. Nachdem sie jetzt wusste, wie Nick zu ihr stand, war es viel leichter, ihm zumindest einen kleinen Teil ihrer Gefühle zu offenbaren. Mit einem versonnenen Lächeln auf den Lippen stand sie auf und ging ins Bad.

Kapitel 14

DER STURZ VON WOLKE SIEBEN

»Das ist so schade, dass ich nicht dabei war.«

Am Mittwoch saß Julia auf dem leeren Schreibtisch in Annas Büro und wippte mit den Beinen. Sie hatte Anna nach allen Regeln der Kunst über die Ruderregatta und die Party ausgequetscht, nachdem sich Anna unabsichtlich verplappert hatte.

Anna war über Julias Neugierde nicht böse, denn sie brannte förmlich darauf, das Erlebnis mit jemandem zu teilen. Die Mädels waren am Wochenende nicht in München gewesen und die letzten beiden Tage hatte sie vor Ort bei Schmidtke, einem Mandanten in Nürnberg, verbracht. Heute war sie nur im Büro, weil bei Schmidtke der alljährliche Betriebsausflug stattfand.

Bei aller Mitteilsamkeit hütete sich Anna jedoch, direkt über Nick zu sprechen. Sie stellte den Ausflug als rein kameradschaftliches Ereignis dar, was Julia ihr nicht ganz abnahm. Doch in diesem Punkt kam Julia nicht weiter und so ließ sie es schließlich auf sich beruhen und verabschiedete sich.

Nick hatte seit Sonntag jeden Abend angerufen und sie hatten lange geredet, sich aber seit Samstag nicht mehr gesehen. Da er heute im Büro arbeitete, freute sich Anna schon darauf, ihn später zu überraschen.

Sie blickte auf, als es klopfte und gleich darauf die Türe aufging. Ihre Hoffnung, dass Nick sie besuchen würde, wurde enttäuscht, denn Oliver schritt mit einem kurzen Gruß zur Tür herein.

Schuldbewusst dachte sie sofort daran, dass sie Oliver ihre Planänderung für Arnold noch nicht mitgeteilt hatte. Bei Schmidtke war in den letzten beiden Tagen so viel zu tun gewesen, dass sie keine Zeit für ein Telefonat mit Oliver gefunden hatte. Nun, dann würde sie das eben jetzt von Angesicht zu Angesicht klären. Sie stellte sich innerlich auf eine kleine Auseinandersetzung ein und beobachtete, wie Oliver näher trat.

Seiner Miene nach zu urteilen, in der eine gehörige Portion Selbstzufriedenheit lag, hatte er wieder irgendeinen Coup gelandet. Unwillkürlich fragte sich Anna, wer dieses Mal das Opfer war. Sie musste nicht lange warten, denn wie immer kam Oliver ohne Umschweife zur Sache.

»Von Morgenroth habe ich gehört, dass Gerber dich für ein Projekt einspannen wollte und er seinen Segen dazu gegeben hat. Was sollte denn dieser Schwachsinn? Wenn wir bei Arnold sind, kannst du nicht gleichzeitig mit Gerber arbeiten. Deine Tage bei Arnold sind fix eingeplant!«

In Anna stieg leichte Panik auf. Was hatte Oliver in seiner selbstgerechten Art nun schon wieder gedeichselt?

»Das habe ich auch Morgenroth erklärt. Ich habe ihm gesagt, dass ich bei Arnold keinen Tag auf dich verzichten kann. Nach einigem Hin und Her hat er das dann eingesehen und ich konnte ihm auch gleich eine Lösung präsentieren: Carla übernimmt die Tage bei Gerber. Ich habe sie gefragt und sie war natürlich sofort begeistert. Dann habe ich mit Gerber gesprochen und die Sache ist in trockenen Tüchern. Nun hast du uneingeschränkt Zeit für unser Projekt.«

Er war maßlos wütend gewesen, als Morgenroth ihm mitgeteilt hatte, dass Anna Tage für Gerber abzweigen wollte. Ausgerechnet für Gerber. Er selbst wartete schon lange auf die Chance, mit

Gerber zu arbeiten. Aber aus irgendeinem Grund ignorierte Gerber alle kollegialen Andeutungen und Vorschläge. Der verdammte Kerl. Und nun wollte er ihm auch noch Anna ausspannen. Was wollten denn plötzlich alle von Anna? Zuerst Mantovan und jetzt auch noch Gerber. Aber da hatten sie sich geschnitten. So lange er etwas zu sagen hatte, würde sie mit ihm arbeiten. Deshalb hatte er die Sache auch sofort in seinem Sinne geregelt. Mit dem Ergebnis war er höchst zufrieden.

Wobei ihm Annas Rolle nicht ganz klar war. Hatte Gerber sie überredet? Und weshalb hatte sie ihm nichts davon gesagt? Aber das war eigentlich egal. Die Sache war jetzt ein für alle Mal geklärt und alles war gut.

Während Olivers Erklärung schoss Anna das Blut in die Wangen und sie spürte, wie ihr heiß wurde. Das durfte doch nicht wahr sein. Oliver hatte alles kaputt gemacht. Ohne sie zu fragen, hatte er ihr das Projekt mit Gerber entrissen, das so wichtig für ihre Zukunft war, und sie hatte keine Chance, das wieder rückgängig zu machen. Er hatte sie einfach vor vollendete Tatsachen gestellt. Fassungslos starrte sie zu ihm hoch.

»Was hast du getan?«, hauchte sie mit ungläubiger Stimme.

»Ich habe dafür gesorgt, dass du dich auf unser gemeinsames Projekt konzentrieren kannst.«

»Über meinen Kopf hinweg? Einfach so, ohne das mit mir abzusprechen?«

»Du hast es mit mir auch nicht abgesprochen.«

»Ich war unterwegs und bin noch nicht dazu gekommen.«

»Ist ja jetzt auch egal. Ich habe alles geregelt.«

»Du hast mir, ohne mich zu fragen, ein Projekt weggenommen, das mir sehr wichtig war. Die Tage bei Arnold hätte ich problemlos hinten anhängen können. Das weißt du ganz genau. Das machen wir sonst auch so, wenn wir mehrere Projekte gleichzeitig jonglieren müssen.«

»Ich will aber, dass du dem Arnold-Projekt deine ungeteilte Aufmerksamkeit schenkst. Du bist schließlich stellvertretende Projektleiterin.«

»Das gibt dir noch lange nicht das Recht, mir meine Entscheidungen aus der Hand zu nehmen.«

»Jetzt krieg dich wieder ein. Das ist doch keine große Sache.«

Oliver spürte, wie Ärger in ihm hochstieg. Er wollte, dass das Arnold-Projekt glänzend abschnitt, denn das würde einen Meilenstein in seiner Karriere darstellen. Seine erste Projektleitung sollte ein voller Erfolg werden.

Auch in Anna gärte es. Sie war wütend auf Oliver, weil er selbstherrlich ihre Pläne durchkreuzt hatte, aber auch auf sich selbst, weil sie es immer wieder hinausgezögert hatte, ihn über die Planänderung zu informieren. Dazu spürte sie eine maßlose Enttäuschung in sich aufsteigen. Plötzlich wurde ihr alles zu viel und sie spürte einen dicken Kloß im Hals. Sie hatte jetzt keine Kraft für eine weitere Auseinandersetzung mit Oliver und wollte nur noch, dass er verschwand, bevor sie vor seinen Augen losheulte.

»Bitte geh!«, war alles, was sie herausbrachte.

Nur zu gern kam Oliver dieser Aufforderung nach. Er zuckte die Schultern, drehte sich um und verließ den Raum mit einem breiten Grinsen auf den Lippen. Er hatte sein Ziel erreicht und für ihn lief alles bestens. Immerhin achtete er darauf, dass Anna sein Lächeln nicht sah, dachte er. Sie würde jetzt ein wenig schmollen und dann zur Tagesordnung übergehen. Alles lief geschmiert wie immer. Fröhlich vor sich hin pfeifend machte er sich auf den Weg in sein Büro.

Anna atmete auf, als sich die Tür hinter Oliver schloss. Dieser

Mistkerl. Schon wieder hatte er sie ausgebootet. Dieses Mal hatte er keine Ahnung, was er ihr damit angetan hatte, aber das machte die Sache auch nicht besser. Warum hatte sie ihn nicht gleich angerufen, nachdem Richard ihr zugesagt hatte?

Sie stützte ihren Kopf in die Hände. Er fühlte sich plötzlich so schwer an, als trüge er alle Last der Welt. Widerwillig gestand sie sich ein, dass sie dem Gespräch mit Oliver aus dem Weg gegangen war, weil sie eine unangenehme Auseinandersetzung befürchtet hatte.

»Toll erkannt«, maulte sie halblaut vor sich hin. »Nur nützt mir das nichts, wenn ich das erst hinterher feststelle. Warum fällt mir so etwas nicht vorher ein?«

Seit der letzten Sitzung bei Ulrike war es bei ihr richtig gut gelaufen. Sie hatte durch ihr eigenes Engagement das Projekt bei Richard an Land gezogen und die Sache mit Carlas Einladung souverän gehandhabt. Doch nun hatte Oliver dazwischengefunkt und sie stand wieder wie eine Idiotin da. Nahm denn das niemals ein Ende?

Eine Träne, geboren aus Wut, Enttäuschung und Selbstmitleid, lief über ihre Wange. Entschlossen schnäuzte sich Anna in ihr Taschentuch. Sie würde jetzt nicht heulen. Sie musste Oliver klar machen, dass er sich so etwas in Zukunft nicht mehr erlauben konnte. Aber zuvor sollte sie sich beruhigen.

Eine halbe Stunde später machte sich Anna auf den Weg zu Olivers Büro. Sie hatte sich verschiedene Strategien überlegt, wie sie das Gespräch beginnen wollte. Doch letzten Endes hatte sie alle über den Haufen geworfen und sich für den direkten Weg entschieden. Während sie die Treppe ins Erdgeschoss hinunterschritt, in dem Olivers Büro lag, das er sich mit Bernhard teilte, wurden ihre Schritte unwillkürlich langsamer. Hoffentlich konnte sie Oliver begreiflich machen, dass sie so eine Vorgehensweise in Zukunft nicht mehr hinnehmen würde. Als sie vor Olivers Tür stand, zögerte sie noch einen kurzen Augenblick, um sich zu sammeln. Unverhofft öffnete sich die Tür und Bernhard stand vor ihr.

»Hallo Anna, willst du zu uns?«

»Ja, zu Oliver.«

»Nur herein in die gute Stube. Ich muss euch alleine lassen. Habe gleich einen Termin.«

Er öffnete die Tür weit, wartete, bis Anna eingetreten war und schloss dann die Tür von außen. Etwas überrumpelt sah Anna sich im Zimmer um. Olivers Büro betrat sie nur selten. Es war ein gutes Stück größer als ihr eigenes, aber ähnlich eingerichtet mit zwei Schreibtischen, die mitten im Raum standen und an der Längsseite aneinanderstießen, so dass sich Bernhard und Oliver gegenübersaßen.

An der Wand hinter Oliver hingen zwei große, neue Fotoleinwände, auf denen er vor einem Formel-1-Auto zu sehen war. Einmal alleine und einmal Arm in Arm mit einem Formel-1-Piloten, den Anna nicht kannte. Die zwei Fenster gegenüber der Tür zeigten von dem leicht erhöhten Erdgeschoss auf die Straße hinunter, aus der leiser Verkehrslärm heraufdrang.

»Gibt es noch was?«, fragte Oliver kurz angebunden, bevor Anna ein Wort sagen konnte. Er war nicht gerade erfreut über Annas Erscheinen.

»Ja. Ich möchte dir sagen, das ich es völlig inakzeptabel finde, wie du mich aus Richards Projekt hinausgedrängt hast.«

Diesen Satz hatte Anna sorgfältig eingeübt. Insgeheim war sie stolz, dass sie ihn mit fester Stimme vorbringen konnte.

Oliver verdrehte die Augen.

»Das haben wir doch vorhin schon geklärt. Deine Prioritäten

müssen bei Arnold sein. Alles andere ist in den nächsten Wochen unwichtig. Außerdem ist längst alles geregelt. Der Zug ist abgefahren, Anna.«

Was sollte das Gejammer jetzt? Das kostete ihn nur Zeit und Nerven. Er musste Annas Vorwürfe möglichst schnell unterbinden. Ein Frontalangriff funktionierte bei ihr eigentlich immer. Da kuschte sie meist ziemlich rasch. Doch während er den Mund öffnete, um zu einer heftigen Gegenrede anzusetzen, fiel ihm gerade noch rechtzeitig ein, dass er für das Arnold-Projekt ihre Kooperation brauchte. Vielleicht wäre eine Ablenkung effektiver als eine Einschüchterung. Doch was konnte er ihr als interessante Neuigkeit bieten?

Um sich etwas Zeit zu verschaffen, stand er auf und trat ans Fenster. Sein Blick traf auf Nick Mantovan, der gerade mit einer Frau und einem Kind die Straße überquerte. Das traf sich bestens. Denn nachdem Oliver Annas Zimmer verlassen hatte, war er auf dem Flur auf Nick gestoßen, der in ein Gespräch mit Morgenroth vertieft war. Auf Nicks Arm saß ein etwa zweijähriger Junge mit dunkelblonden Locken und tiefblauen Augen, der ihm die Arme um den Hals geschlungen hatte. Neben ihm stand eine gertenschlanke Blondine in einem kurzen Kleid mit langen glatten Haaren und tollen Beinen.

Er hatte kurz gegrüßt und war absichtlich langsam vorbeigegangen, in der Hoffnung zu erfahren, wer das Kind und die Frau waren. Darauf hatte er nicht lange warten müssen, denn plötzlich lachten die drei Erwachsenen laut auf und er verstand deutlich, wie Nick sagte: »Ein typischer Mantovan eben.«

Oliver hatte nicht gewusst, dass sein Kollege schon Frau und Kind hatte, aber er speicherte diese Neuigkeit in seinem Gedächtnis ab wie alle Informationen, die ihm vielleicht einmal nützlich sein könnten.

»Gerade bin ich auf dem Flur Nicks Familie begegnet. Wusstest du, dass er schon Frau und Kind hat? Da unten laufen sie.«

Mit dem Kinn nickte er Richtung Fenster. Wie erwartet vergaß Anna ihre Vorwürfe und trat näher ans Fenster.

Das konnte nicht sein. Annas Herzschlag beschleunigte sich und sie spürte, wie sich ihre Wangen erhitzten. Nick konnte unmöglich Frau und Kind haben. Sie blickte auf die Straße hinaus. Oliver hatte nicht übertrieben. Nick trug ein blondes Kind, und die Frau hatte sich bei ihm eingehängt, während sie gerade den Gehsteig gegenüber erreichten. Doch es musste eine andere Erklärung geben.

»Das kann ich mir nicht vorstellen, dass das seine Frau und sein Kind sind. Das hätte er doch erwähnt, wenn er Familie hätte.«

»Als ich vorhin auf dem Flur an ihm vorüberging, hörte ich ihn gegenüber Morgenroth voller Stolz sagen, dass der Kleine ein typischer Mantovan wäre. Das ist ziemlich eindeutig, oder?«, klärte Oliver sie hilfsbereit auf.

Anna brachte keinen Ton heraus. Oliver klang sehr ehrlich. Sie war zwar schon oft auf seine Manipulationen hereingefallen, aber sie hatte das Gefühl, dass er dieses Mal die Wahrheit sagte. Was hätte er auch für einen Vorteil, wenn er sie in dieser Sache anlog? Ihr Magen verkrampfte sich. Sie wollte möglichst schnell aus Olivers Büro fliehen. Andererseits wollte sie ihn nicht wissen lassen, wie tief sie die Information traf. Diese Demütigung wollte sie sich ersparen. Deshalb riss sie sich zusammen und nickte.

»Ja, das ist es. Nette Familie!«

Das klang zwar nicht wirklich überzeugend, aber es war das Äußerste an schauspielerischer Leistung, das Anna in diesem Moment hervorbringen konnte.

»Ich muss dann wieder.« Mit diesen Worten drehte sie sich um und flüchtete aus Olivers Zimmer.

Oliver blickte ihr grinsend hinterher. Sein Ablenkungsmanöver hatte hervorragend gewirkt. Anna hatte ihre Vorwürfe komplett vergessen. Wie ein aufgescheuchtes Huhn war sie geflohen. Obwohl, so aufregend war jetzt die Neuigkeit, dass Mantovan Familie hatte, auch wieder nicht. Er stutzte. War ihm hier etwas entgangen? »Versteh einer die Weiber«, murmelte er kopfschüttelnd und widmete sich seinem Smartphone.

Wieder einmal igelte sich Anna in ihrem Büro ein. Vor einer Stunde war noch alles in bester Ordnung gewesen und nun lief plötzlich alles schief. Wegen des Projekts, das Oliver ihr so hinterhältig weggenommen hatte, war sie wütend und enttäuscht gewesen. Doch dass Nick sie derartig hintergangen hatte, konnte sie immer noch nicht glauben. Sie war ja so dumm. Da war sie von ihrer Überzeugung, sich niemals mit einem Kollegen einzulassen, abgewichen, nur um auf einen Lügner und Betrüger hereinzufallen. Dumm, dumm, dumm.

Anna fühlte sich ausgelaugt und unendlich müde. In ihrem Magen hatte sich ein dicker Knoten breitgemacht und mit einem leisen Pochen kündigten sich nun auch noch Kopfschmerzen an. Seufzend griff sie zu ihrer Maus und öffnete eine Datei. Sie würde sich jetzt mit Arbeit ablenken und alle schlechten Gedanken verdrängen.

Diese Strategie hatte bisher immer funktioniert. Doch dieses Mal waren Schmerz und Enttäuschung zu groß. Anna konnte sich nicht richtig konzentrieren. Der Tag zog sich unendlich in die Länge. Als die Uhr endlich 16.30 Uhr anzeigte, schloss Anna die letzte Datei, an der sie gearbeitet hatte, und machte sich auf den Weg nach Hause.

Nachdem sie ihre Wohnungstür aufgeschlossen hatte, schlüpfte sie aus Jacke und Schuhen, legte die Schlüssel in die Schale und warf die drei Briefe, die sie unten aus dem Briefkasten genommen hatte, auf die Kommode. Ein Briefumschlag von Ulrike war auch dabei. Der dritte Code. Sie seufzte tief. Als sie gestern spät abends von Nürnberg heimgekehrt war, hatte sie nicht mehr in ihren Briefkasten geschaut. Heute Morgen hatte sie sich noch so auf den Code gefreut. War neugierig gewesen, was er wohl beinhalten würde. Doch jetzt hatte sie keine Kraft, sich mit irgendwelchen Dingen auseinanderzusetzen.

Sie nahm sich eine Packung Eierlikör-Vanille-Eis aus dem Gefrierfach und einen Teelöffel aus der Küchenschublade. Doch dann zögerte sie. Wenn sie jetzt die ganze Packung aufaß, war ihr danach übel. Das wusste sie aus Erfahrung. Trotzig schob sie die Unterlippe vor und führte einen stummen inneren Kampf. Ihre wütende Seite wollte möglichst viel von der tröstenden Süßigkeit, die Konsequenzen waren ihr egal. Die Vernunft mahnte zur Vorsicht.

»Mehr Eis bedeutet nicht automatisch mehr Trost.«

Diesen Satz hatte ihre Großmutter in Konstanz immer gesagt, wenn Anna sich als Kind wehgetan hatte und zur Linderung eine riesengroße Portion Eis wollte. Während eine dicke Träne über ihre Backe kullerte, lächelte sie leicht bei der Erinnerung an ihre geliebte Großmutter. Dann stürzten die Tränen plötzlich in Bächen hervor und Anna konnte sie nicht mehr zurückhalten.

Das Eis war schon ganz weich geworden, als Anna sich endlich wieder soweit beruhigt hatte, dass sie drei Kugeln in eine kleine Schüssel füllen konnte. Die kalte, süße Köstlichkeit kühlte ihren Hals und Anna atmete tief durch. Eigentlich war sie nicht der Typ, der gleich losheulte, aber heute war es einfach zu viel gewesen. Sie würde jetzt erst einmal den Fernseher einschalten.

Auf dem Nachhauseweg hatte sie Verena eine Textnachricht

geschickt und gefragt, ob diese heute vorbeikommen könne. Glücklicherweise hatte Verena heute Abend Zeit.

Bis morgen hatte sie hoffentlich so viel Abstand gewonnen, dass sie die Trümmer, in die ihr Leben heute zerfallen war, soweit zusammensetzen konnte, dass sie wieder vorzeigbar und arbeitsfähig war.

Während sie von einer langweiligen Dokusoap zu einer Sitcom zappte, vibrierte ihr Smartphone.

»Warum bist du heute schon so früh heimgegangen? Hätte mich so gefreut dich zu sehen!«

Die Nachricht war von Nick. Der hatte vielleicht Nerven, dachte Anna erbost. Sie wusste, dass sie Nick zur Rede stellen musste. Aber nicht heute. Sie überlegte kurz, dann schrieb sie: »Hatte noch einen Termin außer Haus. Treffe mich noch mit einer Freundin. Telefonieren ist heute schlecht.«

Nun sollte sie zumindest heute Abend Ruhe vor ihm haben.

Eine Stunde später merkte Anna, dass sie hungrig war. Als sie in die Küche lief, um sich ein Käsebrot zuzubereiten, fiel ihr Blick auf die Briefe, die sie beim Hereinkommen auf die Kommode in der Diele geworfen hatte. Der Umschlag mit dem Code zog sie magisch an. Vielleicht würde er ihr eine willkommene Ablenkung bieten. Sie nahm ihn mit in die Küche und legte ihn auf den Esstisch.

Nachdem sie ihr Käsebrot vertilgt hatte, räumte sie die Küche auf. Der Umschlag blieb verschlossen auf dem Tisch liegen. Sie hatte sich doch nicht dazu aufraffen können, den Brief zu öffnen. Es war nicht der richtige Zeitpunkt dafür gewesen.

Traurig schleppte sie sich ins Bad. Der Blick in den Spiegel zeigte ihr ein blasses, leicht verquollenes Gesicht mit roten Augen.

»Du meine Güte, wie sehe ich denn aus!«, entfuhr es Anna

unwillkürlich. So bemitleidenswert wollte sie sich Verena nicht zeigen. Nicht einmal heute, wo ihr eigentlich alles egal war. Aus ihrer Niedergeschlagenheit aufgeschreckt kühlte sie ihr Gesicht mit reichlich kaltem Wasser und trug ein wenig schwarzen Kajal auf. Dann tuschte sie die Wimpern. Kritisch betrachtete sie ihr Spiegelbild und fand, dass sie nicht mehr ganz so elend aussah.

Im Schlafzimmer tauschte sie ihren Bürodress, bestehend aus dunkelblauer Stoffhose und hellblau gemusterter Bluse, gegen eine ausgebleichte Jeans und ein uraltes, rosafarbenes T-Shirt. Als sie zurück in die Küche lief, fühlte sie sich schon ein klein wenig besser. Während sie zwei Weingläser aus dem Küchenschrank nahm und ins Wohnzimmer trug, klingelte es. Anna drückte auf den Knopf für die Gegensprechanlage. »Hallo?«

»Hallo Anna, ich bin's, Verena.«

Ohne zu antworten drückte Anna auf den Türsummer. Dann öffnete sie die Wohnungstür und wartete auf Verena.

Bei der herzlichen Umarmung, die der Begrüßung folgte, kamen Anna schon fast wieder die Tränen, aber sie drängte sie entschlossen zurück.

»Was ist denn los, Anna? Du wirkst ja ganz aufgelöst.«

Anna zuckte mit den Schultern. »Komm erst einmal herein.«

Verena entledigte sich ihrer Schuhe und hängte ihre Jacke an den einzigen freien Garderobenhaken. Dann betrat sie hinter Anna das Wohnzimmer und ließ sich auf die Längsseite des Sofas fallen.

»Also? Was ist passiert?«

Typisch Verena, dachte Anna. Kommt immer sofort zur Sache. Doch Anna wollte zuerst ihren Gastgeberinnenpflichten nachkommen. Sie deutete auf die Gläser, die sie vorsorglich auf das kleine Tischchen gestellt hatte. »Magst du ein Glas Rotwein? Ich habe eine Flasche Nonnenhorner Spätburgunder von daheim mitgebracht.«

»Klar, gerne«, antwortete Verena und beobachtete Anna. Sobald diese den Wein geöffnet und eingeschenkt hatte, wiederholte sie ihre Frage.

Anna nahm auf der Stirnseite des Sofas Platz. »Ich glaube, heute war der schlimmste Tag meines ganzen Lebens.«

Zuerst berichtete sie, wie Oliver in ihrem Zimmer aufgetaucht war und sie informiert hatte, dass er sie von Richards Projekt abgezogen hatte. Da sie Verena von der Chance, ein Franchisesystem mit aufzubauen, berichtet hatte, war Verena im Bilde. Dann schilderte sie, wie sie in Olivers Büro gegangen war, um ihn für seine Eigenmächtigkeit zur Rede zu stellen.

Plötzlich hielt Anna inne. Sie hatte Verena von der Ruderregatta und ihrer beginnenden Romanze mit Nick noch nichts erzählt. Sie hatte erst abwarten wollen, ob sich was Ernstes daraus ergeben würde. Ohne diese Information konnte Verena aber nicht nachfühlen, was es für Anna bedeutete, wenn Nick Frau und Kind hatte.

Sie nahm ihr Weinglas in die Hand, stieß mit Verena an und nahm dann einen langen Schluck, um etwas Zeit zu gewinnen, während der sie überlegte, wie sie beginnen sollte.

»Bevor ich dir jetzt sage, was danach passiert ist, muss ich ein wenig ausholen, damit du die Zusammenhänge verstehst.«

Verena zog fragend die Augenbrauen hoch, unterbrach Anna aber nicht. Gespannt wartete sie, was Anna nun enthüllen würde.

Nachdem sie tief eingeatmet hatte, stieß Anna die Luft schnell aus und sprudelte los. Sie erzählte von ihren Telefonaten mit Nick, der Ruderregatta und dem Kuss vor der Haustür.

»Das hast du mir alles verheimlicht? Also wirklich, Anna! Seit wann bist du so eine Geheimniskrämerin?«

»Ich hätte es dir schon noch gesagt. Aber ich wollte erst mal abwarten, wie es sich entwickelt. Außerdem war es mir irgendwie unangenehm, weil ich bisher immer gegen Beziehungen am Arbeitsplatz war. Und dann handle ich gegen meine eigenen Überzeugungen.« Verena zuckte die Schultern. »Wie oft habe ich dir schon gesagt, dass ich das für Schwachsinn halte. Wo die Liebe hinfällt …«

Anna verdrehte die Augen. Diese Diskussion hatten sie schon so viele Male geführt, dass sie Verenas Argumente auswendig kannte. Es hatte sie ein wenig geärgert, dass Verena in ihrem Fall recht behalten hatte, deshalb hatte sie Verena nichts davon erzählt. Das rächte sich nun. Doch sie musste mit Verena über den heutigen Tag sprechen, sonst würde sie diese bitteren Erlebnisse wochenlang mit sich herumtragen. Und Verena war nun mal ihre beste Freundin.

»Ja, du hattest recht. Zufrieden?«

Verena machte ein überraschtes Gesicht. »Du hast dich echt in ihn verliebt?«

Anna spürte, wie sich ihre Wangen rot färbten. Doch sie nickte. Wenn sie sich nicht verliebt hätte, wäre sie jetzt verärgert und in ihrem Stolz verletzt, aber nicht am Boden zerstört. Bevor Verena genauer nachfragen konnte, erzählte sie, wie sie Nick mit Frau und Kind vor dem Gebäude auf der Straße gesehen hatte, und gab auch Olivers Erklärung, dass der Kleine ein echter Mantovan sei, wider.

Nun blickte Verena entsetzt, was Anna wenigstens eine kleine Genugtuung verschaffte.

»Weiß Oliver, wie du zu Nick stehst?«

»Nein, das glaube ich nicht. Aber Nick und er verstehen sich nicht.«

»Das spricht ja wohl für Nick. Bei allem, was du mir über Nick erzählt hast, kann ich nicht glauben, dass er so hinterhältig ist und es dir verschweigen würde, wenn er gebunden wäre. Es muss eine andere Erklärung geben.«

266

»Das war schon ziemlich eindeutig.«

»Kann es sein, dass Oliver gelogen hat? Der manipuliert dich doch ansonsten auch nach allen Regeln der Kunst.«

Anna schluckte. Ein bisschen schmeichelhafter hätte Verena es schon ausdrücken können. »Ich kann mir nicht vorstellen, welchen Nutzen er davon hätte. Und Oliver tut nichts, ohne einen Vorteil daraus zu ziehen.«

»Ja, das stimmt allerdings. Aber glaubst du, Nick würde seine Familie mit ins Büro nehmen und dort vorstellen, wenn er gleichzeitig eine Affäre mit dir beginnen möchte? Das macht doch keinen Sinn.«

Unschlüssig verschränkte Anna die Arme vor dem Körper. »Ich weiß nicht.«

»Außerdem hat er dich all seinen Ruderfreunden vorgestellt und du sagst, die haben dich herzlich aufgenommen. Die wüssten doch, wenn er gebunden wäre. Also ich kenne ihn ja noch nicht, aber ich kann mir nicht vorstellen, dass er dich so eiskalt belügen würde.«

»Ich kann mir das ja auch nicht vorstellen.«

»Also ist klar, was du zu tun hast?«

Manchmal nervt Verenas unverblümte Art schon, dachte Anna griesgrämig und zog eine Grimasse. Kein Wunder, dass sie früher Probleme mit ihren Assistentinnen gehabt hatte.

»Ich muss mit ihm darüber reden.«

»Genau. Wenn du dich wirklich in Nick verliebt hast, kannst du ihn doch nicht so schnell wieder aufgeben. Vermutlich ist alles ganz anders, als es aussieht.«

Das konnte sich Anna beim besten Willen nicht vorstellen. Verena konnte ihr diesen Gedanken am Gesicht ablesen.

»Nun hab doch ein wenig Vertrauen zu Nick, Anna. Oliver,

dem Mistkerl, kaufst du alles ab, aber bei Nick, deinem Traummann, nimmst du sofort das Schlimmste an.«

Während Anna noch überlegte, wie sie darauf reagieren sollte, hob Verena die Hand.

»Tut mir leid. Ich hätte es etwas taktvoller formulieren sollen.«

»Ja, aber Takt war noch nie deine Stärke.«

Grinsend schüttelte Verena den Kopf. »Nein. Aber dafür sind meine Bemerkungen meist am Punkt.«

»Gut, dass du nicht eingebildet bist.«

Mit einem reumütigen Lächeln nahm Verena ihr Glas in die Hand und hob es Anna entgegen. »Tut mir wirklich leid, Süße.«

Anna nahm ihr Glas ebenfalls auf und stieß mit Verena an.

Schon okay. Blöd ist nur, dass ich dir in diesem Fall auch noch zustimmen muss.« Obwohl Tränen in ihren Augen glitzerten, lächelte sie leicht. »Ich sollte mehr Vertrauen zu ihm haben. Ich werde Nick morgen darauf ansprechen und nicht schon von vornherein annehmen, dass er mich belogen hat.«

Nach diesem Versprechen tranken sie beide von ihrem Wein und hakten das Thema stillschweigend ab.

Um Anna auf andere Gedanken zu bringen, erzählte Verena von ihren Erlebnissen mit einer Mandantin, die sich trotz ihres hohen Alters nicht aus der Firmenpolitik heraushalten wollte. Als die Kinder die alte Dame entmündigen lassen wollten, hatte Verena vermittelt. Nun hatte die alte Dame einen Sitz im Aufsichtsrat der Firma, hielt sich aus dem Tagesgeschäft heraus und alle waren zufrieden.

Nach einer Weile, beide waren bereits beim zweiten Glas Wein angekommen, brachte Verena das Gespräch auf Oliver. »Wir haben vorhin zwar über Nick geredet, aber nur kurz über Oliver. Ich hätte gedacht, dass du deine Probleme mit Oliver mittlerweile in Griff hast?«

»Es lief auch schon ganz gut. Aber mit der letzten Aktion hatte ich nicht gerechnet. Ich wollte ihn ja auch zur Rede stellen, doch dann hat er mir Nick auf der Straße gezeigt und plötzlich hatte ich vergessen, weshalb ich in sein Büro gekommen war.«

Nachdenklich blickte Verena zu Anna. »Bei Ulrike habe ich einen Satz kennengelernt, den ich häufig verwende, weil er die ungeschminkte Wahrheit ans Licht bringt. Er lautet: Das Ergebnis zeigt die wahre Absicht!«

»Den kenne ich. Er stammt aus meinem zweiten Code: Was du in dir trägst, strahlst du nach außen!« Erfreut, dass Verena keine kritischen Äußerungen mehr von sich gab, war Anna wieder ganz bei der Sache.

Verena lachte. »In der Schule würdest du jetzt eine eins bekommen.«

»Sehr witzig.«

»Aber jetzt mal im Ernst. Wende diesen Spruch auf Oliver an und du hast vermutlich den Nutzen, nach dem du vorhin gesucht hast.«

Verwirrt blies sich Anna eine Strähne aus dem Gesicht. Was meinte Verena?

Als Anna nicht antwortete, erklärte Verena den Zusammenhang, den sie gerade erkannt hatte. »Oliver hat dir Nick auf der Straße gezeigt. Das Ergebnis war, dass du so schockiert warst, dass du deine Vorwürfe Oliver gegenüber einfach vergessen hast. Und jetzt rate, mit welcher Absicht er dir Nick gezeigt hat.«

»Er wollte mich ablenken. Natürlich! Das ist ihm auch gründlich gelungen.«

»Ja, er wusste sicher nicht, wie viel Nick dir bedeutet. Aber die Information, dass er eine Familie hat, hätte dich von deinem ursprünglichen Thema auf jeden Fall abgelenkt.«

»Genau. Dann hätte er vermutlich ein Gespräch über Nick und seine Familie begonnen und mich bald darauf aus dem Zimmer geschoben, wie er das gerne macht, wenn ihm jemand lästig wird.« Wütend sprang Anna auf und lief auf und ab. »Und ich bin ihm wieder einmal voll auf den Leim gegangen!«

Kapitel 15

SELBSTVERTRAUEN AUFBAUEN

Am nächsten Tag saß Anna wie auf glühenden Kohlen und wartete auf die Mittagszeit. Nick war schon den ganzen Vormittag zusammen mit einem Mandanten in Morgenroths Büro. Nach dem abendlichen Gespräch mit Verena waren ihre Gedanken noch lange um ihn gekreist. Sie war spät eingeschlafen und früh aufgewacht. Ständig schwankte sie zwischen der Hoffnung, dass es eine harmlose Erklärung gab, und der Befürchtung, dass die Situation genauso war, wie sie ausgesehen hatte. Nun wollte sie endlich Klarheit. Bei Frau Rebmann, Morgenroths Sekretärin, hatte sie erfahren, dass für die Besprechung zwei Stunden angesetzt waren. Spätestens zur Mittagszeit sollte Nick also wieder in seinem Büro sein.

Als der Zeiger auf 12 Uhr vorrückte, sprang sie entschlossen auf und eilte in den zweiten Stock, in dem sich sein Bürozimmer befand. Zaghaft klopfte sie an die Tür und drückte die Klinke. Beim Eintreten nahm sie die zweckmäßige Einrichtung, die aus Schreibtisch, Aktenschrank und einer großen Zimmerpflanze bestand, kaum wahr. Nur der himmelblaue Bilderrahmen, der auf seinem Schreibtisch stand, sprang ihr ins Auge. Sie hätte zu gerne gewusst, wer darauf zu sehen war. Doch er stand mit der Rückseite zu ihr.

»Grüß dich, Anna. Das ist aber schön, dass du mich besuchst.«

Mit einem strahlenden Lächeln stand Nick auf und kam hinter

seinem Schreibtisch hervor. Seit Samstag hatte er Anna nicht mehr gesehen. Er hatte ihr genügend Zeit geben wollen, um sich für ihn zu entscheiden, aber das Warten war ihm schwergefallen. Deshalb freute er sich unglaublich, dass sie jetzt die Initiative ergriffen hatte und zu ihm gekommen war. Das wertete er als positives Zeichen.

Doch Anna hob abwehrend eine Hand hoch, während sie einen Gruß murmelte. Verdutzt blieb Nick stehen und versuchte in ihrem Gesicht zu lesen, was in ihr vorging.

Anna holte tief Luft und wusste nicht so genau, wie sie beginnen sollte. Schließlich platzte sie einfach mit ihrer Beobachtung heraus. »Ich habe dich gestern mit einer Frau und einem Kind auf dem Arm gesehen. Unten auf der Straße vor dem Haus. Oliver meinte, es sei dein Kind. Er hörte, wie du sagtest, der Junge sei ein echter Mantovan. Stimmt das?«

Während ihrer Frage verschlang sie Nick mit den Augen. Er sah großartig aus und sie würde sich so gerne in seine Arme schmiegen. Hoffentlich gab es eine einfache Erklärung. Da traf sie nach langer Zeit wieder einen wundervollen Mann und am Ende war er gebunden und hatte sie belogen.

Das durfte doch nicht wahr sein, dachte Nick. Jetzt schoss Oliver schon wieder quer. Als Kollege war er ein egoistischer und unfähiger Schaumschläger und nun schickte er sich auch noch an, sein Privatleben zu stören. Als er kurz die Augen schloss, sah er die Szene vom Vortag vor sich: Oliver war vorbeigegangen, während er mit Morgenroth im Flur stand, Annika neben sich und Paul auf seinem Arm. Kein Wunder, dass Anna verunsichert war. Er rechnete es ihr hoch an, dass sie nicht gleich das Schlimmste vermutet hatte, sondern ihn offen danach fragte.

Gebannt beobachtete Anna Nicks Mienenspiel. Als er nicht sofort antwortete und dann auch noch die Augen zumachte, sank ihr Mut. Das konnte nichts Gutes bedeuten. Sie hatte ihn erwischt und jetzt suchte er eine Ausrede. Ihr war zum Heulen zumute. Doch Nick öffnete die Augen und lächelte sie liebevoll an. »Nein und ja: Nein, der Junge ist nicht mein Kind. Er heißt übrigens Paul. Und ja, er ist ein echter Mantovan. Er ist mein Neffe. Gestern hat er mich zusammen mit seiner Mutter, meiner Schwester Annika, besucht. Ich war am späten Nachmittag in deinem Büro und wollte dir die beiden vorstellen, aber du warst nicht mehr da.«

Mit großen Augen starrte Anna ihn an. Sie konnte nicht glauben, dass die Lösung so einfach war. Nick hatte sie nicht angelogen und auch nichts verschwiegen. Es war alles in Ordnung. Sie hatte sich völlig umsonst aufgeregt. Nun war sie heilfroh, dass sie auf Verena gehört und Nick direkt danach gefragt hatte, statt beleidigt oder vorwurfsvoll zu reagieren. Damit hätte sie sich richtig blamiert.

Erleichtert atmete sie tief durch, ließ sich ihren Gefühlsaufruhr jedoch nicht anmerken. »Das ist schade. Ich bin gestern schon etwas früher heimgegangen, aber ich hätte deine Schwester und deinen Neffen gerne kennengelernt.«

»Das werden wir bei nächster Gelegenheit nachholen.« Mit diesen Worten stellte er sich direkt vor Anna und legte die Hände an ihre Hüften, während ein breites Lächeln seine Lippen umspielte. »Nun aber zu uns: bist du nur gekommen, um nach meinem angeblichen Kind zu fragen oder möchtest du mir noch etwas anderes sagen?«

Nun musste auch Anna lachen. Gestern hatte sie gedacht, ihre Welt bräche zusammen, und einen Tag später war das Leben schon wieder wunderbar.

»Möchtest du heute Abend mit mir ins Kino gehen?«, fragte sie mit übertrieben rauchiger Stimme, während sie die Arme um ihn legte.

»Ist das ein Date?«, gab er im gleichen Tonfall zurück.

»Ja und du darfst auch den Film aussuchen!«

»Wie könnte ich da widerstehen«, grinste Nick und zog Anna eng an sich heran. Er musterte ihre fein geschwungenen Lippen und küsste sie zärtlich.

Zum wiederholten Male blickte Anna auf ihre Armbanduhr, während sie abends ihre Wohnungstür aufschloss. Es war erst halb sieben. Sie hatte noch jede Menge Zeit. Nick hatte noch einen Termin und würde erst gegen acht Uhr bei ihr eintreffen. Er hatte es sich nicht nehmen lassen, sie für den Kinobesuch zuhause abzuholen, was total süß von ihm war.

Gerade hatte sie Verena angerufen und ihr von der unerwarteten Wendung berichtet. Diese hatte sich für sie gefreut, aber sofort nachgefragt, was sie in Sachen Oliver unternommen hätte. Das hatte sie heute leider völlig vergessen. Verena besaß eindeutig Verfolgereigenschaften, ging es ihr durch den Sinn. Das war echt nervig. Doch irgendwie schien sie sich andauernd mit Verfolgern zu umgeben. Unwillig schüttelte sie den Kopf.

Doch sie musste wirklich dringend etwas gegen Oliver und seine Machenschaften unternehmen. Die ersten beiden Codes hatten ihr geholfen, eine andere Denkweise einzunehmen und bestimmte Muster und Probleme zu erkennen. Vielleicht zeigte ihr der dritte Code nun einen Weg, wie sie mit Oliver umgehen musste, damit seine ewigen Manipulationen aufhörten.

Sie beschloss, die nächste Stunde sinnvoll zu nutzen, und nahm den Umschlag mit dem dritten Code zur Hand, der seit dem gestrigen Abend unberührt auf dem Tisch lag. Bei den ersten zwei Codes hatte sie es kaum erwarten können, sie zu lesen. Doch gestern war so viel auf sie eingestürmt, dass sie sich nicht in der

Lage gefühlt hatte, sich mit dem Code zu beschäftigen. Nun hatte sich der größte Teil der Aufregung gelegt, und es schien genau der richtige Zeitpunkt zu sein, mit dem letzten Code zu beginnen. Neugierig schlitzte sie den Umschlag mit dem Daumennagel auf und zog zwei Blätter heraus. Bereitwillig ließ sie sich in die Welt der Töchter der Lilith hineinziehen und begann zu lesen.

Code 3
»Vertraue dir selbst, dann tun es auch die anderen«

Anleitung: Selbstvertrauen aufbauen

Bin ich zufrieden mit mir? Wo fühle ich mich unsicher? Was schätzen andere an mir? Was kann ich richtig gut? Was habe ich bisher erreicht?

In bestimmten Situationen fühlen sich viele Frauen unwohl oder unterlegen. Auf schlagfertige Antworten und gute Argumente kommen sie erst im Nachhinein. Statt ihren Standpunkt in der Gruppe zu vertreten, schweigen sie, weil sie Angst davor haben, Fehler zu machen oder abgelehnt zu werden.

In diesen Fällen bewertet die innere Einstellung die Schwächen zu stark und achtet zu wenig auf die Stärken. Doch wie kommt man aus diesem Teufelskreis heraus?

Der erste Schritt besteht darin, die Selbstachtung zu stärken und ein positives Selbstbild aufzubauen:

- *Schlüpfe in die Rolle einer erfolgreichen Frau und überlege von diesem Blickwinkel aus, welche Erfolge du bisher erreicht hast, beruflich wie privat.*
- *Was schätzen Kollegen, Mitarbeiter und Vorgesetzte an dir?*

- *Wo liegen deine Stärken? Was kannst du besser als andere?*
- *Mache dir bewusst, welche Erfahrungen dazu beigetragen haben, dass du dich manchmal schüchtern und gehemmt fühlst.*
- *Stoppe negative Gedanken, sobald sie dir bewusst werden.*

Der zweite Schritt beinhaltet nonverbale Techniken, die helfen, die Selbstsicherheit zu stärken und nach außen zu tragen:
- *Bewusst laut und deutlich sprechen.*
- *Eine aufrechte Haltung einnehmen mit zurückgenommenen Schultern und geradem Rücken. Kopf hoch halten, nicht nach unten neigen.*
- *Lächeln und Lachen. Beides wirkt auf den gesamten Körper positiv.*
- *Auf Kleidung und Make-up achten. Wer sich in seiner Haut wohlfühlt, strahlt das nach außen.*

Der dritte Schritt macht das Rollenverhalten bewusst.
- *Welche Situationen lähmen mich?*
- *Welcher rote Faden zieht sich durch diese Situationen hindurch?*
- *Welche Rolle nehme ich ein? Bin ich Opfer oder Täter?*
- *Welche Motive führen dazu?*
- *Welche Gesinnung steht dahinter?*
- *Wie wichtig ist mir Harmonie? Habe ich den Mut anzuecken?*

Wird das Selbstbild positiver und der Selbstwert gestärkt, so steigt das Selbstvertrauen. Negative Gefühle wie Angst und Neid werden geringer.

»Vertraue dir selbst, dann tun es auch die anderen«, murmelte Anna nachdenklich vor sich hin. Der Code war einfach zu verstehen und doch so schwer umzusetzen. Sie fragte sich kurz, wie viele Frauen sich im Lauf der Jahrhunderte wohl schon mit diesem Satz befasst hatten. Doch dann schüttelte sie die Gedanken an die Vergangenheit ab und überflog die ersten Zeilen. Gleich bei dem Ausdruck *schlagfertige Antworten* blieb ihr Blick hängen. Wie oft hatte sie sich schon geärgert, dass ihr richtig gute Erwiderungen immer erst hinterher einfielen.

Auch die Erkenntnis, dass sie sich in der Gruppe nicht durchsetzte, war nicht neu. Das hatte sie mit Ulrike schon herausgearbeitet. Doch nun wollte sie endlich Lösungen für dieses Problem kennenlernen. Sie überflog die drei Schritte und ihre Inhalte. Das waren eine ganze Menge Fragen, die sie beantworten sollte. Aber auf den ersten Blick war keine sonderlich schwierig.

Nach kurzer Überlegung entschied sie sich, den Code ganz systematisch anzugehen. Sie holte das Tablet aus ihrer Handtasche und öffnete die Notiz-App. Während sie Code drei eingab, dachte sie daran, dass ihre systematische Vorgehensweise typisch für eine Kontrolliererin war. Aber das war schließlich nicht falsch. Das würde sie bei Frage drei gleich unter Stärken verbuchen.

Nun ging es los mit Frage eins: *Schlüpfe in die Rolle einer erfolgreichen Frau und überlege von diesem Blickwinkel aus, welche Erfolge du bisher erreicht hast, beruflich wie privat.*

Wieder ein Rollenspiel, erkannte Anna, wie bei ihrem ersten Besuch bei Ulrike, als sie die Rolle der Betty eingenommen hatte. Sie schloss die Augen und stellte sich vor, wie sie selbst in ihrem dunkelblauen Nadelstreifenkostüm und den mitternachtsblauen Wildlederpumps von Manolo Blahnik, die sie letztes Jahr bei Harrods in London gesehen hatte, im weitläufigen Foyer eines eleganten Hotels stand. Die Haare hatte sie zu einem lockeren Knoten hochgesteckt und an ihrer Schulter hing ein kleines, edles

Gucci-Täschchen. Hinter ihr befanden sich hellbraune Ledersessel zu kleinen Gruppen um niedrige Tischchen mit Intarsienmuster arrangiert. Eingegrenzt wurden sie von riesigen goldenen Vasen mit kunstvoll arrangierten Rosensträußen. Vor ihr lag die Rezeption. Hier stand sie nun. Eine schöne, erfolgreiche Frau. Doch welche Erfolge hatte diese Frau zu verzeichnen? Sie hatte ihr Betriebswirtschaftsstudium mit dem Prädikat »Gut« abgeschlossen. Ihr Job war anspruchsvoll, abwechslungsreich und gut bezahlt. Um ihn zu bekommen, hatte sie sich gegen etliche Bewerber durchgesetzt. Sie war fleißig, zuverlässig, und hatte ihre Arbeit immer im Griff. Im Kollegenkreis und beim Chef war sie aufgrund ihrer Fachkompetenz sehr angesehen. Auch die Mandanten schätzten ihre Arbeit. Von zweien hatte sie schon ernstgemeinte Abwerbungsangebote erhalten.

Privat hatte sie sich ein schönes Leben in einer fremden Großstadt aufgebaut. In ihrem Freundeskreis, vor allem mit den Mädels, fühlte sie sich rundum wohl. Und sie stand am Beginn einer neuen Liebe, der keine Hindernisse mehr im Wege standen.

Der letzte Gedanke zauberte ein breites Lächeln auf ihr Gesicht, während sie ihre Überlegungen eifrig eintippte. Als es plötzlich klingelte, schreckte sie hoch. Unwillig zog sie sich aus ihrer schönen Traumwelt zurück. Während sie zur Wohnungstür lief, rätselte sie, wer unten stehen könnte. Nick würde erst in einer Stunde da sein und mit Verena hatte sie eben telefoniert. Vielleicht war es Laura, die auf ein kurzes Plauderstündchen vorbeikam.

Doch als sie sich über die Türsprechanlage meldete, schallte ihr Nicks Stimme entgegen. Ihr Pulsschlag beschleunigte sich augenblicklich. Schnell drückte sie den Türöffner. Ein rascher Blick in den Spiegel im Flur zeigte ihr, dass ihr Make-up nicht mehr taufrisch war. Dafür wiesen ihre Wangen eine leicht rote Färbung auf und ihre Augen glänzten. Die Nachwehen ihres Rollenspiels wirkten sich zumindest auf ihr Aussehen positiv aus. Anna lächelte sich kurz im Spiegel selbst zu und öffnete dann die Wohnungstür.

»Ich bin früher fertig geworden und dann wollte ich nicht noch eine Stunde warten. Deshalb überfalle ich dich jetzt schon. Ich hoffe, ich komme nicht ungelegen?«

Mit einem entwaffnenden Lächeln nahm Nick die letzten Stufen und hielt an der Wohnungstür an. »Hallo Anna. Die sind für dich.« Schwungvoll holte er die rechte Hand hervor, die er hinter seinem Rücken verborgen hatte, und überreichte ihr einen kleinen Strauß aus zartweißen Rosen und blauen Veilchen.

Anna war völlig überrascht. Noch nie hatte ihr ein Mann zu einem Date Blumen mitgebracht. Das war so romantisch. Hastig bedankte sie sich für die Blumen und bat Nick herein.

Während sie die Blumen ins Wasser stellte, lehnte sich Nick hinter ihr an den Rahmen der Küchentür. »Schön hast du es hier. Wohnst du schon lange in dieser Wohnung?«

»Ich bin erst vor einem halben Jahr eingezogen. Aber ich fühle mich hier sehr wohl.«

Anna verstummte abrupt, als sie sich zu Nick umdrehte und seinen hungrigen Blick bemerkte. Mit einem Mal konnte sie nicht mehr schlucken. Die Zeit schien still zu stehen. Die Luft ringsum begann zu knistern. Unwillkürlich machte Anna einen kleinen Schritt auf Nick zu. Mehr Ermunterung brauchte er nicht. Er umrahmte Annas Gesicht mit seinen Händen und küsste sie sanft.

Die zartherbe, holzige Note, die Anna inzwischen mit Nick verband, drang in ihre Atemwege. Nicks Lippen schmeckten ein klein wenig nach Kaffee, den er vermutlich noch vor kurzem getrunken hatte. Bereitwillig gab Anna seinem sanften Drängen nach und ließ seine Zunge ein. Sofort vertiefte Nick den Kuss. Anna umschlang seine Schultern und erwiderte den Kuss mit der gleichen Leidenschaft.

»Vielleicht sollten wir erst in die Spätvorstellung gehen.« Schwer atmend lehnte Nick sich zurück und betrachtete Annas Gesicht voller Verlangen. »Genau genommen ist das ja schon unser drittes Date. Das erste war im Casper's und das zweite auf der Regatta.«

»Tja dann …« lächelte Anna, während sie versuchte, ihren Atem unter Kontrolle zu bringen. Es geht doch nichts über einen logisch denkenden Mann, dachte sie. Und dann dachte sie lange Zeit gar nicht mehr.

Am nächsten Morgen erwachte Anna gegen neun Uhr. Die Morgensonne schien freundlich ins Zimmer und sie fühlte sich wundervoll. Ins Kino hatten sie es gestern nicht mehr geschafft. Nick war die ganze Nacht geblieben und erst gegen sechs Uhr morgens aufgebrochen. Im Gegensatz zu ihr, die sich den Freitag frei genommen hatte, musste er heute arbeiten.

Sie streckte sich wohlig und erging sich in Erinnerungen an die vergangene Nacht. Es passte einfach alles. Ihre Sorgen, was die Kollegen dazu sagen könnten, kamen ihr mittlerweile völlig übertrieben vor. Sie hatte das Gefühl, dass Nick ein echter Traummann war. Lächelnd schlug sie die Bettdecke zurück und schwebte, nackt wie sie war, ins Bad.

Nach einem ausgedehnten Frühstück überzog sie das Bett frisch, füllte die Waschmaschine und holte dann ihr Lilith-Code-Buch und ihr Tablet. Das gestrige Rollenspiel hatte ihr Mut gemacht. Heute würde sie den Grundstein legen, um das Problem mit Oliver ein für alle Mal in Griff zu bekommen, nahm sie sich vor.

In die Rolle der erfolgreichen Frau war sie schon geschlüpft. Damit hatte der großartige Abend gestern angefangen, dachte sie verträumt. Mit einem kleinen Lächeln riss sie sich aus ihren Erinnerungen und konzentrierte sich auf die zweite Frage: *Was schätzen Kollegen, Mitarbeiter und Vorgesetzte an dir?*

Diese Frage hatte sie sich selbst noch nie gestellt, doch sie hatte eine ziemlich genaue Vorstellung davon. Es waren vermutlich ihre Zuverlässigkeit, ihre Genauigkeit, ihre Hilfsbereitschaft und ihre guten Ideen. Schnell tippte sie die Punkte in ihr Tablet und ging dann zu den nächsten zwei Fragen: *Was sind deine Stärken? Was kannst du besser als andere?*

Zu ihren Stärken zählten sicherlich ihre analytischen Fähigkeiten. Sie dachte sehr logisch und hatte die einzelnen Arbeitsschritte eines Projektes immer unter Kontrolle. Fachlich wurde sie von Kollegen und Vorgesetzten anerkannt. Das wusste sie.

Auch Oliver schätzte ihre Arbeit – und bediente sich schamlos an ihren Ergebnissen. Sie schnitt eine Grimasse und verdrängte den Gedanken. Jetzt ging es um ihre Stärken, was zählte noch dazu? Im Umgang mit anderen war sie hilfsbereit und freundlich. Das waren nicht alle Kollegen.

Sie dachte an Carla mit ihrem ruppigen Umgangston und ihrem egoistischen Verhalten. Diese war nicht sehr beliebt bei den Kollegen, ließ sich jedoch von niemandem ausnutzen. Auch nicht von Oliver. Anna kniff die Lippen zusammen. Letzteres fand sie zwar gut, aber so wie Carla wollte sie auch nicht sein. Ihr war es lieber, wenn alle sie mochten. Ein angenehmes Arbeitsklima war ihr eben wichtig.

»Das ist doch schon eine ganze Menge«, murmelte Anna halblaut vor sich hin, als sie ihre Notizen betrachtete.

Die nächste Frage lautete: *Mache dir bewusst, welche Erfahrungen dazu beigetragen haben, dass du dich manchmal schüchtern und gehemmt fühlst.*

Unwillig verzog Anna das Gesicht. Wer wollte schon schüchtern und gehemmt sein? Sie selbst jedenfalls nicht. Letzte Nacht war sie das wirklich nicht gewesen, dachte sie grinsend. Nick würde das sicher bestätigen.

Natürlich war ihr bewusst, dass die Frage anders gemeint war. Sie dachte an ihren Umgang mit Oliver. Sie würde ihn nicht als schüchtern und gehemmt bezeichnen, aber souverän und selbstbewusst war er auch nicht. Vielleicht sollte sie sich nicht so an die beiden Begriffe klammern. Ihr Problem war es, dass sie sich in manchen Situationen nicht durchsetzen konnte. Und sie wusste dank Ulrike auch, warum. Es bestand das Risiko, dass ihr Gegenüber sie dann nicht mehr mochte. Wieder kam ihr Carla in den Sinn. Doch zwischen Carlas Art und ihrer eigenen musste es noch einen goldenen Mittelweg geben. Den wollte sie finden.

Sie notierte sich diese Überlegung und las die nächste Zeile: *Stoppe negative Gedanken, sobald sie dir bewusst werden.* Das war eine prima Aufgabe zum Abschluss, fand Anna. Denn dazu musste sie jetzt nichts überlegen. Heute hatte sie noch keinen einzigen negativen Gedanken gehabt, stellte sie stolz fest. Wobei ihr nicht ganz klar war, wo die negativen Gedanken begannen. War es schon ein negativer Gedanke, wenn sie in den Kühlschrank schaute und sich ärgerte, dass sie keine Milch gekauft hatte? Wenn sie sich über so etwas nicht mehr aufregen durfte, würde es schwierig werden. Doch vermutlich war sie wieder einmal zu spitzfindig. Das war die Kontrolliererin in ihr, die alles sehr genau nahm und sofort Situationen erdachte, in denen die Aufgabe absurde Züge annahm.

Sie war erstaunt, wie selbstverständlich ihr dieser Zusammenhang klar war. Vielleicht sollte sie bei ihren Stärken noch dazuschreiben, dass sie das Verhalten von Personen gut einschätzen konnte. Hier hatte sie seit dem ersten Code ungeheuer viel dazugelernt.

Sie ergänzte die Frage nach den Stärken um den Punkt *gute Einschätzung von Personen* und schrieb *zu negativen Gedanken Ulrike fragen*. Damit schloss sie den gesamten ersten Bereich an Fragen und Aufgaben ab. Nun hatte sie sich eine Pause verdient.

Erst am Nachmittag fand Anna die Muße, am Code weiter zu arbeiten. Nachdem sie ihre gewohnte Runde in der Nähe ihrer Wohnung gelaufen war, hatte sie für das Abendessen eingekauft. Sie freute sich auf ein romantisches Abendessen bei Kerzenlicht mit Nick. Doch zuvor musste sie den Code durchgearbeitet haben. Sie würde niemals unvorbereitet bei Ulrike aufkreuzen. »Und wieder übernimmt der Kontrollierer in mir«, kommentierte sie ihren letzten Gedanken laut.

Der zweite Schritt beinhaltete nonverbale Techniken. Sie las die einzelnen Anleitungen langsam durch: *Bewusst laut und deutlich sprechen. Eine aufrechte Haltung einnehmen mit zurückgenommenen Schultern und geradem Rücken. Kopf hoch halten, nicht nach unten neigen. Lächeln und Lachen. Beides wirkt auf den gesamten Körper positiv. Auf Kleidung und Make-up achten. Wer sich in seiner Haut wohlfühlt, strahlt das nach außen.*

Die Haltungsanweisungen waren interessant, dachte Anna. Die würde sie gleich ausprobieren. Sie stellte sich vor den Spiegel im Flur und nahm die beschriebene Haltung ein.

»Hallo, ich bin die Anna«, sprach sie ihr Spiegelbild laut und deutlich an. Dann musste sie lachen. Aber es fühlte sich gut an und sah auch gut aus. Sie nahm sich vor, diese Haltung die nächsten Tage jedes Mal kurz einzunehmen, wenn sie an ihrem Spiegel vorbeiging. Bei nächster Gelegenheit würde sie die Haltung im Gespräch mit anderen Personen ausprobieren.

Kleidung und Make-up waren kein Problem für sie. Darauf achtete sie immer. Auch Lächeln und Lachen fiel ihr nicht schwer. Damit konnte sie den zweiten Schritt schon beenden.

Als sie sich mit dem dritten Schritt befasste, verzog sie das Gesicht. Diese Fragen waren nicht so leicht zu beantworten. Ulrike würde hier sicher wieder endlos nachhaken. Bei diesem Gedanken rief Anna sich zur Ordnung. Ulrike nahm sich die Zeit, sie zu unterstützen und ihr Selbstvertrauen zu stärken, und sie, Anna, war von den Fragen genervt. Sie war wirklich eine undankbare Person! Die eigenen Fehler zu erkennen war zwar ein schmerzhafter Prozess, aber am Ende lagen die Erkenntnisse dann wie ein offenes Buch vor ihr und sie profitierte davon. So war es bisher in allen Gesprächen mit Ulrike gewesen. So würde es vermutlich auch dieses Mal sein, aber der Weg dahin war anstrengend.

Sie nahm sich vor, zu jeder Frage eine kurze Antwort zu finden. Alles andere würde sie dann mit Ulrike erarbeiten. Los ging es mit der Frage: *Welche Situationen lähmen mich?*

Das war noch einfach zu beantworten, denn das hatte sie mit Ulrike in der ersten Sitzung herausgearbeitet. Es waren alle Situationen, in denen sie abgelehnt werden könnte.

Bevor sich ihre Gedanken zu sehr mit ihrer Harmoniesucht beschäftigen konnten, wie sie ihren Wunsch, von allen gemocht zu werden, bei sich nannte, las sie schnell die zweite Frage: *Welcher rote Faden zieht sich durch diese Situationen hindurch?*

Das war wohl die Harmoniesucht, an die sie gerade gedacht hatte. Auch die Frage nach der Rolle konnte sie klar beantworten, auch wenn ihr der Gedanke nicht sonderlich behagte: Sie war das Opfer, nicht der Täter.

Die nächsten beiden Fragen zu Motiven und Gesinnung überflog sie nur. Das hatte sie mit Ulrike schon ausführlich diskutiert. Dazu wollte sie sich jetzt keine Gedanken machen. Blieben noch die letzten beiden Fragen: *Wie wichtig ist mir Harmonie? Habe ich den Mut anzuecken?*

Während Anna über diese beiden Fragen nachdachte, wurde ihr klar, dass die Harmonie für sie nicht mehr ganz so wichtig war wie noch vor ein paar Wochen. Sie hatte der Auseinandersetzung mit Carla standgehalten und sich gut dabei gefühlt. Mit Oliver war es schwieriger, weil er sie dauernd austrickste und so viel Druck machte. Aber sie war nicht mehr bereit, die Harmonie über alles zu stellen, deshalb setzte sie sich ja mit den Codes auseinander. Klar liebte sie es, mit allen gut auszukommen, egal ob privat oder im Berufsleben. Aber sie war nicht mehr bereit, jeden Preis dafür zu zahlen. Das war ein echter Fortschritt. Doch ob sie den Mut fand, sich gegenüber Oliver so durchzusetzen, wie sie sich das vorstellte, stand in den Sternen. Aber vielleicht war sie nach dem Gespräch mit Ulrike schlauer.

Als sie den letzten Satz der Anleitungen las, lachte sie laut auf. Das war mal wieder typisch für sie. Sie erging sich immer sofort in den Details, ohne sich vorher einen Überblick zu verschaffen. Die negativen Gedanken wurden erklärt. Es handelte sich um Angst und Neid, nicht um Ärger über eigene kleine Unzulänglichkeiten. Nun, Neid war noch nie ihr Problem gewesen und an ihrer Angst vor Ablehnung arbeitete sie.

Zufrieden, dass sie alle Fragen bearbeitet hatte und die Vorbereitung nun abschließen konnte, klappte Anna die Mappe zu.

Kapitel 16

DAS BILD VERÄNDERT SICH

»Möchtest du noch Kaffee?« Nick schwang die Kaffeekanne an Annas Frühstückstisch, als wäre er schon seit Jahren der Hausherr. Am liebsten würde er jeden Morgen mit Anna beim Frühstück sitzen, sie davor und danach lieben und mit ihr leben und alt werden. Die Erkenntnis traf ihn mit voller Wucht.

Er hatte schon einige längere Beziehungen hinter sich, aber so wie mit Anna war es noch nie gewesen. Sie zog ihn magisch an. Und es war nicht nur der großartige Sex. Mit ihr konnte er stundenlang über Gott und die Welt reden, ohne sich zu langweilen. Anfangs hatte er gedacht, Anna sei schüchtern und zurückhaltend. Doch je näher er sie kennenlernte, umso lebhafter wurde sie. Er schätzte ihren scharfen analytischen Verstand und ihren gesunden Humor.

Am zweiten Tag ihrer Beziehung war es vermutlich zu früh, um über den Rest des Lebens zu sprechen. Er wollte Anna schließlich nicht verschrecken. Aber er war sich seiner Sache sicher. Eine Woche, dachte er, eine Woche gebe ich ihr noch, dann werden wir ein ernstes Gespräch über unsere gemeinsame Zukunft führen.

Anna hielt ihm ihre Tasse hin. Sie ahnte nichts von Nicks weitreichenden Überlegungen und genoss das gemütliche Frühstück. Er war gestern nach der Arbeit mit einer großen Tasche bei ihr aufgetaucht und über Nacht geblieben. Obwohl sie erst seit zwei Tagen ein Paar waren, fühlte es sich an, als ob es schon Jahre wären.

Mit seinen verstrubbelten Haaren, dem Dreitagebart und dem engen weißen T-Shirt, das seine breiten Schultern und die sehnigen Arme betonte, sah er zum Anbeißen aus, dachte Anna versonnen.

Nachdem er ihr Kaffee eingeschenkt hatte, lächelte er sie zärtlich an. Anna lächelte zurück und überlegte, wie viel sie ihm über ihr Treffen mit Ulrike erzählen sollte. Die Beziehung zu Nick war keine kurze, oberflächliche Affäre, das spürte sie instinktiv. Deshalb wollte sie ihn an ihrem Leben und auch an ihren Sorgen teilhaben lassen. Außerdem wusste er schon von ihrem Problem mit Oliver. Andererseits war der Bund eine streng geheime Angelegenheit.

»Ich habe in eineinhalb Stunden ein Treffen mit Ulrike, einer Bekannten. Wegen Oliver. Er manipuliert mich ständig und springt mit mir um, wie es ihm passt. Ich weiß, dass ich mich ihm gegenüber endlich durchsetzen muss, aber das ist nicht so einfach.«

Nicks Blick wurde hart. Mit angespanntem Kiefer wartete er, dass Anna weitersprach.

»Am Dienstag kam er in mein Büro und informierte mich, dass er mein Projekt mit Richard Gerber an Carla weitergegeben hat. Ich wäre raus und er habe schon alles geregelt. Ich war wie vor den Kopf geschlagen. Ich hatte mich so auf das Franchise-Projekt gefreut. Vor allem als Erfahrung für meine zukünftigen Büchercafés. Du weißt schon. Davon habe ich dir doch erzählt.«

»Dieser verfluchte Mistkerl! Ich kann nicht glauben, dass er so rücksichtslos mit dir umspringt. Warum lässt du dir das gefallen? Das hast du doch gar nicht nötig!«

Das war genau der Punkt, dachte Anna.

»Ich wollte ihn ja zur Rede stellen«, verteidigte sie sich. »Aber dann hat er mir gezeigt, wie du mit Paul und deiner Schwester über die Straße gegangen bist. Und dann konnte ich an nichts anderes mehr denken als …«

»… dass ich dich angelogen und dir mein Kind und vielleicht sogar auch meine Frau unterschlagen habe«, unterbrach Nick Annas Erklärung. »Das hast du doch im ersten Moment gedacht, oder?«

Als Anna verschämt nickte, nahm er ihre Hand in seine und strich zart über ihre Finger. »Es tut mir so leid, Anna. Ich hätte dir schon vorher sagen sollen, dass meine Schwester mich besucht. Dann hätte es gar kein Missverständnis gegeben. Aber ich konnte auch nicht ahnen, dass der Besuch meiner Schwester Oliver in die Hände spielt. Es ist unglaublich, wie Oliver seinen Vorteil zu nutzen weiß.« Erbost schüttelte er den Kopf. »Aber ich verspreche dir, in Zukunft wird Oliver anders mit dir umgehen. Ich regle das. Der kann am Montag was erleben!«

»Nein, das machst du auf keinen Fall!«, widersprach Anna postwendend und entzog ihm ihre Hand. »Ich weiß es zu schätzen, dass du mir helfen willst, aber du darfst dich da nicht einmischen. Das ist ganz allein mein Problem und ich werde es auch selbst lösen.«

Typisch Verfolger, ging es Anna durch den Kopf. Ergreift sofort die Initiative. Dass er Oliver mühelos in seine Schranken verweisen konnte, konnte Anna sich lebhaft vorstellen. Doch das wollte sie nicht. Sie hatte gerade begonnen, für sich selbst einzustehen und ihre Probleme anzugehen. Und sie war überzeugt, auf dem richtigen Weg zu sein. Trotzdem fand sie es schön, dass Nick sich für sie einsetzte.

»Bist du sicher, dass ich dich nicht unterstützen soll?« Nick war verwundert, dass Anna seine Hilfe ablehnte.

»Hast du mal überlegt, wie das wirkt, wenn du als mein großer Beschützer in der Firma auftrittst?«

Die Verquickung von Privat- und Berufsleben war einer der Gründe, weshalb Anna sich niemals in einen Kollegen verlieben wollte. Nun war es trotzdem passiert und Anna war glücklich über diese Fügung. Doch sie wollte die beiden Bereiche möglichst auseinanderhalten. Bisher wusste noch niemand in der Firma von ihrer Beziehung zu Nick. Sie hatten noch nicht darüber geredet, wie sie sich in der Firma verhalten würden, doch dass Nick jetzt ihre Kämpfe ausfocht, ging entschieden zu weit. Damit würde sie sich lächerlich machen.

Während sich Nick ihr Argument durch den Kopf gehen ließ, beobachtete Anna ihn. Sie konnte ihm ansehen, dass er sich gerne mit Oliver auseinandersetzen würde. Seine grimmige Miene sprach Bände. Doch dann entspannten sich seine Züge und er lächelte sie an. »Okay. Das ist keine gute Idee. Ich würde dir das Gespräch gerne ersparen und Oliver zurechtstutzen. Aber es ist wichtig, dass du dich selbst mit ihm auseinandersetzt. Nur dann wird er dich respektieren.«

»Genau!« Anna war erleichtert, dass Nick die Zusammenhänge so schnell erkannt hatte. »Deshalb treffe ich mich mit Ulrike. Sie zeigt mir ein paar Techniken, die ich im Umgang mit Oliver einsetzen kann.«

Das war eine schöne Umschreibung, dachte Anna. »Aber mehr will ich dazu jetzt gar nicht erzählen.«

»Okay. Aber wenn ich dich unterstützen soll: ein Wort genügt. Und nun habe ich noch eine ganz andere Frage.« Mit gespielt ernstem Gesicht versenkte Nick seinen Blick tief in Annas smaragdgrüne Augen. »Möchtest du jetzt mit mir duschen?«

Unwillkürlich schnappte Anna nach Luft. Ihre Wangen röteten sich, doch sie hauchte schmachtend: »Oh ja, mein großer Beschützer«.

Lachend zog er sie hoch und hob sie auf seine Arme. Dann entschwand er mit seiner süßen Last in Richtung Bad.

Eine Stunde später machte sich Anna auf den Weg zu Ulrikes Kanzlei. Die Oktobersonne hatte die Blätter in eine flammend gelbe und rote Pracht verwandelt und Anna genoss die herbstliche Kühle. Sie hätte die ganze Welt umarmen können und fühlte sich unbeschreiblich glücklich. Einzig Oliver störte. Doch nicht mehr lange, nahm sie sich wieder einmal vor. In der nächsten Woche würde sie sich mit ihm auseinandersetzen. Doch nun würde sie sich auf das bevorstehende Mentoring konzentrieren, dachte sie, während sie auf die Eingangstür zutrat.

Nach einer herzlichen Begrüßung folgte sie Ulrike in das vertraute Kaminzimmer. Auf dem Tischchen waren bereits Lebkuchen, Erdnüsse und Mandarinen appetitlich angerichtet. Die ersten Anzeichen, dass sich die »staade Zeit«, wie die Adventszeit in Bayern genannt wurde, mit großen Schritten näherte. Nachdem Ulrike den Kaffee eingeschenkt hatte, lehnte sie sich entspannt zurück und fragte Anna, wie es ihr in den zwei Wochen ergangen war.

Anna erzählte ihr in kurzen Worten von ihrem Disput mit Carla, den sie als Erfolg verbuchte, denn in diesem Fall hatte sie ihre Angst vor Ablehnung besiegt. Sie berichtete auch, dass sie sich aktiv für das Franchise-Projekt mit Richard beworben hatte und weshalb dieses so wichtig für sie war. Alles war perfekt gewesen, doch dann hatte sich Oliver eingemischt und alles kaputt gemacht. Von Nick erzählte sie nichts. Sie war sich nicht sicher, was Ulrike von einer Kollegenbeziehung hielt. Außerdem hatte sie die Verwicklungen, die Nick betrafen, selbst gelöst, und mit Nick war alles in schönster Ordnung. Sie wollte die Dinge schließlich nicht verkomplizieren.

»Du hast das Gefühl, dass du Fortschritte machst, nicht wahr?«, fragte Ulrike. Anna nickte zustimmend.

»Das ist gut. Aber gegen Oliver kommst du immer noch nicht an.«

Die Lippen zusammenpressend schüttelte Anna den Kopf. »Er trickst mich immer wieder aus. Mit dieser letzten Aktion hatte ich überhaupt nicht gerechnet. Er hat mich einfach vor vollendete Tatsachen gestellt. Damit sind mir die Hände gebunden. Ich kann doch nicht einfach zu Richard gehen und alles wieder rückgängig machen.«

»Warum nicht?«

»Das ist doch megapeinlich! Das sieht aus, als ob Oliver über mich bestimmen würde, ohne es vorher mit mir abzusprechen.«

»Aber genauso ist es.«

»Ja, aber das muss Richard ja nicht wissen.«

Ohne eine Miene zu verziehen, ließ Ulrike den letzten Satz im Raum verklingen. In der plötzlichen Stille fühlte Anna, wie die Hitze ihren Hals hinaufkroch. Langsam wurde ihr bewusst, was sie gerade gesagt hatte.

»Ahhh, ich bin so dumm. Ich decke praktisch Olivers Manipulationen, um vor den anderen gut dazustehen.«

»Nein, du bist nicht dumm. Du hast diesen Zusammenhang selbst erkannt. Das ist der erste Schritt. Der zweite Schritt ist, aktiv dagegen anzugehen. In der Auseinandersetzung mit Carla hast du das schon sehr gut gemacht. Und bei Oliver wird dir das auch gelingen. Deshalb machen wir uns jetzt an den dritten Code. Dann sehen wir weiter.«

Dankbar für die ermutigenden Worte blickte Anna zu Ulrike. Sie schätzte es sehr, dass Ulrike keine Kritik an ihr äußerte, sondern die positive Seite betonte.

»Vertraue dir selbst, dann tun es auch die anderen. Diesen Code finde ich besonders wichtig. Er hilft dir, dein Selbstvertrauen zu stärken. Wenn ich dich richtig einschätze, dann hast du die Fragen und Aufgaben zu diesem Code sorgfältig durchgearbeitet.« Während Ulrike sie fragend ansah, holte Anna ihr Tablet aus der Handtasche und rief die Notiz-App auf. »Ja, ich habe mir zu jeder Frage Notizen gemacht.«

»Das ist prima, die Notizen kannst du gleich verwenden. Wir handeln jetzt nämlich nicht die Fragen nacheinander ab, denn das hast du ja alleine schon gemacht. Sondern ich möchte, dass du die Person Anna Zimmermann beschreibst, wie du sie aufgrund der Fragen wahrgenommen hast. Du kannst wieder die Rolle der Betty einnehmen, wenn es dir dann leichter fällt, aber ich glaube, du schaffst das auch so, ohne in eine fremde Rolle zu schlüpfen.«

Zu früh gefreut, dachte Anna. Statt einfach die Antworten auf die einzelnen Fragen abzulesen, sollte sie nun eine komplette Persönlichkeitsbeschreibung abliefern. Ulrike verstand es wirklich, ein Gespräch anspruchsvoll zu gestalten.

Sie überflog ihre Notizen und überlegte kurz, ob sie als Betty antworten sollte. Doch sie traute sich durchaus zu, das Bild auch ohne Bettys Hilfe zu beschreiben.

»Okay, also ohne Betty. Aber ich würde gerne in der dritten Person sprechen, sonst klingt es so nach Eigenlob.«

Als Ulrike zustimmend nickte, atmete Anna tief durch. »Anna ist intelligent, fleißig und freundlich. Sie ist im Kollegenkreis und bei ihren Vorgesetzten beliebt und wird aufgrund ihrer Fachkenntnisse und guten Ideen sehr geschätzt. Alle halten Anna für kompetent und wissen, auf Anna kann man sich verlassen. Auch bei den Mandanten ist sie so angesehen, dass einige sie abwerben möchten. Privat hat sich Anna gut in München eingelebt und fühlt sich rundum wohl.«

Sie stoppte kurz und überlegte, wie sie fortfahren sollte. »Im

Büro hat sie immer ein offenes Ohr für die Nöte der anderen und ist sehr hilfsbereit. Die Kehrseite ist, dass sie sich leicht ausnutzen lässt und sich manche Dinge schönredet statt sich damit auseinanderzusetzen. Aber Anna hat auch dazugelernt: lieb sein reicht nicht. Deshalb ist sie heute hier.«

Hoffentlich verstand Ulrike, dass sie den letzten Satz zwar scherzhaft formuliert hatte, ihn aber durchaus ernst meinte. Sie wurde nicht enttäuscht. Ulrike, die bis dahin konzentriert zugehört hatte, entschlüpfte ein kleines Lächeln. Doch schnell setzte sie wieder eine ernste Miene auf und nickte.

»So wie du es eben beschrieben hast, ist die Anna eine sehr wertvolle Nachwuchskraft, ein sogenannter ›High Potential‹. Jeder Arbeitgeber und jedes Team würde sich glücklich schätzen, Anna im Boot zu haben.«

So hatte Anna es noch nie betrachtet. Vor Freude über dieses Lob wurde sie ganz rot. Sie kontrollierte die einzelnen Punkte auf ihrer Liste und musste Ulrike zustimmen: Sie, Anna, war tatsächlich ein High Potential. Diese Erkenntnis nahm einen Druck von ihr, der ihr gar nicht bewusst gewesen war. Plötzlich fühlte sie sich seltsam leicht.

So viele Leute hatten sie schon gelobt und ihr ihre Wertschätzung gezeigt. Doch sie hatte das immer abgetan und als selbstverständlich erachtet. In diesem Moment erkannte sie, dass das nicht nur aus Höflichkeit oder anderen Gründen so dahingesagt war, sondern dass diese Leute das tatsächlich so gemeint hatten. Sie wurde von ihren Mitmenschen anerkannt und geschätzt. Sie war ein High Potential.

Ulrike konnte die Erkenntnis an Annas Gesicht ablesen. Das war ein entscheidender Schritt im Mentoring, wie Ulrike aus Erfahrung wusste. Anna hatte gerade ihr Bild von sich selbst verändert.

Bisher hatte sie überwiegend ihre eigenen Schwächen wahrgenommen, sich von diesen beeinflussen lassen und sich schnell unsicher gefühlt. Ihre Stärken hatte sie als selbstverständlich angesehen und nicht weiter beachtet. Jetzt wurden ihr diese Stärken bewusst. Das würde sich zwangsläufig positiv auf ihr Selbstvertrauen auswirken. Nun brauchte Anna ein wenig Zeit, um diese Erkenntnis zu verdauen, bevor sie einen Schritt weiter gingen.

»Wollen wir eine kleine Pause machen?«

Dankbar stimmte Anna zu. Sie brauchte wirklich eine kurze Auszeit, um die Gedanken zu sortieren, die wild in ihrem Kopf umherschwirrten.

Während Ulrike die Zeit nutzte, um in ihrem Büro zu telefonieren, schlüpfte Anna in ihren Parka und lief hinaus ins Freie. Die Sonne lugte ein wenig hinter den dichten Wolken hervor und ließ den Park wie frisch gewaschen erscheinen. Der Regen, der die ganze Nacht hindurch auf den Boden geprasselt war, hatte die Wege ein wenig aufgeweicht und viele kleine Pfützen geschaffen. Vorsichtig bahnte sich Anna ihren Weg.

Ihre Gedanken liefen unterdessen zurück zu dem Gespräch, das sie gerade geführt hatte. Sie konnte immer noch nicht ganz begreifen, was sich verändert hatte. Plötzlich sah sie sich selbst in einem anderen Licht und fragte sich, weshalb sie diese Zusammenhänge nicht schon längst erkannt hatte. Klar, es war ihr unglaublich wichtig, dass alle sie mochten. Aber sie hatte so viele gute Eigenschaften und Stärken, dass sie nicht dauernd hinterfragen müsste, ob alle sie schätzten.

»Die können froh sein, dass sie mich haben!«, rief sie übermütig und breitete die Arme aus. Im nächsten Moment ließ sie die Arme sinken und blickte sich hektisch um, ob jemand sie gesehen hatte.

Doch dann lächelte sie. Alte Gewohnheiten legt man nicht so

schnell ab, ging es ihr durch den Kopf. Wenn es jemand mitbekommen hat, hält er mich vielleicht für ein bisschen irre, aber ich selbst weiß ja, dass ich völlig richtig im Oberstübchen bin, und darauf kommt es an.

Der Gedanke wirkte befreiend und Anna grinste vergnügt vor sich hin. Natürlich würde sie sich jetzt nicht wie eine Verrückte aufführen, aber es war schön, den eigenen Wert besser einschätzen zu können.

Langsam lenkte sie ihre Schritte zurück zur Kanzlei. Sie hatte das Gefühl, dass sich diese Erkenntnis positiv auf ihr weiteres Leben auswirken würde.

Die Wangen vom Wind gerötet, trat Anna ans Fenster und wartete auf Ulrike. »Entschuldige, dass ich dich warten ließ. Gabriel, mein jüngerer Sohn, war am Telefon. Er will sein Chemie-Studium abbrechen und die nächsten Jahre als Tauchlehrer in Indonesien leben. Nicht zu glauben, was so Kindern immer wieder einfällt.«

Anna wusste nicht, was sie darauf antworten sollte, und blickte besorgt zu Ulrike. Als Ulrike ihren Blick sah, lachte sie. »Du musst dir keine Gedanken darüber machen. Er kommt morgen nach Hause, dann reden wir. Dabei ergibt sich sicher eine Lösung, mit der alle zufrieden sind. Aber du siehst, auch bei uns läuft nicht immer alles glatt. Das ist völlig normal. Auch Jungs haben so ihre Probleme.«

»Ich hätte mich nie getraut, meiner Mutter so eine Idee zu präsentieren. Die hätte gesagt, du hast dich für das Studium entschieden und das machst du jetzt auch fertig. Basta!«

»Würdest du das auch zu deinen Kindern sagen?«

»Nein. Ich würde mir ihre Beweggründe anhören und mit ihnen diskutieren.«

Das kommt zwar ungeplant, dachte Ulrike, aber es ist ein gutes Beispiel, um zu sehen, inwieweit Anna unterschiedliche Reaktionen den Verhaltenstypen zuordnen kann. »Du kannst das Verhalten deiner Mutter voraussagen, weil du sie gut kennst. Aber weißt du auch, weshalb sie sich anders verhält als du?«

Anna überlegte kurz, dann plötzlich stand es ihr vor Augen. »Ja natürlich. Meine Mutter ist eine Verfolgerin. Sie hat immer ein Ziel vor Augen, auf das sie direkt zugeht. Was rechts und links des Weges passiert, interessiert sie nicht groß, obwohl sie ja auch Kontrollierer-Anteile hat. Aber die ordnen sich hier vermutlich dem Verfolger-Anteil unter.«

Als Ulrike zustimmend nickte, führte sie ihre Überlegung weiter aus. »Bei mir dagegen sind die Kontrollierer-Anteile stärker ausgeprägt. Mich interessieren die Details: Weshalb will mein Kind sein Studium aufgeben? Wie stellt es sich seine nahe und seine ferne Zukunft vor? Ich sehe die ganze Angelegenheit aus einem völlig anderen Blickwinkel.«

Anna blickte Ulrike ob dieser Erkenntnis ein wenig schockiert an. »Je nachdem, zu welchen Verhaltenstypen die Eltern und die Kinder gehören, haben es die Kinder leicht oder schwer im Umgang mit ihren Eltern.«

»Ja, aber die Eltern mit den Kindern auch«, erwiderte Ulrike und dachte an ihren Jüngsten. »Der Kreis ist noch viel größer, denn du kannst deinen Partner, deine Kollegen, Vorgesetzten und Freunde auch mit einschließen.«

»Nick, mein Freund«, bei dem Gedanken musste Anna lächeln, »ist auch zum Teil Verfolger, aber mit ihm komme ich wunderbar zurecht. Mit Oliver hingegen ist alles schwierig.«

»Der Verhaltenstyp alleine erklärt natürlich nicht das gesamte Wesen einer Person. So einfach ist es leider nicht, denn in der

Persönlichkeit spielen viele Faktoren mit. Doch der Verhaltenstyp gibt dir klare Hinweise darauf, weshalb sich die Person so verhält. Damit kannst du sie besser verstehen und auch leichter auf sie eingehen.«

Das leuchtete Anna ein.

»Aber jetzt sind wir etwas vom Thema abgekommen. Heute ist ja der Code *Vertraue dir selbst, dann tun es auch die anderen* an der Reihe. Vor der Pause hast du erkannt, dass du für deine Firma ein echter High Potential bist und über jede Menge Stärken verfügst. Wie fühlst du dich mit dieser Erkenntnis?«

Anna lächelte. »Sehr gut. Irgendwie fühle ich mich viel leichter. Wohler in meiner Haut. Bisher habe ich mich immer nur auf das konzentriert, was ich nicht so gut kann. Jetzt schätze ich meine Fähigkeiten anders ein und sehe, was ich alles schon erreicht habe. Das ist echt ein gutes Gefühl.«

Auch Ulrike war zufrieden. Anna hatte schnell erkannt, dass sie zu stark auf ihre Schwächen achtete und ihre Stärken zum Großteil übersah. Ihr Blickwinkel hatte sich verändert und aus Erfahrung wusste sie, dass das so bleiben würde. Das würde Anna mehr Selbstvertrauen geben. Es bedeutete jedoch nicht, dass sie ihr Problem mit Oliver leicht lösen konnte. Sich gegen ihn zu behaupten, erforderte Mut, Kraft und Selbstbewusstsein, denn nach Annas Schilderungen war Oliver völlig skrupellos, wenn es darum ging, seine Interessen durchzusetzen. Die Vorbereitung auf ein Gespräch mit Oliver würde den Rest der heutigen Sitzung einnehmen. Wenn Anna es schaffte, von Oliver als gleichwertig akzeptiert zu werden, dann würde das ihr Selbstvertrauen noch einmal stärken.

»Nun wollen wir ganz konkret auf dein Problem mit Oliver eingehen. Dazu knüpfen wir an seine letzte Aktion an. Er hat dir ein wichtiges Projekt weggenommen, ohne vorher mit dir darüber zu sprechen.«

»Ja«, bestätigte Anna.

»Was tust du jetzt?«

Anna zuckte die Schultern. »Ich rede mit ihm darüber.«

»Weißt du schon, was du zu ihm sagen willst?«

Anna schüttelte verdrießlich den Kopf. Gerade hatte sie sich so gut gefühlt. Eigentlich wollte sie jetzt lieber noch ein wenig über ihre Stärken reden und nicht über Oliver. Um ein wenig Zeit zu schinden, nahm sie sich einen Schokoladenlebkuchen und biss hinein. Der Geschmack von Honig, Zimt und Nelken explodierte auf ihrer Zunge. Sie kaute genüsslich, während sie überlegte. Was wollte sie zu Oliver sagen? Sie hatte keine Ahnung. Am vergangenen Mittwoch hätte sie sich beschwert, dass er über ihren Kopf hinweg eine Entscheidung für sie getroffen hatte. Dass er so etwas nie wieder machen dürfe. Aber hätte das etwas geändert? Vermutlich nicht.

Sie schluckte den Bissen hinunter und entschied sich für eine ehrliche Antwort. »Nein, eigentlich weiß ich nicht, was ich sagen soll. Bisher hat nichts gefruchtet. Irgendwie läuft es immer auf das Gleiche hinaus. Er fegt meine Argumente vom Tisch, beschwichtigt mich mit Lob und zweifelhaften Komplimenten und wechselt dann mit Nachdruck das Thema. Er nimmt mich einfach nicht ernst.« Verärgert über den belegten, zittrigen Klang ihrer Stimme räusperte sie sich. Sie wollte nicht so schwach erscheinen, aber sie sah keinen Weg, wie sie Oliver beikommen sollte.

Ulrike hingegen fand durchaus einen Hebel, an dem Anna ansetzen konnte. »Die Erkenntnis, wie Oliver mit deinen Einwänden umgeht, ist ja schon der erste Schritt.«

Unwillkürlich hob Anna den Kopf und blickte Ulrike interessiert an. Da war was dran.

»Wenn er deine Argumente vom Tisch fegen kann, sind sie

nicht stark genug. Du solltest dir Argumente suchen, die er nicht entkräften oder missachten kann, ohne dass es für ihn unangenehme Konsequenzen hat.«

Annas Augenbrauen schossen in die Höhe. Das klang plausibel. Aber würde sie sich trauen, Oliver so entschlossen entgegenzutreten? Bei dieser Frage wurde ihr bewusst, dass sie sich bisher immer nur halbherzig beschwert hatte. Sie hatte Oliver zwar schon des Öfteren mitgeteilt, dass es nicht okay war, wie er sich verhielt, aber dann hatte sie immer ganz schnell nachgegeben und sein Spiel mitgespielt. Sie hatte nie ernsthaft erwartet, dass sich etwas ändern würde.

Bei dem Gedanken, Oliver unangenehme Konsequenzen aufzuzeigen, wurde ihr heiß. Das erforderte Mut, denn Oliver konnte gnadenlos sein, wenn er wütend war. Und er würde vor Zorn sprühen, wenn sie ihn unter Druck setzte. Instinktiv spürte sie, dass sie an einer entscheidenden Weggabelung stand. Sie konnte weitermachen wie bisher: sich über Oliver ärgern und immer wieder nachgeben. Oder sie konnte sich gegen Oliver behaupten. Ob ihr das gelingen würde, war ungewiss. Wenn sie dabei scheiterte, würde alles beim Alten bleiben. Doch wenn sie sich durchsetzen könnte, wäre sie den ewigen Ärger mit Oliver los. Er würde nicht auf ihre Kosten Karriere machen und sie würde sich viel besser fühlen.

Während Anna den ganzen Ärger der letzten Wochen Revue passieren ließ, wurde ihr klar, dass sie nicht mehr zurückwollte. Sie hatte sich auf den Weg gemacht, von Oliver ernst genommen zu werden, und sie würde jetzt direkt vor dem Ziel nicht aufgeben.

Ulrike beobachtete Annas inneren Aufruhr. Sie war sich sicher, dass Anna sich gegen Oliver durchsetzen konnte. Aber die Entscheidung, diesen Prozess anzugehen, musste Anna alleine treffen. Würde sie den nötigen Mut dazu aufbringen?

Als Anna sich aufrichtete, die Schultern zurücknahm und das Kinn hob, kannte sie die Antwort.

»Und welche Argumente könnte ich da verwenden? Gibt es da eine Art Patentlösung?«, fragte Anna hoffnungsvoll.

»Leider nicht. Aber wir können die Argumente gemeinsam erarbeiten.«

»Okay. Da bin ich jetzt wirklich gespannt.«

Während Ulrike das Flipchart heranschob, stellte sie Anna bereits die erste Frage. »Lass uns bei Oliver beginnen. Was ist für Oliver das Wichtigste an eurer Zusammenarbeit?«

Da musste Anna nicht lange überlegen. »Oliver arbeitet nicht gerne viel und ist fachlich nicht sehr beschlagen. Er drückt sich davor, Analysen zu machen und daraus Lösungen zu entwickeln, also vor der ureigensten Aufgabe eines Beraters. Zudem liefert er nie innovative Ideen, die den Kunden begeistern. Aber er versteht es meisterhaft, die Ideen anderer als seine auszugeben und sich vor den Mandanten und den Vorgesetzten als Mitarbeiter des Jahres darzustellen. Und genau dafür braucht er mich.«

Es hatte eine Zeitlang gedauert, bis Anna sich diese Erkenntnis eingestanden hatte. Sie dachte und redete nicht gerne schlecht über andere, aber sie war sich sicher, dass ihre Einschätzung von Oliver voll zutraf.

Ulrike schrieb *Oliver braucht Annas Fachkenntnisse und Ideen, um glänzen zu können* auf das Flipchart. »Wenn du nicht mehr bereit wärst, für ihn und mit ihm zu arbeiten, wäre das ein Problem für ihn?

»Ja, auf jeden Fall!« Worauf wollte Ulrike hinaus? Anna sah die Lösung nicht.

»Genau darin liegt dein stärkstes Argument.«

»Ich soll mich weigern, mit ihm zu arbeiten? Der wird mich umbringen!«

»Nein. Das macht er sicher nicht. Du sollst dich auch nicht weigern, sondern du sollst ihm aufzeigen, dass das die Konsequenz sein wird, wenn er dich nicht anders behandelt. Diese Konsequenz ist ein mächtiges Instrument, das du in der Hand hast. Du hast es bisher nur noch nie benutzt. Wenn er dich wirklich braucht, so wie du es schilderst, ist er auf deine Kooperation angewiesen. Wenn du ihm diese verweigerst, kann er überhaupt nichts machen.«

Konnte es wirklich so einfach sein? Gebannt lauschte Anna Ulrikes weiteren Ausführungen.

»Wenn ihr nicht mehr zusammenarbeitet: wer hat dabei am meisten zu verlieren? Du oder Oliver?«

»Ich auf keinen Fall. Ich wäre froh, wenn ich ihn los bin. Aber er hat eine Menge zu verlieren.«

»Also wird er alles tun, um sich deine Unterstützung zu sichern. Damit bist du in der Lage, die Bedingungen für eure Zusammenarbeit aufzustellen. Das wird ihm sicher nicht behagen, aber die Konsequenz, die Beendigung eurer Zusammenarbeit, dürfte ihm noch weniger gefallen.«

»Das wäre aber schon hart, wenn ich ihm mit der Beendigung der Zusammenarbeit drohe. Ich müsste dann auch mit Morgenroth darüber sprechen. Das wäre mir extrem peinlich.«

»Das muss dir nicht peinlich sein. Es kommt ganz auf den Ton an, in dem du das Gespräch führst. Du kannst dich bei ihm beschweren, dass Oliver so gemein ist, oder du kannst ihn ganz sachlich bitten, dich in Zukunft einem anderen Team zuzuteilen, weil die Zusammenarbeit mit Oliver sowohl für die Firma als auch für den Mandanten von Nachteil ist. Es ist natürlich die Frage, ob es bei eurer Firmengröße möglich ist, das Team zu wechseln.«

»Wir haben keine starre Aufteilung in Teams. Grundsätzlich wäre es schon möglich.«

»Mit dem Argument, für die Firma und den Mandanten das Beste zu wollen, kommst du in fast allen Fällen durch. Vor allem, wenn es der Wahrheit entspricht. Das kann ich dir aus meiner Erfahrung sagen. Vermutlich weiß euer Chef insgeheim längst über die Unzulänglichkeiten von Oliver Bescheid. Aber solange du nichts sagst, wird er annehmen, dass in eurer Zusammenarbeit alles passt.«

Da hatte Ulrike den Nagel auf den Kopf getroffen. Anna hatte schon länger das Gefühl, dass Morgenroth nicht allzu viel von Olivers Fähigkeiten hielt, im Gegensatz zu den Geschäftsführern, die Oliver nur von seinen selbstherrlichen Präsentationen kannten.

»Ein gewisses Restrisiko bleibt allerdings bestehen, wenn du dich an deinen Chef wendest. Falls er Oliver den Rücken stärkt und dir nicht glaubt, dass Oliver sich mit deiner Arbeit schmückt, dann solltest du eindeutige Beweise auffahren können. Ansonsten hast du das Nachsehen. Dann musst du dich im schlimmsten Fall nach einem anderen Arbeitgeber umsehen.«

»Na super!« Anna schnitt eine Grimasse und brütete eine Weile vor sich hin. Als Ulrike fragte, was ihr gerade durch den Kopf ging, atmete sie tief durch.

»Ich ärgere mich über mich selbst, weil ich mir das alles schon so lange von Oliver gefallen lasse und jetzt in so eine blöde Zwangslage geraten bin. Eigentlich will ich das Ganze gar nicht mit Morgenroth besprechen. Ich will das selbst lösen. Zu Morgenroth gehe ich nur im äußersten Notfall. Das Risiko, dass er sich hinter Oliver stellt, muss ich eingehen, denn so wie jetzt kann es auf keinen Fall weitergehen.«

Nachdenklich kaute sie auf ihrer Unterlippe und verfiel für kurze Zeit in Schweigen. Als sie mit finsterer Miene aufblickte, hatte sie ihren Entschluss gefasst. »Ich werde Oliver vor die Wahl stellen, mich entweder fair zu behandeln oder mit Morgenroth zu besprechen, wie die Zusammenarbeit zukünftig aussehen wird.«

Plötzlich wechselte ihr Gesichtsausdruck zu einem grimmigen Lächeln.»Ich schätze, er wird Zeter und Mordio schreien, danach wird er mir schmeicheln und alles versuchen, um mich umzustimmen. Aber wenn er sein Verhalten nicht ändert, bin ich bereit, zu Morgenroth zu gehen. Mein größtes Problem dabei ist, dass es vermutlich mit einem Gespräch nicht getan ist. Er wird immer wieder versuchen, mich einzuwickeln.«

Nachdem Ulrike die letzten Überlegungen auf dem Flipchart notiert hatte, wandte sie sich zu Anna.»Hier kann ich dir einen kleinen Kniff verraten, den ich selbst schon oft benutzt habe.«

Anna war ganz Ohr.

»Stelle als erstes eine Forderung auf, von der du nicht glaubst, dass du sie durchsetzen kannst. Wenn es dir gelingt, ihn dazu zu bewegen, diese Forderung zu erfüllen, dann sind alle folgenden im Vergleich ein Kinderspiel. Wenn du dir dann mal wieder unsicher bist, denkst du an diese Forderung zurück und das gibt dir neuen Mut.«

Guter Trick, dachte Anna. Das geschah Oliver recht, weil er auch andauernd mit Tricks arbeitete. Sie musste auch nicht lange überlegen, um sich eine derartige Forderung auszudenken, denn diese lag bereits auf der Hand: Oliver hatte ihr das wichtige Projekt mit Richard weggenommen und das sollte er ihr wieder zurückgeben. Als sie Ulrike dieses Ansinnen vortrug, war diese nicht überrascht, doch Anna war noch unsicher.

»Meinst du nicht, dass es zu schwierig ist. Oliver wird sich nie darauf einlassen. Das wäre doch megapeinlich für ihn. Ich fürchte, er wird mich auslachen.«

»Und dann?«

Ulrike konnte beobachten, wie bei Anna der Groschen fiel.

»Wenn er sich weigert, dann sage ich ›Es tut mir leid, aber dann kann ich nicht mehr mit dir zusammenarbeiten. Mein Vertrauen in dich als Kollege ist so stark erschüttert, dass ich zu Morgenroth gehen werde und ihn über unsere bisherige Art der Zusammenarbeit aufkläre‹. Und das mache ich tatsächlich, wenn er sich weigert. – Oh, das ist aber bitter für Oliver!«

»Findest du das wirklich?«

»Ich weiß nicht. Ich finde es schon hart für ihn, aber andererseits ist es gerecht. Es wird höchste Zeit, dass Oliver am eigenen Leib spürt, was er mir immer wieder antut.«

Je mehr Anna darüber nachdachte, umso mehr konnte sie sich mit diesem Gedanken anfreunden. Eine so klare und konsequente Vorgehensweise im Umgang mit anderen Menschen war Anna bisher fremd gewesen.

»Das ist aber jetzt nicht erpresserisch, oder? Das will ich nämlich nicht. Ich will fair sein, auch wenn Oliver es nicht ist.«

»Nein, Anna, das ist keine Erpressung«, erklärte Ulrike. »Du bietest Oliver zwei Alternativen an und er kann eine davon wählen. Beide sind mit Konsequenzen für ihn verbunden, die du ihm vorher aufzeigst. Das ist eine ganz legitime Handlungsweise.«

Diese letzte Absicherung war für Anna wichtig. Nun war sie entschlossen zu handeln. »Okay, dann weiß ich jetzt ganz genau, wie ich Oliver zur Rede stellen werde.«

»Sehr gut. Damit haben wir unser Ziel erreicht und können die heutige Sitzung beenden.«

Als Anna sich für das Gespräch bedankte, bat Ulrike sie, sich noch einen Augenblick zu gedulden. Sie öffnete ihre Aktenmappe, holte ein kleines Holzkästchen heraus und klappte es auf. »Dieses kleine Amulett soll dich immer daran erinnern, dass du ein echter High Potential bist und stolz auf dich sein kannst. Wenn du dich unsicher fühlst, dann schau auf das Amulett. Es trägt das Zeichen des Bundes. Die Töchter der Lilith haben es kurz nach der Gründung zu ihrem Erkennungszeichen gewählt. Es war nicht so auffällig, dass die Schergen während der Zeit der Hexenverfolgungen daran Anstoß genommen hätten, und doch hat es eine starke Symbolkraft.«

Ulrike nahm das Amulett aus dem Kästchen und Anna sah, dass darauf ein Tintenfass abgebildet war, in dem eine Rose steckte.

»Das Tintenfass symbolisiert das Wissen, das die Frauen bewahren und weitergeben. Die Rose hingegen steht auf den ersten Blick für die Liebe, für Lebensfreude, Schöpfungskraft und Fruchtbarkeit. Doch weil sie ihr Innerstes durch Blumenblätter verhüllt, wurde sie im Spätmittelalter auch als Symbol für gehütete Geheimnisse angesehen. Daher kommt auch der lateinische Ausdruck ›sub rosa‹, wörtlich übersetzt: unter der Rose. Er bedeutet so viel wie unter dem Siegel der Verschwiegenheit. Von den Frauen, die den Bund 1552 gegründet haben, ist überliefert, dass sie diese zweite Bedeutung der Rosensymbolik sehr wohl kannten.«

Während Anna auf das Amulett blickte und die alte Geschichte dazu hörte, spürte sie eine tiefe Verbundenheit mit den Frauen. Sie wünschte sich, einen kurzen Blick in die Gründungszeit des Bundes werfen zu können. Wie mochten sich die Frauen damals gefühlt haben? Tief bewegt hängte sie sich das Amulett um und bedankte sich vielmals dafür.

Kapitel 17

SELBST IST DIE FRAU

Kurz darauf saß sie in der U-Bahn und fuhr nach Hause. Dies war ihr letztes Mentoring mit Ulrike gewesen, doch sie würden in Verbindung bleiben. Anna wollte Ulrike auf jeden Fall ihre Fortschritte in Sachen Oliver berichten. Sie war hochmotiviert, Oliver gleich am Montag zur Rede zu stellen.

Entspannt lehnte sie sich zurück und betrachtete das Amulett, das im Ausschnitt ihres weißgrundigen T-Shirts ruhte. Sie hatte so ein Amulett schon einmal gesehen. Verena hatte es getragen, fiel ihr wieder ein. Sie fotografierte das Amulett mit ihrem Smartphone und schickte das Bild an Verena mit der Frage »Kennst du das?«

Auf die Antwort musste sie nicht lange warten. »Schön, dass du auch eines hast. Wollen wir uns heute Abend treffen?«

»Geht leider nicht. Habe ein Date mit Nick. Aber am Dienstag? Mädelsabend?«

»Dienstag geht klar. WANN LERNE ICH NICK KENNEN???«

Als Anna die Frage las, musste sie grinsen. Natürlich war Verena neugierig auf Nick. Da sie Anna in der vergangenen Woche zugeredet hatte, ihn direkt auf die Frau und das Kind anzusprechen, verdankte ihr Anna einen erheblichen Anteil an ihrem Happyend. Schnell schrieb sie zurück. »Nächsten Samstag entweder Kino oder Eislaufen. Ich frag mal Nick, ob er Eislaufen kann.« Da Nick am Tegernsee aufgewachsen war, war sie sicher, dass er diesen Sport beherrschte.

Als Antwort kamen ein strahlender Smiley und das Daumen-hoch-Zeichen. Lächelnd steckte Anna ihr Smartphone in die Jackentasche und machte sich zum Aussteigen bereit.

Im Hauseingang traf sie auf Frau Waldhauser und Lumpi. Die alte Dame grüßte freundlich, machte jedoch ein sorgenvolles Gesicht. »Stimmt etwas nicht, Frau Waldhauser? Kann ich Ihnen helfen?« »Ach Fräulein Zimmermann, bei mir rinnt das Wasser in der Toilette. Das hört gar nicht mehr auf. Und stellen sie sich vor, der Hausmeister sagt, er kann erst am Montag nachschauen, weil er jetzt den Hof kehrt und danach Dienstschluss hat. Was soll ich denn jetzt machen? Ein Handwerker kommt am Samstagnachmittag ja auch nicht mehr.« Verzweifelt rang die alte Frau die Hände.

»Aber das kann sich doch der Waller heute noch ansehen. Vielleicht fehlt ja bloß eine Kleinigkeit.«

Traurig schüttelte Frau Waldhauser den Kopf. »Da ist nichts zu machen. Er sagt, heute nicht mehr und basta. Der Mann kann ja so stur sein!«

Das konnte Anna aus Erfahrung bestätigen. Die Rücksichtslosigkeit, mit der Hausmeister Waller der alten Dame gegenüber auftrat, ärgerte Anna ungemein. Vielleicht konnte sie ihn überzeugen, sich die Toilette von Frau Waldhauser heute doch noch anzusehen.

Beim letzten Zusammentreffen war sie mit ihrer Bitte, das Licht im Flur des dritten Stocks unverzüglich zu richten, kläglich gescheitert. Später war sie zu dem Schluss gekommen, dass sie selbst gar nicht erwartet hatte, dass der Hausmeister die Reparatur sofort durchführte. Und das hatte sie vermutlich ausgestrahlt.

Nun, dieses Mal würde sie anders auftreten. Den Gedanken, den Hausmeister vielleicht zu überzeugen, der ihr gerade durch den Kopf gegangen war, ersetzte sie durch: ich bin fest entschlossen, den Hausmeister zu überzeugen. Das fühlte sich gut an, dachte sie. Sie besann sich auf die nonverbalen Signale aus dem dritten Code, die sie sich eingeprägt hatte: Schultern zurück, Kopf gerade, laut und deutlich sprechen, lächeln.

»Ich spreche mit dem Hausmeister, Frau Waldhauser. Warten Sie bitte hier. Ich bin gleich zurück.«

Mit großen Schritten überquerte sie den Flur und öffnete die rückwärtige Haustür, die in den Innenhof führte. Der quadratische, gepflasterte Hof war von Wohnblocks umgeben. An einer Seite führte ein Tor in den Hof auf sechs Garagen zu. Rechts daneben war ein überdachter Fahrradstellplatz angelegt. Dahinter sowie auf der gegenüberliegenden Seite gab es zwei breite Grasstreifen mit alten Zwergahornbäumen, deren rot gefärbte Blätterpracht zum Teil Opfer der stürmischen Regennacht geworden war. Dort fegte Waller eifrig das nasse Laub zusammen.

Wie sollte sie beginnen? Auf keinen Fall mit ›hätte, möchte, könnte‹. Wie würde Oliver das angehen? Anna sah ihn förmlich vor sich, wie er den Hausmeister mit tiefer Stimme ansprach: »Waller, das geht nicht, dass die Klospülung bei der alten Waldhauserin das ganze Wochenende läuft. Gehen Sie rauf und richten sie das. Ich weiß, dass Sie ein fähiger Handwerker sind. Das haben sie doch in null Komma nichts fertig.«

Eine klare Anweisung verbunden mit einem manipulativen Lob und vermutlich einem kumpelhaften Schlag auf die Schulter. Darin war Oliver unschlagbar. Doch so konnte Anna nicht vorgehen, das passte nicht zu ihr. Sie musste ihren eigenen Weg finden.

Nachdem sie tief durchgeatmet hatte, sprach sie den Hausmeister mit fester, lauter Stimme an. »Hallo Herr Waller.«

Überrascht blickte der Hausmeister auf. Als er sah, dass es Anna war, nickte er kurz, senkte den Kopf und fegte weiter.

»Bei Frau Waldhauser rinnt die Toilettenspülung. Bitte sehen Sie sich das heute noch an, sonst läuft das Wasser das ganze Wochenende hindurch. Vielleicht ist es nur eine Kleinigkeit, die Sie schnell beheben können.«

Der Hausmeister fegte weiter und brummte etwas vor sich hin, was sich wie »keine Zeit« anhörte. Das lief nicht gut. Während sie überlegte, was sie jetzt sagen sollte, erkannte sie, dass das genau der Moment im Gespräch war, in dem sie sich normalerweise mit einem entschuldigenden Lächeln aus der Affäre zog und aufgab, weil ihr nicht sofort ein schlagkräftiges Argument einfiel. Aber dieses Mal nicht! Dieses Mal wollte sie sich durchsetzen.

Fieberhaft dachte sie nach. Was würde den Hausmeister umstimmen? Wo hatte er eine weiche Stelle, an der sie ansetzen konnte. Plötzlich kam ihr eine Idee. »Stellen Sie sich vor, Herr Waller, bei Ihrer Mutter würde das Wasser in der Toilette ständig rinnen und dem Hausmeister wäre das egal, weil er keine Lust auf eine Überminute hätte. Dann würde Ihre Mutter bei Ihnen anrufen und Sie um Rat fragen. Was würden Sie antworten?«

Waller hob den Kopf und starrte Anna an, ohne ein Wort zu sagen. Anna befürchtete schon, den Bogen überspannt zu haben, und machte sich auf eine unfreundliche Auseinandersetzung gefasst. Automatisch kamen ihr beschwichtigende Worte in den Sinn, aber sie hielt sie eisern zurück und wartete auf Wallers Reaktion.

Zunächst tastete er Annas Gesicht mit seinen Augen ab, als suche er darin eine Antwort. Es war deutlich spürbar, dass er über Annas Hartnäckigkeit verwundert war und nun abwog, wie er reagieren sollte. Doch dann entschied er sich dafür einzulenken.

»Die Waldhauserin soll in ihrer Wohnung warten. Ich komme in zehn Minuten hoch und schau mir die Bescherung an.«

Die Antwort war zwar ziemlich muffig, aber das war Anna

egal. Sie hatte ihr Ziel erreicht. Mit einem freundlichen Lächeln bedankte sie sich bei ihm und lief zurück in den Hausflur, in dem Frau Waldhauser auf sie wartete. Sie grinste über das ganze Gesicht, als sie Frau Waldhauser mitteilte, dass der Hausmeister sich in ein paar Minuten um ihr Problem kümmern würde.

»Ach Fräulein Zimmermann, der Lumpi und ich sind Ihnen ja so dankbar. Was täten wir nur ohne Sie? Wir gehen jetzt gleich rauf und warten auf den Herrn Waller. Später bringe ich Ihnen noch ein großes Stück von meinem Gugelhupf vorbei, den ich heute gebacken habe. Haben Sie vielen, vielen Dank!«

Ehe Anna etwas erwidern konnte, hatte sich Frau Waldhauser schon umgedreht und lief eilig die Treppe hinauf, dicht gefolgt von Lumpi, der ergeben hinterherdackelte.

Anna blieb noch einen Moment stehen und kostete ihren Triumph aus. Seit sie in diesem Haus wohnte, hatte sie schon einige Bitten an den Hausmeister gerichtet. Doch es war ihr noch nie gelungen, ein Anliegen beim ersten Anlauf durchzusetzen.

»So schwer war das gar nicht«, murmelte sie nachdenklich vor sich hin. Was war heute anders gelaufen? Sie hatte nicht gleich aufgegeben, sondern sich überlegt, welches Argument ihn überzeugen könnte.

Waller hing sehr an seiner Mutter, hatte ihr seine Frau vor Kurzem erzählt. Jeden Sommer käme sie für drei Wochen aus Münster zu Besuch. Wallers Frau war darüber nicht gerade begeistert, aber Waller war der Ansicht, das schulde er seiner Mutter, weil sie ihn ganz alleine groß gezogen hatte. An dieses Gespräch hatte sich Anna erinnert.

Außerdem hatte sie es geschafft, mit lauter, fester Stimme zu sprechen. Sie war auch nicht eingeknickt, als er sie lange gemustert hatte. Letzteres war für sie der schwierigste Teil gewesen. Sie war stark in Versuchung geraten, mit ein paar freundlichen Worten ihre Argumentation abzuschwächen.

»Keine Lust auf eine Überminute«, lachte sie auf. »Anna, Anna, das war schon ganz schön heftig!« Sie selbst hätte so einen Ausspruch als Beleidigung wahrgenommen, aber vielleicht waren Männer da nicht so empfindlich. Waller hatte sich jedenfalls nicht daran gestört. Spontan beschloss sie, diese Beobachtung bei nächster Gelegenheit zu vertiefen.

Kritisch glitt Nicks Blick durch sein geräumiges Appartement. Große Ohrenbackensessel, eine hellbraune Ledercouch und abgetretene Schafwollteppiche verliehen dem Raum ein gemütliches Flair. Gleich nach seinem Rudertraining hatte er aufgeräumt, die Böden gesaugt und das Bad geputzt. Sogar eine neue Zahnbürste für Anna hatte er gekauft. Heute Abend würde er Anna zu einem schicken Essen einladen und danach würden sie den Abend in seiner Wohnung beenden.

Sein Gewissen hatte sich gemeldet. Vor drei Tagen hatte er Anna regelrecht überfallen und sich dann bei ihr eingenistet. Er hatte sich einfach nicht bremsen können und Anna hatte es ihm leicht gemacht. Natürlich war er sehr glücklich darüber, wie schnell und intensiv sich alles entwickelt hatte, doch nun wollte er einen Gang herunterschalten und Anna ein wenig verwöhnen. Bisher war er auf seine Beherrschtheit immer stolz gewesen, aber nachdem Anna ihm signalisiert hatte, dass sie ihre Zurückhaltung aufgab, war bei ihm eine Sicherung durchgeschmort. Seitdem arbeitete er daran, sie wieder zu reparieren.

Bei dem Gedanken musste er grinsen. Es hatte ihn voll erwischt und er genoss diesen Zustand. Fröhlich vor sich hin pfeifend zog er sein Sakko an und machte sich auf den Weg zu Anna.

Annas Nachmittag war geradezu verflogen. Frau Waldhauser hatte ihr ein Stück von ihrem Gugelhupf gebracht und war dann gleich noch auf eine Tasse Kaffee geblieben. Sie war sehr erleichtert, dass der Hausmeister das Wasser in der Toilette mit ein paar Handgriffen hatte stoppen können. Dann hatte er einen der neuen Schwimmer eingebaut, die in seinem kleinen Kabuff auf Vorrat lagen, und nach zehn Minuten war alles erledigt gewesen.

Nachdem Frau Waldhauser fast eine Stunde lang den Vorgang von allen Seiten beleuchtet hatte, unterbrach Anna sie sanft und komplimentierte sie hinaus. Dann duschte sie und zog sich für den Abend um. Der Spiegel zeigte, dass sich die Mühe gelohnt hatte.

Das dunkelblaue Korsagenkleid, das sie trug, besaß einen schwingenden Rock und war mit großen rosa Knöpfen komplett durchgeknöpft. Der großzügige Ausschnitt lenkte den Blick auf Annas Dekolleté, und die Korsage betonte ihre schmale Taille. Dazu trug sie das neue Amulett mit dem Symbol des Bundes. Die Farbe des kleinen Tintenfasses passte genau zum Farbton des Kleides, stellte sie zufrieden fest, aber das i-Tüpfelchen waren die Knöpfe: deren Rosa spiegelte sich perfekt in den Schattierungen der Rose. Das war zwar Zufall, aber Anna liebte es, wenn alles perfekt aufeinander abgestimmt war.

Zufrieden schlüpfte sie in ihre dunkelblauen Lieblings-High Heels, die nicht nur ihre Beine optisch verlängerten, sondern ihr auch gestatteten, bequem weitere Strecken zu laufen. Der Abend konnte beginnen.

»Bitte sehr. Nach dir!« Nick hielt Anna formvollendet die weißgetünchte Tür des ›Chez Gustave‹ auf. Durch einen dicken, grünen Samtvorhang spähte Anna neugierig ins Innere. Das Restaurant war französisch, exklusiv und von zurückhaltender Eleganz.

Nick hatte sie zuhause abgeholt und ihr eine langstielige rote Rose mitgebracht. Bei der Erinnerung daran seufzte sie wohlig. Das war so romantisch gewesen. Zuerst hatte er sie mit den Augen verschlungen, dann geküsst und dabei hatte es einen Moment gegeben, in dem sie sich nicht sicher war, ob sie es ins Restaurant schaffen würden. Doch Nick hatte sich kurz darauf schwer atmend von ihr gelöst, seine Stirn an ihre gelehnt und mit heiserer Stimme erklärt, sie sollten jetzt sofort die Wohnung verlassen, bevor es zu spät sei. Sie biss sich auf die Unterlippe, um ihr Lächeln zu verbergen, das sich bei der Erinnerung an seine Worte wie von selbst bildete.

Ein stilvoll gekleideter Ober holte sie am Eingang ab und geleitete sie an ihren weiß gedeckten Ecktisch, auf dem edle Kristallgläser und silbernes Besteck funkelten. In dem kleinen Raum, der zart nach Kräutern der Provence duftete, zählte Anna etwa zehn Tische, die alle besetzt waren. Die Geräuschkulisse war angenehm gedämpft, da sich die Leute nur leise unterhielten, und wurde von stimmungsvollen, französischen Chansons untermalt.

Anna beobachtete Nick, der ihr gegenüber Platz nahm. Das dunkelblaue Sakko saß wie maßgeschneidert und betonte seine breiten Schultern. Die blonden Locken hatte er nach hinten gekämmt. Als er Annas Blick auffing, lächelte er sie zärtlich an. Dabei zeigte sich das Grübchen an seinem kantigen Kinn. Anna stand kurz davor, dahinzuschmelzen.

Leise schmunzelnd nahm sie die Speisekarte zur Hand, die der Kellner gerade gebracht hatte. Wie immer kontrollierte sie zuerst die Preise, die dafür sorgten, dass ihre Augenbrauen in die Höhe schossen.

»Sollen wir als Aperitif ein Glas Champagner trinken?«, fragte Nick.

Mit einem Mal fühlte sich Anna unwohl. So viel Geld nur für ein Abendessen auszugeben, schien ihr unangemessen. Dass Nick sie eingeladen hatte, spielte dabei keine Rolle.

Nick nahm die Veränderung an Annas Gesichtsausdruck wahr. »Was ist los, Anna? Geht es dir nicht gut?«

»Doch, aber …«, druckste Anna herum. Dann fasste sie sich ein Herz und blickte ihn kummervoll an. »Ich wäre mit einem einfachen Lokal auch zufrieden gewesen.«

Nick lachte. »Das weiß ich, Anna. Aber ich habe ein schlechtes Gewissen. Dafür, dass wir noch kein einziges richtiges Date hatten, ist unsere Beziehung schon ziemlich weit fortgeschritten. Normalerweise gehe ich auch am liebsten zum Italiener um die Ecke, aber heute wollte ich einen ganz besonderen Abend, einen Moment, an den wir uns beide hoffentlich noch lange zurückerinnern werden. Wegen der Preise musst du dir keine Gedanken machen. Das macht mich nicht arm.«

Nicks Erklärung beruhigte Anna. Sie überlegte, was er mit dem sich Zurückerinnern andeuten wollte. Das klang, als ob er meinte, das würden sie ihren Enkelkindern noch erzählen. Für diesen Gedanken konnte sich Anna erwärmen. Sie entspannte sich und beschloss, den Abend zu genießen.

Als sie den Hauptgang, Lammcarré Provençale für Anna und Dorade Royal für Nick, verspeist hatten und eine kleine Pause vor dem Nachtisch einlegten, brachte Nick das Gespräch auf die Firma. Bisher hatten sie in stillschweigender Übereinkunft nicht über die Arbeit gesprochen, sondern sich nur auf die privaten Bereiche beschränkt. Doch bevor am Montag der Alltag begann, wollte Nick wissen, wie er sich in der Firma verhalten sollte, wenn er Anna begegnete. Er selbst war nicht der Typ für Geheimnisse und wegen ihm konnte auch jeder wissen, dass Anna seine Freundin war. Aber vielleicht sah Anna das anders. Es war vielleicht nicht der beste Zeitpunkt, aber Nick lastete diese Frage schwer auf der Seele.

Er wartete, bis der Kellner den kräftigen Bordeaux, den Anna gewählt hatte, nachgeschenkt hatte, dann blickte er sie ernst an.

»Anna, wir müssen noch darüber reden, wie wir in der Firma miteinander umgehen. Mir wäre es am liebsten, wir zeigen ganz offen, dass wir jetzt zusammen sind, aber ich richte mich nach dir. Wenn du es noch eine Zeitlang geheim halten willst, ist es für mich auch okay.«

Auch Anna hatte sich zu dieser Frage bereits ihre Gedanken gemacht. Obwohl sie sich anfangs gegen ihre Gefühle gewehrt hatte, fühlte es sich jetzt an, als ob sie schon seit Jahren ein Paar wären. Deshalb konnte sie in der Firma nicht so tun, als wäre Nick nur ein Kollege. Was du in dir trägst, strahlst du nach außen, dachte sie.

»Nein, ich will es nicht geheim halten. Vermutlich sehen es mir eh alle an der Nasenspitze an, dass ich mich in dich verliebt habe.« Ehe sie sie zurückhalten konnte, hatte sie ihre Gedanken laut ausgesprochen. »Es geht nur alles so schnell.« Sie lächelte Nick leicht unsicher an und wartete auf seine Reaktion.

Nicks Herzschlag beschleunigte sich bei Annas Worten. Er legte seine Hand auf ihre und streichelte die zarte Haut auf ihrem Handrücken. »Du machst mich sehr glücklich. Es geht mir genauso wie dir. Ich habe mich auch in dich verliebt und das darf jeder wissen. Dann werden wir uns nicht zurückhalten in der Firma!«

»Nick!«, kicherte Anna. »Du wirst dich schon zurückhalten. Bring mich ja nicht in Verlegenheit.«

Nick grinste und wackelte gespielt lüstern mit den Augenbrauen. Anna lachte laut auf. Das Paar am Tisch daneben hob den Kopf und schaute irritiert zu Anna und Nick. Doch weder Nick noch Anna achteten darauf. Nick hob sein Glas, versenkte seinen Blick tief in Annas Augen und stieß mit ihr an. Die Gläser klangen und Nick war sich sicher, dass er dieses Essen nie vergessen würde. Anna hatte ihm von sich aus eine Liebeserklärung gemacht. Damit hatte er nicht gerechnet. Das war der passende Auftakt zu einem wundervollen Wochenende.

Als Anna am Montagmorgen das Firmengebäude betrat, hatte sie einen ungefähren Plan im Kopf, wann und wie sie Oliver zur Rede stellen wollte. Am Vorabend hatte sie mit Verena telefoniert und von ihrem letzten Mentoring mit Ulrike berichtet. Verena hatte sie darin bestärkt, Oliver zu zwingen, den Beratertausch rückgängig zu machen. Das war nicht anders zu erwarten gewesen, dachte sie, als sie den Computer hochfuhr. Sie war ein wenig nervös, aber immer noch fest entschlossen.

Am Morgen hatte Nick ihr viel Erfolg gewünscht und ihr versichert, dass sie sich mühelos gegen Oliver durchsetzen werde, weil sie alle Trümpfe in der Hand hielt. Die Erinnerung an seine Worte zauberte ein Lächeln auf ihre Lippen. Nick leitete heute einen Workshop bei einem Mandanten in München und würde sich abends mit ihr treffen. Darauf freute sie sich jetzt schon, denn dann hatte sie das Gespräch mit Oliver hinter sich.

Nachdem sie im Terminkalender gesehen hatte, dass Oliver am Vormittag keinen Kundentermin wahrnahm, entschied sie sich, genau um 9.30 Uhr in sein Büro zu gehen und von ihm zu fordern, dass er sie wieder in das Projekt von Richard zurückbrachte. Wie war ihr egal. Das war sein Problem. Sie atmete tief durch und blickte auf die Uhr. Noch eineinhalb Stunden.

Kurzentschlossen brachte sie ihren Plan zu Papier und arbeitete auch die Details aus. Dabei plante sie so viele unterschiedliche Reaktionen von Oliver ein, wie ihr einfielen. Zu jeder Reaktion schrieb sie auf, wie sie antworten würde. Die letzte Reaktion von Oliver war in jedem Gedankenspiel die gleiche: er würde den Beratertausch rückgängig machen.

Anna schrieb drei Seiten in ihrem großen Block voll. Dann ging sie alles zweimal sorgfältig durch und prägte sich die jeweiligen Antworten ein. Zum Schluss ließ sie die Seiten durch den Schredder laufen. Es wäre unangenehm, wenn der Plan jemandem in die Hände fallen würde. Doch sie war froh, dass sie einen exakten Plan aufgestellt hatte. Das gab ihr ein Gefühl von Sicherheit.

Um fünf vor halb zehn stand sie auf und lief hinunter zu Olivers Büro. Genau nach Plan. Auch wenn sie innerlich ein wenig zitterte, so klopfte sie doch kräftig an Olivers Tür. Als sie die Klinke drückte, stellte sie fest, dass die Tür versperrt war. Anna war irritiert. Wo war Oliver? Um diese Zeit war er normalerweise im Büro, wenn er keinen Termin außer Haus hatte.

»Suchst du Oliver?«, erklang Carlas Stimme hinter ihr. »Der kommt heute erst mittags.«

Anna drehte sich langsam um. Sie ignorierte Carlas missmutigen Gesichtsausdruck und bedankte sich kurz, aber freundlich. Carla schien nicht zum Plauschen aufgelegt, was ungewöhnlich war. War sie immer noch beleidigt wegen des kleinen Disputs?

Meine Güte, dachte Anna, das kann ja heiter werden. Da lasse ich mir einmal eine unfaire Behandlung nicht gefallen und dann trägt man mir das wochenlang nach.

Es erstaunte Anna, dass sie sich nicht unbehaglich fühlte. Bisher war es ihr immens wichtig gewesen, mit allen gut auszukommen. Für sie war es das Schlimmste, wenn jemand sie nicht mehr mochte. Jetzt fand sie Carlas Verhalten nur kleinlich und lächerlich. Sie hatte auch nicht wie sonst das Bedürfnis, Carla zu hofieren, um sich mit ihr auszusöhnen und sie freundlich zu stimmen. Innerlich freute sie sich über diesen Fortschritt, doch vielleicht täuschte sie sich auch und Carla hatte ganz andere Gründe für ihre miese Laune.

»Was ist los, Carla? Warum bist du so schlecht aufgelegt?«

Ehe Anna die Worte zurückhalten konnte, hatte sie die Frage schon ausgesprochen. Carla machte ein abweisendes Gesicht und antwortet nicht.

»Bist du immer noch sauer auf mich?«

Ein ungnädiges Kopfnicken war die einzige Antwort.

»Die Einzige, die hier verärgert sein sollte, bin ich. Du hast übersehen, mich zu deinem Geburtstag einzuladen. Außerdem kann ich doch nichts dafür, dass Nick nicht auf dich steht.« Diesen Hinweis konnte sich Anna nicht verkneifen.

»Du brauchst dir nicht einzubilden, dass Nick auf dich steht. Außerdem würdest du dich doch sowieso nicht mit ihm einlassen. Die heilige Anna! Eine Beziehung unter Kollegen! Wenn die schief geht, dann mag mich ja keiner mehr.« Den letzten Satz sagte Carla in einem wehleidigen gekünstelten Tonfall, mit dem sie Anna boshaft nachahmte.

Obwohl es noch nicht lange her war, dass Anna genauso gedacht hatte, wie Carla es ihr unterstellte, stand sie kurz davor, laut aufzulachen. Bisher hatte sie ein derartig gehässiges Verhalten immer verunsichert, doch nun konnte ihr Carlas Neid nichts anhaben. Sie staunte selbst über diese deutliche Veränderung. Ulrike hatte es vorausgesagt: wenn sie mehr Selbstvertrauen habe, würde sich ihre Einstellung automatisch ändern und damit auch ihr Verhalten. Das spürte sie jetzt.

»Wenn du das sagst, Carla, wird es wohl so sein.« Mit einem Lächeln ging Anna über Carlas bissige Bemerkung hinweg. Sie dachte gar nicht daran, Carla über ihre Beziehung zu Nick zu informieren. Das würde sie noch früh genug erfahren.

Carla war verwundert, als die beabsichtigte Reaktion nicht einsetzte. Sie hatte Anna verletzten wollen und gleichzeitig erwartet, dass Anna um sie herumwuseln und ihr schmeicheln würde. Das hätte ihr gutgetan, denn es war wirklich demütigend, dass Nick sie so offensichtlich ignorierte. Sie ärgerte sich maßlos darüber und irgendwie hatte sie das Gefühl, dass Anna Schuld war an dieser Misere. Misstrauisch beobachtete sie Anna. Es konnte doch nicht sein, dass diese einen solchen Schlag so lässig parierte. Das passte nicht zu ihr. Etwas war anders als sonst.

Während sie noch überlegte, woran das liegen konnte, wechselte Anna das Thema, ohne weiter auf die grobe Beleidigung einzugehen.

»Sag mal, Carla. Weshalb arbeitest du nie mit Oliver zusammen?«

Diese Frage hatte sie sich schon gestellt, seit sie wusste, dass Nick Morgenroth gebeten hatte, Oliver nie seinem Team zuzuordnen. Sie hatte zuerst nicht glauben können, dass Nick so hart war, einen Kollegen abzulehnen, aber er hatte sich offensichtlich nichts dabei gedacht. Und Morgenroth hatte es ohne Gegenrede zur Kenntnis genommen. Männer! Für Anna war das ein Riesenproblem und Männer regelten so etwas im Vorübergehen. Nun war sie neugierig, wie Carla es schaffte, eine Zusammenarbeit mit Oliver zu vermeiden.

Carla schaute verdutzt. Diese Frage hatte sie nicht erwartet. Doch die Antwort fiel ihr leicht. »Oliver ist eine linke Bazille. Zuerst hat er mir die ganze Arbeit aufgehalst, während er nur um den Mandanten herumscharwenzelt ist. Und bei der Abschlusspräsentation hat er es so hingestellt, als hätte er das Mandat im Alleingang bewältigt. Den Rest vom Team hat er knallhart unter den Tisch fallen lassen. Aber nicht mit mir. Ich bin postwendend zum Chef gegangen und habe mich beschwert. Seitdem teilt er mich immer in ein anderes Team ein.«

»Okay, danke«, war alles, was Anna herausbrachte. Dann wandte sie sich abrupt um und entfernte sich mit eiligen Schritten. Kopfschüttelnd schaute Carla hinter ihr her. Heute wurde sie aus Anna einfach nicht schlau.

Anna wurde vor lauter Wut fast übel, als sie die Treppe hinauf in ihr Büro schlich. Sie wusste nicht, ob sie sich über Oliver oder über sich selbst mehr ärgern sollte. »Ich bin wirklich so eine naive, dumme Kuh«, zischte sie vor sich hin. Das konnte doch nicht wahr sein, dass alle anderen die Zusammenarbeit mit Oliver bewusst vermieden, und nur sie sich alles von ihm gefallen ließ. Von wegen Männer! Carla hatte ebenfalls sofort die Konsequenzen gezogen. Sie wollte gar nicht wissen, wie die anderen Kollegen das geregelt hatten. Keiner außer Olivers bestem Kumpel Bernhard und ihr arbeitete mit Oliver. Julia als Juniorberaterin hatte keine Wahl, doch auch sie begehrte schon auf.

Unwillig schüttelte Anna den Kopf. Bisher hatte sie gedacht, sie und Oliver würden immer ein Team bilden, weil sie gute Ergebnisse brachten. Doch Morgenroth hatte vermutlich keine andere Möglichkeit, weil kein Berater außer ihr und Bernhard mit Oliver zusammenarbeiten wollte.

Sie schloss die Tür zu ihrem Büro lauter als nötig und pfefferte ihre Handtasche auf den Schreibtisch. Dann trat sie ans Fenster und versuchte, ihre Fassung wieder zu erlangen. Mühsam blinkerte sie die Tränen zurück, die in ihren Augen glänzten, und blickte auf den grünen Innenhof. Dabei beruhigte sie sich etwas und überdachte die Situation noch einmal. Eigentlich war nichts passiert. Im Gegenteil, Carlas Äußerung bestärkte sie darin, dass es richtig war, Oliver vor die Wahl zu stellen. Alle anderen ließen sich Olivers Manipulationen auch nicht gefallen. Weshalb sollte sie das dann tun? Ja, diese Sichtweise war die richtige, entschied sie erleichtert. Sie würde weitermachen wie geplant und einfach nur die Uhrzeit auf 14 Uhr abändern. Das Telefon klingelte und riss Anna aus ihren Gedanken.

Trotz des aufwühlenden Erlebnisses war der Vormittag schnell vergangen. Anna hatte sich in eine Bilanzanalyse vertieft und sich auf die Zahlen konzentriert. Mittags war sie mit Julia beim Bäcker gewesen und den kleinen Zwischenfall vom Vormittag hatte sie längst verdaut, als sie pünktlich um 14 Uhr an Olivers Tür klopfte. Dieses Mal war das Zimmer unversperrt, und Oliver blickte auf, als Anna eintrat.

»Hallo Anna«, begrüßte er sie freundlich.

Anna schluckte. Seine Freundlichkeit machte das beabsichtigte Gespräch nicht leichter.

»Hallo Oliver. Ich möchte noch einmal mit dir über Gerbers Projekt reden.«

Oliver verzog unwillig das Gesicht. Was wollte sie denn nun schon wieder? »Ich dachte, das haben wir letzten Mittwoch geklärt. Das ist doch längst in trockenen Tüchern.«

»Nein, das ist es nicht. Du hast mich ohne Rücksprache einfach aus dem Projekt gedrängt. Dazu hattest du kein Recht.«

Allmählich ging ihm Anna auf die Nerven. »Recht hin oder her. Du musst dich auf das Projekt bei Arnold konzentrieren. Da müssen wir allerbeste Arbeit abliefern. Das ist ungeheuer wichtig. Für Gerbers Projekt hast du doch gar keine Zeit. Außerdem habe ich längst alles mit Morgenroth und Gerber und auch mit Carla besprochen. Das ist durch.«

Er drehte sich demonstrativ von Anna weg und kramte in einem Rollcontainer, der an der Wand hinter ihm stand. Für ihn war das Gespräch beendet.

In Anna kochte Wut hoch. Olivers Selbstgefälligkeit war einfach unverschämt. Mit vernünftiger Argumentation hatte sie keine Chance. Er fegte alle Einwände einfach weg und signalisierte ihr dann nonverbal, dass sie gehen sollte. Das war wirklich die Höhe! Nun, dann musste sie jetzt tatsächlich schwere Geschütze auffahren. Bis zu dieser Sekunde hatte sie gehofft, es ließe sich vermeiden.

Sie atmete tief durch und kontrollierte ihre Haltung: Schultern zurück, Kinn nach vorne. Mehr fiel ihr in der Eile nicht ein. Doch sie wertete es als gutes Omen, dass Oliver in gebeugter Haltung saß, während sie vor seinem Schreibtisch stand. Denn mit nonverbalen Signalen kannte sie sich mittlerweile aus. Sie hatte gestern zu dem Thema ausgiebig gegoogelt und das System dahinter ganz gut durchdrungen.

Mit trügerisch sanfter Stimme sprach sie seine Kehrseite an. »Ich glaube, hier irrst du dich, Oliver. Die Sache ist noch lange nicht durch. Gutmütig wie ich bin, habe ich bisher immer nach deiner Pfeife getanzt, aber damit ist jetzt Schluss. Jetzt bist du zu weit gegangen. Das Projekt mit Richard ist für mich sehr wichtig aus Gründen, die ich hier nicht weiter ausführen will, und wenn wir beide in Zukunft weiter zusammenarbeiten wollen, dann nur nach ganz anderen Regeln als bisher.«

Je länger sie redete, umso fester, lauter und klarer wurde ihre Stimme, wie Anna zufrieden bemerkte.

Mit energischem Schwung wandte Oliver sich um und starrte sie mit großen Augen an.

Offensichtlich hat es ihm die Sprache verschlagen, dachte Anna und lächelte grimmig. Sie stützte ihre Hände auf seinem

Schreibtisch auf und beugte sich näher zu ihm. Während sie ihr Anliegen weiter ausführte, blickte sie geradewegs in seine blassblauen Augen. »Um das einmal klar zu stellen: Ich muss nicht mit dir zusammenarbeiten, Oliver. Jedes Team hier im Haus freut sich, wenn ich mich ihm anschließe. Das weiß ich aus verlässlicher Quelle. Aber wie steht es mit dir? So viel ich gehört habe, will eine ganze Reihe von Leuten nicht mit dir zusammenarbeiten. Ich denke, du weißt auch genau, warum.«

Oliver traute seinen Ohren nicht. Was war plötzlich in Anna gefahren? Das durfte ja wohl nicht wahr sein. Anna war immer so leicht zu lenken gewesen, und nun thronte sie über ihm, als hätte sie die ganze Macht auf ihrer Seite. Eilig stand er von seinem Stuhl auf und verschränkte die Arme vor der Brust.

»Wir arbeiten jetzt schon so lange zusammen, Anna. Und wir bringen immer hervorragende Ergebnisse. Das ist im ganzen Haus bekannt.«

Anna richtete sich wieder auf und fixierte ihn mit strenger Miene. »Das ist Betrachtungssache. Genau genommen haben das Team und ich bisher die Arbeit gemacht, und du hast dich mit den Ergebnissen geschmückt. Das gibt es in Zukunft nicht mehr. Wenn wir weiter zusammenarbeiten wollen, dann nur, wenn du meine Bedingungen erfüllst.«

Bei diesen Worten stieg in Oliver die leise Furcht auf, dass Anna wirklich aus der Zusammenarbeit aussteigen könnte. Dann hätte er nur noch Bernhard. Mit allen anderen kam er nicht gut zurecht, und es gab ständig Ärger in den Projekten. Fieberhaft überlegte er, wie er sich verhalten sollte. Sollte er Anna drohen oder schmeicheln oder sie ablenken. Ablenkung hatte letzte Woche hervorragend geklappt. Doch ihm fiel auf die Schnelle nichts ein. Annas Ankündigung, die Zusammenarbeit zu beenden, hatte sein Gehirn wie leergefegt. Er fluchte innerlich. Dann fasste er sich endlich wieder und versuchte es mit einem kleinen Scherz. »Muss ich ›Ja‹ sagen? Machst du mir gerade einen Heiratsantrag, Anna?«

Anna schüttelte den Kopf. »Nein. Aber ich möchte, dass du mich ernst nimmst und respektierst. Lass diese Manipulationsversuche in Zukunft bleiben. Das ist schon die erste Bedingung.«

Olivers Lächeln verblasste. Anna meinte es wirklich ernst. Sie hatte sich über Nacht verändert, so kam es ihm jedenfalls vor. Aber die Bedingung, sie mehr zu respektieren, konnte er akzeptieren. Was die Manipulationen betraf, die hatte sie ja meist nicht mitbekommen. Das würde auch in Zukunft so sein. Deshalb signalisierte er mit einem knappen Nicken seine Zustimmung.

Was heckt er jetzt wieder aus, fragte sich Anna. Sie konnte förmlich sehen, wie es in seinem Hirn rotierte. Doch sie wollte ihm keine Zeit lassen, seine Gedanken zu vertiefen.

»Dann zu den Projekten: die Arbeit wird in Zukunft gerecht aufgeteilt. Der Kontakt zur Geschäftsführung läuft nicht mehr nur über dich, und du wirst es nicht mehr so hinstellen, als ob ein erfolgreiches Projekt nur dein Verdienst wäre. Und das Ganze halten wir schriftlich im Detail fest.«

Nun wurde Oliver allmählich wütend. Das konnte Anna nicht verlangen. Sie stellte alles auf den Kopf. Er hatte keine Lust, mehr zu arbeiten und weniger Anerkennung zu bekommen. Das wäre ein Rückschritt in seiner Karriere. Vehement schüttelte er den Kopf. »Wir arbeiten seit Jahren mit dieser klaren Aufgabenverteilung und es lief immer gut. Ich werde den Teufel tun und das jetzt ändern, nur weil du auf einmal glaubst, du musst dich auf meine Kosten selbst verwirklichen. Jetzt komm aber mal wieder runter, Anna!«

Anna hielt den Atem an. Sie hasste Auseinandersetzungen und so zornig hatte sie Oliver noch selten erlebt. Und wenn doch, dann war sein Zorn nicht auf sie gerichtet gewesen. Einen kleinen Moment schwankte sie, ob sie sich zurückziehen sollte, aber dann dachte sie an ihren Plan und hob das Kinn ein wenig höher. Diese Auseinandersetzung würde Oliver nicht gewinnen.

»Die Alternative ist, dass ich jetzt gleich zu Morgenroth gehe, ihm erzähle, wie du mich aus dem Projekt mit Richard gedrängt hast, und ihn bitte, mich aus dem Arnold-Projekt zu nehmen. Und außerdem erzähle ich ihm, wie du mich seit Jahren planmäßig für deine Karriere missbrauchst!«

»Missbrauchst? Missbrauchst! Meine Güte!« Oliver schlug sich die Hand an die Stirn.«Du hast sie doch nicht mehr alle!«

»Nicht sexuell, aber arbeitsmäßig.« Diese Antwort war eine Eingebung des Augenblicks, doch Anna fand sie sehr zutreffend.

Oliver schritt einige Mal auf und ab und fluchte erbost vor sich hin. Das war unglaublich, was Anna da ablieferte. Jetzt bezichtigte sie ihn auch noch des Missbrauchs. Er wusste, dass etwas Wahres dran war, aber das würde er niemals zugeben.

Anna beobachtete ihn misstrauisch. Als er keine Antwort gab, hakte sie nach. »Also, was ist jetzt mit meiner Bedingung?«

Fieberhaft überlegte Oliver, wie er Anna umstimmen konnte. Er verstand einfach nicht, weshalb plötzlich alles aus dem Ruder lief. Warum konnte nicht alles so bleiben wie bisher? Schlagartig kam ihm ein Gedanke: Dieser verdammte Mantovan musste Anna aufgestachelt haben. Er selbst hatte die ganze Zeit richtig gelegen mit seiner Vermutung, dass Nick Anna für sein Team gewinnen wollte. Für derartige Vorgänge hatte er schließlich ein feines Gespür. Und jetzt hatte der Hundesohn Anna den Floh ins Ohr gesetzt, dass sie sich von ihm, Oliver, ausnutzen ließ. Das musste er Anna ganz schnell wieder ausreden.

»Da steckt doch dieser verfluchte Mantovan dahinter. Der hat dir das alles eingeredet. Dem darfst du nicht über den Weg trauen, Anna. Der will dich ausnutzen. Nicht ich. Der will doch nur, dass du mit ihm zusammenarbeitest, damit er dann vor der Chefetage glänzen kann. Deshalb macht er mich schlecht. Unsere Zusammenarbeit funktioniert doch seit Jahren hervorragend. Warum sollten wir die aufgeben?«

An die Stelle des grimmigen Gesichtsausdrucks trat wie von Zauberhand ein gewinnendes Lächeln, mit dem Oliver versuchte, Anna für sich einzunehmen. Fasziniert verfolgte Anna dieses Schauspiel. Oliver war wirklich ein Meister der Verwandlung – und so glatt wie Schmierseife. Nachdem sie ihre Bestrebung, mit ihm immer gut auszukommen, bewusst aufgegeben hatte, sah sie ihn mit anderen Augen. Oliver konnte bitten, schmeicheln oder drohen, er war auf ihre Kooperation angewiesen. Das gab Anna insgeheim ein richtiges Machtgefühl. Ihre Gewissensbisse hielten sich in Grenzen, denn Oliver hatte sie jahrelang bewusst ausgenutzt. Sie hingegen würde ihn nicht ausnutzen. Das würde ihr Gerechtigkeitsgefühl gar nicht zulassen, aber sie würde auf einer fairen Behandlung bestehen.

»Nick hat mit dieser ganzen Sache nichts zu tun. Das betrifft nur uns beide. Was ist jetzt? Stimmst du meiner Bedingung zu oder willst du das Arnold-Projekt alleine durchziehen?«

Oliver rieb sich das Kinn. Verflucht, Anna hatte ihn echt an den Eiern. Er hätte nie gedacht, dass die kleine Anna einmal so taff sein würde. Es blieb ihm wohl nichts anderes übrig, als ihrer Bedingung zuzustimmen. Wie er diese Bedingung dann zu seinen Gunsten drehen könnte, würde er sich später überlegen. Jetzt war erst einmal wichtig, dass Anna weiter mit ihm zusammenarbeitete.

»Ja, okay, ich stimme deiner blöden Bedingung zu! Zufrieden?«

In seinem gedehnten, herablassenden Tonfall schwang seine

Unzufriedenheit deutlich mit. Mit verschränkten Armen wartete er nun auf eine versöhnliche Geste von Anna, denn er war ihr weit entgegengekommen. Doch wieder überraschte sie ihn.

»Noch nicht ganz, denn deine Einwilligung ist kein großzügiges Zugeständnis von dir, sondern eine Selbstverständlichkeit für jede Zusammenarbeit. Außerdem habe ich noch eine Bedingung. Zu deiner Beruhigung: es ist die letzte.«

Anna sprach immer noch mit ruhiger, fester Stimme, obwohl ihre Beine heftig zitterten. Sie hoffte, dass Oliver das nicht wahrnahm. Doch an seiner fahlen Gesichtsfarbe und den Schweißtropfen, die an seiner Stirn glänzten, konnte sie erkennen, dass ihn die Auseinandersetzung ebenfalls stark mitnahm. Wenn er jetzt schon so schwitzte, dann würde ihm die nächste Bedingung sicher nicht gefallen. Anna hätte gern gelächelt, doch dazu war sie zu angespannt. Sie verschränkte ebenfalls die Arme vor der Brust und öffnete sie gleich darauf wieder, als sie bemerkte, was sie tat. Sie hatte unbewusst Olivers Haltung übernommen, doch sie wollte nicht in Abwehrhaltung gehen, sondern einen Angriff wagen.

Mutig fixierte sie Oliver, während sie ihre letzte Forderung aussprach. »Ich möchte, dass du den Beratertausch mit Carla rückgängig machst. Wie, ist mir egal, aber ich will dieses Projekt mit Richard machen.« Das Herz klopfte ihr bis zum Hals. Wie würde Oliver reagieren? Sein Blick war jedenfalls mordlüstern. Mit angehaltenem Atem wartete sie.

Nun war Oliver wirklich sprachlos. Er fühlte sich, als hätte ihm Anna einen Eimer Eiswasser über den Kopf geschüttet. War sie jetzt völlig übergeschnappt? Was dachte sie sich dabei? Es war völlig ausgeschlossen, den Beratertausch rückgängig zu machen. Dabei würde er sich bis auf die Knochen blamieren. Das konnte sie nicht im Ernst von ihm verlangen. In seinem Bauch begann es zu brodeln. Eine unglaubliche Wut stieg in ihm hoch. Er konnte sich nicht mehr zurückhalten und hieb mit der Faust auf den Schreibtisch. »Ja, spinnst du jetzt komplett?«, brüllte er völlig außer sich. »Was glaubst du, wer du bist? Kommst hier hereingeschneit, drohst mir, stellst wilde Forderungen auf und glaubst, ich tanz nach deiner Pfeife. Jetzt reicht es, Anna. Verlass auf der Stelle mein Büro. Und steck dir deine Forderungen sonst wohin!«

Anna war dankbar, dass der Schreibtisch als Hindernis zwischen Oliver und ihr stand. Automatisch verschränkte sie die Arme vor der Brust. Diesen Ausbruch hatte sie nicht erwartet. Instinktiv wollte sie sich umdrehen und fliehen, bevor Oliver in seiner Tobsucht auch noch handgreiflich wurde. Doch dann wäre alles umsonst gewesen und Oliver hätte wieder gewonnen. Deshalb zwang sie sich mit aller Kraft, Ruhe zu bewahren. Trotz ihrer schlotternden Knie und dem Trommeln ihres Herzschlags in ihren Ohren gelang es ihr, ihre Furcht so weit zu bezwingen, dass sie ihn mit grimmiger Miene ansehen konnte.

»Diese Forderung ist nicht verhandelbar. Entweder du bringst mich zurück in das Projekt mit Richard oder du suchst dir zukünftig einen anderen Kollegen, mit dem du zusammenarbeitest. Überleg es dir und sag mir Bescheid. Bis heute um fünf. Wenn ich nichts von dir höre, gehe ich morgen früh zu Morgenroth.« Nun klang ihre Stimme zwar etwas belegt, aber sie hatte ihren Standpunkt klar gemacht. Sie zwang sich dazu, Oliver zur Bekräftigung noch einmal kurz zuzunicken, dann drehte sie sich um und verließ schnellen Schritts Olivers Büro.

Großartiger Abgang, dachte Oliver sarkastisch, das hätte er selbst nicht besser hinbekommen. Müde tupfte er sich mit seinem Taschentuch den Schweiß von der Stirn und stellte sich ans Fenster, um nachzudenken. Eine leichte Übelkeit stieg in ihm auf, während er die ganze Szene noch einmal vor seinem inneren Auge passieren ließ. Es war ihm unbegreiflich, woher Anna auf einmal die Chuzpe hatte, sich mit ihm auseinanderzusetzen. Sie konnte sich doch nicht von heute auf morgen so verändert haben. Er hatte sie komplett unterschätzt, erkannte er. Das ärgerte ihn maßlos. Dass Anna schlau war, wusste er. Er nutzte das schließlich nach Kräften aus. Aber dass sie hereinplatzte, ihn mit Anschuldigungen überhäufte und dann auch noch unverschämte Forderungen aufstellte, das hätte er sich nie träumen lassen. Irgendwie war das schon wieder sexy. Ein kleines Lächeln umspielte seine Lippen. Vielleicht ... Oliver dachte den Gedanken nicht zu Ende. Er hatte jetzt andere Probleme. Anna hatte ihn gerade nach allen Regeln der Kunst in die Knie gezwungen. Das Miststück. Das war eine echte Katastrophe! Sein Ruf stand auf dem Spiel und damit scherzte Oliver nicht. Angestrengt dachte er nach, wie er sich am besten aus der Affäre ziehen konnte. Dann griff er zum Telefonhörer.

Ich habe es getan, jubilierte Anna innerlich, als sie die Tür zu Olivers Zimmer hinter sich schloss. Gerne hätte sie sich kurz an die Wand gelehnt, bis ihre Knie nicht mehr ganz so wackelig waren, aber sie befürchtete, dass Oliver auf dem Flur erscheinen könnte. Ein weiteres Zusammentreffen wollte sie unter allen Umständen vermeiden.

Es wunderte sie, dass aus den beiden Nachbarzimmern keine Kollegen stürmten, um zu sehen, was Olivers Gebrüll zu bedeuten hatte. Aber vielleicht waren die Zimmer leer und alle Kollegen auf Außentermin. Sie schleppte sich die Treppe hinauf in den ersten Stock und erreichte ihr Zimmer, ohne jemandem zu begegnen. Stolz auf ihre Leistung, aber auch völlig ermattet, setzte sie sich auf ihren Stuhl und ließ den Kopf auf die Schreibtischplatte sinken.

Das war vielleicht ein unschönes Gespräch gewesen. So etwas wollte sie so schnell nicht noch einmal erleben. Aber sie hatte sich durchgesetzt. Sie hatte alles gesagt, was sie sich vorgenommen hatte, und nicht nachgegeben. Obwohl sie zweimal kurz schwach geworden war. Das Ultimatum, eine Antwort bis um 17 Uhr, war vielleicht nicht ganz so elegant, doch Oliver war so voller Zorn gewesen, dass sie es in diesem Augenblick nicht gewagt hatte, eine Antwort zu erzwingen. Da war ihr das Ultimatum als eine gute Lösung erschienen. Nun musste sie nur noch bis 17 Uhr warten. Insgesamt hatte sie ihre Sache gut vertreten, fand sie. Und wenn sie Olivers Zorn als Gradmesser nahm, dann hatte sie ihn voll getroffen. Damit hatte er nicht gerechnet. Diese Erkenntnis entlockte Anna ein zufriedenes Lächeln. Ihr sorgfältiger Plan hatte sich als äußerst hilfreich erwiesen, denn unvorbereitet hätte sie das Gespräch niemals durchgestanden. Nun war sie neugierig, wie Oliver reagieren würde.

Nachdem sie einige Male tief durchgeatmet hatte, holte sie eine kleine Pralinenschachtel aus der untersten Schreibtischschublade und entnahm ihr zwei Champagnertrüffel. Diese köstliche Belohnung hatte sie sich wahrlich verdient. Während die Trüffel zart schmelzend auf ihrer Zunge zergingen, ließ die Anspannung langsam nach, und Anna horchte in sich hinein. Nach Auseinandersetzungen hatte sie immer ein ungutes Grummeln im Magen, das sie förmlich dazu drängte, sich mit ihrem Gesprächspartner auszusöhnen. Meist auf ihre eigenen Kosten. Dieses Gefühl hatte sie jetzt nicht. Obwohl sie gerade eben die schlimmste Auseinandersetzung erlebt hatte, die sie sich vorstellen konnte.

Sie hatte mehr Selbstvertrauen gewonnen und dadurch ihre Einstellung tatsächlich verändert, erkannte sie. Lieb sein reicht nicht. Diese Lektion hatte sie kapiert. Wenn Oliver sie nur dann ›lieb‹ hatte, wenn sie nachgab, dann würde er sie nie als gleichwertig respektieren. Deshalb war sie heute für sich eingetreten, und Oliver war ihr wütend, aber ohnmächtig gegenübergestanden. Die Macht hätte berauschend sein können, wenn sie nicht so viel Angst gehabt hätte. Doch sie würde auf diesem Weg weitergehen. Wenn sie sich bei Oliver durchsetzen konnte, waren die meisten anderen Scharmützel eine Kleinigkeit.

»Die Welt kann sich warm anziehen«, murmelte sie grinsend vor sich hin und machte sich dann an ihre Arbeit.

Gegen 16 Uhr klingelte Annas Smartphone. Sofort beschleunigte sich ihr Puls und sie erwartete, Olivers Namen auf dem Display zu lesen. Doch es war Nick. Erleichtert meldete sie sich. Er wollte wissen, wie es mit Oliver gelaufen war. Da Anna wusste, dass die Pausen während eines Workshops knapp bemessen waren, berichtete sie ihm kurz, dass sie sich wacker geschlagen hatte, aber auf die endgültige Antwort noch bis 17 Uhr warten würde. Nicks Freude über ihren Mut, die Initiative zu ergreifen, war unüberhörbar und Anna strahlte. Da er später noch kurz ins Büro kam, vereinbarten sie, sich gegen halb sechs im Casper's zu treffen.

Nick war einfach wunderbar, dachte Anna, als sie ihr Smartphone auf dem Schreibtisch ablegte. Er war intelligent und selbstbewusst, respektierte sie und stärkte ihr den Rücken, ohne sich aufzuspielen. Er würde sie nie so ausnutzen und dabei herablassend behandeln wie Oliver. Sie blickte auf ihre Armbanduhr. Oliver hatte noch maximal eine Stunde Zeit.

Ein lautes Klopfen riss Anna aus ihrer Konzentration. Ehe sie aufblicken konnte, wurde die Tür geöffnet und Oliver stürmte herein, ein selbstgefälliges Grinsen im Gesicht. »Ich habe alles geregelt. Du bist wieder drin im Gerber-Projekt.«

Anna starrte ihn verwundert an, während er sich triumphierend auf ihren Schreibtisch setzte.

»Jetzt bist du sprachlos, was. Das hättest du nicht gedacht! Du hättest doch bloß zu sagen brauchen, dass dir das Projekt so wichtig ist, dann hätte ich das sofort geregelt.« Er machte eine kleine Kunstpause. »Das waren für mich nur ein paar Telefonate. Ich habe Gerber erklärt, dass wir noch einmal über sein Projekt gesprochen haben, und als du mir gesagt hast, wie gerne du sein Projekt begleiten würdest, habe ich extra meine ganze Planung über den Haufen geworfen und neu zusammengesetzt. Und jetzt hast du genügend freie Tage für sein Projekt. Der Mann war happy, das kann ich dir sagen. Ich glaube, da habe ich einen Freund fürs Leben gewonnen. Von Carla schien er nicht so begeistert. Das kann ich verstehen. Mir geht es genauso.« Mit einem öligen Lächeln zwinkerte er Anna zu.

Diese staunte nicht schlecht. Oliver, der Meister der Manipulationen, war richtig in seinem Element. Er hatte sich gedreht und gewendet wie ein Aal, die Wahrheit bis zur Unkenntlichkeit verbogen und innerhalb weniger Stunden das schier Unmögliche zu Stande gebracht: sie war zurück in ihrem Traumprojekt.

Und so wie es schien, gab es dabei nur Gewinner – bis auf Carla.

»Wissen Morgenroth und Carla auch schon davon?«

»Yep. Für Morgenroth ist das okay, wenn wir es unter uns regeln. Nur Carla ist ein wenig eingeschnappt. Ich habe ihr gesagt, dass du nichts dafür kannst, aber ich hatte das Gefühl, dass sie nicht gut auf dich zu sprechen ist, die eingebildete Schnepfe. Da hat sie jetzt halt Pech gehabt.« Mit einem Schulterzucken wischte Oliver das Problem Carla vom Tisch.

Sie würde sich auf jeden Fall bei ihr für das Durcheinander entschuldigen, dachte Anna automatisch. Vielleicht sollte sie ihr eine Schachtel Pralinen zur Versöhnung mitbringen. Dann hielt sie inne. Nein, das würde sie nicht tun. Das hätte die alte Anna getan. Die neue Anna war nicht so lieb. Die hatte keine Veranlassung, sich bei Carla zu entschuldigen. Dafür hatte sich diese in der letzten Zeit ihr gegenüber zu oft zu mies benommen.

Wie hatte Oliver es ausgedrückt? ›Da hat die eingebildete Schnepfe jetzt halt Pech gehabt.‹ Obwohl Anna ihm hierbei zustimmte, war sie froh, dass sie Carla die Nachricht nicht selbst überbringen musste.

»Na, bin ich nun gut oder bin ich nun gut?« Bestens gelaunt wartete Oliver auf ein Lob aus Annas Mund.

Langsam verzog sich Annas Mund zu einem verschmitzten Grinsen. Oliver war wirklich unglaublich. Er tat so, als hätte es nie ein Ultimatum gegeben und als hätte er sie nur aus Gefälligkeit in Richards Projekt zurückgebracht. Der erbitterte Streit war gerade mal zweieinhalb Stunden her und schon hatte er alles geregelt und es herrschte wieder eitel Sonnenschein.

Dass Oliver sich als großartigen, rücksichtsvollen Kollegen hinstellte, der sich selbstlos für den Rücktausch eingesetzt hatte, war eine ziemlich dreiste Verdrehung der Tatsachen. Anna überlegte einen Moment, wie sie reagieren sollte. Sie könnte ihm auf den Kopf zusagen, dass er sich nicht so aufspielen sollte, weil er das Schlamassel schließlich verursacht hatte. Das würde ihn schlagartig aus seiner Hochstimmung reißen und zu einem kalten, unfreundlichen Gesprächsklima führen. Dieses hätte Oliver vermutlich vergessen, sobald er aus dem Zimmer trat, während es Anna noch stundenlang ein schlechtes Gefühl gab, weil sie so kleinlich war. Oder sie konnte großzügig darüber hinwegsehen, denn ihr Ziel hatte sie erreicht: Oliver hatte ihre dritte Bedingung in Rekordzeit perfekt erfüllt.

»Ja«, stimmte sie ihm zu. »Das hast du gut gemacht. Danke.«

Breit grinsend erhob sich Oliver vom Schreibtisch und wandte sich voller Elan zur Tür. Doch Anna war noch nicht fertig.

»Oliver!«

Erwartungsvoll dreht sich Oliver um.

»Ich bringe dir morgen die detaillierte Arbeitsplanung für das Arnold-Mandat. Die wollen wir ja künftig immer schriftlich festhalten.«

Olivers Grinsen erlosch mit einem Schlag. »Ja, ich weiß«, brachte er widerwillig heraus und nickte. Dann schlich er schwerfällig zur Tür, als lastete das ganze Gewicht der Welt auf ihm. Anna blickte ihm mit hochgezogenen Augenbrauen hinterher. An Oliver war wirklich ein Schauspieler verloren gegangen, dachte sie belustigt. Nun, diese Schlacht hatte sie auf ganzer Linie gewonnen. Sie hatte sich Oliver gegenüber durchgesetzt und ihr Lieblingsprojekt zurückbekommen. Was für ein Tag.

Als Anna kurz vor sechs die Tür zum Casper's öffnete, schlug ihr das vertraute Stimmengewirr entgegen. Es war erstaunlich, wie viele Leute schon so früh Feierabend machten, ging es ihr durch den Kopf, während sie sich durch die Menge arbeitete. In der rechten Ecke entdeckte sie vertraute Gesichter. Julia, Carla und Thomas saßen auf ihren Barhockern vor vollen Gläsern.

Julia strahlte über das ganze Gesicht, als sie Anna sah, während Carla beleidigt zur Seite blickte. Dass sie mit Carla über den Beraterrücktausch reden musste, war Anna bewusst. Doch sie hatte gehofft, das ließe sich ein wenig aufschieben. Nun, dann würde sie jetzt gleich reinen Tisch machen. Sie grüßte freundlich in die Runde und stellt sich dann direkt neben Carla. »Tut mir leid, wie das gelaufen ist mit Richards Projekt. Ich …«

»Vergiss es«, fiel Carla ihr heftig ins Wort. »Du musst dich nicht vor mir rechtfertigen. Da hatte Oliver seine Finger im Spiel. Du hast dieses Mal nur Glück gehabt.«

Unhöflich kehrte sie Anna den Rücken zu und nahm einen großen Schluck von ihrem Wodka Red Bull.

Nun, damit hat sich die Aussprache erledigt, dachte Anna. Kopfschüttelnd wandte sie sich Julia und Thomas zu. Aufgrund der allgemeinen Lautstärke hatten die beiden den kleinen Disput nicht mitbekommen, sondern nur das Mienenspiel verfolgt.

Während zwei weitere Kollegen von AFC zu der kleinen Gruppe traten, signalisierte Anna, dass sie sich ein Getränk holen würde und Julia ihr den benachbarten Barhocker frei halten sollte. Dann drängte sie sich durch zur Bar. Während sie dort wartete, stellte sie erneut fest, dass Carlas Abfuhr sie nicht allzu sehr belastete. Noch vor zwei Wochen wäre sie darüber todunglücklich gewesen, doch heute prallten die unfreundlichen Bemerkungen an ihr ab.

Carlas Neid war Carlas Problem, dachte sie und grinste ein wenig über diese Erkenntnis, während sie in der Schlange vor dem Tresen aufrückte. Endlich war sie an der Reihe. Der Barkeeper blickte sie an und gerade als sie ihren Hugo bestellen wollte, drängte sie von rechts ein fremder Mann rücksichtslos ab und bestellte zwei Bier.

»Ich glaub es ja nicht«, murmelte Anna halblaut vor sich hin. Der Barkeeper schaute unschlüssig hin und her.

»Entschuldigung, aber eigentlich bin ich zuerst dran«, sprach Anna den Mann an. Leicht untersetzt und mit zurückweichendem Haaransatz machte er keinen allzu sympathischen Eindruck auf sie.

»Dann hättest du ein bisschen schneller sein müssen, Süße.«

Während er Anna in herablassendem Ton ansprach, verschlang er sie mit gierigen Blicken. Bisher hatte sich Anna in derartigen Situationen schnell geschlagen gegeben und die Flucht ergriffen, doch langsam gewöhnte sie sich an Auseinandersetzungen.

»Schon mal was von Manieren gehört, fremder Mann?«, antwortete sie ebenso herablassend und blickte ihm scharf in die Augen. Nach einem kurzen Moment schlug der Mann die Augen nieder und murmelte eine Entschuldigung. Anna bestellte ganz gelassen ihren Drink, während sie innerlich über ihre Coolness frohlockte.

»Wenn du so weitermachst, kannst du dich bald als Domina verdingen«, ertönte eine bekannte Stimme an ihrem Ohr, während sich ein Arm vertraulich um ihre Schulter legte.

So einen blöden Witz konnte auch nur Oliver machen. Anna wackelte mit den Schultern, um Oliver loszuwerden, während sie hastig bezahlte.

Der Fremde blickte zwischen Oliver und ihr hin und her, enthielt sich jedoch eines Kommentars.

Mit ihrem Drink in der Hand schlüpfte Anna unter Olivers Arm hindurch und ergriff nun doch die Flucht. Mittlerweile wünschte sie sich, sie hätte sich zuhause mit Nick getroffen. Im Casper's war die Stimmung heute etwas aufgeheizt.

Oliver hingegen fand die neue Anna sehr anziehend und wollte ergründen, weshalb sie sich so verändert hatte. Da er seine Karriere auf Annas Fähigkeiten aufbaute, musste er die Spielregeln kennen, um sein Verhalten daran anzupassen. Er war zutiefst beruhigt, dass Anna weiter mit ihm zusammenarbeiten und offensichtlich nicht in Nicks Team wechseln wollte. Mit allen anderen Veränderungen würde er zurechtkommen. Mit seinem Bier folgte er Anna durch das immer dichter werdende Gedränge an den AFC-Tisch in der Ecke.

Als Anna dem Tisch näher kam, sah sie eine vertraute Gestalt mit breiten Schultern in einem dunkelblauen Sakko. Nick musste gerade angekommen sein. Natürlich hatte ihn Carla sofort in ein Gespräch verwickelt. Den Mund ganz nah an seinem Ohr, redete sie heftig auf ihn ein. Die gibt wohl nie auf, dachte Anna finster, als Carla sie über Nicks Schulter hinweg triumphierend anblickte. Bevor sie sich bei Nick bemerkbar machen konnte, stand Oliver neben ihr und prostete mit ihr an. Sogleich redete er ebenso lebhaft auf sie ein wie Carla auf Nick. Hilfesuchend blickte Anna zu Julia, doch die schüttelte nur den Kopf und grinste.

Nick war mehr als genervt. Wo blieb Anna nur? Er hatte sich so auf sie gefreut, und jetzt textete ihn Carla schon wieder mit irgendeinem belanglosen Zeug zu. Die Frau war wirklich aufdringlich. Dezente Hinweise, dass er nicht interessiert war, schien sie nicht zu verstehen. Es wurde Zeit, dass er für klare Verhältnisse sorgte. Aber dazu brauchte er Anna. Zum wiederholten Male ließ er den Blick durch das Lokal schweifen, dann drehte er sich halb und blickte zur Bar. Er glaubte seinen Augen nicht zu trauen: Anna stand einen halben Meter von ihm entfernt und ließ sich von Oliver volllabern! Jetzt reichte es ihm endgültig.

»Entschuldige«, unterbrach er Carlas Redefluss abrupt, drehte sich um und war mit zwei Schritten bei Anna. Ohne auf Oliver zu achten, schlang er Anna einen Arm um die Taille und zog sie an sich. »Hallo Liebling! Hast du mich vermisst?« Dann drückte er vor aller Augen seinen Mund auf Annas Lippen und ließ sich Zeit für einen innigen Kuss.

Fast alle am Tisch klatschten und johlten. Nur Carla erbleichte und Oliver blickte drein wie ein begossener Pudel. Während Nick verschmitzt grinste, färbten sich Annas Wangen hochrot. Doch dann stahl sich ein glückliches Lächeln auf ihre Lippen. Sie hob ihr Glas und stieß mit allen an.

Epilog

»Die Räume sind genauso, wie ich es mir für mein Büchercafé vorgestellt habe«, schwärmte Anna, während sie das schon halb ausgeräumte Ladengeschäft im Münchner Stadtteil Sendling mit kritischen Blicken maß. Die Lage war traumhaft, die Miete allerdings exorbitant hoch.

»Das darfst du auf keinen Fall so zu der Vermieterin sagen«, meinte Nick, der sich mit verschränkten Armen umblickte. »Es gibt hier jede Menge Renovierungsbedarf. Wenn du anbietest, einen Großteil selbst zu übernehmen, kannst du die Miete vielleicht drücken.«

Anna nickte. »Was meinst du, Laura? Haben wir da eine Chance?«

»Ich weiß nicht. Da müsst ihr schon selbst mit Frau Meissner reden.« Die Frage war Laura unangenehm, denn Verhandlungen waren nicht ihr Ding. Fast bereute sie schon, Anna den Tipp mit den leeren Ladenräumen gegeben zu haben. Sie selbst wohnte in der gemütlichen Altbauwohnung darüber und kam bestens mit Frau Meissner, der Eigentümerin des Hauses, aus. Als diese Laura erzählt hatte, dass sie ihren Bastelladen in drei Monaten aufgeben würde, um sich zur Ruhe zu setzen, hatte Laura sofort an Anna und ihr Büchercafé gedacht.

»Eigentlich wollte ich noch mindestens ein Jahr bei AFC bleiben, bevor ich mich selbstständig mache. Aber die Räume sind einfach perfekt. Was meinst du, Nick?«

Seid zwei Jahren waren Anna und Nick nun schon unzertrennlich. Annas Vermutung, dass Nick schon bald bei ihr einziehen

338

würde, hatte sich bestätigt. Zuerst hatte er seine gesamte Kleidung angeschleppt, dann seine Bücher und Computer und seine Musikanlage. Zwei Monate später hatte er seine Wohnung gekündigt. In der Firma arbeiteten sie in getrennten Teams und alles klappte hervorragend.

Carla war immer noch beleidigt. Sie sprach mit Anna nur das Nötigste, aber immerhin hatte sie ihre Annäherungsversuche Nick gegenüber aufgegeben. Damit war Anna zufrieden.

Oliver hatte vor einem Jahr gekündigt. Da Anna vehement auf einer gerechten Arbeitsteilung bestand, und Oliver sich nicht mehr mit ihrer Arbeit schmücken konnte, hatte er stark an Ansehen eingebüßt. Nun war er zu einer anderen Unternehmensberatung gewechselt, vermutlich auf der Suche nach einem neuen Opfer, auf dessen Kosten er seine Karriere aufbauen konnte. Anna hoffte, dass niemand so naiv war, sich von Oliver ausnutzen zu lassen.

Mit Ulrike stand Anna immer noch in Verbindung. Annas Idee, den Bund bekannter zu machen, damit mehr Frauen von den Lilith-Codes profitieren könnten, hatte Ulrike nicht mehr losgelassen. Gemeinsam planten sie nun, den Rätinnen im kommenden Frühjahr ein Konzept vorzulegen, wie der Bund sich ein wenig mehr öffnen könnte.

Anna fand es nach wie vor unglaublich, wie viel diese einfachen drei Codes bei ihr bewirkt hatten. Sie hatte Oliver in seine Schranken verwiesen, eine wunderbare Beziehung zu Nick aufgebaut, obwohl er ihr Kollege war, und stürzte sich nun zuversichtlich in die Herausforderung, sich mit ihrem Büchercafé selbstständig zu machen. Für sie stand eindeutig fest: Mehr Selbstvertrauen macht das Leben schöner!

LIEBE LESERINNEN,

ursprünglich wollte ich ein Sachbuch schreiben zum Thema »Selbstvertrauen stärken«. Doch Anna hat sich überaus hartnäckig in meine Vorstellungswelt gezwängt und mich überzeugt, ihre Geschichte zu Papier zu bringen. Mittlerweile hat sie wirklich eine starke Durchsetzungskraft!

Doch »Lieb sein reicht nicht« ist mehr als nur Annas Geschichte. Es ist tatsächlich ein echter Ratgeber. Die Codes können ganz konkret als Anleitung genutzt werden, um das eigene Selbstvertrauen weiter auszubauen. Sie sind deshalb auf den folgenden Seiten noch einmal aufgeführt. Erprobt wurden sie in langjähriger Praxis.

Mehr über die Welt der Töchter der Lilith erfahrt ihr auf www. toechter-der-lilith.de. Gerne könnt ihr auch mit mir Kontakt aufnehmen über viktoria@toechter-der-lilith.de.

Eure Viktoria

Mein herzlicher Dank geht an Marie-Katharina Wölk für die wunderschöne Buchgestaltung und an Sabine Zeleny für ihre weiterführenden Anregungen. Ganz besonders danken möchte ich meiner Großfamilie. Ihr habt maßgeblich zum Gelingen des Buches beigetragen. Ich bin sehr glücklich, dass es euch gibt!

Die Lilith-Codes

Code 1
»Baue auf deine Stärken und setze sie klug ein.«

Anleitung: Die eigenen Stärken erkennen

Was bin ich für ein Typ? Welche Aufgaben fallen mir leicht? Wo liegen meine Stärken?

Um zu verstehen, weshalb Menschen unterschiedlich handeln, nutzen wir Erkenntnisse aus der modernen Gehirnforschung. In unserem Modell werden die Menschen in vier unterschiedliche Typen eingeteilt. Jeder Typ besitzt ganz eigene, charakteristische Verhaltensweisen und besondere Stärken, von denen keine Stärke besser oder schlechter ist als eine andere.

Menschen vom Typ ›Verfolger‹
- *zielorientiert*
- *effizient*
- *kurzfristige Erfolge*
- *suchen den Vergleich*
- *lieben Herausforderungen*
- *wollen andere übertrumpfen*
- *setzen sich häufig neue Ziele*
- *bauen gerne viel Druck auf*
- *überrumpeln andere*
- *barsch und rechthaberisch*

Menschen vom Typ ›Entdecker‹

* *spontan*
* *neugierig*
* *greifen Trends gerne als Erste auf*
* *lieben Innovationen*
* *mögen keine Details*
* *sehen das große Ganze*
* *ändern mittendrin die Spielregeln*
* *bringen Dinge nicht zu Ende*
* *halten wenig von Traditionen*
* *kleiden sich gerne auffällig*

Menschen vom Typ ›Bewahrer‹

* *nutzen ungern moderne Medien*
* *sprechen lieber direkt mit den Menschen*
* *knüpfen viele Beziehungen*
* *sind gefühlvoll, von aufbrausend bis sentimental*
* *Richtig-oder-falsch-Auffassung*
* *arbeiten mit moralischem Druck*
* *mögen keine Veränderungen*
* *schätzen Werte und Traditionen*
* *fordern Loyalität und Fairness*
* *machen Entscheidungen nicht mehr rückgängig*

Menschen vom Typ ›Kontrollierer‹

* *analytisch*
* *logisch*
* *konsequent*
* *mögen keine Überraschungen*
* *verachten unqualifizierte und unvorbereitete Dinge*

- *leiten Lösungen schrittweise aus dem Bestehenden ab*
- *detailgenau*
- *suchen logische und formale Fehler*
- *arbeiten weitgehend fehlerlos*
- *verlässlich*

Die meisten Menschen vereinen Eigenschaften aus zwei oder drei Kategorien, wobei oft eine Stärke dominiert.

Um mit diesem Modell vertraut zu werden, kannst du es zuerst auf dich selbst anwenden und dich fragen, welche Eigenschaften zu dir passen. Dann kannst du versuchsweise andere Personen einordnen, die du kennst.

In den Führungsebenen von Unternehmen sind diese Stärken oft der Grund für Unstimmigkeiten und Missverständnisse: Hat der Chef beispielsweise deutliche Verfolger-Eigenschaften, so hat er für zögerliche Vorschläge kein Ohr, denn bis diese bei ihm ankommen, ist er schon beim nächsten Thema. Ist er ein typischer Entdecker kommt er permanent mit neuen Projekten an, obwohl die alten noch nicht fertiggestellt sind. Mitarbeiter, die stark auf Kontrolle setzen, können diese Vorgehensweise nicht verstehen.

Wenn du nun andere Personen einordnest und mit deinen eigenen Stärken vergleichst, kannst du das Zusammenspiel unter einem anderen Blickwinkel betrachten.

Du erkennst, in welchen Feldern du selbst stark bist und wo deine Schwächen sind. Ebenso kannst du das bei anderen Personen feststellen und dadurch mehr Verständnis für andere Verhaltensweisen aufbringen.

Darüber hinaus kannst du mit deinen eigenen Stärken die gleichen Stärken in deinem Umfeld intensivieren oder andere Stärken ergänzen.

Code 2

»Was du in dir trägst, strahlst du nach außen«

*Anleitung für das 21. Jahrhundert: Der Kreislauf ›Einstellung –
Verhalten – Wirkung‹*
Welche Gedanken und Gefühle beherrschen mich? Welche Überzeugungen habe ich? Wie verhalte ich mich richtig? Wie sehe ich mich selbst? Wie nehmen mich die anderen wahr?

Deine innere Einstellung umfasst alle Werte, die für dich wichtig sind. Dazu gehören deine Sympathien und Abneigungen, deine Vorurteile und auch deine Selbsteinschätzung. Die innere Einstellung erleichtert dir das Leben. Sie hilft dir im Alltag, Situationen blitzschnell zu beurteilen. Sie sagt dir, wie du dich verhalten sollst, ohne dass du groß darüber nachdenken musst. Das läuft ganz automatisch ab.

Mit deinem Verhalten erzielst du bei anderen Personen eine bestimmte Wirkung. Diese beeinflusst dann wieder deine innere Einstellung: erhältst du Anerkennung und Lob und damit eine Bestätigung, dass dein Verhalten zur Situation passt, dann bist du zufrieden und machst so weiter.

Erzielst du aber eine negative Wirkung, passt diese nicht in dein Bild und es setzen automatisch bestimmte Mechanismen ein, um die Wirkung zu erklären und trotzdem an der Einstellung festhalten zu können: dazu zählen Rechtfertigungen, Schuldzuweisungen und Schönreden.

Ein einfaches Beispiel: Eine Frau kommt zu spät zu einem Termin. Sie gibt dem Verkehr die Schuld. Mit dieser Rechtfertigung muss sie die Verantwortung für das Zuspätkommen vor sich selbst und vor den anderen nicht übernehmen und braucht ihre Einstellung zur Uhrzeit, zu der sie aus dem Haus geht, nicht zu ändern.

Selbstbild

Die Einstellung zu dir selbst findest du über die Frage: Wie sehe ich mich selbst? Die Antwort gibt deine eigene, subjektive Meinung über dich selbst wieder.

Manche Menschen nehmen beispielsweise die eigenen Schwächen nicht wahr und überschätzen die eigenen Kompetenzen. In diesem Bereich sind mehr Männer als Frauen vertreten.

Es gibt aber auch die entgegengesetzte Richtung, in der mehr Frauen als Männer zu finden sind: die eigene Kompetenz wird zu wenig hoch eingeschätzt, Schwächen werden überbewertet, die Person traut sich weniger zu als sie objektiv kann. Ängste und mangelndes Selbstvertrauen sind die Konsequenz. Diese Einstellung beeinflusst das Verhalten. Die Person wirkt weniger stark als sie in Wirklichkeit ist.

Ist sie mit dieser Wirkung dann unzufrieden, sucht sie alle möglichen Rechtfertigungen und Ausreden, weshalb sie so wirkt, um ihre innere Einstellung nicht ändern zu müssen.

Das Ergebnis zeigt die wahre Absicht

Deine innere Einstellung kannst du prüfen, indem du den Kreislauf rückwärts beschreitest und dich fragst: Welche Wirkung habe ich erzielt? Welches Verhalten habe ich dazu angewandt? Aus welch innerer Einstellung ist dieses Verhalten entstanden?

Wenn du Einstellungen bei dir findest, die dir nicht gefallen, kannst du bewusst eine Änderung herbeiführen. Entscheidend dabei ist dein freier Wille, ob du etwas ändern willst oder nicht.

Code 3
»Vertraue dir selbst, dann tun es auch die anderen«

Anleitung: Selbstvertrauen aufbauen

Bin ich zufrieden mit mir? Wo fühle ich mich unsicher? Was schätzen andere an mir? Was kann ich richtig gut? Was habe ich bisher erreicht? In bestimmten Situationen fühlen sich viele Frauen unwohl oder unterlegen. Auf schlagfertige Antworten und gute Argumente kommen sie erst im Nachhinein. Statt ihren Standpunkt in der Gruppe zu vertreten, schweigen sie, weil sie Angst davor haben, Fehler zu machen oder abgelehnt zu werden.

In diesen Fällen bewertet die innere Einstellung die Schwächen zu stark und achtet zu wenig auf die Stärken. Doch wie kommt man aus diesem Teufelskreis heraus?

Der erste Schritt besteht darin, die Selbstachtung zu stärken und ein positives Selbstbild aufzubauen:
- Schlüpfe in die Rolle einer erfolgreichen Frau und überlege von diesem Blickwinkel aus, welche Erfolge du bisher erreicht hast, beruflich wie privat.
- Was schätzen Kollegen, Mitarbeiter und Vorgesetzte an dir?
- Wo liegen deine Stärken? Was kannst du besser als andere?
- Mache dir bewusst, welche Erfahrungen dazu beigetragen haben, dass du dich manchmal schüchtern und gehemmt fühlst.
- Stoppe negative Gedanken, sobald sie dir bewusst werden.

Der zweite Schritt beinhaltet nonverbale Techniken, die helfen, die Selbstsicherheit zu stärken und nach außen zu tragen:
- Bewusst laut und deutlich sprechen.

- *Eine aufrechte Haltung einnehmen mit zurückgenommenen Schultern und geradem Rücken. Kopf hoch halten, nicht nach unten neigen.*
- *Lächeln und Lachen. Beides wirkt auf den gesamten Körper positiv.*
- *Auf Kleidung und Make-up achten. Wer sich in seiner Haut wohlfühlt, strahlt das nach außen.*

Der dritte Schritt macht das Rollenverhalten bewusst.
- *Welche Situationen lähmen mich?*
- *Welcher rote Faden zieht sich durch diese Situationen hindurch?*
- *Welche Rolle nehme ich ein? Bin ich Opfer oder Täter?*
- *Welche Motive führen dazu?*
- *Welche Gesinnung steht dahinter?*
- *Wie wichtig ist mir Harmonie? Habe ich den Mut anzuecken?*

Wird das Selbstbild positiver und der Selbstwert gestärkt, so steigt das Selbstvertrauen. Negative Gefühle wie Angst und Neid werden geringer.